KB232872

자녀에게 하나님을 알려 주는 첫걸음

자녀에게 하나님을 알려 주는 첫걸음

캐시 레이머 지음

벤 마한 그림 | 나순규 옮김

비전북출판사

자녀에게 하나님을 알려 주는 첫걸음

1판 1쇄 인쇄 : 2002년 8월 20일
1판 1쇄 발행 : 2002년 9월 16일

저 자 : 캐시 레이머
그 림 : 벤 마한
역 자 : 나순규
발행인 : 이원우 / 발행처 : **비전북출판사**
주 소 : (136-819) 서울시 성북구 석관동 257-9호
전 화 : (02)966-3090 / 팩 스 : (02)3293-6620

E-mail : vsbook@hanmail.net
등록번호 : 제10-1452호

공급인 : 박종태 / 공급처 : **비전북**
전 화 : (031)907-3927 / 팩 스 : (080)403-1004

Copyright ⓒ 2002 **비전북출판사** Printed in Korea
값 11,000원

ISBN 89-87613-93-3 03230

❖ 잘못 만들어진 책은 바꾸어 드립니다.
❖ 본 도서의 내용을 일부 또는 전부를 허락없이 전재, 복사 또는 광전자 매체 수록 등을 할 수 없습니다.

재기 발랄하게 귀여운 노래를 부르는 리사,

나의 능력이 되는 남편 짐,

나를 격려하는 마크,

나의 모범이셨던 어머니,

그리고

우리 모두에게 하나님의 선물이었던

제니퍼에게 사랑을 보냅니다.

1001 ways to introduce your child to God

by Kathie Reimer

Illustrations by Ben Mahan

Copyright © 1992 by Kathie Reimer
Originally published in English under the title

1001 ways to introduce your child to God

a division of Tyndale House Publishers
Wheaton, Illinois 60189, U.S.A.
All rights reserved.

Copyright © 2002 by *Visionbooks Publishing Company*
Korean edition is published by permission
of Tyndale House Publishers

Printed in Korea

부모의 기도

오, 하나님!

저희에게 은혜를 주사 어린 자녀를

하나님의 인격적인 지식으로 지도하고 가르치게 하소서!

용서, 구원, 안전, 그리고 능력이 되시는 하나님께

저희 자신의 삶을 최우선으로 드립니다.

저희는 이 일에 대하여 충분한 능력이 없으나

하나님께서는 저희를 통해 이 일을 이루어 주십니다.

저희를 사용하시고, 가능케 하시며, 저희의 삶들을 인도하시고,

저희가 매일 필요로 하는 신실한 지혜와 능력을 은혜로 공급하여 주소서!

말과 생활 속에서 언행이 일치되게 하여 주시고,

부디 저희의 피할 수 없는 허물에서 회복시켜 주소서!

저희는 저희의 자녀에게 하나님의 무한하심을 가르치기에

하나님만을 온전히 의지합니다.

저희의 주님이시며 능력과 구원자이신

예수님의 이름으로 기도 드립니다.   아멘.

CONTENTS

당신,
그리고 당신의 자녀

자식은 여호와의 주신 기업이요 태의 열매는 그의 상급이로다
- 시편 127 : 3

한 아이가 태어납니다! 분만실 의사나 간호사, 또는 입양 기관의 사회 사업가는 비교적 경험이 없는 우리 팔에 신생아를 안겨 줍니다. 얼마나 멋진 순간인지요! 갓 부모가 된 사람들은 부모됨에 경이로움과 위대함을 느낍니다.

그럼에도 불구하고 아기가 태어남에 있어 인식하지 못하는 어떤 놀라운 일이 발생합니다. 그것은 참 예배에 대한 깨달음입니다. 하나님의 아들 예수 그리스도를 통하여 창조주 하나님과의 개인적인 관계를 갖는 사람들이 종종 경험하는 진정한 예배입니다. 진정한 예배란 교인석에 앉아 많은 예배자들과 섞여 있든, 조그마한 아기를 팔에 안고 나무로 된 흔들 의자에 앉아 있든 항상 마음으로부터 우러나오는 내적인 표현입니다.

우리는 약하고 작은 아기가 새로 얻은 자유와 편안함을 느끼며 주름진 다리로 발길질하는 것을 지켜봅니다. 아기는 이제 어둡지도 않고 둘러싸여 있지도 않은 이 놀라운 세상을 바라보며 소리도 들으면서 자신이 무엇을 할 수 있을지를 찾아보기라도 하듯 그 작은 두 눈을 뜨고 두리번거립니다. 또한 우리의 애정이 깃든

팔에 안겨 편안하게 잠을 잡니다. 우리는 이렇게 지켜보는 중에 새로운 생활로 인도하시는 전지전능하신 창조주 하나님 아버지께 우리 자신의 영혼이 고양되는 것을 경험합니다.

하나님께서는 엄마의 평온한 가슴에 안겨 편안히 자고 있는 아기의 모습을 우연히 택하지 않으셨습니다. 하나님과 우리, 즉 하나님의 자녀로 다시 태어난 우리들과의 관계를 설명해 주시기 위해서 택하셨습니다. 구약 성서의 "엘 샤다이" 라는 명칭의 의미에서 우리의 일상 생활에 필요한 것들을 채워 주시며, 위로해 주시고, 안전을 지켜 주시며 돌보시는 하나님을 엿볼 수 있습니다.

이런 경이로운 사건이 일어난 순간이 — 아기가 병원에서 가정으로 돌아온 것 — 우리가 다음과 같은 4가지의 물음을 자문해 볼 최적의 시간입니다.

· 자녀에게 왜 하나님에 대해서 가르쳐야 하는가?
· 자녀에게 언제부터 하나님에 대해서 가르쳐야 하는가?
· 하루 중 언제 하나님에 대해서 가르쳐야 하는가?
· 하나님에 대해서 어떻게 가르쳐야 하는가?

자녀에게 왜 하나님에 대해서 가르쳐야 하는가?

자녀에게 하나님에 대해 가르칠 때, 먼저 우리 자신에게 왜?라는 질문을 해 보아야 합니다. 그것은 하나님께서 아이를 만드시고 우리에게 맡기셨기 때문입니다. 자녀들은 우리에게 속해 있지 않습니다. 우리가 자녀들을 지도하고 훈련시켜 하나님께서 원하시는 훌륭하고 경건한 사람으로 양육하도록 우리에게 위탁하신 것입니다.

또한 우리는 자녀에게 하나님과의 관계에서만 채워질 수 있는 필요들이 있다는 것을 알고 있기 때문입니다. 자녀는 안정감을 필요로 합니다(우리 모두 그렇지 않습니까!).

"여호와를 경외하는 자에게는 견고한 의뢰가 있나니 그 자녀들에게 피난처가 있으리라"(잠 14 : 26)

또한 다시 확신해 볼 수 있습니다. **"네 모든 자녀는 여호와의 교훈을 받을 것이니 네 자녀는 크게 평강할 것이며"**(사 54 : 13)

우리 아이들은 세계적인 사건들과 사회적 가치들이 끊임없이 변하는 불안정한 세상에서 성장하며 중요한 유년 시절 동안 본인 스스로 느끼는 강한 신뢰감과 평안함을 필요로 합니다. 주 하나님과 그분의 변하지 않는 말씀에 대한 참 지식이 있을 때 아이와 우리는 절대적인 안전감을 얻을 수 있습니다.

이런 일반적인 신뢰감과 안전감에 밀접하게 연관된 어린아이의 필요는 두려움으로부터 피난하는 것입니다. 모든 아이는 두려움에 대해 부정적인 감정을 경험합니다. 아이에게 세상은 크고 어

 자녀에게 하나님을 알려 주는 첫걸음

리둥절한 환경이며, 알 수 없는 애매하고 무서운 신호들로 가득차 있는 곳입니다. 예수님 중심인 가정에서조차 어린아이들은 이따금씩 두려워하곤 합니다. 그런 경우에 자녀는 다음의 사실을 알고 있어야만 하는데 그것은 부모가 사랑으로 보호해 줄 뿐만 아니라 전능하신 하나님께서 가장 친한 동반자가 되어 주실 것이라는 사실입니다. 아이가 비록 정말 어린 나이일지라도 다음과 같은 말씀을 배울 수 있습니다.

"내가 두려워하는 날에는 주를 의지하리이다"

(시 56 : 3)

제니퍼가 2살 된 어린아이였을 때였습니다. 아이는 동트기 전 갑작스런 천둥 소리로 잠에서 깨었습니다.

"엄마! 엄마!" 아이의 울음 소리에 즉시 깨어난 엄마는 아이 방으로 급히 달려갔습니다. 번쩍이는 번개 불빛 속에서 제니퍼는 두려움에 떨며 요람 난간을 꼭 잡고 서 있었습니다.

"엄마! 엄마!" 아이는 울면서 소리쳤습니다. "예수님은 무서워?" 아이의 예상치 못한 질문에 정신이든 엄마는 대답했습니다. "아니야, 아가야 예수님은 전혀 무섭지 않아!" 너무 어려서 영적인 진리에 대해 아무런 개념도 갖고 있지 않을 것 같았던 어린아이는 즉시 긴장을 풀기 시작하더니 이내 다시 잠이 들었습니다. 아직은 많은 영적 원

리들을 이해하지 못했지만, 제니퍼는 예수님께서 실재하신다는 것과 그 안에 안전과 보호가 있다는 것을 깨닫고 있었습니다.

공포로부터 해방되어 안전해지고 싶은 필요와 함께 어린아이들은 특별한 필요를 갖고 있는데, 그것은 바로 질서 있는 생활입니다. 특히 취학전 아이들은 질서 있는 분위기에서 잘 자랍니다(여기서의 질서는 정리 정돈과 구별된다는 것을 기억하십시오. 그러면 아이가 놀고 있는 방바닥에 장난감이 흐트러져 있을 때 아이가 아주 잘 놀고 있는 것처럼 보여질 것입니다!). 아이들은 평소에 하는 일과와 자신을 돌보는 친숙한 사람들에게서 안전을 찾습니다. 때때로 다양성이 아이의 흥미를 일으킬 수 있지만 어린아이에게는 질서 있는 생활이 훨씬 더 중요합니다. 그러므로 하나님 아버지의 권위 아래 자신들의 삶을 규제하는 크리스천 부모들로부터 규율 있는 생활을 지도받는 자녀들은 행운아입니다.

어린아이는 또한 많은 질문들에 대답해 주기를 원합니다. 어린아이만큼 호기심 많은 사람이 또 있을까요! 아이들은 아주 어릴 때부터 질문을 통하여 배웁니다. 그들의 많은 질문들은 심오한 뜻을 내포하고 있습니다.

3살 된 마크는 엄마에게 질문했습니다. "누가 태풍이 일게 하는 거야?" 아이는 하나님께서 세

상을 만드셨고, 날씨를 주관하신다는 것을 알고 있고, 하나님께서는 좋으시지만 태풍은 그렇지 않다는 것도 알고 있었습니다. 그래서 아이는 그 둘을 어떻게 일치시켜야 할지 의문시했던 것입니다. 이럴 때에 부모는 하나님께서 주시는 지혜를 덧입어야 합니다. 하나님께서는 우리가 하나님의 지혜와 말씀을 의지할 때, 자녀의 질문에 만족스러운 대답을 줄 수 있도록 우리를 도와주실 것입니다.

"…저희가 여호와께 간구하매 응답하셨도다"(시 99 : 6)

이 말씀은 오늘 그리고 자녀의 평생을 걸쳐 절대적인 진리가 될 것입니다.

자녀에게 언제부터 하나님에 대해서 가르쳐야 하는가?

우리는 하나님과 그분의 말씀에 대해 가르치고 싶지만 자녀의 인생에서 얼마나 일찍 시작해야 하는지를 모르고 있습니다. 언제부터 하나님에 대해 자녀에게 가르치기 시작해야만 할까요?

사도 바울은 디모데가 성경을 처음 배웠던 때를 이야기 합니다.

"너는 배우고 확신한 일에 거하라 네가 뉘게서 배운 것을 알며 또 네가 어려서부터 성경을 알았나니 성경은 능히 너로 하여금 그리스도 예수 안에 있는 믿음으로 말미암아 구원에 이르는 지혜가 있게 하느니라"(딤후 3 : 14-15)

우리는 어린아이가 어느 순간에 영적으로 깨닫게 되는지를 전혀 알지 못합니다. 연구에 의하면 취학전의 어린아이는 추상적인 개념들을 이해할 수 없다고 합니다. 그러나 성경의 많은 진리들을 어린아이들은 이해할 수 있습니다. 아이가 아주 명백하게 이해할 수 없는 것들도 아이가 성숙하면서 자연스럽게 이해하게 될 것입니다. 한 어린아이가 몸을 굽혀 풀잎 위에 있는 작은 곤충을 관찰하며 흥분하여 소리칩니다. "엄마 저기 벌레 좀 봐요! 하나님이 저것을 만드셨어요! 나는 하나님을 사랑해!" 그런 경험이 없는 엄마는 단순히 배운 말씀들과 진리들을 앵무새처럼 되뇌이는 것 이상의 의식이 아이의 영혼 속에 깃들어 있다는 것을 깨닫습니다.

우리는 갓난아기때부터 하나님에 대해서 가르치기를 시작할 수 있습니다. 그 교육은 아주 기본적이며 그것은 가르치는 것 뿐만 아니라 아이에게 애정이 가득 담긴 표정으로 아이의 신체를 돌보아 주는 것과도 연관될 것입니다. 아이는 5-6세가 되어 기억력이 뛰어난 황금 시기를 맞이하게 되며 배움에 있어서 어린시절 어떤 시기도 이런 취학전의 시간들에 비교될 수 없습니다. 많은 부모들이 증언하고 있듯이, 어린아이는 TV

광고의 듣기 좋은 문구들을 배우는 능력으로 또는 자주 읽어 준 이야기 책들을 말 그대로 암기하는 능력으로 우리를 놀라게 할 것입니다.

자녀에게 언제부터 하나님에 대해서 가르쳐야 할까요? 자녀가 태어나는 그 순간부터 우선 5년 동안 애정을 품고 전심으로 노력을 기울여 보십시오.

하루 중 언제 하나님에 대해서 가르쳐야 하는가?

구약 성서에는 하루 중 언제 하나님과 그분의 말씀에 대해 자녀에게 가르쳐야 하는지 나와 있습니다. 부모들에게 명령합니다.

"네 자녀에게 부지런히 가르치며 집에 앉았을 때에든지 길에 행할 때에든지 누웠을 때에든지 일어날 때에든지 이 말씀을 강론할 것이며"(신 6 : 7)

부모들에게 하는 이 명령은 글자 그대로 자녀와 함께 앉아있을 때 가르쳐야만 합니다. 육체적 허기가 충족될 수 있는 저녁 식탁에서, 혹은 거실 소파에서, 혹은 아이를 무릎 위에 앉혀 놓고, 혹은 놀이방 바닥에 있을 때도, 편안하고 친밀한 그러면서 자연스럽고 무리 없는 대화를 할 때면 언제든 **그때**가 자녀에게 하나님의 진리를 가르쳐 줄 훌륭한 시간입니다.

우리는 지친 하루를 마감할 때, 또는 새로운 힘으로 아이가 새날을 시작할 때, "누웠을 때에든지 일어날 때에든지"를 훈련해야 합니다. 어린 아이들은 주로 아침에 엄마나 아빠와 얼마쯤은 집중된 시간을 보내고 싶어합니다. 또한 잠잘 때가 되면 아이는 바싹 달라붙어 앉아 성경 이야기를 듣고 싶어할 수 있습니다. 아이는 부모가 자신에게 집중하며 애정이 담긴 부드러운 목소리로 얘기해 주는 것을 좋아합니다. 아이는 앉아 있는다 해도 차분히 앉아 있질 못합니다. 하지만 어린아이는 장난치면서도 많은 것을 들으며 배웁니다. 이런 활동들은 우리가 매일 또는 매주, 해마다 보는 것들입니다. 습관의 요소는 참여입니다. 예수님에 대해 자연스러운 대화를 갖는 생활 방식을 더욱 강조하십시오.

"쉬지 말고 기도하라"(살전 5 : 17)

신약 성서의 권고와 마찬가지로 신명기 말씀은 우리와 하나님과의 관계를 순간순간 변치 않는 친밀한 교제의 관계로 나타냅니다.

매일 언제 자녀를 가르칠지는 가정의 일정, 의무, 필요, 그리고 활동 등에 좌우될 것이지만 특히 자녀의 이해 정도에 따라 달리해야 합니다. 아이가 잘 이해할 때, 한꺼번에 가르치는 것이 매일 똑같은 시간에 가르치는 것보다 훨씬 더 좋습니다. 아이와 함께 하는 "매일 성경 공부"의 길이는 놀이든, 공작이든, 이야기든, 퍼즐이든, 혹은 다른 활동이든 아이에게 가르치기에 충분한 시간이

여야 하며 아이가 하고 싶어 할 만큼 달콤한 시간
이어야 합니다. 방법들은 바뀔 것이며 우리의 교
육은 아이가 성인으로 자라가면서 주로 말로 하는
권고보다는 오히려 본보기를 보여 주는 교육이 되
어야 할 것이며 당신은 일생 동안 이 일을 수행해
야 할 것입니다. 하지만 살아가는 동안 자녀가 적
극적으로 하나님을 사랑하고 섬기는 것을 지켜 보
는 것보다 더한 기쁨이 과연 있을까요?

하나님에 대해서 어떻게 가르쳐야 하는가?

다음의 활동과 교육을 통해 그것을 시작해 보
려고 합니다. 이런 놀이들과 공작들 그리고 개념
들 속에서 어른과 아이가 함께 놀 때, 서로 영향
을 주고 받으며 배우게 될 것입니다. 특히 부모
들이 관계해야만 하는데 그것은 부모들이 자연스
럽고 당연한 교사이기 때문입니다. 그렇지만 이
러한 개념들은 다른 친척들이나 친구들, 교사들,
그리고 어린아이들을 돌보는 책임을 맡고 있는
직업인들이 사용할 수도 있습니다.

다음에 나오는 활동들과 개념들은 카페테리아
(Cafeteria ; 셀프서비스하는 간이 식당) 방식으
로 제시되어 있기 때문에 당신의 자녀들에게 가
장 적합한 것들을 선택할 수 있습니다. 자녀의
생활 연령별로 활동의 유형이 복잡해지도록 만들
었으며, 어떤 경우에는 당신의 자녀가 가질 만한

특별한 필요들에 의해 목록을 만들었습니다. 많
은 놀이들이 재미를 위한 것들이며, 어른과 아이
사이에 주고 받으며 할 수 있는 것들입니다. 거
의 모든 개념을 하루에 10분 이내로 성취할 수
있습니다. 어떤 것은 단지 3-4분 정도면 끝나
당신과 자녀가 다음날의 영적 수업을 열망하게
될 것입니다. 적당한 때, 또한 자녀가 계속 관심
을 가질 때, 하나님의 진리를 가르치는 시간을
더욱 늘리도록 하십시오. 다른 어떤 일도 이것보
다 더 중요하지 않습니다.

또한 자연스런 상황들 속에서 아이가 하나님의
실재를 목도할 수 있는 귀중한 순간들을 포착하
도록 매일 민감해 지십시오. 중요한 것은 하나님
께서는 어버이로서 당신과 자녀에게 정말로 실재
하신다는 것입니다. 놀이가 최고의 학습 방법인
줄로 여기는 아이 특유의 태도를 택하는 것도 또
한 도움이 됩니다.

연령별 활동 배치들은 다소 임의적입니다. 어
떤 분류 유형하에서건 "평균"인 아이들은 드물기
때문에 나이가 어린 어떤 아이들은 나이가 더 든
아이들을 위해 실어 놓은 활동들을 즐거워할지도
모르며 나이가 더 든 아이들도 이따금씩 아기 장
난감을 갖고 놀며 아기나 걸음마장이를 위해서
고안한 놀이에 재미있어 할지도 모릅니다. 많은
경우 아이는 새로운 활동을 수행하는 것보다 오

히려 친숙한 활동을 되풀이 하는 것을 더욱 좋아할 것입니다. 개념들 대부분은 동시에 한 명 이상의 아이와 함께 성취해야 할 것입니다. 그리고 어떤 것들은 이상적인 단체 활동들입니다. 놀이와 공작은 장애자, 발육이 늦은 아이, 그리고 아주 머리가 좋은 아이 각자에 맞도록 선택할 수 있으며, 또한 고칠 수도 있습니다.

가르침들은 단지 시작일 뿐입니다. 그것은 더 많은 지식과 친교가 따를 것이라는 것을 전제합니다. 자녀에게 하나님을 생생하게 소개하고만 끝나는 것이 아니라, 이후로도 자녀가 살아계신 하나님과 지속적으로 교제할 수 있게 해야 합니다. 즉, 자녀가 하나님을 자신의 가장 친밀한 동반자로 알면서 자랄 만큼 빈번하고도 인격적인 교제말입니다.

자녀와 함께 시간을 보내며 하나님에 대하여 가르칠 때마다 성령님께서 당신에게 능력 주시고, 당신을 통해 자신을 드러내시도록 기도하십시오.

"이는 저희로 후대 곧 후생 자손에게 이를(찬양할 만한 주님의 행위) 알게 하고 그들은 일어나 그 자손에게 일러서"(시 78 : 6)

기본적으로 갖출 목록

이 책의 많은 활동들은 아래에 나열된 것들과 같이 일반적으로 가정에서 대부분 가지고 있는 것들을 사용하는 물품들입니다. 이것을 전용 벽장이나 상자에 보관하여 편리하게 사용하십시오.

· 하얀 종이 · 면 헝겊 · 미술 공작용 색판지 · 폐품 종이 · 날이 무딘 가위

· 종이 봉지 · 종이컵 · 신문지 · 식품용 색소 · 낡은 잡지 · 밀가루

· 아교나 풀 · 소금 · 투명 테이프 · 젤라틴 · 크레용 · 미술 붓

· L자형 마카로니 · 펠트 마커 · 액체 녹말 · 끈 또는 털실

· 액체 세제 · 솜 뭉치 · 템페라화 물감 또는 수채화 그림 물감 등등

Part 1

자녀에게 믿음의 태도 가르치기

자녀에게 믿음의 첫걸음 가르치기

그러나 무릇 여호와를 의지하며
여호와를 의뢰하는 그 사람은 복을 받을 것이라 - 예레미야 17 : 7

이 장에서 다루고 있는 모든 활동의 목표는 자녀가 하나님을 믿도록 가르치는 것입니다. 마치 젖먹이나 꼬마 아이의 사사로운 필요들을 돌보아줄 사람으로 한두 사람을 의지하고 있는 것처럼 말입니다. 우리는 자녀의 요구에 반응해 줌으로써 자녀에게 신뢰감을 형성시키므로 자녀가 의지하고 사랑할 수 있는 관계로 될 수 있습니다. 더욱 중요한 것은 자녀가 앞으로 살아계신 하나님을 의지하고 사랑할 수 있도록 도울 수 있다는 것입니다.

이제부터 여러분은 자녀에게 말하기에 앞서 그 말들을 주의 깊게 생각해 보십시오. 당신이 무엇인가 하려고 한다는 것을 자녀에게 알리고 나면, 그것을 틀림없이 실행하도록 힘쓰십시오. 용납하기 어려운 행동에 대해 벌을 주기로 했다면 약속했던 대로 끝까지 지키십시오. 그렇게 함으로써 당신은 말한 것을 꼭 지키는 사람이라고 자녀가 믿게 된다면 당신의 자녀 교육은 헤아릴 수 없을 정도로 쉬워질 것입니다.

사랑스런 자녀를 맞이하는 그 순간부터, 우리를 신임하시는 하나님의 멋있는 신호임을 알게 되며 날마다의 삶 속에 존재하는 또다른 인간에게 하나님의 성실하심을 가르쳐야 할 기회도 얻게 됩니다. 즉, 이중으로 복을 받게 되는 셈입니다.

갓난아기

우리가 아기를 들어올려 품에 꼭 껴안고 말을 거는 동안 아기 안에는 신뢰감이 자라게 됩니다. 아기의 필요를 알게 되면 즉시 해결해 주십시오. 그렇게 함으로써 늘 자신의 안전과 편안함을 지키기 위해 당신이 함께 있다는 것을 알게 하십시오. 아기의 울음은 요청하기 위해 우는 속임수가 아닙니다. 그것은 단지 아기가 구두로 표현할 수 있는 유일한 방법일 뿐입니다. 아기의 필요에 우리가 재빠르게 반응하면, 우리를 부르기 위해 우는 일은 사라지게 될 것입니다.

뽀송뽀송한 기저귀, 따뜻한 우유, 부드러운 접촉, 그리고 편안한 어루만짐을 통해 아기는 다음과 같은 부모의 마음을 알게 됩니다.

"너는 나에게 아주 소중해. 내가 너를 잘 돌보아 줄테니 나를 믿어!"

Introduce 속삭임

매일 아기의 필요들을 살필 때, 친밀하고 다정한 순간에 아기의 귀에 예수님의 이름을 속삭여 주십시오. "귀여운 아가야, 예수님께서는 너를 사랑하신단다." 또는 간단하게 "예수님"이라고 말하십시오. 아기와 육체적인 유대 관계뿐만 아니라 영적인 유대 관계를 맺는 계기가 되십시오. 또는 다음과 같은 간단한 말을 속삭여 보십시오.

"사라, 하나님께서는 너를 사랑하신단다. 엄마도 너를 사랑해!"

"하나님께서 너를 만드셨단다. 아빠는 그것을 무척 기뻐한다."

"예수님을 믿어라. 그분은 너와 함께 여기에 계시며 엄마도 네곁에 있단다."

"예쁜 우리 아가야, 예수님께서 너를 사랑하신단다."

"하나님께서는 엄마와 아빠, 수지를 만드셨고, 스키피도 하나님께서 만드셨단다."

하나님과 예수님을 이런 식으로 소개하십시오. 그러면 아기는 유쾌한 기분을 위안이 되는 소리와 연결지어 생각하기 시작할 것이고, 결국에는

 자녀에게 믿음의 태도 가르치기

사랑이 풍부한 구세주와 연결지어 생각하기 시작할 것입니다.

Introduce 차임 감기

은은하고 즐거운 소리를 내는 차임을 감아 아기 방에 매달아 놓으십시오. 당신이 방에 들어가 아기를 안아 줄 때마다 부드럽게 차임 소리가 울리게 하십시오. 그리고 그때 아주 유쾌하게 "엄마는 여기에 있단다." 라고 말하십시오. 그리고 덧붙여 말해도 좋습니다.

"예수님께서는 너를 사랑하신단다, 크리스티. 엄마도 너를 사랑해!"

Introduce 딸랑이 소리에 맞춘 음악

아기용 딸랑이나 종과 같은 종류의 장난감을 사용하십시오. 아기가 누워 있을 때는 장난감을 좀처럼 볼 수 없도록 아이의 한쪽편에서 서서히 흔들어 딸랑이는 소리가 나게 하십시오. 소리났던 그 장소에 장난감을 그대로 놓아 두는 것을 잊지 마십시오. 나중에는 아이의 시선을 벗어난 멀리 떨어진 곳에 딸랑이를 놓아두십시오. 그런 다음 앞서와는 반대편에서 같은 방법으로 소리나게 하십시오.

또는 아기의 머리 뒤쪽에 서서 아기 위로 딸랑이를 흔들다가 당신쪽으로 서서히 그것을 움직여 보십시오. 아기의 시선이 딸랑이를 쫓는 동안 아기의 목과 등이 조금씩 가볍게 들썩거리는 것을 보게 될 것입니다.

이 놀이를 하고 난 후에는 당신이 즐겨 부르는 "예수 사랑 하심은"이나 다른 복음성가들을 딸랑이 박자를 맞추어 불러 보십시오.

Introduce 나를 흔들어 주세요

아기가 울면서 당신을 찾기 전에 자주 아기에게 애정을 쏟아 주어 당신을 의지할 수 있도록 가르치십시오. 아기가 잘 놀고 있어 홀로 내버려 둬도 괜찮다 싶을 때, 그때가 아기를 안아주고 귀여워해 줄 적절한 시간입니다. 그때 아기는 자신이 사랑을 요구할 때만이 아니라 늘 사랑받고 있다는 것을 깨닫게 될 것입니다.

이런 일에도 분명히 예외가 있기 마련입니다. 쌍둥이나 여러 명의 어린아기들을 돌봐야 하는 사람이나 부모들은 많은 시간을 아기가 홀로 있도록 내버려둡니다. 얌전히 있는 아기에게 사랑을 쏟아 줄 시간이 많이 있음에도 불구하고 말입니다. 시간이 흐르고 나면 부모들은 때로 후회하는 말을 하곤 합니다. 오랜 시간 동안 얌전하게 누워 있거나 혼자서 잘 놀던 "최고"였던 아기에게 다른 아기들보다 관심을 덜 가졌다고 말입니다.

아기를 안고 있을 때, 뮤직 박스나 테이프 또는 전축을 통해서 음악을 들려 주십시오. 또는 음악에 맞추어 가볍게 아기를 흔들어 줄 수 있을 곡조의 노래를 부르든가 콧노래를 불러 주어도 좋을 듯 합니다.

아기가 점점 자라면서 음악은 조금 더 명랑하고 오락적인 것이 될 수 있고, 태어나서 처음 몇 달이 지난 아기에게는 그러한 곡조가 부모와 더욱 가깝고 친밀하게 될 수 있도록 해 줍니다. 아름다운 많은 복음성가와 자장가 테이프들은 기독교 서점에서 구입할 수 있습니다. 그 가사들이 전하는 의미들 또한 아기에게 단순한 진리들을 가르쳐 줄 훌륭한 매체가 될 것입니다.

Introduce 어릴 적에 집 밖은 재미있어요

집 밖으로 나가 나무 그늘 아래 담요를 깔고 아기와 함께 누워 보십시오. 갓 태어난 아기일지라도 자기 머리 위에서 바스락거리는 소리를 내며 움직이는 나뭇잎을 구경하는 것을 즐거워할 것입니다.

아기가 볼 수도 있고 소리를 들을 수도 있도록 낮게 드리워진 나뭇가지에 딸랑이나 종 또는 비치볼을 매달아 놓으십시오. 아기 곁에 머물면서 꼭 껴안아 주기도 하고 쓰다듬어 주기도 하면서 말도 걸어 보십시오. 아기는 엄마, 아빠가 늘 가까이서 자기를 지켜볼 것이라 믿게 될 것이고, 밖은 즐겁고 안전한 곳이라 여기게 될 것입니다.

아기가 당신 말들을 이해할 수 있기 전에 하나님의 경이로움에 대해서 이야기해 주십시오. 아기는 여러분의 목소리와 다정함을 좋아할 것이며, 그 말들은 아기에게 깊은 의미를 남기게 될 것입니다.

Introduce 나는 네 뒤에 있단다

어린 아기가 엎드려 있어 여러분을 볼 수 없을 때 여러분의 빰을 자주 아기의 빰에 갖다 대 주고 아기의 등을 토닥토닥 두드려 주기도 하고, 쓰다듬어 주기도 하면서 상냥하게 말을 걸어 주도록 하십시오.

아기는 당신이 보이지 않을 때에도 자신을 사랑하고, 보호하며, 돌봐주기 위해 당신이 가까이 있을 것이라는 믿음을 갖게 될 것입니다. 우리를 사랑하시는 하나님 아버지의 얼마나 멋진 그림인지요!

Introduce 제자리에 있구나

가능하면 매일 똑같은 장소에서 요람용 장난감들을 자주 볼 수 있게 해 주십시오. 아기는 조만간 그것들을 찾기 시작할 것입니다. 만약 그것들이 싫증나면 새로운 장난감으로 바꾸어 놓되 똑

같은 자리에 놓도록 하십시오. 아기는 낯익은 것을 좋아합니다. 그리고 반복되는 광경들과 일상적인 것들을 통해 세상에 대한 신뢰감을 갖게 됩니다. 조만간 아기는 불안전한 세상이 우리를 둘러싸고 있다 할지라도 하나님의 자녀로서 잘 자라는 안전한 영적 세계에 대해 신뢰를 갖게 될 것입니다.

아가야, 까꿍!

어린 시절 이 놀이를 해 보지 않은 사람은 거의 없을 것입니다. 손이나 물건 뒤로 숨어버린 낯익은 얼굴이 다시 곧 나타나리라는 믿음을 갖도록 해 주는 아주 이상적인 놀이입니다.

부모의 얼굴은 아기에게 엄마와 아빠가 자신을 위해서 해 주는 모든 것을 나타냅니다. 보살핌, 음식, 편안함, 안전, 사랑, 그리고 따뜻함 등 "까꿍"은 친숙한 사람이 잠시 동안 사라졌다가 다시 아기가 있는 곳으로 돌아오는 것을 의미합니다.

젖 먹이는 이야기

아기가 아주 만족해 하는 순간에, 특히 젖을 먹고 있을 때나 느긋하게 여러분의 등에 업혀 있을 때 "수지야, 예수님께서는 너를 사랑하셔!" 라고 말해 주십시오. 비길 데 없이 뛰어난 이름을 아기가 들어본 첫 번째 이름이 되게 하십시오. 아기는 일찍부터 그 이름을 배우게 될 것이고, 머지 않아 곧 사랑하게 될 것입니다.

새 장난감

새 장난감을 보여줄 때나, 아기가 딸랑이나 모빌을 가지고 잘 놀고 있을 때 "하나님께서는 참 좋으신 분이야, 지미. 그분은 우리가 재미있게 지낼 수 있도록 도와주신단다!" 라고 말해 주십시오.

아기를 위로하기

아기가 치근거리며 보챌 때, 아기가 알아들을

수 있도록 예수님의 이름을 들어 기도하십시오.
이렇게 기도해 보십시오.

"예수님, 우리 아기를 편안하게 해 주세요."

"예수님, 제니퍼가 평안하게 잠을 자도록 도와
주세요."

진공 청소기는 내 친구

아기가 진공 청소기를 두려워하면 진공 청소기
에 대해서 가르쳐 주어야 합니다. 진공 청소기로
청소할 때, 아기를 안고 하든가 꽉 끼는 파우치
(Pouch; 아기를 넣을 수 있는 작은 주머니)에
넣어 여러분 가까이에 있게 하십시오. 아기가 할
수 있는 능력이 있다면 진공 청소기를 밀거나 전
원을 켜고 끄고 하는 일을 돕게 하십시오. 그래
도 여전히 두려워하면 방을 옮겨다니며 청소할
때마다 아기를 청소하는 방으로부터 멀리 떨어진
곳에 있게 하십시오.

그리고 당신이 아무런 대책도 세울 수 없는
큰소리들, 예를 들어 바람 소리, 사이렌 소리,
천둥 소리, 기차 소리, 상공으로 날으는 비행기
소리 등을 아기가 무서워할 때, 그 순간을 아기
와 함께 장난치거나 노래부르거나 아이를 안심
시킬 수 있는 말을 한다거나 음악에 맞추어 가
볍게 아이를 흔들어 주거나 하는 시간으로 이용
하십시오.

걸음마하는 아이

아장아장 걷는 아이들에게는 어떤 공포가 증가
하기 시작하는데, 그것은 덮개가 없는 탁자 위에
홀로 남아있다든가, 떨어진다든가 하는 자연적으
로 발생하는 두려움과는 전혀 다릅니다(이러한
공포는 불안감에 사로잡혀 있을 때 느끼는 불유
쾌한 기분과 비슷합니다).

걸음마장이들은 꽤 많이 부딪치기도 하고 넘어
지기도 합니다. 또 이따금씩 정말로 무서운 주의
도 듣습니다.

우리는 거리에서 아이가 차에 치이지 않도록
큰 차에 대해 주의를 주거나 또는 아이를 정말
로 물어뜯을 것 같은 털복숭이 개에 대해서 주
의를 줍니다.

걸음마장이일지라도 하나님의 능력이 자신을
안전하게 돌보아 주시고 인도해 주시며 보호해
주시리라는 것을 배우기 시작할 수 있습니다. 게
다가 이 나이의 아이들에게는 자신의 부모님 또
한 신뢰할 수 있는 분이라는 진리를 지속적으로
강화시켜 줄 필요가 있습니다.

다음 활동들이 이런 진리들을 가르치는데 도움
이 되기를 간절히 기도합니다.

 성경의 인물들

성경 속에 나오는 인물들의 그림이나 천으로 만든 인형들을 한 명씩 보여 주십시오.

"이 사람은 성경에 나오는 다윗이야. 하나님께서는 다윗을 강하게 만드셨단다!"(근육을 보여 주면서 그 뜻을 생생하게 표현하십시오. 그리고 아이가 재미있게 따라 할 수 있도록 격려하십시오.)

그러나 다윗이 곰이나 사자, 혹은 거인 골리앗을 죽였다는 것을 말해 줄 필요는 없습니다. 아이는 그런 자세한 이야기로 인해 확신을 갖기보다는 오히려 두려움을 느끼게 될지도 모르기 때문입니다.

"이 사람은 야곱이야. 밤에 야곱이 잠잘 때, 하나님께서 그를 돌보아 주셨단다!" 또는 "이 사람은 다니엘이야. 하나님께서는 다니엘의 안전을 잘 지켜 주셨단다!" 라고 말하십시오.

그리고 자녀의 사진을 보여줄 때 말하십시오. "이 애는 데이비야. 하나님께서는 데이비가 안전하도록 지켜 주신단다!" 또는 "하나님께서는 데이비를 힘이 세게 만들어 주신단다. 감사합니다. 하나님!"

 조용하고 침착한 성경 동물들

책이나 잡지에 나와 있는 곰이나 사자, 양, 염소, 혹은 비둘기 사진을 보여 주십시오(사진이 잘 찢어지지 않도록 사진과 같은 크기로 자른 도화지에 그것들을 붙이거나 투명 접착 테이프를 사진 앞 뒤로 붙여 보관하십시오).

그 사진들을 성경 책장마다 꽂아 두어 아이가 하나씩 끄집어낼 수 있게 하십시오. 아이가 그렇게 할 때 각각의 이름을 말해 주며 간단하게 설명해 주십시오.

"성경에는 곰이라고 씌여 있단다."

아이가 흥미있어 하면, 각 동물에 관한 몇 가지 사실들을 얘기해 주십시오. 아마도 아이는 성경에서 사진들을 꺼내 한번 슬쩍 훑어보기만 하는 것을 더 재미있어 할 것입니다. 하지만 아이는 그렇게 하면서, 성경에는 알아야 할 재미있는 것들이 들어있다는 사실도 깨닫게 될 것입니다.

 장난감이 어디 있을까요?

작은 공이나 장난감을 한 손으로 움켜쥐십시오.

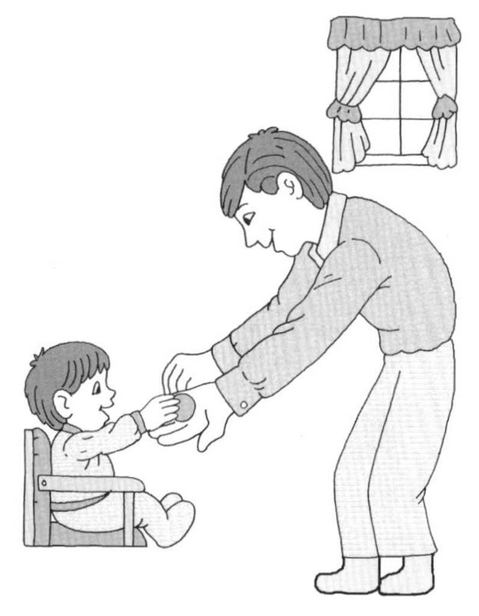

아이가 보는 앞에서 해야 합니다. 그 다음 그 손을 등뒤로 가져 가십시오. 두 주먹을 앞으로 내밀 때 공을 찾으면 그것을 주겠다고 아이에게 말하십시오. 아이가 찾으면 공을 주어 당신에 대한 신뢰감을 갖게 해 주십시오. 그리고 아이가 공을 찾도록 조르지 마십시오. 그것은 당신이 가르치려고 하는 믿음이라는 개념을 손상시킬 것입니다.

펄쩍 뛰어라

낮은 탁자나 흔들리지 않는 견고한 캐비넷, 혹은 집에서 약간 높은 장소에 아이를 올려 놓으십시오. 그리고 대기하고 있는 당신 두 팔에 뛰어내리게 하십시오. 아이를 꼭 껴안아 주어 당신이 잡아 주리라는 사실에 확신을 갖게 해 주십시오. 익히 잘 알고 있는 이런 놀이는 언제나 아이들이 좋아하는 것이라서 당신의 자녀도 몇 번이고 그것을 다시 해 보고 싶어할 것입니다(당신이 느끼기에 아이가 당신이 없는 곳에서 이런 활동을 하려고 한다든지, 또는 올라가지 말아야 할 곳으로 올라가려고 한다면 아이가 놀이 규칙들을 잘 이해할 수 있을 때까지 기다리십시오).

저기에 있을거야

이 놀이를 하기 전에 아이와 집 안을 여기저기 돌아다니며 방 이름을 명명해 보면 좋을 것 같습니다. 아이를 집 안의 중앙에 앉혀 놓고 얘기해 주십시오.

"아빠는 부엌에 가서 숨을거야."

빨리 부엌(또는 근처의 다른 장소)으로 가서 숨으십시오. 아이가 당신을 찾게 될 때, 아이가 당신을 발견할 수 있을지 확인해 보십시오. 그 다음 아이를 부르십시오.

"바비, 이리 와서 나를 찾아봐."

아이가 찾으면 다정하게 "바비! 네가 나를 찾았구나!" 라고 말해 주십시오.

"숨다"와 "찾다"에 대한 간소화된 설명은 아이의 정신적 어휘를 발달시키도록 고양할 뿐만 아니라 부모님의 말에 신뢰감을 갖도록 도와줍니다. 게다가 그것은 훌륭한 순종 훈련이기도 합니다.

어디에 두었지?

장난감이나 혹은 낯익은 다른 물건들을 가지고 앞의 놀이와 비슷한 놀이를 할 수 있습니다. 방이나 집 근처 어딘가에 물건을 숨기십시오. 그 다음 요청하십시오.

"에린, 새끼 고양이를 찾아봐. 고양이가 의자 속에 있네!"

찾기 쉬운 곳(또는 침실, 걸상 밑 등등)에 물건을 숨기십시오. 그렇다고 아이가 있는 곳에서도 찾을 수 있도록 너무 보이게 해서도 안 됩니다.

 자녀에게 믿음의 태도 가르치기

아이는 아주 자연스러운 방법으로 당신의 말을 신뢰할 수 있게 될 것입니다.

무언가 새로운 것 시도하기

맛이 좋은 과일을 잘라 놓거나 간편하게 먹을 수 있는 음식을 조금 차리든가 또는 수박을 공 모양으로 만들어 놓고 아이가 배가 고픈지 확인해 보십시오. 그리고 음식을 아이 앞에 차려 놓으며 "맛있겠는데!"하고 감탄해 보십시오. 아이는 먹으면서 당신 말이 맞다는 것을 깨닫게 될 것입니다. 아이가 좋아하지 않는 음식은 절대로 사용하지 마십시오.

성경 이야기 책

기독교 서점에서 "나를 돌보시는 하나님"과 같은 위로를 주는 주제의 책을 구입하십시오. 또한 두 세 문장으로 이야기해 줄 수 있는 짧은 성경 이야기들을 이용하셔도 좋습니다. 예수님과 어린이들, 아기 예수님을 지켜 보고 있는 마리아와 요셉, 아기 모세 그리고 선한 목자 예수님은 탁월한 선택이 될 것입니다. 그림을 보여 주면 아이가 차차 이해하는 데 도움이 될 것입니다.

즐거운 노래와 리듬

취학전 아이에게 메시지를 전하며 즐겁게 해

주기 위해서 간단한 노래에 완전한 리듬을 갖출 필요는 없습니다.

다음에 나오는 몇 개의 노래들을 이용하거나 혹은 성경의 진리를 재미있게 가르치는 방법들을 직접 만들어 보십시오.

노아는 아주 아주 큰 배를
튼튼하게 만들었습니다.
그리고 그것이 떠다닐 것이라고.
확신했습니다.

사자굴 속에 다니엘을
비겁한 왕이 던져 넣게 했습니다.
다니엘은 확신했습니다.
사자들이 물어 뜯지 않으리라고.
천사들이 밤새도록 다니엘의
안전을 지켜 주었기 때문입니다.

고기잡는 어부여!
내가 무엇을 보고 있는 거죠?
당신은 물고기를 많이 잡았습니다.
어떻게 그런 일이 일어났죠?
예수님께서 방법을 말씀해 주셨습니다.
지금도 지켜 보시며 가르쳐 주고 계셔요.
휙!(낚싯대를 던졌다 끌어 올리는 시늉을 하세요.)

내가 즐거워하는 것을 누가 보시지?
하나님입니다!
내가 장난감들을 나누어 갖는 것을 누가 보시지?
하나님입니다!
내가 친구들과 함께 있는 것을 누가 보시지?
하나님입니다!
내가 노는 것을 보고 싶어하는 분은 누구시지?
바로 하나님입니다!

예수님, 예수님, 강한 예수님.
나를 사랑하시며, 온종일 돌보아 주시네!
예수님, 나를 돌보아 주시네.
예수님, 나를 사랑하시며 위로하시네.
예수님, 정말 인자하시며 공의로우신 분.
예수님, 내가 믿는 유일한 분일세!

하나님께 감사하리로다.
내 모든 장난감들로 인해
특별히 소년 소녀들을 위해 만드셨도다.
하나님께 감사하리로다.
나로 즐길 수 있게 하시는 분이시기에!

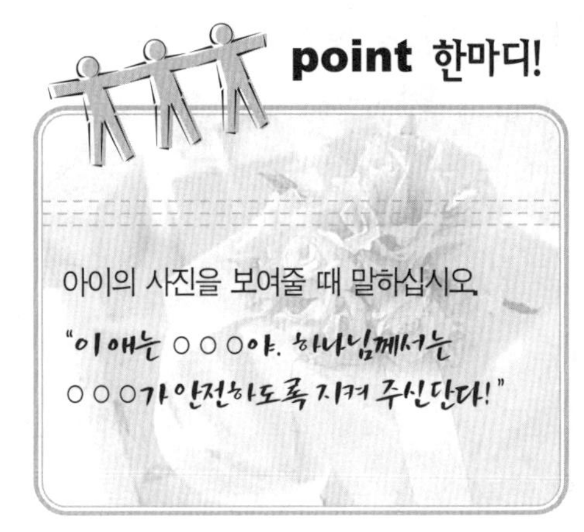

3-4세의 아이들

Introduce **무엇이 위험하지?**

이 활동을 시작할 때 다음과 같은 질문을 하십시오. "무엇이 위험하지?"('위험한'이란 단어를 예감할 수 있도록 소리를 내세요. 그러면 그 뜻이 더 잘 전달될 것입니다. 하지만 너무 놀라게 해서는 안 됩니다). 그 다음 다른 질문들을 하십시오.

"과자는 위험하니?"

아이와 함께 머리를 가로 젓고 "아니오." 라고 미소지으며 대답하십시오. 이따금씩 바보 같은 질문들을 섞어가며 계속 하십시오.

"양말은 위험하니?"

실제로 위험한 체험이나 물건들을 여기저기 넣어서 질문하십시오.

"날이 잘 드는 칼은 위험하니?"

"큰길은 위험하니?"

"제레미를 누가 지켜보고 있지?"

"엄마. 그리고 (활발하게) 예수님!" 이라고 대답하며 자녀를 껴안아 주십시오.

Introduce **두려워할 때마다**

아이는 이미 많은 단어들을 이해할 수 있기 때문에 아이가 말할 수 있게 되자마자, 혹은 그보다 훨씬 전부터 다음의 말씀을 가르쳐 줄 수 있습니다.

"내가 두려워하는 날에는 주를 의지하리이다"(시 56 : 3)

이 나이의 아이에게는 굳이 성경을 인용해서 가르칠 필요는 없습니다.

아이가 두려워할 때는 관심을 갖고 물어 보십시오.

"크리스티, 무섭니? 이 말을 기억해봐. '내가 두려워하는 날에는 하나님을 의지하리이다' 하나님께서는 우리와 함께 바로 여기에 계시단다!"

아이가 나이를 더 먹었을 때, 낮에 치는 천둥을 무서워하면 가정에서 이용할 수 있는 악기들 — 뚜껑이나 깡통 두드리기, 종 울리기, 방을 빙 둘러 행진하기 — 을 연주하는 가정 음악대를 만드십시오.

또다른 대안으로는 행진곡풍의 음악을 들려주어 천둥 소리를 잊게 하고 아이가 열중할 만한 일을 주십시오.

다음 천둥이 꽝하고 내리치기 전에 아이가 방을 가로질러 깡총깡총 뛰어 간다든지 하는 간단한 놀이를 끝마칠 수 있을지 확인해 보십시오. 셈하기나 짧은 노래 부르기 또한 아이가 두려움을 더 잘 이겨낼 수 있도록 도와줄 것입니다.

내 애완 동물은 나를 믿고 있어

어린아이가 집에서 기르는 애완 동물을 돌보아 주도록 도와주십시오. 아이는 접시에 물을 담거나 혹은 먹이 먹는 곳에 음식을 가져다 주는 일을 거들어 줄 수 있습니다.

"우리가 머피를 돌보아 주듯이 하나님께서는 조니, 엄마 그리고 아빠를 돌보아 주신단다. 하나님께서는 머피처럼 우리가 행복해지기를 원하셔." (머피가 개이면 꼬리를 흔드는 것에 관해서, 고양이이면 목을 가르랑 거리는 것에 관해서 이야기 해 주십시오.)

그리고 강조해서 말해 주십시오.

"머피는 우리가 자기를 잘 돌보아 주며 음식과 물과 잠잘 따뜻한 장소를 줄 것이라 믿고 있어. 우리도 하나님께서 우리를 잘 돌보아 주시리라는 것을 믿을 수 있단다. 하나님께서는 우리에게 음식도, 물도, 좋은 집도 주셨잖아."

눈 가리고 맛보기

2-3세된 아이는 이 활동을 먼저 시범을 보여 줄 손윗 형제와 함께 하면 훨씬 더 재미있어 할 것입니다. 그때 아이는 무슨 일이 일어날 것인지를 더 잘 이해하며 재미있게 놀이를 즐기게 될 것입니다.

아이를 당신과 마주보게 앉히고 눈 가리개를 해 주십시오. 아이가 눈 가리개 하는 것을 좋아하지 않으면 선글라스의 렌즈에 검정색 종이를 붙여서 안경을 씌워 주십시오. 이것도 싫어하면 그냥 눈을 감고 있게 하십시오. 그리고 말하십시오.

"네 손에 뭔가를 쥐어 주려고 하는데, 그것은 아주 재미있을 거야. 나를 믿어보렴."

그런 다음 작은 물건을 아이 손에 놓아주며 그것이 무엇인지 알아 맞춰보게 하는 것입니다. 또는 눈가리개를 풀어주어 그것을 확인해 볼 수 있게 해 주십시오.

다시 눈 가리개를 해 주며 말하십시오.

"네게 예쁜 소리를 들려 주려고 하는데 아주 마음에 들꺼야. 나를 믿어 보렴."

기분좋은 소리를 내는 종을 울려 주든가, 뮤직 박스를 들려 주든가, 혹은 고요한 노래를 불러 주든가 콧노래를 불러 주든가 하십시오.

다시 한번 더 눈 가리개를 해 주며, "여기 먹을 것이 있는데, 아주 맛있을 거야 기대해 봐."라고 말하십시오. 그런 후 아이 입에 맛좋은 음식을 넣어주십시오.

밤이 지나면 아침이 오네

밤에 아이와 함께 손전등을 들고 단거리 보행을 하든가 혹은 당신 집 뒷마당으로 나가든지 하십시오. 아이에게 밤경치와 소리가 어떤지 이야

기하며, 명랑한 목소리로 "밤이 지나면 하나님께서 우리에게 무엇을 주시리라 믿고 있는지 알고 있니? 그것은 바로 아침이야! 감사하게도 하나님께서는 밤이 지나면 다시 아침이 오리라는 생각을 갖게 해 주셨단다!" 라고 말해 주십시오.

우리는 목자를 믿을 수 있어요

양떼로부터 벗어나 길을 잃고 헤매는 새끼양을 예수님께서 찾아 양우리로 안전하게 데리고 오시는 성경 이야기를 간략하게 이야기해 주십시오. 그리고 양들은 목자가 자기들을 돌보아 주며 보호해 줄 것이라 믿고 있다고 설명해 주십시오.

아이는 길 잃은 새끼양이 되고 당신은 예수님이 되어 새끼양을 부르며 찾다가 양우리로 데리고 오는 연기를 하십시오. 양우리는 소파 쿠션을 사각으로 배치해서 만드십시오. 또는 등받이가 달린 의자 두 개를 면하게 해 놓고 그것들 사이에 소파 쿠션을 수직으로 세워 "뒷벽"을 만드십시오. 식탁 밑 공간 또한 양우리로 안성맞춤입니다.

당신이 힘이 세다면 아이를 어깨에 들쳐메고 데려오십시오. 그러면서 말하십시오.

"예수님께서 '나는 선한 목자라'고 말씀하셨단다. 그러니 예수님께서 너를 돌보아 주시리라 믿어도 된단다."

엘리야

이 이야기는 엘리야의 생활을 근거로 해서 말하십시오.

"엘리야라는 사람이 뜨겁고, 모래투성이인 사막의 광야에 있었어요. 사막엔 먹을 것이 아무것도 없었지만 엘리야는 걱정하지 않았어요. 하나

님께서 돌보아 주시리라는 사실을 믿고 있었거든요. 물론 말할 것도 없이 하나님께서는 그렇게 하셨지요! 하나님께서는 까마귀를 엘리야에게 보내셨어요. 그리고 발톱으로 먹을 것을 날라다 주게 하셨죠. 엘리야는 '하나님, 감사합니다!' 라고 말했어요."

이야기를 들려준 후에 이렇게 말하십시오.

"하나님께서는 우리가 먹을 것을 필요로 할 때 우리에게 음식을 주신단다"(시 145 : 15 참고).

이 이야기를 강조하고 싶으면 아이와 함께 행동으로 옮겨보십시오. 아이를 바닥에 앉히거나 눕혀 놓고 당신이 "발톱"으로 음식을 갖고 아이에게 "날아오는" 시늉을 하는 것입니다.

Introduce 당신을 믿어도 되겠습니까?

믿음의 개념과 친숙해져서 아이 안에 자연스럽게 확신이 생길 수 있도록 도와주기를 원한다면 대화 중에 자주 믿음이라는 단어를 사용하십시오. 이를테면, "아기 기저귀가 필요한데 네가 가져다 주리라 믿어도 되겠지?"

또는 식탁에 있는 잘 깨지지 않는 접시를 싱크대로 옮겨 놓도록 요구할 때 말하십시오.

"접시를 싱크대에 옮겨 놓을 수 있다고 믿어도 될까?"

사고로 접시를 떨어뜨리면 아이에게 최선을 다하려고 애쓰고 있었다는 것을 알고 있으며, 더욱이 그것은 단지 실수였을 뿐이라고 상냥하게 말해 주십시오. 그리고 아이가 다시 그 일을 하고 싶어하는지 확인해 보십시오.

5-7세의 아이들

다수의 성경 이야기로부터 우리는 하나님을 신뢰하는 믿음을 가르칠 수 있습니다. 이런 이야기들을 아이에게 말해 줄 때, 그 이야기에 관련된 믿음의 원리를 강조하십시오.

소품이 있든 없든 이야기를 연극으로 꾸며 보면 훨씬 더 효과적일 것입니다.

옷가방이나 상자는 이 나이의 아이들이 이용할 수 있는 최고로 훌륭한 자료가 될 것입니다.

Introduce 믿-자!

이런 사소한 활동이 조금은 우습게 보일지도 모르지만 당신의 어린아이는 분명히 이것으로 인해 즐거워하며 중요한 단어를 배우게 될 것입니다. 아이가 활기차고 기분 좋은 상태에 있을 때, 이런 환호를 가르쳐서 아이와 함께 되풀이 해 보면 예수님을 믿을 수 있다는 사실에 환호하게 될 것입니다.

  자녀에게 믿음의 태도 가르치기

믿-자!

믿-자!

믿-자!

믿-자!(몸을 앞으로 숙이며 양팔뚝을 서로 감고 뒹굴며 말하십시오.)

예수님을!!!(양팔을 위로 올렸다가 양옆으로 내리십시오)

나는 당신을 믿을 수 있어요

중요한 것이 기록되어 있는 노트라든지 발송할 편지와 같이 당신이 가지고 있는 다소 특별한 것 중 깨뜨릴 수 없는 물건으로 고르십시오. 당신을 위해서 하루종일 그것을 보관해 줄 수 있을까 믿어도 되는지 아이에게 물어본 후 그것을 아이가 생각해 낼 수 있는 안전한 곳에 놓아두도록 부탁하십시오(필요하다면 그런 장소를 찾도록 도와주십시오). 그날이 끝나갈 무렵 그것을 돌려받을 수 있을지를 물어 보고 아이가 당신에게 중요한 것을 보관해 줄 수 있다는 믿음이 생겨서 얼마나 감사한지 모르겠다고 말하며 아이를 꼭 껴안아 주십시오.

정말입니까?

5-7세된 아이들은 상상력이 매우 뛰어납니다. 그래서 때때로 꾸며낸 이야기와 실제로 거짓된 이야기에 차이를 두며 얘기해 주기가 어렵습니다. 그럴 때, 이런 간단한 질문 — 대답 놀이가 도움이 될 것입니다.

다음과 같은 문장들을 말해 주고 그것들이 정말인지, 거짓말인지 대답하도록 아이에게 요구하십시오.

"나는 아빠입니다."

"나는 초록색 머리입니다."

"저 소파에는 쿠션이 3개 있습니다."

"뱀은 털로 덮여 있습니다."

그런 다음 아이가 문장을 말하면 당신은 그것이 참인지 거짓인지 구별해 내는 기회를 가지고, 다음과 같은 질문 — 대답을 하면서 놀이를 끝마치십시오.

"항상 참된 말만 하시는 분은 누구입니까? 하나님!"

 ## 엘리야와 같은 믿음

아이에게 당신이 그린 간단한 새 그림에 색칠하게 한 후 새의 발톱에 음식을 그려 넣게 하십시오. 혹은 잡지에서 새 사진을 오려 주어 아이가 종이에 붙이게 해서, 크레용이나 매직 펜으로 음식 그림을 덧붙여 그리게 하십시오.

그려진 새 그림에 깃털을 붙이게 하십시오(새를 예술적으로 섬세하게 그릴 필요는 없습니다. 머리, 몸통, 꼬리, 날개, 다리를 단순하게 그리면 됩니다). 집 근처에서 찾을 수 있는 진짜 깃털이나, 공예점이나 상점에서 파는 깃털을 사용하십시오.

종이에 파란 하늘을 그리게 하고 당신이 작은 새를 오려 주어 아이가 그것을 하늘에 붙일 수 있게 해 주십시오. 원한다면 아이에게 솜을 붙여서 구름을, 또는 과자 부스러기들을 붙여서 발톱에 있는 음식을 만들게 해도 좋습니다.

참을성 있게 아이를 도와주며, 아이가 접착제나 풀의 사용법을 배울 수 있게 하십시오. 아이들은 대부분 종이에 풀을 얼마만큼 발라야 하는지를 잘 조절하지 못합니다. 많은 양의 풀을 쏟지 않고도 아이가 쉽게 펴 바를 수 있도록 빈 방취제 병에 풀을 조금 담아 주거나 스틱으로된 딱풀 또는 흰색풀을 일회용 접시나 뚜껑에 소량을 부어 주어 아이가 붓으로 그것을 칠하게 하십시오.

 ## 믿음을 가르치는 성구들

매주마다 하나님께 대한 믿음을 다루는 다음 성구들 중 한 구절을 가르쳐 주십시오.

"여호와를 의뢰하여 선을 행하라…"(시 37 : 3)

"…해(害)를 두려워하지 않을 것은 주께서 나와 함께 하심이라…"(시 23 : 4)

"너는 마음을 다하여 여호와를 의뢰하고…" (잠 3 : 5)

"내가 두려워하는 날에는 주를 의지하리이다" (시 56 : 3)

"여호와 내 하나님이여 주께 피하오니…" (시 7 : 1)

"너희는 여호와의 선하심을 맛보아 알지어다 그에게 피하는 자는 복이 있도다"(시 34 : 8)

이 나이의 아이에게는 어떤 보상이나 동기 부여를 거의 하지 않아도 아이는 평소에 당신을 기쁘게 해 주기 위해 성구를 익히는 것이 재미있고 쉽다고 생각할 것입니다. 그렇지만 아이가 그렇게 생각하도록 내버려두지 마십시오. 만일 아이가 암기하는 것을 거부하면 한번만 더 해보자고 요청한 후에 기꺼이 그만두십시오.

성구를 여러 번 말해 주는 것도 익히는 데 도움이 될 것이며, 물론 언젠가는 아이가 그것을

시도하기를 바랄 것입니다.

여기에 도움이 될 묘책이 한 가지 있습니다. 바로 점심 때나 저녁 때, 아이를 성구의 왕 또는 여왕이 되게 하는 것입니다. 예쁘게 장식하여 종이로 왕관을 만드십시오. 그리고 아이가 식사하러 자리에 앉았을 때, 성구를 암송했으면 왕관을 씌워 주십시오. 장식 리본을 달거나, 예쁜 천을 의자에 걸쳐 아름답게 주름잡아 장식하여 왕좌를 만들어 줘도 아주 좋을 것입니다.

그 주간의 단어

한 주 동안 한꺼번에 강조해 주기 위해 선택한 몇 개의 성경 단어들 중의 하나로 "믿음"을 택하십시오. 색판지나 도화지의 가장자리를 지그재그나 부채꼴 장식으로 잘라내고 그 위에 단어를 적

습니다. 이때 너무 크게 만들지 마십시오. 그리고 벽을 손상시키지 않도록 작은 플라스틱 압정이나 다른 접착제로 눈에 잘 띄는 곳에 그것을 붙이십시오.

아이가 이해할 만한 단어들로 정의를 내려 놓고 그 뜻을 이해할 수 있도록 도와주십시오. 집 중심부에서 매주 그 단어를 처음 볼 수 있게 하십시오. 그런 후 다른 곳으로 옮겨 붙이십시오. 아이가 그것을 옮겨 붙여 당신을 놀라게 할 수도 있고, 당신이 아이를 놀라게 할 수도 있습니다.

그 단어를 발견하면, 찾은 사람은 소리칩니다. "내가 특별한 단어를 찾았다!"

그러면 그것이 무엇인지, 때로는 그것의 의미가 무엇인지 물어 보도록 하십시오. 이번에는 아이가 몰래 그 단어를 또다른 곳에 옮겨 붙이기 시작합니다. 부모님은 즉시 그것을 찾으려 하지 마십시오. 기다렸다가 아이가 일상적인 일에 열중해 있을 때 찾도록 하십시오.

보물

집 안에 오려낸 발자국 모양들을 일렬로 붙여두어, 보물이 있는 곳으로 인도하게 하십시오. 작은 궤나 상자에 아이가 좋아하는 것들을 담아 보물을 만드십시오.

풍선껌, 스티커, 작은 인형 등 발자국 줄 끝에

작은 성경책을 놓아둘 아주 좋은 기회가 될 것입니다. 당신은 그때 성경이야말로 정말 근사한 보석이라는 것을 강조해 줄 놀라운 기회를 갖게 될 것입니다.

보물찾기를 시작하기 전에 아이에게 집 안 어딘가에 보물이 숨겨져 있는데, 발자국들이 그곳으로 인도해 준다는 사실을 믿어야만 한다고 설명해 주십시오. 아이가 그렇게 할까요?

"좋아… 그럼, 출발!"

또는 집 안 곳곳에 스티커나 그림 단서를 붙여 놓고 말해 주십시오.

"그림들이 네가 다음에 가야할 곳을 가르쳐 주리라는 것을 믿어야 해."

믿음의 개념을 강조하십시오. 보물찾기에 당신이 동행하면서 아이에게 그림들을 "해석"해 줘도 좋을 것 같습니다.

이 활동은 특히 아이를 돌봐주는 사람에게 맡겨지는 것을 두려워하거나 주저하는 아이에게 도움이 될 것입니다. 당신이 저녁에 외출하자마자 시작할 수 있도록 활동을 보류해 두십시오. 아이는 즐겁게 당신을 배웅하게 될 것입니다. 빠르면 빠를수록 좋아할 것입니다!

 ## 나를 의지해

이 놀이는 아이가 믿음의 개념을 이해하도록 잘 도와주기 때문에 여러 세대에 걸쳐 인기를 얻고 있습니다.

아이 등 뒤로 약 45㎝정도 간격을 두고 서십시오. 다리를 움직이지 말고 뒤로 넘어져 당신 팔에 안기라고 말해 주십시오.

"너 나를 믿을 수 있지? 이 놀이를 할 때면 항상 너를 받아 줄거야."

예수님께서는 우리가 그분을 믿기를 원하신다고 말해 주십시오. 그분은 능력이 많으시고, 우리를 도울 곳에 늘 계십니다. 우리는 그분께 기댈 수 있습니다. 아이가 두려워하거나 작다고 여길 때, 예수님의 도움을 의지할 수 있도록 가르쳐 주십시오.

 ## 믿음의 이야기들

엄마가 나일강에 아기 모세를 숨긴 이야기는 믿음과 하나님의 인도하심에 대해 훌륭한 본보기가 됩니다. 이 이야기를 말해 줄 때, 하나님께서는 신뢰할 수 있는 분이라는 것을 강조하십시오. 하나님께서는 부모들이 있지 않을 때조차도 아기 모세를 지켜주셨듯이, 우리들에게도 똑같이 해 주십니다.

"내가 정녕 너와 함께 있으리라…"(출 3 : 12)는 말씀은 아이에게 가르쳐 주거나 인용해 주기에 좋은 말씀입니다. 히브리서 13 : 5 또한 모든

사람을 크게 위로해 주는 말씀입니다.

"…내가 과연 너희를 버리지 아니하고 과연 너희를 떠나지 아니하리라 하셨느니라"

사자굴의 다니엘, 극렬히 타는 풀무 가운데 던져진 사드락과 메삭과 아벳느고의 이야기들은 하나님의 능력을 믿는 생생한 본보기들입니다.

이 이야기들이 아이에게 친밀해지게 되면 "나는 누구입니까?" 놀이를 하십시오. 인물들의 경험을 설명해 주면 아이가 누구인지 알아맞추는 것입니다. 또는 이름을 말해 주고 그 아이에게 이야기를 해 보도록 권해 보십시오.

놀이를 끝마칠 때 물어 보십시오.

"그들 모두는 누구를 믿었지?"

아이는 자랑스럽게 대답할 것입니다.

"하나님!"

자녀에게
자신감의 첫걸음
가르치기

내게 능력 주시는 자 안에서 내가 모든 것을 할 수 있느니라

- 빌립보서 4 : 13

경건한 자신감은 성경에 있는 개념입니다. 그것은 세속적인 세상에 의해서 고양된 오만한 자신감이 아닙니다. 오히려 그것은 하나님께서 내재하신 인간에게서 결코 빠뜨릴 수 없는 결합으로, 전능하신 하나님의 능력과 힘과 지혜와 충만함에서 작용하는 것입니다. "예수님 안에서 모든 것을 할 수 있다"는 태도로 인해 사람은 역동적이며 풍요롭고 가치 있는 삶을 꿈꾸고, 시도하며, 성취하고, 즐길 수 있습니다.

사랑이 있는 부모들이라면 자녀들이 자기 비하나 병약, 공포, 또는 낮은 자존감으로 인하여 무능해지는 것을 원치 않을 것입니다. 자신감의 결여로 인하여 어떤 사람은 평생 동안 괴로워할 수도 있습니다. 그 사람은 그것으로 인하여 괴로워하고 자신에게 지나치게 몰두한 나머지, 다른 방법으로 성취할 수 있는 것조차 시도해 보지도 못합니다.

각 사람을 향한 하나님의 계획은 균형잡힌 삶입니다. 즉, 하나님께서 우리에게 부탁한 모든 것을 불행으로 이끄는 사악한 자만심에 빠지지 않고, "나를 여기로 보내셨구나." 라고 여기며 전념할 수 있도록 우리를 자유롭게 하는 본인 스스로

가 확신하는 삶 입니다. 성경은 반복해서 다음과 같이 강조하고 있습니다. 하나님께서는 우리를 소중히 여기시고, 우리를 사랑하시며, 언제나 우리의 필요를 채워 주시고, 우리와 교제하는 것을 기뻐하십니다.

예수님께서 친히 우리에게 명령하셨습니다.

"…네 이웃을 네 몸과 같이 사랑하라"

(마 19 : 19)

나 자신을 대신하거나, 나 자신보다 더욱 사랑하라는 것이 아니라 나 자신을 사랑하는 만큼 사랑하라는 것입니다. 그 의미는 예수님의 말씀 속에서 분명히 알 수 있습니다. 진정한 자기애는 헌신적인 사랑으로 타인에게 표현될 것입니다. 사도 바울 또한 강조하여 말하기를 각 성도는 그리스도의 몸으로, 신체의 각 부분이 소중한 것처럼 귀하다고 하였습니다(고전 12 : 27).

아이의 마음 속에 경건한 자신감을 불어 넣어 주는 것은 아주 일찍 시작해야 하는 일입니다. 아이는 우리가 자신을 다루고, 말해 주며, 자신의 어린애다운 약점들과 대하는 동안 스스로 자신이 가치가 있는지 없는지에 대해 알아가기 시작할 것입니다. 아이는 자신의 존재를 비추려고 우리에게 주의를 기울이며 무언의 말들로 질문할 것입니다. "엄마는 내가 여기에 있는 것을 기뻐하실까?", "아빠는 나를 안아 주고, 나와 함께 노는

것을 즐겁다고 생각하실까?", "내가 새로운 것들을 할 수 있을 때 그분들은 행복하실까?" 부모가 날마다 자녀 그대로의 가치를 강조해 주며 양육할 때, 자녀는 전능하신 하나님께서 자신의 생명을 무한히 가치 있게 여기신다는 진리를 더 잘 믿게 될 것입니다.

많은 부모들이 자녀들 앞에서 무심코 내뱉는 사소한 말들을 통해 자녀를 실망시키는 실수를 범합니다. 그들은 그들의 말과 빈정거림이 자녀에게 큰 영향을 끼친다는 것을 모르고 있습니다. 그들은 자녀에게 자신들이 누구이며, 성품이 어떠한지에 대해 실망의 단서를 주고 있는 셈입니다.

부모는 자녀의 삶에 권위를 갖고 있습니다. 그래서 만일 당신이 이 자녀는 "다루기 힘들어." "개구쟁이야." "수다스러워." 라고 말한다면, 자녀는 정말 자신이 그런 줄로 여기게 되며 그때그때 부모의 자신에 대한 평가에 따라 행동하려고 할 것입니다. 바꿔 말하면, 만일 자녀가 자신의 행동과 성격에 관해 칭찬하는 말을 듣게 되면, 자녀는 부모가 말하는 그런 아이가 되려고 아주 열심히 노력할 것입니다.

어린아이는 자신감에 대한 타고난 이해력이 없습니다. 뿐만 아니라 겸손이라는 개념 또한 이해하지 못합니다. 그러나 우리는 아이가 이러한 것

 자녀에게 믿음의 태도 가르치기

들을 발전시켜 풍요로운 삶을 향하여 진로를 정하도록 도와줄 수 있습니다. 자녀에게 예속된 독립의 미래, 그리스도 안에서 참으로 모든 것을 할 수 있다는 신념을 주어 기회가 있을 때마다 최선을 다하도록 해 주는 것은 정말 값진 선물입니다.

그렇다면 자녀가 지나치게 이기적이거나 거만하지 않고 올바른 자기애와 자신감을 발전시킬 수 있도록 부모들은 어떻게 도울 수 있을까요? 그 대답은 쉽지 않지만, 다음 6가지 지침들이 도움이 될 것입니다.

1. 하나님의 관점에서 아이의 가치와 가능성에 대해서 가르치십시오. 하나님께서는 창세 전에 아이를 아셨고, 사랑하셨다는 것을 가르쳐 주십시오. 아이가 맡기기만 하면 하나님께서는 평생에 걸쳐 아이를 돌보아 주시고 인도해 주실 것이라는 사실을 강조하여 말해 주십시오.

아이에게 다음과 같은 "사랑스런" 명칭들을 사용하십시오. "하나님의 소중한 꼬마 아가씨" "주님의 아름다운 조그만 보석" 비록 아이의 행동이 항상 반짝이지 않을지라도 말입니다.

2. 당신이 얼마나 소중히 여기는지 아이에게 자주 알려 주십시오. 아이의 어떤 모습이나 재주 때문이 아니라 하나님께서 당신에게 주신 선물이기 때문에 소중하다는 사실을 말입니다. 아이의 긍정적인 자질들과 행동들을 될 수 있으면 많이 강조해 주십시오.

어떤 사람도 항상 냉대를 받다보면 정말로 자신감을 느낄 수 없기 때문입니다.

3. 아이를 징계하는 것을 두려워하지 마십시오. 우리는 가치 있게 여기는 것을 보호하고 지키듯이 아이의 생활과 가능성에 해를 입히게 될 부적당하고 터무니없는 행동 양식으로부터 아이를 보호해야 할 의무가 있습니다. 그렇지만 아이에게 벌을 줄 때에는 말과 행동으로 사랑하고 있다는 것과 앞으로는 바른 행동을 하리라는 확신이 있다는 것을 아이에게 전해 주어야 합니다.

4. 아이의 자존심을 손상시킬 만한 다음과 같은 말들은 피하십시오. "너는 구제불능이야!" "너는 실수 투성이야!" "너는 나를 미치게 해!" "넌 뭘 배웠니!" 이런 말 대신에 진심으로 아이에게 "너는 훌륭하고 착한 소년이야!" 라고 말하십시오.

5. 아이가 다른 사람들의 필요와 감정에 관심을 갖고 함께 나누어 가질 수 있도록 지도하십시오. 자기 자신과 자신이 원하는 것에 몰두하지 않도록 도와주십시오.

6. 사소한 일에도 도움을 주시는 하나님 아버지를 매일 의지할 수 있도록 가르치십시오. 인자하신 하나님께서 우리에게 분별력과 건전한 사고를 주시기 때문에 성공하며 승리할 수 있다는 것을 말과 본보기를 통하여 강조하십시오.

갓난아기

Introduce 자신 있게 말하기

아기가 어릴 때, 아기를 안고 아기의 얼굴로부터 약 15–20㎝ 정도 떨어져 마주 보고 아기에게 살며시 말을 걸어 보십시오. 아기가 소리를 낼 수 있을 때, 아기에게 그것을 반복하십시오.

아기가 말하기를 시작한 것이 당신에게 얼마나 큰 기쁨이 되는지 아기에게 말해 주십시오(아기가 내는 모든 소리는 아기의 언어 발달에 기초적인 요소가 됩니다. 그 소리들은 소리 조합이 될 것이며, 결국에는 낱말과 문장이 될 것입니다). 아기에게 곧 아빠, 엄마와 같은 소리들을 말할 수 있을 것이라고 설명해 주고, 아기가 말을 배우는 것이 얼마나 신기하고 기쁜지를 이야기해 주십시오. 아기는 당신과의 부드러운 접촉과 당신의 얼굴

표정과 명랑한 목소리로부터 자신감을 얻게 될 것입니다.

Introduce 손을 뻗어 잡아당겨!

다채로운 색깔의 스카프나 큰 비단 손수건을 당신 목에 두르고 묶으십시오. 얼굴에는 환한 미소를 띠고 아기 위로 몸을 구부려 아기가 당신을 보고 스카프에 손을 뻗칠 수 있을 만큼 가까이 다가가십시오. 아기는 처음에 자신의 조그만 팔을 내어 휘두르기 시작할 것이고, 뜻밖에도 그 자신이 스카프를 잡고 있다는 것을 발견하게 되며, 시간이 좀더 지나면 아주 유유히 스카프의 잡아맨 끈을 쥐고 있게 될 것입니다.

당신이 기쁨에 찬 얼굴로 다정하게 아기에게 다가갈 때, 아기는 이 놀이를 훨씬 더 즐거워할 것입니다. 어렴풋이 아기는 자신의 손과 눈이 동시에 기능한다는 것을 알게 될 것이며, 항상 하나님께 다가갈 수 있다는 것을 배우게 될 것입니다.

Introduce 나에 관해서 배우기

푹신한 베개에 아기를 눕혀 놓고 두 팔은 베개 앞에 내려놓으십시오. 이러한 자세로 있을 때, 아기가 머리를 들고 주위를 살펴보기가 훨씬 쉽습니다. 재미있는 물건을 아기 앞에 놓아두어 아기가 잠시 동안 주목할 수 있게 하십시오. 그런

후 그것 대신에 버팀목이 달린 거울을 놓아두어 아기가 "다른" 사랑스런 아기를 지켜볼 수 있게 해 주십시오.

아기가 하나님과 당신에게 얼마나 특별한지에 대해서 아기에게 이야기하십시오. 예쁘고 작은 눈과 귀와 입 그리고 머리카락에 대해서 자세히 말해 주십시오. 아기가 피곤해 보이면, 잠시 동안 등을 돌려주거나 또는 아기를 안고 얼마간 귀여워해 주십시오.

아기는 자신이 무엇인가 할 수 있다는 것과 하고 싶은 일이 있다는 자신감을 자유롭게 움직이는 자신의 모습을 둘러보며 증진시키고 있습니다.

아기의 목과 등에 힘이 생기기 시작하면, 마분지로 만든 상자 속에 베개나 둘둘 말은 두꺼운 담요를 담아 아기의 앞뒤에 놓고 아기를 적당하게 눕히십시오. 당신이 일하고 있는 곳으로 상자를 밀어 놓아 아기가 당신과 함께 있는 즐거움을 누릴 수 있게 해 주십시오.

 모형 움직이기

납작한 색깔있는 펠트를 원형이나 다른 모양으로 자유롭게 선택해서 자르십시오(약 15㎝ 정도의 크기로). 단조로움을 피하기 위해 먼저 만들어 놓은 것의 뒷면에 크기와 모양은 같지만 색깔이 다른 것을 붙이고, 그 사이에는 마분지를 넣어 단단하게 해도 좋습니다.

부드럽고 두꺼운 실(대략 46㎝의 길이)의 한쪽 끝에는 모형을 매달고, 다른 쪽 끝으로는 침대에 누워 있는 아기의 손목에 매달아 주십시오.

그 모형을 요람의 난간 사이로 빼낸 다음 아기와 가장 가까이에 있는 측면의 꼭대기 난간 위로 그 모형을 집어 넣으십시오. 아기가 팔을 움직일 때, 그 행동으로 인하여 모형 또한 움직이게 될 것입니다. 아기는 주의해서 무슨 일이 일어나고 있는지를 지켜볼 것이며, 몇 번이고 그 행동을 되풀이할 것입니다. (아기가 자신의 행동에 대한 원인과 결과를 더 잘 관찰할 수 있도록 당신이 모형의 배치와 실의 길이를 조정해 주어야 할 것입니다.)

아기가 그 놀이를 하려고 할 때, 처음 몇 번은 요람 옆에서 아기의 배를 가볍게 토닥거려 주며 말하십시오.

"영리한 아가야! 네가 저 모형을 움직이게 했구나! 다시 해 보렴!"

아기가 계속해서 혼자 힘으로 할 수 있게 하십시오. 그렇지만 무엇인가를 아기에게 매달아 주었을 때는 언제나 아기 방에 머물러 계십시오.

나중에 작은 종이나 딸랑이를 실에 매어 묶어 주어도 좋습니다. 그것은 아기의 시각 기능뿐만 아니라 청각 기능을 발전시키도록 북돋울 것입니다. 아기가 놀이에 흥미를 잃으면 즉시 실을 풀어 주십시오.

하나님께서 튼튼한 팔을 주셔서 아기가 혼자서 모형을 움직일 수 있다는 것이 당신에게 얼마나 즐거운 일인지를 아기에게 이야기해 주며, 하나님께서는 정말로 좋으신 분이시라고 얘기해 주십시오.

아기가 훌륭한 두뇌로 인해 원인과 결과간의 관계를 이해하기 시작할 때, 아기의 일반적인 뻗기 동작과 흔들기 동작이 팔에 더욱 정확하게 전달되어 모형을 움직이게 하는 것을 살펴보는 것이 재미있다는 것을 알게 될 것입니다.

자신감을 세워 주는 모빌!

아기 침대의 폭과 엇갈리게 줄을 매십시오. 줄에 아기가 보고 만질 수 있는 물건들을 매달아 놓으십시오. 아기가 그 물건들을 입에 갖다 댈 수 있을 만큼 가까이 끌어당길 수 있을 때, 더 쉽게 잡아당길 수 있도록 리본띠 대신 고무줄로 바꾸어 주십시오.

색깔이 있는 큰 구슬들이나 빈 실패는 "나 혼자서 잡을 수 있어요." 라는 장난감이 됩니다. 또한 2개 이상을 이용하면 찰칵거리는 재미있는 소리도 만듭니다. 작고, 안전한 거울이나 잡을 수 있을 만큼 낮게 매달린 딸랑이 또는 누르면 소리가 나는 고무 장난감 등도 있습니다.

아기를 자주 살펴서 안전을 지켜 주고 아기가

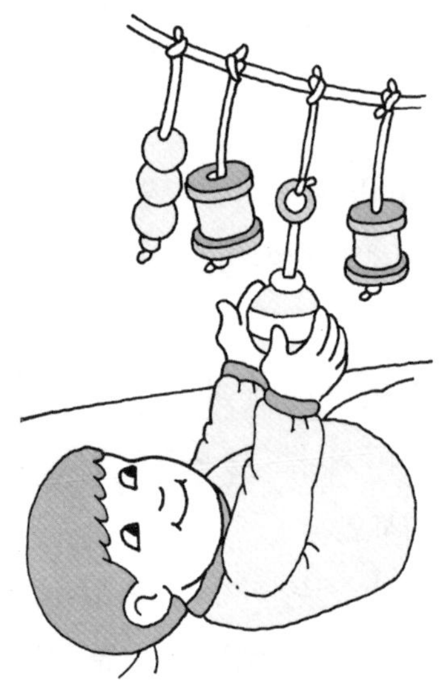

무엇을 할 수 있을 지에 대해서 아기에게 얘기해 주십시오. 예수님의 사랑에 관한 노래나 혹은 당신이 만든 가락에 맞춰 하나님께서 주신 손과 눈과 귀에 관한 노래를 불러 주십시오.

제조된 모빌을 사려면, 아기가 흥미를 갖고 잡을 수 있을 만한 것으로 구입하도록 하십시오.

 자녀에게 믿음의 태도 가르치기

 ## 내 목소리를 듣고, 나를 찾아라

아기가 침대나 마루에 등을 대고 누워 있을 때, 아기가 누워 있는 곳에서부터 얼마간 떨어진 곳으로 눈치채지 못하게 이동하십시오.

아기의 눈높이와 같아지도록 몸을 굽혀 부드럽고, 활기차게 아기의 이름을 부르며 말하십시오.

"제이슨, 제이슨, 나를 찾을 수 있니? 내가 어디에 있니?"

아기가 머리를 돌려 당신을 찾아낼 수 있는 시간을 주십시오. 아기가 찾으면 "옳지! 네가 나를 찾았구나, 제이슨! 엄만, 네가 참 자랑스럽구나!" 라고 말하며 아기에게 뽀뽀해 주십시오. 그리고 아기가 보이지 않는 곳에 머물러 있다가 자리를 정하고 얘기할 준비가 되면 그 놀이를 다시 시작하십시오.

아기가 처음에 반응하지 않으면, 더 크게 말해 주십시오. 그리고 아기에게 당신을 찾을 수 있는 시간을 꼭 주십시오. 처음에는 아기가 머리를 별로 움직이지 않다가 친밀한 당신의 목소리가 아주 강한 동기가 되어 당신을 찾으려고 애쓰게 될 것입니다. 아기가 조금 더 자라면 배 위에 올려서 같이 놀아 주십시오.

자기 스스로 할 수 있다는 자신감이 아기 안에서 자라면서 동시에 자기의 필요를 채워 주기 위해 당신이 곁에 있다는 확신을 갖게 될 것입니다.

"제 아기가 무엇을 할 수 있는지 보세요. 아기가 엄마를 찾을 수 있어요. 주님, 제 아기로 인해 감사합니다!" 라고 말하셔도 좋습니다.

 ## 구르세요

아기를 기저귀만 채운 채 부드러운 담요나 혹은 맨바닥에 내려 놓으십시오. 입은 옷은 구르기를 처음하는 아기에게 방해만 될 뿐입니다.

아기 곁에 솜털이 있거나 짜임새가 있는 천을 깔아 놓으십시오. 아기가 그 위로 구를 때에 아기를 응원하여 주십시오.

"라나, 하나님께서는 네가 구를 수 있을 만큼 강하게 만드셨어!"

 ## 방울을 울리세요

아기가 발을 입에 갖다 댈 수 있기 전에, 아기의 신발 앞부리에 질긴 실이나 치아 사이에 낀 불순물을 제거할 때 쓰는 명주실로 딸랑딸랑 소

리나는 방울을 달아 주십시오. 아기는 발로 걷어 차기 동작과 소리를 연관지으면서 "방울을 울린" 자신의 능력에 흥미를 갖게 될 것입니다. 그리고 아기가 발을 입에 갖다 대기 전에 반드시 방울을 떼어 주십시오. 아기에게 하나님께서 그의 작은 다리를 강하게 해 주셨다고 이야기해 주십시오.

Introduce 나 혼자서도 되찾을 수 있어요

아기가 "높은 의자에서 장난감 떨어뜨리기" 단계에 있을 때, 아기가 갖고 노는 물건에 31~46cm 정도의 실을 붙이고, 그 실의 다른 쪽 끝을 높은 의자에 묶으십시오. 아기는 실을 사용해 혼자 힘으로 장난감을 되찾는 법을 배우게 될 것입니다.

Introduce 그 아늑한 느낌

갓 태어난 아기는 꽉 끼는 좁은 태아기의 환경에서 바로 얼마 전에 빠져나왔습니다. 아기는 비록 자유롭게 걷어차기도 하고 뻗기도 할 수 있어 기분이 훨씬 더 좋지만 여전히 좁은 데서 느껴지는 안전감을 좋아합니다.

갓난아기를 요람이나 소파에 엎드려 놓을 때는 아기 양옆에 작은 베개나 둘둘 말은 담요를 놓으십시오. 아기가 따뜻하고 편안한 기분을 느낄 수 있도록 아기가 옆으로 누워 있을 때는 팔과 다리를 마음대로 움직일 수 있도록 베개를 등 뒤에 놓으십시오.

자기 주위에 있는 베개나 담요로 인해 갓난아기는 자신의 넓은 침대에서 더욱더 편안한 기분을 느낄 것입니다. 그리고 아기는 점점 넓고 새로운 세상에 대한 자신감을 발전시키기 시작할 것입니다.

Introduce 장난감을 찾으세요

이 활동은 아기의 기억력을 발전시키는 데 도움이 될 것입니다. 또한 자신과 당신에 대한 자신감을 향상시킬 것입니다. 아기에게 장난감 하나를 보여 주면서 그것에 대해 얘기해 주십시오. 그런 후에 아기의 오른편이든 왼편이든 아기가 볼 수 없는 곳에 그것을 놓으십시오. 만일 아기가 장난감을 찾으려고 애써 움직인다든지 혹은 그것을 잡으려고 꿈틀거리거나 허우적거리면 즉시 그것을 아기에게 주십시오. 하나님께서 아기 안에 발전시키고 계신 새로운 기능들에 대해 자랑하십시오.

Introduce 나는 그 얼굴을 기억하고 있어요!

적은 돈을 투자하여 아기에게 다시 사용할 수 있는 재미난 기억 장난감을 만들어 줄 수 있습니다. 아기의 엄마나 아빠의 클로즈업된 사진을 확

 자녀에게 믿음의 태도 가르치기

대하여 사진과 대략 비슷한 크기의 상자 한 면에 붙이십시오. 그리고 투명한 테이프로 사진을 싸서 보호하십시오.

사진이 붙어 있는 상자의 면을 아기에게 보여 주며 그것이 누구인지에 대해서 이야기해 주십시오. 사진이 보이지 않을 때까지 상자를 돌려 놓고 질문해 보십시오.

"아빠가 어디에 있지? 아빠 사진을 찾을 수 있니?"

만일 찾으면 아기를 칭찬해 주며 꼭 껴안아 주십시오. 아기에게 아빠 사진을 찾는 것을 아주 잘하고 있다고 말해 주십시오. 그리고 아기가 사진 찾는 것을 도와주기를 원하면 반드시 사진을 보여 주십시오. 그리고 아빠에 대한 감사 기도를 짧게 드리십시오.

장난감을 떨어뜨리세요!

엄마들은 정말로 어린아이들이 물건 떨어뜨리는 데는 대가들이라고 생각합니다. 이를 테면, 높은 의자 위의 쟁반에서 떨어진 음식, 집안 곳곳에 널려 있는 장난감들, 그리고 옷과 젖은 수건들까지! 그럼에도 불구하고 처음부터 떨어뜨리는 기술을 터득하기는 쉽지 않습니다.

왜냐하면 장난감을 들어올릴 때나 잡을 때와는 다른 근육들을 사용하기 때문입니다. 아기가 떨어뜨리는 방법을 배우도록 돕기 위해 당신 손에 방울이나 블럭을 쥐고 말하십시오.

"잘 봐, 떨어뜨린다!"

그리고 당신의 다른 손에 그 물건을 떨어뜨리십시오. 그 행동을 몇 번 되풀이하고 난 후 아기에게 권해 보십시오.

"네가 해봐, 크리시. 그 블럭을 떨어뜨려!"

그 놀이를 더욱 재미있게 하려면 금속 사발이나 금속 뚜껑을 뒤집어 받는 도구로 사용하십시오. 그것은 흥미를 자아내는 소리를 낼 것입니다. 아기는 당신이 받는 것보다 더 재미있어 할지도 모릅니다.

"하나님! 크리시가 손으로 장난감을 떨어뜨릴 수 있게 해 주셔서 감사합니다."

공 기어가기

화사하게 채색된 부풀린 비치볼을 기어다니는

아기에게 주어 갖고 놀게 하십시오. 아기는 비치볼을 밀어 움직이게 하고, 기어가 붙잡을 것입니다. 아기는 공을 끌어안고는 잘 빠져나가는 공을 잡은 것에 대해 기뻐할 것입니다.

새로운 친구예요

아기가 낯선 사람과 만날 때, 당신 팔에 아기를 꼭 안으십시오. 새 친구에게 즉시 아기를 건네주지 말고 아기에게 말해 주십시오.

"데이비드, 스미스 아주머니셔."

아기가 원하면 그 사람의 손을 잠시 만질 수 있도록 도와주거나 또는 그 낯선 사람에게 아기가 좋아하는 장난감이나 흥미를 일으킬 만한 어떤 것을 주어 아기에게 건네줄 수 있게 하십시오.

천천히 소개를 계속하십시오. 친척들이나 절친한 친구들처럼, 당신이 정말로 사랑하는 사람들이라 할지라도 아기에게는 전혀 모르는 낯선 사람이라는 사실을 명심하십시오. 그들과의 대면이 아기에게는 문 앞에 서있는 외판원을 만나는 것과 다를 바가 없습니다. 아기가 즉시 할아버지, 할머니에게 안기려 하지 않아도 마음 상해하지 마십시오. 아기는 이전에 본적이 있다는 것을 기억하지 못할 뿐입니다.

처음 보는 사람이 아기를 안고 있을 때, 가까운 곳에 머물러 있다가 아기가 원할 때 당신에게 되돌아올 수 있게 하십시오. 아기가 꽤 익숙해지고 있고 낯선 사람들에 대한 자신감도 커지고 있음을 깨달으십시오. 아기가 새로운 친구에게 어떻게 반응하느냐는 아기의 발달 연령과 기본적인 성격에 밀접한 관계를 맺고 있습니다.

걸음마하는 아이

 ## 나는 도울 수 있어요

걸음마하는 아이는 장난감 줍기를 즐거워합니다. 정말로 아이에게 그것은 재미있는 놀이입니다. 아이에게 자신감과 유용성을 고취시키기 위해 플라스틱 대야나 상자를 갖고 아이와 나란히 마루에 앉으십시오. 장난감 하나를 대야에 던져 넣고 또다른 장난감을 아이에게 건네주십시오. 당신이 무엇을 하고 있는지 아이에게 설명해 주고 난 후, 아이에게 갖고 있는 장난감을 대야에 집어 넣도록 요구하십시오. 아이가 머뭇거리면 아이의 장난감 잡은 손을 천천히 이끌어 당신이 요구했던 곳에 넣으십시오.

아이를 축하해 주며 아이에게 다른 장난감을 또 찾아 대야에 던져 넣도록 요구하십시오. 아이는 2-3개 정도의 장난감을 줍기만 할지도 모릅니다. 하지만 사소한 일들에도 칭찬을 듣게 되면 아이는 자신의 행동과 능력이 사랑하는 사람들을 기쁘게 해 준다는 자신감을 갖기 시작할 것입니다.

 ## 색깔

아이가 걸음마를 시작한지 얼마 되지 않았을 때 크레용을 소개하십시오.

취학전용의 큰 크레용을 사용하고 포장지는 있는 대로 벗겨 내십시오. 아이 앞에 있는 테이블이나 높은 의자에 종이 한 장을 붙인 후, 아이에게 새 물건과 친해질 수 있는 시간을 주십시오. 아이는 이 손, 저 손에 옮겨보며, 당신에게 보여 줄 것입니다. 또한 어떤 맛이 나는지 먹어 보기도 할 것입니다. 크레용은 중독성이 없어서 대부분의 어린아이들은 크레용으로 할 수 있는 것을 발견하면 그것을 오래도록 씹지는 않을 것입니다(아이가 여전히 크레용을 물고 있으면, 입에 물릴 크래커나 비스킷으로 대체시켜 주고 색칠하기는 나중으로 미루십시오).

크레용이 얼마나 부드럽게 느껴지는지 아이에게

이야기해 주며 크레용의 색깔을 말해 주십시오. 아이가 종이에 무심코 자국을 남겼기 때문에 크레용이 색칠하는 것이라는 사실을 깨닫지 못하면, 또다른 크레용을 갖고 아이에게 방법을 보여 주십시오.

아이가 종이에 자국을 내면, 칭찬해 주며 더욱 자국을 내도록 격려하십시오. 하지만 그림을 그릴 것이라고 기대하지 말고 아이에게 그림을 그려 주지 마십시오. 그렇지 않으면 아이는 곧 자신이 하는 자국 대신 당신이 그리는 그림에 더 관심을 쏟게 될 것입니다.

처음에는 크레용을 한 개만 주고 이내 당신이 들고 있는 몇 개의 크레용들 중에서 선택할 수 있게 해 주십시오. 아이는 자신의 의도대로 도구를 이용할 수 있는 능력에 자신감을 얻게 될 것입니다. 그리고 아이에게 "…너희 손으로 일하기를 힘쓰라"(살전 4:11)는 하나님의 말씀을 이야기해 주십시오.

나는 온화하고 친절할 수 있어요

걸음마하는 아이가 아기 인형이나 봉제 완구를 정성들여 신중하게 다루는 방법을 배울 수 있도록 도와주십시오. 조그만 담요와 젖병 그리고 머리빗을 제공하며 다음과 같은 질문을 통해 아이의 놀이를 이끌어 주십시오.

"네 아기가 배고프니?"
"아기가 차갑니?"
"머리를 빗겨주려고 하니?"

아이는 이런 물건들을 인형이나 완구에 서투르지만 올바르게 사용할 것입니다. 비록 그 자신이 어린아이에 지나지 않지만 이런 간단한 행동들을 통하여 아이는 누군가 혹은 무엇인가 다른 것을 돌보아 주는 기쁨을 배우게 될 것입니다.

그 동물은 어떻게 말해요?

구별이 분명한 소리를 내는 일반 동물이나 농장 동물들의 사진을 모은 후, 사진을 마분지에 붙여 오래도록 사용할 수 있게 해서 같은 동물의 여러 가지 사진을 자유롭게 사용하십시오.

동물마다 이름을 불러주며 그것들의 소리를 내십시오. "에이미, 네가 해봐. 멍멍이 소리를 내봐." 또는 "멍멍이는 어떻게 말하지?" 등 아이는 처음에는 당신이 내는 동물 소리가 재미있다고 생각하겠지만, 곧 자신이 소리를 내면서 재미있어 할 것입니다.

내 그림을 구경하세요

당신이 세심하게 감독해 주며, 아이가 막대기를 사용하여 흙바닥이나 진흙창에 그림을 그리게 하십시오. 또 아이가 그린 선들이 긴지 짧은지,

구불구불한지 똑바른지 말해 주십시오. 아이가 만들고 있는 것을 평가해 주며, 노력하고 있는 것에 대해 아낌없이 칭찬해 주십시오.

다른 방법으로써, 먼지 낀 책상이나 김이 서려 있는 창문이나 거울을 사용하여 미술 교육을 시작하십시오. 우리 딸의 경우 첫 그림을 김이 서려 있는 교회 창문에 그렸기 때문에 나는 그것을 모아둘 수가 없었습니다.

Introduce 나르고, 밀고, 끌어당기기

걸음마하는 아이들은 나르고, 밀고, 끌어당기는 것을 좋아하는 것 같습니다. 특히 큰 물건들을 그들의 팔로 꼭 껴안고 운반하는 것을 좋아합니다. 다음 물건들 중의 하나를 아이에게 주십시오. 그러면 아이는 이곳 저곳으로 그것을 가지고 다니면서 자신이 얼마나 힘이 센지 과시할 것입니다.

· 모양이 찌그러진 베개
· 스티로폼을 가득 채워 넣고
  꽉 조인 투명한 봉지
· 얇은 판이나 가벼운 어떤 것으로
  속을 채운 베갯잇
· 느슨하도록 속을 조금 빼낸 봉제 완구

Introduce 처음부터 끝까지

걸음마하는 아이들은 하는 방법을 보여 주기만 하면 과정에 따라 끝마칠 것입니다. 또 그들은 청소하고 치우는 일을 무슨 재미있는 장난이라도 하듯 즐거워합니다.

이런 특성을 이용하여 아이가 스스로 활동을 따라해 자연스럽게 몸에 익혀 끝마칠 수 있도록 가르치십시오. 모든 절차를 간결하게 하십시오. 일상의 많은 활동들이 이런 배우는 기술에 도움이 될 수 있습니다.

이를 테면, 바나나를 통째로 아이에게 1개 주고 껍질 벗기는 방법을 보여 주십시오. 그리고 아이가 날이 무딘 식탁용 나이프로 한 입 크기로 자르도록 도와준 후, 그것을 먹으십시오. 그리고 껍질을 내다버리고 손을 닦으십시오. 종이 냅킨을 사용하고 있다면 그것을 내다버림으로, 천 냅킨을 사용하고 있다면 냅킨 고리에 걸어 놓으므로 모든 절차를 끝마치십시오.

 ## 준비, 겨냥, 던지기

걸음마하는 아이들은 공이 굴러가는 곳을 겨냥하고 조정하여 벽에 기대어 만들어 놓은 타겟이나 상자 안에 집어넣는 법을 배울 수 있습니다. 아이는 튼튼한 마분지에 그린 큰 구멍에 던지는 것을 훨씬 더 재미있어 할지도 모릅니다.

아이가 놀고 있을 때, 아이에게 말하십시오. "하나님께서 조안에게 힘센 손을 주셨는데 좋지 않니? 하나님, 조안에게 힘센 손을 주셔서 감사합니다."

나는 벗을 수 있어요

올바른 옷 벗기는 아이에게 배우는 경험이 될 수 있습니다. 아이가 혼자서 벗기 쉽도록 먼저 신발끈을 풀어 주고, 발뒤축을 잡아당겨 주십시오. 양말도 마찬가지입니다. 아이는 벗기 위해 발끝 부분을 잡아당기기만 하면 됩니다. 혼자서 벗기를 하고 있는 그 착한 일에 아이를 칭찬해 주십시오.

셔츠의 단추를 풀고 한쪽 팔을 벗겨 주면서 큰 아이에게 하듯 셔츠를 벗도록 요청하십시오. 당신이 전과정을 다하는 것이 훨씬 더 빠르고 손쉽겠지만, 그러면 아이는 자신감과 독립심을 증대할 소중한 기회를 잃게 될 것입니다.

아이에게 다시 옷을 입혀 주면서 하나님께서 주신 훌륭한 작은 신체에 대해서 이야기해 주십시오. 그리고 당신이 얼마나 많이 사랑하고 있는지를 말해 주십시오.

나는 칠할 수 있어요

아이에게 물이 조금 들어 있는 플라스틱 양동이나 종이컵을 주십시오. 그리고 깨끗한 그림붓이나 스펀지도 주십시오. 마치 아이가 하고 있는

것처럼 "…너희 손으로 일하기를 힘쓰라"(살전 4:11)는 성경 구절을 이야기해 주면서, "칠하기"를 할 수 있게 하십시오.

쌓아 올리세요

블록, 상자, 스펀지, 양념통, 원통형 감자 튀김 그릇, 도미노 놀이에 쓰는 패, 또는 크고 납작한

마시맬로(아이가 너무 많이 먹지 않도록 지켜 보십시오!)를 아이에게 주고 그것들을 쌓아 올려 탑을 만드는 법을 보여 주십시오. 아이의 훌륭한 솜씨를 칭찬해 주며, 하나님께서 훌륭한 손을 주셨다는 사실을 상기시켜 주십시오.

나는 불 수 있어요

아이의 뺨이나 손에 부드럽게 입김을 내뿜어 주면서 부는 방법을 보여 주십시오. 분출하는 소리를 내기 위해서는 정신과 육체가 일치되어 불어 보내야지 빨아들이면 안 됩니다. 이런 기술이 익숙해지면 재미있게 시간을 보낼 수 있을 뿐만 아니라 정말로 성취감을 맛볼 수 있습니다. 아이들이 불기 위해 사용할 만한 물건들을 몇 가지 제안하겠습니다. 불어대기 시작할 때, 침이 튀기지 않도록 조심하십시오.

· 비눗방울
· 뿔피리
· 은제 호루라기
· 파티 블로어(party blower)
· 작은 티슈페이퍼(tissue paper)
· 깃털
· 책상을 가로질러 빨래 바구니에 밀어 넣을 탁구공

· 케이크나 도넛 위에 꽂아 놓은 양초
· 머리카락이나 머리 위에 올려 놓은 티슈에 겨눌 스트로

아이가 호루라기나 피리를 불고 있을 때, 약간 조용한 가락의 음악을 들려주십시오. 그러면 아이는 그 가락에 박자를 맞추게 될 것입니다.

나는 균형을 잡을 수 있어요

아이의 손을 잡아 주어 다음 물건들 위에서 균형 잡기 기술을 시도할 수 있게 하십시오.

· 낮은 걸상이나 발판
· 튼튼한 상자
· 2개의 벽돌 사이에 올려 놓은 다림질 판이나 테이블 자재판
· 미끄럼틀처럼 의자 가로대로부터 마룻바닥까지 단단하게 기울여 놓은 다림질 판
· 보도 연석
· 낮은 벽돌담
· 5×6Cm의 널판지

당신과 자녀 사이에 매달아 놓은 판을 따라 공을 굴려 주고 받으면서 공의 균형을 잡아 주는 것 또한 재미있습니다.

 ## 어디로 사라졌을까요?

플라스틱 뚜껑이 있는 커피통이나 길이가 짧고 딱딱한 통들을 모으십시오. 뚜껑마다 사각형과 원형으로 잘라내되, 블록이나 공이 들어갈 수 있을 정도로 크게 자르십시오. 아이 앞에 사각 블록과 둥근 탁구공과 골프공 그리고 나무로 만든 구슬을 한 무더기 쌓아 놓으십시오. 아이가 공이나 구슬을 입에 집어 넣지 않도록 주의 깊게 감독하십시오!

대화로 아이를 지도하며 블록과 구슬이 어디로 사라졌는지 선택할 수 있게 하십시오.

"둥근 공이 하나 있지. 자, 그것이 어디로 사라졌지?"

네모난 구멍과 둥근 구멍을 보여 주며 네모난 블록이 어디에 들어맞는지 보여 주십시오. 아이

가 알아맞힌 것을 칭찬해 주며 당신이 얼마나 자랑스럽게 여기는 지를 또한 말해 주십시오. 아이가 잘하면 그릇, 물건의 모양, 크기가 다른 것들을 첨가시키십시오.

 ## 열고 닫기

과자나 장난감으로 안을 채우고 느슨하게 뚜껑을 닫은 투명한 플라스틱 단지를 아이에게 주어 아이의 문제 해결 능력과 자신감을 격려하여 주십시오.

아이에게 뚜껑을 열고, 안에 들어 있는 물건들을 끄집어내는 방법을 보여 주십시오. 시범을 보여 주고 난 후, 그것을 모두 원상태로 돌려놓고 아이에게 권하십시오.

"이제 네가 해봐, 제임스."

또다른 경우로, 여러 가지 다양한 용기들과 몇 가지 종류의 뚜껑이 있는 용기 하나를 제공하십시오. "런던 다리"의 박자에 맞춰 다음과 같은 간단한 노래를 불러 주십시오.

예수님 내 귀여운 손 만드셨네,
귀여운 손,
귀여운 손,
예수님 내 귀여운 손 만드셨네,
난 사용할 수 있네.

 청소해 주세요

어떤 재난이 발생할 때(그것은 일어날 만한 가장 확실한 일임), 아이에게 종이 타월, 스펀지, 자루 걸레, 작은 비, 쓰레받기, 또는 그밖의 청소에 필요한 것이면 무엇이든 제공하고 그 사용법을 보여 주십시오. 그리고 아이에게 자신이 일으킨 사고를 처리할 수 있도록 진짜 일을 주십시오. 청소 시간을 긍정적인 시간으로 만드십시오. 사고와 엎지르기와 걸음마하는 아이는 필연적으로 잘 어울리는 것으로 꾸짖거나 체벌하지 마십시오. 실수는 인간에게 따르기 마련이니 용서할 만하지 않습니까?

아이에게 자신이 엎지른 것을 청소하는 것은 당신을 돕는 것이며, 하나님을 기쁘시게 하는 것이라고 말해 주십시오.

 선택하기

아이가 스스로 밥을 먹기 시작할 때, 두개의 식사 도구(스푼과 아이스크림 막대기)를 주어 선택할 수 있게 하고 "밥 먹을 때 이것을 사용하고 싶니, 저것을 사용하고 싶니?" 아이스크림 막대기를 택하면, 스푼이 왜 더 좋은지를 이야기해 주며 그 차이점을 입증해 주십시오.

다음 식사 때에는 빈 컵이나 한번 깨물어 먹을 만한 크기의 음식이나 마실 것이 들어 있는 컵을

제공하여 선택하게 하거나 또는 손가락으로 먹을 수 있는 음식을 담은 작은 머핀통이나 달걀 상자를 아기 앞에 놓아주어 먹고 싶은 것을 선택하도록 요구하십시오. 그리고 난후 아이의 선택에 대해 칭찬해 주십시오.

아이의 일과들 가운데 가능하면 많은 일들을 선택할 수 있게 해 주십시오. 그렇지만 또한 더 크고, 더 현명한 어떤 분이 지배하시기 때문에 아이를 안심시킬 수 있도록 돕는 절대적인 것들을 또한 지키십시오. 가능하면 자주 자연스럽게 하늘에 계신 자비로우신 하나님께서 아빠나 엄마가 지혜롭게 선택할 수 있도록 도와주신다는 사실을 알려 주십시오.

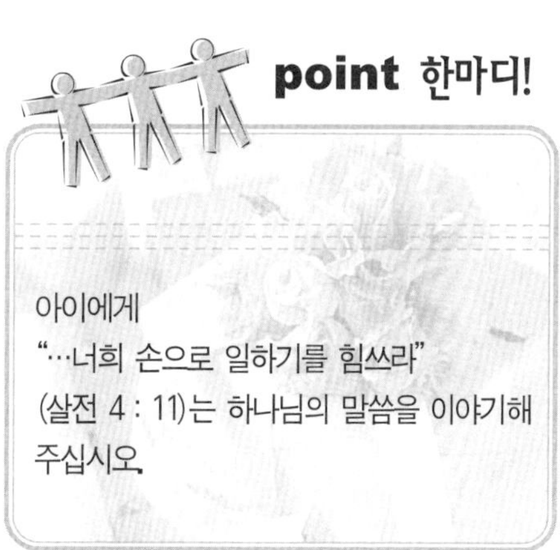

3-4세의 아이들

Introduce 내 소유의 깃발

큰 조각의 펠트 천이나 플란넬(평직으로 짠 털이 보풀보풀 일어나는 부드러운 모직물) 천으로 아이의 이름을 넣은 깃발을 만드십시오. 원한다면 "착한 소년(또는 착한 소녀)"이라고 쓴 글자를 오려서 이름에 첨가시키십시오. 아이가 주목할 만한 일을 이루었을 때, 깃발에 그 말들을 붙여 벽이나 문에 걸어 놓으십시오. 깃발을 오래도록 걸어두어 다른 가족들이 아이에게 더 잘할 수 있도록 격려하게 하십시오.

그 깃발은 중요한 가정 기념품이 될 것입니다. 그래서 당신은 깃발을 더 깨끗하게 손질하거나 또는 아이의 흥미를 불러 일으킬 만한 도려낸 그

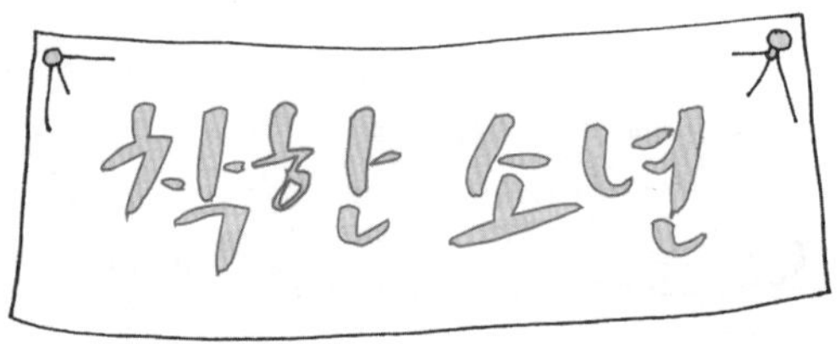

림들을 덧붙여 더욱 예쁘게 만들고 싶을지도 모릅니다. 생일 축하용으로 깃발을 사용하고 싶으면, 매년 아이가 좋아하는 장난감 그림 옆에 나

이를 나타내는 숫자를 붙이십시오. 사용할 수 있는 그림들로는 직접 그린 것들이나 잡지에서 오려낸 것들 또는 사진 등이 될 수 있습니다.

당신에게 한 명 이상의 아이가 있다면, 도화지로 아이마다 특별난 깃발을 만들어 주십시오. 그리고 다른 아이에게 글자에 색칠하고 그림들을 붙이는 일을 돕게 하십시오.

Introduce "내가 하는 것을 지켜 보세요!" 활동

아이의 손을 잡고 말하십시오.

"우리 집을 이곳 저곳 걸어다니면서 네가 무엇을 할 수 있을지 찾아보자, 보니."

방마다 돌아다니면서 다음과 같은 일을 하도록 요구하십시오.

· 한 무더기의 베개나 오토만(일종의 견직물)을 제자리로 운반하기
· 욕실에서 혼자서 손 씻기
· 접시 닦는 기계에서 깨끗하게 설거지된 포크를 서랍에 집어 넣기

각각의 일을 다하고 나면, 아이를 칭찬하며 꼭 껴안아 주십시오.

"잘했어. 보니, 더 할 수 있겠니?"

아이가 긍정적인 대답을 하면, 온 집안에 걸쳐 그 놀이를 계속하십시오. 예수님께서는 아이가 할 수 있는 모든 것에 대해 기뻐하시며, 당신도 역시 기쁘다고 말해 주십시오.

Introduce 유리 닦는 사람

아이에게 무독성의 창문 닦는 세제가 들어 있는 분무기와 걸레나 종이 타월을 주고 아이를 밖으로 데리고 나가 대문 앞에 세우십시오. 당신이 문을 닫고 난 후에, 아이에게 문을 두드려 그 자신을 "유리 닦는 사람"으로 신분을 밝히라고 말해 주십시오. "유리 닦는 사람"으로서 아이는 청소해야 할 유리들이 당신 집에 있는지 물어 보아야 할 것입니다. 그런 후 그를 집 안으로 들여보내서 일을 시키십시오.

일 솜씨가 뛰어나다고 칭찬해 주십시오. 그리고 하나님께서 그런 착한 일을 하도록 도와주셨는지를 물어 보십시오. 당신을 기쁘게 해 주고 싶어 아이는 아마 "예." 라고 응답할 것입니다.

Introduce 세탁하는 날

취학전의 아이들은 물건 닦는 것을 좋아합니다. 예를 들면 벽, 거울, 자가용, 집에서 기르는 개, 접시, 장난감, 아기 인형, 옷, 조약돌 그리고 심지어는 그들 자신의 손조차 말입니다. 먼저 아

이의 앞면을 찌꺼기 주머니 "가슴받이"가 달린 옷으로 덮어 주고, 목 뒤에서 빨래집게나 마스킹(보호) 테이프로 고정시킨 후, 아이에게 어떤 것을 닦을 수 있는 기회를 주십시오.

아이 앞에 비눗물이 담긴 대야를 놓아 주거나 또는 싱크대 옆 발판 위에 아이를 세워 놓고 위에서 언급한 몇 가지 물건들을 닦을 수 있게 해 주십시오.

또 어떤 날에는 당신의 도우미에게 뚜껑 달린 플라스틱 그릇, 아기 양말 한 켤레, 비눗물 그리고 "교반기"로 사용할 장난감 블록으로 이루어져 있는 작은 "세탁기"를 제공할 수 있을 것입니다. 그릇에 물, 양말, 블록을 넣고 뚜껑을 꽉 닫으십시오. 당신의 꼬마 세탁부에게 그 그릇을

흔들어 양말을 세탁하라고 요구하십시오! 그리고 당신의 사랑스런 꼬마 도우미를 주신 하나님께 진심으로 감사하고 있다는 것을 아이에게 알려 주십시오.

Introduce 접는 것은 재미있어요

소년이든 소녀이든 다음과 같은 작은 물건들을 접으면서 당신을 도우며 자신감을 증대시킬 수 있게 해 주십시오(이를테면 아빠의 손수건, 물수건용의 작은 수건, 세면 수건, 행주, 아기 담요, 천 기저귀 등).

도움이 되는 아이를 주신 너무나 친절하신 하나님이라고 큰소리로 놀라움을 표현하십시오.

Introduce 이것은 저것과 어울려요

짝맞추기 놀이를 아이와 함께 하십시오. 아이에게 명백하게 차이가 나는 아이의 양말을 몇 개 제공하든가, 혹은 엄마 양말, 아빠 양말, 아기 양말로 분류해서 주든가 하십시오. 양말은 정말 똑같은 것 두 개가, 혹은 켤레가 되어 쓸모 있게 된다는 것에 대해서 이야기하십시오. 아이에게 양말 한 개를 보여 주면서 그것과 짝을 이룰 다른 것을 찾아보도록 요구하십시오. 짝을 이룰 수 있는 다양한 물건들로 재미있게 그와 같은 활동을 해 보십시오. 이를테면 나이프, 포크 따위의

은제 식기류, 단추, 콩, 소금과 후추 따위를 담은 흔들 뿌리개나 그밖의 서로 닮은 그릇들로 짝을 맞출 수 있다는 것을 알게 하십시오.

Introduce 단추를 끼우세요

아이에게 물어 보십시오.
"누가 너에게 손을 주셨지?"

힘센 손을 주셔서 아주 많은 일을 할 수 있게 해 주신 하나님께서 얼마나 친절하신 분인지에 대해서 이야기해 주고, 손으로 할 수 있는 몇 가지의 일들로 입증해 주십시오.

아이에게 느슨하게 맞추어서 옆선을 꿰맨 간소한 펠트 조끼를 만들어 주십시오. 아이가 "어릿광대 조끼"라는 이름을 좋아하면 그렇게 부르십시오. 색깔 있는 큰 단추를 3-4개 달고 세로로 째서 단춧구멍을 만드십시오. 펠트는 올이 풀리지 않기 때문에 단춧구멍의 가장자리를 꿰맬 필요는 없습니다.

그리고 단춧구멍이 찢어지게 되면 조끼 안면의 가장자리마다 마스킹 테이프를 붙이면 됩니다. 아이에게 조끼 단추 끼우기와 풀기를 연습하게 하십시오.

그런 후에는 다른 아이의 것이나 봉제 완구의 것으로 연습하게 하십시오. "단추 잠그는 굉장한 손가락!"이라고 아이에게 말해 주십시오.

 굉장히 유용한 슈퍼 소녀!

아이와 함께 놀이를 하십시오. 아이를 굉장히 유용한 슈퍼 소녀(또는 슈퍼 소년)로 꾸미십시오. 아이는 도움을 줄 일들을 찾으며 시간을 보냅니다. 도와줄 기회를 발견하면 아이는 즉시 말합니다.

"제가 도울 수 있게 해 주세요!"

아이가 집안 곳곳에서 실제로 일을 도울 수 있게 해 주십시오. 또는 가공의 시나리오로 2-3개를 실연해 보십시오.

· 무거운 식료품 봉지를 양팔에 들고 있습니다. 그래서 봉지 하나를 운반해 줄 누군가가 필요합니다.
· 바닥에 동전을 떨어뜨려 찾지를 못하고 있습니다.
· 아파서 침대에 누워 있습니다. 그래서 따뜻한 스프 한 그릇을 가져다 줄 누군가가 필요합니다.

부모 중에 한 사람의 기분이 언짢을 때, 아이가 실제로 부모가 필요로 하는 것을 가져다 주어 훨씬 더 기분 좋게 해 줌으로써 인정을 베풀 수 있는 작은 임무를 수행하게 하십시오. 실제이든 거짓이든 이런 경험들을 통하여 당신의 아이는 동정심과 가족에 대한 소속감, 그리고 누군가 자신

을 필요로 한다는 의식을 배우게 될 것입니다.

 나는 노래할 수 있어요!

마분지로 간단한 가면을 만드십시오. 얼굴 생김새들 그리고 아이가 내다볼 수 있도록 구멍을 뚫고 크고 둥근 입을 만드십시오. 가면에 끈을 맬 필요는 없습니다. 아이가 가면 양옆을 잡아 얼굴에 떠받쳐 목청껏 노래 부르게 하십시오.

잡음 수준을 약간 떨어뜨리고 싶으면, 마분지 상자 한쪽 면에 구멍을 만드십시오. 그리고 아이가 그 구멍 안으로 노래 부를 때, 그의 목소리로 상자가 전부 채워지게 하십시오. 또는 욕실이나 넓은 벽장을 "노래방"으로 지정하고 싶을지도 모릅니다. 불을 켜 밝게 해 주고 서까래가 울릴 때까지 노래 부르게 하십시오. 이런 활동들을 통하여 아이는 소리를 내는 그 자신의 능력에 대한 자신감을 발전시키게 될 것입니다.

아이가 천둥 소리를 무서워하면, 천둥 소리가 일어나는 동안 애호하는 찬송 테이프나 레코드의 소리를 높여 놓고 당신과 아이가 함께 구름이 걷히기를 노래하십시오.

 나는 소리칠 수 있어요!

어떤 아이들은 이미 고음부의 소리를 내는 성량을 갖고 태어나는 것처럼 보입니다. 하나님께

가 놀다가 고함치기 시작하면 재빨리 큰소리 나는 곳으로 가십시오.

내 작품은 아름다워!

엄마나 할머니의 냉장고, 아빠나 할아버지의 책상은 취학전 아이의 보물 같은 미술품들을 전시하기에 대단히 훌륭한 장소가 됩니다. 아이의 작품을 전시할 때, 우리는 아이에게 그의 창조적인 작품은 우리가 인정하고 자랑할 만한 가치가 있다는 자신감을 세워 주는 메시지를 전해야 합니다.

당신의 발육기에 있는 화가의 그림들을 전시하는 몇 가지 다른 방법들이 있습니다.

· 문짝마다 그림들을 테이프로 붙이십시오. 아이의 작품만을 전시할 문짝을 지정하십시오.
· 낡은 사진틀이나 마분지틀에 그림을 넣으십시오. 그림들은 자주 바뀌게 될 것입니다.
· 그 그림들로 인사장을 만들어 아이가 승낙하는 사랑하는 사람들에게 보내십시오.
· 그림을 투명한 접착 테이프로 싸서 책표지나 포장지, 접시 깔개를 만드십시오. 아이에게 하트, 꽃, 크리스마스 트리, 종, 호박 같은 형태로 미리 규격에 맞게 자른 종이에 그림을 그려 색칠하게 함으로써 아이의 그림을

서는 아마도 앞으로 연설하거나 노래 부르는 위치에 두시려고 그들을 미리 준비시키시는지도 모릅니다. 그리하여 그들은 절호의 기회를 얻기 위해 일찍부터 연습하고 있는 것입니다.

그 사이에 당신이 제정신을 유지하려면 "큰소리치는 장소"로 샤워 커튼으로 가린 욕조, 문을 닫은 샤워실, 격리가 잘된 다락방이나 지하실, 또는 뒷마당의 후미진 곳을 제공하여 아이가 거기서 힘주어 소리낼 수 있게 해 주십시오.

고함은 쳐도 되지만 결코 비명을 질러서는 안 된다고 말해 주십시오. 비명을 지르면 어른은 아이가 다쳤거나 실제로 곤경에 처한 줄로 생각한다고 설명해 주십시오. 그리고 설령 그렇게 하더라도 당신은 그 소리를 알아들어야 합니다. 아이

주기적인 장식이나 경축일 장식으로
사용하십시오.

바람에 날리는 비눗방울

어린아이는 비눗방울이 바람에 날려 높이 솟아
오르는 바깥에서 비눗방울을 부는 것을 좋아합니
다. 아이는 자신과 자연이 함께 이룰 수 있는 일
에 대해 신기해 하며 즐거워할 것입니다.

구부러진 파이프로 거품 막대기를 만드십시오.
그렇지 않으면 거품이 이는 용액에 적신 가위의
손가락 구멍을 이용하십시오. 더 큰 거품을 만들
려면, 철사 한 가닥으로 더 크고 둥근 막대기를
만들든가 옷걸이를 둥글게 굽히든가 하십시오.
그리고 아이가 거품이는 용액이 들어 있는 그릇
이나 양동이에 그것을 적시게 하십시오. 아이가
밖으로 나갈 수 없는 경우에는 바닥에 비눗방울
을 빨아들일 수건을 깔아 놓고, 아이에게 선풍기
앞에서 비눗방울을 불게 하십시오.

놀라운 비눗방울과 그것에서 볼 수 있는 아름
다운 무지개 빛으로 인하여 아이와 함께 하나님
께 감사하십시오. 여기에 비눗방울을 더 단단하
게 만드는 방법이 있습니다.

· 물 1컵
· 액체 설거지용 세제 1 큰스푼

· 설탕 1/2 차스푼이나 옥수수 시럽 1 큰스푼

혼합물을 잘 저어 사용하지 않는 부분은
밀폐된 그릇에 보관하십시오.

템페라화

마르면 액자하기에 적합하고 어린 화가가 칭찬
받는 데 실패하지 않는 미술 계획은 자동차 그림
입니다. 그것은 큰 종이나 잘라서 납작하게 펴놓

은 큰 식료품 봉지 한 장과 템페라 물감 몇 방울
과 장난감 자동차만 있으면 됩니다. 또 비닐 쓰
레기 봉투나 낡은 셔츠를 아이에게 입혀 옷에 물
감이 묻는 것을 방지하십시오.

아이가 작업을 할 수 있을 만큼 충분히 높게
책상 앞에 앉히십시오.

아이 앞에 놓여 있는 종이 위에 템페라 물감 2-3가지 색깔을 몇 방울 떨어뜨려 놓아 아이가 완성품에 만족해 할 때까지 반복해서 물감을 통과하여 자동차를 "운전"하게 하십시오. 그 종이를 치워 그림을 말리십시오. 그리고 깨끗한 종이로 바꾸어 놓아 아이가 계속 운전할 수 있게 해 주십시오.

Introduce 하나님 말씀을 내 마음속에

어떤 나이의 사람에게도 훌륭한 자신감 기르기 활동은 성경 구절을 암송하는 것입니다. 배우고 존속시키는 지성의 신비로운 능력 안에서의 자신감은 암송을 통하여 증가합니다. 그러나 더욱 중요한 것은 참 능력과 위대함의 유일한 근원인 유일한 분 안에 자신감을 두는 것을 배우는 것입니다. 3-4세 된 아이들은 기막힐 정도로 암송을 잘합니다. 하나님께서 주신 이런 발달 단계를 활용하여 그들의 어린 마음에 하나님의 말씀을 깊이 새겨 주십시오.

Introduce 정말로 특별한 아이야!

당신의 아이에게 다음 방법들 중에서 한 가지를 통하여 아이가 정말로 특별한 사람이라는 사실을 알려 주십시오. 그러나 아이가 착한 행동을 하거나 어떤 일을 성취했을 때만을 대비해서 그

방법들을 아껴두지 마십시오. 당신이 보기에 아이가 칭찬을 받을 만한 가치가 있다는 이유만으로 자주 아이에게 칭찬을 표하십시오.

- 특별한 날에 사용하는 특별한 접시나 컵을 구입하십시오.
- 당신의 아이를 특별한 의자에 앉히거나 집에서 만든 왕관을 씌워 주어 "식사하는 동안 여왕"이 되게 하십시오.
- 아이는 단지 기쁨에 찬 작은 소녀이므로 저녁 식사 후에 재미있게 즐길만한 것을 아이 의자 밑에 붙여 놓으십시오.
- 아이의 이름을 실은 특별한 깃발을 만들어 특별한 날에나 특정한 이유가 없는 동안 그것을 게양하십시오.
- 아이가 정말 좋아하는 음식만 준비하십시오. 또는 한 달에 한번 특별한 날을 주어 특별히 좋은 대우를 해 주거나 특권을 주십시오.
- 당신에게 다른 아이들이 있거나 바쁜 일정 속에 있다면 아이와 약속 시일을 정하십시오. 이런 특별한 시간 동안에는 다른 모든 일을 젖혀 두십시오. 그리고 다른 아이들은 교회에서 운영하는 탁아소나 애를 돌보아 주는 사람에게 맡기십시오. 얼굴 표정과 말을 통해 당신이 최고로 소중하게 여긴 이는 아이 자신이라는 사실을 알려주십시오.

 ## 내가 하는 생각은 귀중해

어린아이들은 그들 나름대로의 견해를 갖고 있어 우리가 기회를 주기만 하면 아주 좋은 생각들을 제안할 것입니다. 적절한 경우에 다음과 같은 2개의 짧은 질문을 통하여 아이에게 간단한 생각과 그가 생각할 수 있다는 것은 참으로 귀중하다는 사실을 알 수 있도록 도와주십시오.

아이에게 할 질문 하나는 "무엇을 생각하고 있니?"이며, 다른 하나는 "이것을 어떻게 해야 할까?"입니다. 아이가 정말로 특별하다고 느낄 수 있게 해 주는 또다른 말은 아이가 도울 수 있는 쉬운 일을 시키면서 "나는 네가 필요해." 라고 하는 말입니다. 이런 모든 말은 당신이 그의 도움과 견해를 가치 있게 여긴다는 것을 아이에게 알려줄 때에 효과적일 수 있습니다.

우리는 네가 있으니 정말 감사해!

당신 손의 4개 손가락과 엄지 손가락을 사용하여 당신의 가정에 아이가 있는 것이 왜 그렇게 감사한지 5가지 이유를 아이에게 말해 주십시오.

내 소유의 작은…

당신이 소유하고 있는 어떤 것의 축소판을 아이에게 제공할 때, 아이는 당신과의 일체감을 갖게 되며 자신을 소중히 여기게 될 것입니다.

아이가 좋아할 만한 소품들을 몇 가지 제안하겠습니다.

· 공구 상자
· 반짇고리
· 성경
· 지갑
· 핸드백
· 서류 가방
· 당신 것과 같은 모자
· 장난감 손목 시계

내가 깡충깡충 뛰는 것을 보세요

받침에 꽂혀 있는 점화되지 않은 양초나 마분

지통 또는 촛대 대신 접은 색판지를 사용하여 잭이 그것을 뛰어넘는 "민첩한 잭" 놀이를 함께 하십시오.

맨 아래 계단에 아이를 세우고 그 앞에 촛대를 놓으십시오.

아이에게 그럴싸하게 보이는 초를 뛰어넘으라고 말하십시오. 아이가 혼자서도 안심하고 뛰어넘기를 할 수 있을 때까지 손이나 팔목을 잡아 주면서 바닥에 다른 물건들을 놓고 뛰어넘게 해서 아이의 뛰는 기술을 강화시켜 주셔도 좋습니다.

이를테면 작은 베개, 한 줄 붙여 놓은 마스킹 테이프, 마루 근처에 있는 견고한 물건들 사이로 매어 놓은 끈, 또는 "길에 놓여 있는 통나무"처럼 돌돌 말아 놓은 타월 등, 줄의 한쪽 끝을 단단한 물건에 묶어 놓고 당신이 다른 쪽 끝을 살짝 흔들거나 마룻바닥에 거의 닿도록 안정되게 잡고 있는 동안 줄을 뛰어넘는 단계를 시작하십시오.

Introduce 내 이름은…

아이에게 말을 걸 때, 가끔 성을 붙여 이름을 부르십시오.

"킴벌리 돈 스미스, 점심으로 무엇을 먹으면 좋겠니?"

가족 중 다른 사람들의 이름을 부를 때에도 이름과 성을 붙여 부르십시오. 그러면서 아이에게 성을 갖는 방법에 관해서 이야기해 주십시오.

아이의 방문을 두드리고 있는 시늉을 하십시오. 그런 후에 말하기를 "안녕하세요. 저는 ○○○입니다. 당신 이름은 무엇입니까?" 라고 전화를 거는 시늉을 하고 난 후, 아이에게 똑같은 질문을 하십시오.

이런 간단한 활동들을 통하여 아이는 가족의 일원으로서의 소속감을 갖게 되며 자신은 특별한 이름을 갖고 있는 중요한 사람이라는 사실을 알게 될 것입니다.

아이에게 가정에 속해 있다는 것과 더 나아가 우리 모두는 하나님의 가정에 속해 있다는 것을 강조하여 말하십시오.

Introduce 나는 셈하기를 시작하고 있어요

아이에게 그릇 2개를 제공하여 하나에는 마시멜로나 감자, 딸기나 껍질째 있는 호도, 포도 등 이용할 수 있는 것이면 무엇이든 1개씩 담으십시오.

그리고 다른 그릇에는 같은 음식이나 물건으로 2개를 담으십시오. 물건이 1개 들어 있는 것은 어떤 그릇이며, 물건이 2개 들어 있는 것은 어떤 그릇인지 아이에게 물어 보십시오. 다음과 같은 질문들을 계속하십시오. "어떤 것에 더 많이 들어 있지?", "어떤 것에 더 적게 들어 있지?" 원한다면 물건을 늘려서 한 그릇에는 3개 다른 그릇에는 4개가 되게 하십시오. 그런 후에 아이와 함께 아주 간단한 덧셈, 뺄셈을 하십시오.

빨강은 빨강대로

원색(빨강, 노랑, 파랑) 중 한 색의 물건과 2가지 다른 색깔의 물건들이 담겨 있는 주머니를 아이에게 제공하십시오. 주색(主色)으로 된 물건을 모두 찾아서 나란히 놓도록 격려하십시오. 아이가 색깔을 잘 구별할 수 있을 때, 다양한 색깔의 물건들을 증가시켜 똑같은 색깔의 물건을 찾아 쌓아 놓도록 격려하십시오.

내 머리의 머리카락

아이와 털이 있는 인형이나 장난감을 가지고 이발소나 미장원 놀이를 하십시오. 인형 머리를 샴푸하고 가짜 손가락 가위로 자르고 바람에 날려 말리고 곱슬곱슬하게 하는 시늉을 하십시오. 그런 후 "잘 됐어. 이제 머리카락을 세어 볼까!"라고 말하십시오. 그리고 머리카락 세기를 시작하면서 그것이 얼마나 어려운 일인가를 아이에게 보여 주십시오.

하나님께서는 자녀의 머리카락은 몇 개이고, 색깔은 무슨 색인지, 눈은 무슨 색인지, 손과 발은 얼마나 큰지 이미 다 알고 계신다는 것을 아이에게 설명해 주십시오. 또한 하나님께서 예쁘게 웃을 수 있게 해 주셨다고 말하십시오.

그리고 아이를 진심으로 아낌없이 칭찬하십시오. 얼굴이 예쁘다는 것보다는 자녀를 위해 계획하신 하나님의 신비로운 손길에 대하여 강조한다는 것에 주의하십시오.

쉬!… 넌 할 수 있어

아이가 어렵거나 실패할 만한 어떤 일을 시도하여 노력하는 것을 너무나 빨리 그만두고 싶어

할 때 "다니엘, 넌 할 수 있어! 난 네가 할 수 있다는 것을 알아!" 또는 "다시 시도해 봐! 하나님께서 도와주실거야." 라고 귓속말을 하여 주십시오. 그리고 적당한 때에 "내가 도와줄까?" 라고 말하십시오.

아이는 이렇게 소곤소곤하는 말에 깜짝 놀라거나 재미있어 할 것입니다. 그리고는 아마 다시 시도하기 위해 잠시 동안 긴장을 풀 것입니다. 만일 아이가 계속해서 실패하게 되면 잠시 미루다가 다음에 다시 시도하도록 격려하십시오.

Introduce 너 하나, 나 하나

다음과 같은 쉬운 일상적인 일을 통하여 아이가 나누고 돕는 것과 함께 기본적인 숫자와 계획하는 기술을 배울 수 있게 해 주십시오.

밥상을 차리고 있을 때, 아이에게 접시마다 옆에 냅킨을 하나씩 놓고 그 위에 포크와 스푼을 놓도록 요구하십시오. 매번 숫자에 맞게 물건들을 주십시오. 그리고는 사람마다 물건 하나씩 놓아 준다는 것을 강조하십시오(일대일 개념은 장래 수학 능력의 기본입니다).

친구들이나 형제들에게 과자를 나누어 줄 때나 손을 닦을 각 아이들에게 수건을 나누어 줄 때 혹은 가족 한 사람 한 사람에게 꽃을 나누어 줄 때 똑같은 과정을 되풀이하십시오.

Introduce 아빠는 내 말을 듣고 계실거야

당신의 모든 관심을 끌기에 족하다는 것을 아이에게 알려 주십시오. 아이가 말할 때, 아이의 눈을 주시하며 주의 깊게 들어줌으로써 그의 말을 소중하게 여긴다는 사실을 알게 해 주십시오. 아이는 자신의 생각들을 적당하게 표현하지 못할 때도 있을 것입니다.

그때 당신은 말 속의 숨은 뜻을 알아채어 아이가 의도하는 바를 말할 수 있도록 도와주어야 할 것입니다.

당신이 아이가 말하는 것을 주의 깊게 경청함으로써 아이는 다른 사람들에게 사려 깊은 경청자가 될 것입니다. 이러한 능력은 장래에 아이가 직업에서, 관계에서 성공할 수 있도록 크게 도움이 될 것입니다.

Introduce 나 혼자서 해도 될까요?

때때로 아이가 점심 먹을 때, 스스로 상을 차리고 자신이 마실 것을 따라 마실 수 있도록 음식은 작은 서빙(serving) 접시에, 음료는 가벼운 주전자에 담아 놓으십시오. 가까이에 축축한 종이 타월을 놓아두어 식사 후에 흘리거나 엎지른 것들을 훔치거나 혹은 아이의 얼굴과 손가락들을 닦아 주십시오.

소량의 음식을 접시에 담는 법을 보여 주면서

그 음식을 다 먹고 더 먹어도 괜찮다고 말해 주
십시오.

처음에 어린아이는 잘하지 못할 것입니다. 하
지만 스스로 상을 차리게 할수록 손놀림과 음식
량 조절을 잘하게 될 것입니다.

내가 선택할 수 있게 해 주세요

적당한 때, 아이가 무엇을 할 것인지에 대한
결정권을 가질 수 있게 해 주십시오. 선택할 수
있는 것들을 한정시켜 놓아 아이의 선택에 찬성
할 각오를 하십시오. "먼저 과자를 먹고 싶니,
아니면 밖에 나가고 싶니?"와 같은 질문을 해 보
십시오. "빨간 셔츠를 입고 싶니, 파란 셔츠를
입고 싶니?"

이런 결정들을 함으로써 아이는 자신감과 독립
심을 향상시킬 것입니다. 그러나 때때로 "엄마는
너를 위해 선택했다." 라는 사실을 아이가 이해
하고 있는지 확인하십시오.

아이를 칭찬하며 하나님께서는 사람들이 훌륭
한 선택을 할 때 기뻐하신다는 것을 이야기해 주
십시오.

응원과 노래

나는 커! (두 손을 위로 뻗으며)
나는 강해! (근육이 나오도록 팔을 구부리며)

예수님께서 하루 종일
나를 도와주실거야!

누가 나를 **크게** 하나?
누가 나를 **강하게** 하지?
하루 종일 누가 나를 **행복하게** 하지?
예수님!

예수님, 예수님 – 그분은 강하셔!
하루 종일 나를 사랑하시고, 나를 도우셔
야! (예수님께 박수!)

"런던 다리"의 노래 박자에 맞춰 :

예수님이 도와주시네.
나 힘세도록
나 힘세도록
예수님이 도와주시네.
사랑해요, 예수님!

예수님은 원하시네.
나 힘세기를
나 힘세기를
예수님은 원하시네.
감사해요, **예수님!**

"잠자고 있나요?"의 노래 박자에 맞춰 :

나는 이것을 할 수 있어(그 일이 무슨 일이든).
나는 이것을 할 수 있어.
그래, 할 수 있어!
그래, 할 수 있어!
주님 내게 능력 주시네!
주님 내게 능력 주시네!
그분은 **강하셔**
그분은 **강하셔**

감사해요, 예수님.
감사해요, 예수님.
예수님의 도움으로 인하여,
예수님의 도움으로 인하여,
예수님은 내게 능력 주시네.
예수님은 내게 능력 주시네.
잘하도록(또는 일하도록).
잘하도록(또는 일하도록).

나는 엄마를 도울 수 있어(또는 아빠).
나는 엄마를 도울 수 있어(또는 아빠).
그래, 나는 할 수 있어.
그래, 나는 할 수 있어.
나는 도우미가 될 수 있어.

나는 도우미가 될 수 있어.
감사합니다. 하나님!
감사합니다. 하나님!

"델(Dell)의 농부"의 노래 박자에 맞춰 :

약한 나,
강한 그분(또는 당신).
저에게 주신 힘, 감사합니다, 하나님.
(기도문으로 사용한다면 아멘을 덧붙여라.)

"반짝 반짝 작은 별"의 노래 박자에 맞춰 :

나는 아주 많은 것들이 될 수 있다.
펄쩍 뛰는 개구리, 짖어대는 강아지,
노래하는 새 또한 토끼도 될 수 있네.
나는 할 수 있네. 신발끈을 맬 수 있네.
내게 필요한 힘 예수님이 주시니.

"네가 행복하다는 것을 알고 있다면"의
노래 박자에 맞춰 :

네가 강하다는 것을 알고 있다면,
손뼉을 쳐라! (또는 의자를 옮겨라. 장난감을 주
워라, 우유를 따라라, 쓰레기를 치워라 등)

네가 **강하다는** 것을 알고 있다면
손뼉을 쳐라!
네가 **강하다는** 것을 알고 있다면,
그렇다면 네 손으로 그것을 보여봐.
네가 **강하다는** 것을 알고 있다면
손뼉을 쳐라!

5-7세의 아이들

Introduce 요리합시다

엄마들, 선생님들, 그리고 애기 봐주는 사람들은 보통 좀더 나이가 든 취학전 아이들에게 가끔 요리하는 것을 도울 수 있게 해 주어 어린아이들을 아주 기쁘게 해 줍니다. 여기에 몇 가지 간단한 음식들이 있습니다. 당신의 지도에 따라 자녀에게 음식을 젓게 한다든지 또는 자녀 혼자서 음식 만들 준비를 할 수 있게 하십시오.

· 샌드위치
· 냄비에 담아 놓은 옥수수
· 인스턴트 푸딩
· 소스를 곁들인 토스트(계피 향료를 곁들인 시럽, 꿀, 버터, 땅콩 버터, 젤리, 크림 치즈)
· 팬케이크나 와플

· 옥수수 빵이나 옥수수 팬케이크
· 전기 후라이팬에 놓고 잘 익도록 이리저리 움직이며 구운 과자
· 굽지 않은 쿠키(아래에 조리법이 있습니다.)

* 굽지 않은 쿠키

땅콩 버터, 꿀, 가루 우유를 각각 2컵씩 다함께 혼합하십시오. 여기에 생 오트밀과 건포도를

각 1컵씩 추가하십시오. 그리고 원하시면, 곱게 으깬 호두 1/2컵을 넣어 저으십시오.

만일 자녀가 아주 활동적인데 당신이 이런 음

식들 중 어떤 것을 조리하기 위해 전기 기구를 사용하고 있다면, 충돌이나 화상에 대비한 보호 장치로써 마분지 상자를 전기 기구와 똑같은 높이로 잘라 그 안에 전기 기구를 넣으십시오.

주문하시겠습니까?

손님이 너무 많지 않을 낮시간 동안 간이 식품 레스토랑에서 자녀와 함께 식사할 계획을 세우십시오. 아마 오후 3~4시 전후가 좋을 것입니다.

아이를 당신의 종업원으로 여기고, 아이에게 간단한 주문을 하여 그 음식이 준비되면 식탁에 가져오게 하십시오. 음식이 포장돼서 나오면 아이가 식탁으로 나르기가 더 쉬워질 것입니다. 또한 당신은 남은 음식을 집에 가져갈 수 있을 것입니다. 아이에게 맛있는 점심 식사에 대한 기도를 하도록 요구하십시오.

영예로운 메달

파란끈을 맨 메달을 만들어 자녀가 어떤 일을 수행하거나 또는 특별히 착한 행동을 할 때, 그것을 주십시오. 가벼운 마분지로 원형이나 별 모양을 오려 "메달"을 만들고 그것에 금박을 입히십시오. 짤막한 리본을 풀로 붙여 테이프나 핀으로 아이의 셔츠에 달아 주십시오. 만일 가게나 도서관에서 반짝이는 메달을 아이에게 달아 준다면, 아이는 완전히 낯선 사람들로부터 자신의 착한 행동에 대해 격려받게 될 것입니다!

우리들을 공표하여 주세요!

이와 같은 글귀가 적혀 있는 표지판을 간단하게 만들어 마당 앞에 꽂아 놓거나 차고 문에 붙여 놓으십시오.

"여기는 바비 브라운네 집이며, 우리는 그를 매우 **자랑스럽게 여기고 있습니다!**"

기념이 되는 일에 트로피를

자녀가 여름 내내 해온 장기 계획이나 아이가 이루어낸 특별히 의미 있는 일에 대한 보답으로 아이를 위한 작은 트로피를 특별히 주문하십시오. 대부분 지역마다 트로피 상점이 있습니다. 아주 적은 비용으로 아이를 정말 기쁘게 해 줄 수 있을 것입니다. 당신이 전하고 싶은 말을 첨가시켜 과시하면서 그 트로피를 주십시오. 그리고 어린아이에게 알려 주십시오. 하나님께로부터 받은 당신의 "트로피"는 아이 자신임을!

선생님이 되는 날

자녀에게 어떤 일을 하는 바른 방법에 대하여 배우십시오. "아들아, 이렇게 하면 되니?", "이것을 먼저 해야 하니?"와 같은 질문들을 하면서 아이의 지도에 따르십시오.

당신은 물론 약간 모르는 척하실 것입니다. 그렇지만 어떤 일을 할 때, 일하는 방법을 모른다고는 절대로 말하지 마십시오! 교사의 입장에 놓이게 되는 역할 바꾸기 놀이를 아이가 정말로 즐길 수 있게 해 주십시오.

Introduce 나는 그의 어린양이에요

취학전의 아이들은 말을 정말로 글자 뜻 그대로 받아들입니다. 무슨 말을 하든지 어린아이는 말 그대로 듣습니다. 그래서 가끔 어린아이들은 우리가 무심코 하는 어떤 다른 뜻이 있을 것 같

은 표현들로 인해 어리둥절해 하곤 합니다.

성경에 있는 많은 상징들은 나중에 가르쳐야 할 것들이지만 아이는 선한 목자의 비유를 쉽게 이해할 수 있습니다. 그리고 예수님을 선한 목자로 당신의 아이를 그분의 어린양으로 적용하는 것도 이해할 수 있습니다(요 10 : 11). 5-7세 된 아이는 다른 어떤 동물처럼 꾸미는 것을 좋아합니다. 그렇기 때문에 이 성경 비유는 아주 안성맞춤입니다.

목자가 그의 양들을 사랑해 주고 정성스럽게 돌보아 준 이야기를 아이에게 들려주십시오. 특히, 예수님께서 돌보아 주신 태도에 관심을 갖고 차근차근 이야기해 주십시오. 또한 아이에게 목자는 그의 어린양보다 훨씬 더 지혜롭고 힘이 세기 때문에 양들을 사랑하고, 돌보며, 안전하고 행복하게 지켜줄 수 있다는 것을 상기시켜 주십시오. 아이가 원한다면 이 이야기를 행동으로 옮겨 보십시오. 당신은 선한 목자가 되고, 당신의 아이는 양이 되는 것입니다. 아이를 많이 안아 주고 정성스럽게 돌보아 주십시오!

Introduce 나는 왕의 아이예요

아이들이 이해할 수 있는 성경의 또다른 상징은 왕이신 예수님과 왕의 아이들, 즉 왕자들과 공주들인 그분의 아이들에 관한 상징의 사용입니

다(계 19 : 16, 20 : 7 참조). 우리가 예수님께 속할 때, 우리는 바로 그분의 소유가 되어 매우 특별한 아이들이 되며, 그분은 왕 중의 왕이시며, 우리를 그분의 어린 왕자(또는 공주)로 삼으실 정도로 인정이 있으신 분이라는 것을 아이에게 말해 주십시오. 당신의 자녀와 함께 왕자(또는 공주) 놀이를 해 보십시오.

적당한 때가 되었다고 여겨지면, 학교에 들어갈 만한 나이가 된 당신의 자녀가 "왕께 속하기"를 결단할 수 있도록 자리를 마련하여 주십시오. 아이에게 왕이신 예수님께서는 우리 각 사람이 그분의 자녀가 되는 것을 결단하기를 원하시며 아이들 각자의 마음에 예수님께서 조용히 소리쳐 부르실 때가 있다고 말하십시오.

Introduce 내 생일이다!

멋있는 접시와 포크, 나이프들을 사용하여 자녀의 생일날 특별한 아침 식사를 준비하십시오. 토스트나 머핀 조각의 중앙에 작은 초 한 개를 꽂고, 불을 붙인 다음, 아이에게 노래를 불러 주십시오. 또는 빵을 굽기 전에 나이프로 빵에 하트나 미소짓는 얼굴을 그려 주십시오. 아이의 성장과 재능들에 대한 특별한 감사 기도를 나누십시오.

Introduce 원 그리기

플라스틱 컵 그리고 작은 상자나 블록을 큰 종이 한 장에 올려 놓으십시오. 자녀에게 손가락으로 형태들을 따라 그리도록 요구한 다음, 연필이나 크레용으로 그리게 하십시오. 아이가 그린 동그라미와 네모에 대해 이야기하며 그것들이 어떤 차이가 있는지 물어 보십시오.

아이에게 말하십시오. 하나님께서 자신에게 생각할 수 있는 좋은 머리를 주셨다는 것과 당신은

 자녀에게 믿음의 태도 가르치기

자녀가 동그라미와 네모를 사용해서 무엇을 그릴 수 있는지를 생각해 보기를 바란다고 말입니다. 아이에게 네모를 이용해 마차를 만들려면 동그라미를 어디에 두어야 하는지 물어 보십시오.

동그라미는 마차의 옆에 있는 바퀴가 될 수 있습니다. 아이에게 T자형의 손잡이를 만들도록 요구하십시오. 아이는 그림을 그릴 때 미세하게 움직이는 기술들을 연마하고 있으며, 또한 아이 자신의 손놀림에 대한 자신감을 증가시키고 있습니다.

 ## 예수님께서 나를 사랑하셔!

누가복음 18 : 15-17까지의 말씀에서 예수님께서 아이들을 받아들이시면서 "어린아이들을 나에게 오게 하라"고 말씀하신 이야기를 아이에게 들려주십시오. 당신의 자녀가 서있는 사진을 오리십시오. 그리고 그가 몇 명의 아이들의 그림을 종이 위에 간단히 그리도록 도와주십시오. 그런 후 아이들 무리 가운데 자신의 사진을 붙이게 하십시오.

주일학교 인쇄물에서 예수님 사진을 오리든지, 아이의 묘사에 따라 간략하게 그리든지 하십시오. 아이에게 어린아이들의 그림 맞은 편에 그것을 붙이게 하십시오. 그 아이들이 예수님께 갈 수 있도록 그 사이에 색을 칠해 길을 만들 수 있도록 도와주십시오.

아이에게 예수님께 가면 무엇을 할 것인지 물어 보십시오. 그리고는 성경 시대에 어린아이들이 했던 것처럼 언젠가는 우리도 예수님을 볼 수 있을 것이라는 진리를 이야기해 주십시오. 그리고 예수님께서는 우리의 친구일 뿐만 아니라 우리의 주인이시기 때문에 우리가 예수님을 볼 때에 그분 앞에 무릎 꿇고 절하게 될 것이라는 성경 구절을 아이에게 이야기해 주십시오(빌 2 : 10-11 참조).

 ## 성경의 조력자들

열왕기하 5장에 나오는 나아만의 이야기를 들려주십시오. 어떤 어린아이는 하나님을 사랑했고, 하나님의 전능하심을 믿었고, 하나님께서 무엇을 하실 수 있는지에 관해 누군가에게 기꺼이 말해 주었기 때문에 도울 수 있었다는 사실을 강조하여 말하십시오.

당신의 자녀에게 너를 보면 이야기 속의 어린아이가 생각난다고 말해 주십시오. 왜냐하면 자녀는 하나님을 사랑하고, 하나님의 전능하심을 믿으며, 당신에게 놀라운 도움을 주기 때문이라고요.

자녀에게 당신이 하는 어떤 일을 도울 수 있게 해 주는 좋은 시간이 될 것입니다.

 물건들을 나란히 연결하기

달걀 상자의 각 칸에 다음과 같은 다양한 물건들을 담으십시오.

· 고무밴드
· 끈
· 파이프 청소 용구
· 종이 클립
· 투명한 테이프
· 둥근 바인더 고리
· 마분지를 동그랗게 자른 것

아이에게 될 수 있으면 많은 것들을 함께 연결하도록 요구하십시오. 하나님께서는 물건들을 나란히 연결할 수 있는 방법들을 생각할 수 있는 좋은 머리를 주셨다고 아이에게 말하여 주십시오. 그것보다 훨씬 더 좋은 것은 자녀가 당신의 마음과 자신의 마음을 사랑으로 하나가 되도록 연결했다는 것입니다.

 너는 내 보석이야

취학전의 아이들은 일반적으로 수정 종류의 보석을 좋아합니다. 플라스틱이나 수정 종류의 장신구들(중고품 염가 판매장이나 공예점에서 아마 구할 수 있을 것입니다)을 모으십시오. 또는 보

석 사진들을 오려서 작은 상자에 챙겨 놓고 아이에게 특별한 사랑의 메시지를 전하고 싶을 때 그것들을 주십시오. 크게 오린 보석 사진이나 그림 하나에 아이의 사진을 붙이십시오. 그리고 다른 보석들 밑에 그것을 놓으십시오.

당신에게는 보여줄 보석 상자가 한 개 있다는 것과 그것들 중에서 당신에게 가장 소중한 보석 하나가 있다는 것을 자녀에게 말해 주십시오. 자녀에게 상자를 열어 보게 하십시오. 자녀가 **진짜** 보석을 발견하고 기뻐할 때 꼭 껴안아 주십시오!

아이에게 왕이신 예수님께서는 우리 각 사람이 그분의 자녀가 되는 것을 결단하기를 원하시며 아이들 각자의 마음에 예수님께서 조용히 소리쳐 부르실 때가 있다고 말하십시오.

3

자녀에게
행복의 첫걸음
가르치기

마음의 즐거움은 양약이라…

잠언 17 : 22

우리가 자녀에게 줄 수 있는 가장 훌륭한 선물들 중의 하나는 인생을 긍정적이고 낙천적으로 살아가는 것입니다. 그것은 아이의 삶을 날마다 향상시킬 것이며, 피할 수 없는 역경의 순간들을 잘 극복할 수 있게 할 것입니다.

행복한 마음으로 인하여 아이는 어떤 종류의 실망과 좌절에도 굴하지 않고 다시 일어날 수 있을 것입니다. 또한 아이는 인생에서 일어나는 사소한 즐거움들과 사건들을 즐길 수 있게 될 것입니다. 물론 말할 것도 없이 주위에는 충실한 친구들로 둘러싸이게 될 것입니다.

그러나 긍정적인 태도가 되도록 자녀를 돕는다는 것은 지속적으로 긍정적인 마음의 상태가 되도록 보살피는 것 이상을 필요로 합니다. 그렇게 하는 것은, 곧 도저히 참을 수 없는 속박이 되었을 것입니다. 우리는 그저 아이의 "행복"을 지켜 주기 위해 물질로 대신해서 아이의 기분이 울적할 때마다 달래 주고, 아이가 변덕을 부릴 때마다 들어주며, 아이가 실망할 때마다 실망을 약화시켜 주려고 하는 함정에 쉽게 빠져 들었을 지도 모릅니다.

불쾌한 경험들을 만나는 것은 인간 생활에 빠뜨릴 수 없는 부분입니다. 언제까지나 그것들을 피할 수는 없습니다. 그리고 어린 시절 동안 그러한 경험들에 직면하여 해결하는 것을 배운다면 인생의 부정적인 측면들을 처리해 내는 데 큰 도움이 될 것입니다.

과연 태어날 때부터 입가에 미소를 띤 것처럼 보이는 아이들은 어린 시절 동안에도 내내 웃기를 잘하는 것 같습니다. 하지만 어떤 아이들은 아주 사랑받고 있고 성공할 만함에도 불구하고 그들의 기본적인 기질때문에 오히려 더욱 침울한 것 같습니다.

아이의 기질에 관하여 성급하게 판단하지 마십시오. 인생 여정에서 수많은 시기들을 거치면서 아이는 성숙하며 행복하게 될 것입니다. 그럼에도 불구하고 대개는 아주 어렸을 때에 우리가 다루었던 방법이 앞으로 아이가 행복을 느끼게 될 잠재력을 어느 정도 결정하게 될 것입니다.

육아는 때때로 헌신적인 일입니다. 많은 부모들이 마음 속은 괴로움으로 짓눌려 있으면서도 자녀와 함께 즐겁게 놀며, 때로는 눈물 그득한 눈으로 미소짓습니다. 그것은 우리의 우울함이나 걱정 또는 부정적인 사고를 어린아이에게 결코 보이지 말아야 한다는 것이 아닙니다. 물론 때때로 그렇게 해야 할 것입니다. 그래도 아이는 그

런 것에 구애받지 않고 아주 잘 자랄 것입니다.

그러나 우리는 아이에게 행복을 전달하는 역할이 바로 우리에게 최선의 치료법이라는 사실을 발견하게 될 것입니다. 즐거운 일을 한 가지 덧붙이자면 우리는 아이가 우리의 최고의 격려자가 될 때, 행복을 되찾게 될 것이라는 사실입니다.

하나님께서는 당신이 자녀 안에 긍정적이고 낙천적인 태도를 심어주기 위해 노력하는 것처럼 당신이 갖고 있는 상처들을 위로해 주실 것입니다.

introduce 네가 우리 아기라서 정말 기쁘단다

갓 태어난 아기를 팔에 안는 바로 그 첫 순간부터, 우리는 아기에게 메시지를 전할 수 있습니다.

"네가 우리 아기라서 정말 기쁘단다!"

아기는 아직 그 말들을 이해하지 못하지만 그 접촉을 느낍니다. 또한 세상에 태어난 아기를 환영하기 위해 찾아온 사랑하는 사람들의 상냥한 목소리와 기쁨에 찬 말들 그리고 웃음 소리를 아이는 듣습니다.

긍정적인 감정이 처음 기쁨에 찬 며칠뿐만이 아니라 몇 달이고, 몇 년이고 지속되면(아기가

울거나 터무니없이 짜증을 내는 일에 능숙해진 후에도 지속되면), 아기는 보통 기쁨에 찬 모습을 자기 것으로 받아들이게 될 것입니다.

부모 역활은 일상 생활을 근거로 해서 이루어집니다. 그렇기 때문에 아기를 위해 하는 대부분의 일들이 곧 어떤 방식이나 틀에 박히게 됩니다. 아기들은 예상할 수 있는 곳에서 잘 자랍니다.

그리고 매일 매일을 경험하면서 아기에서 걸음마장이로, 걸음마장이에서 어린아이로 자랍니다. 그렇기 때문에 날마다 행복하게 보내는 것이 중요합니다. 우리는 마침내 아기가 유치원이나 학교에 들어갈 만한 나이가 될 때까지 시간을 그냥 흘려 보내고 있는 것이 아닙니다. 우리는 매일 매일 아기의 진로를 정하고 있고, 인격을 형성하며 조절하고 예정하고 있는 것입니다.

Introduce ## 기쁜 날

잘 알고 있는 생일 축하 노랫가락에 맞춰 아이에게 노래를 불러 주십시오.

기쁜 날을 축하합니다.
기쁜 날을 축하합니다.
사랑하는 나의 크리스타
기쁜 날을 축하합니다! (아이의 배를 부드럽게 어루만져 주십시오.)

Introduce - 114 ## 기뻐하며 말하세요

아이는 목소리, 특히 친숙해지고 있는 소리를 좋아합니다. 게다가, 우리가 이야기를 들려줌으로써 지능과 청각과 언어 발달을 가져옵니다. 그리고 아기가 말하기 시작할 때, 아기의 주의를 끌 수 있는 강렬한 무언의 어휘를 마음속에 남겨줍니다.

아기가 당신의 무릎 위에 만족스럽게 안겨 있거나 또는 침대에 누워있을 때, 아기에게 직접 이야기하십시오 (온화하고 명랑한 태도로).

"사라, 네가 함께 있으니 정말 **행복**하구나. 네 얼굴이, 네 반짝이는 작은 두 눈이 나를 행복하게 하는구나. 네 작은 발로 발길질하는 것도 참 기쁘단다. 네가 나의 사랑스런 아기여서 정말 **행복**하단다!"

Introduce ## 음악에 맞춰 기뻐하세요

즐겁고 활기찬 음악 레코드를 도서관에서 빌리든지 사든지 하십시오 (성가나 고전 음악, 또는 동요). 음악에 맞추어 천천히 몸을 흔들거나 펄쩍 뛰거나 또는 행진하면서 얼굴에는 가득 미소를 머금은 재미있고 애정이 깃들인 표정을 지으십시오. (우리집 아이들은 그들이 아주 어렸을 때 함께 즐겨 듣던 호두까기인형 음악을 듣는 것을 여전히 좋아합니다.)

아이가 지켜볼 수 있게 하십시오. 때때로 새로운 사진으로 바꾸어 주십시오. 그리고 그 사진을 가끔 반대편에 붙여 놓아 아이의 목을 양쪽 다 강화시켜 주십시오. 언젠가는 정다운 동물들의 얼굴을 아기의 미술 전시장에 포함시키십시오.

즐거운 시

이런 짧고 간단한 유아 놀이들을 시도해 보십시오. 또는 당신의 사랑스런 아기에게 알맞도록 직접 만들어 보십시오. 꼭 기억하십시오. 아기는 우리가 만든 시에 대해 신경쓰지 않습니다.

Pat-a-cake(어린이 놀이의 일종 : 역자)를 하듯 아이의 두 손을 서서히 합쳐서 박수를 쳐 주면서 말하십시오.

행복 하나,
행복 둘,
행복한 나,
행복한 너! (아이 배를 가리키며)

행복한 엄마,
행복한 아이,
우리를 **행복하게** 만들어 주시는
예수님!
나는 기분이 좋아

행복한 얼굴

갓 태어난 많은 아기들은 매일 깨어서 몇 시간을 보냅니다. 처음 몇 주나 몇 달 동안 아기가 잔가지로 세공한 요람의 옆면만 보게 하는 대신, 그 곳에 웃는 얼굴 사진을 붙여서 아기가 볼 수 있게 해 주십시오. 초점을 맞추려는 아기의 노력은 눈 근육을 강화시킬 것이며, 그를 둘러싼 세상에 대해 알아가고 있는 그의 지각을 향상시킬 것입니다. 또한 지켜 보고 있는 다정한 "친구"를 얻게 될 것입니다.

마분지 한 장에 사진을 붙이고, 귀퉁이들을 약간 둥그스름하게 마무리하십시오. 그리고 나중에 아기가 물건들을 만지작거리기 시작할 때, 투명한 접착 테이프로 싸십시오. 그 사진을 요람 측면, 즉 아기에게서 오른편 약간 위로 올려 붙여

네가 나와 함께 있기에
(아기를 가리킨 다음 자신을 가리키며)

더 이상 행복할 수 없을 만큼(당신이 박수를 치
든가, 또는 아기의 박수를 쳐 주든가, 또는 박자를
맞춰 같이 치십시오.)
우리는 **행복해!**(양팔을 밖으로 뻗으며)

아기가 울고 있을 때, 아기를 팔에 안고 흔들
어 달래면서 작은 소리로 말해 주십시오.

너는 내 아기.
나는 아주 기쁘단다.
아가, 내 사랑, 슬퍼하지 말아라.

네가 행복할 때에도
네가 슬플 때에도
나는 너를 늘 사랑한단다.
그러니 우리 **기뻐**하자꾸나, 내 사랑아!

Introduce 행복한 소리들

기쁨에 찬 유쾌한 소리들을 녹음하여 아기에게
들려주십시오. 이런 것들을 이용해 보십시오.

· 유쾌한 음악

· 부드럽고, 활기에 찬 목소리 – 될 수 있으면
  당신의 목소리, 또는 동시를 낭송하는 몇몇
  가족들의 목소리
· 찬양 성구들을 낭송하는 사랑스런 목소리
  (아기는 전승되는 동시의 단어들이나 의미들을
  이해하지 못합니다. 그러나 우리는 아기의
  어릴 때, 그것들을 낭송해 주는 것을 주저하지
  않습니다. 마찬가지로 성경의 어휘들이
  아기에게 부적합하다고 염려할 필요는 없습니다.
  결국에는 그 축복의 말들이 아기에게 의미를
  갖게 될 것이기 때문입니다. 지금도 그 말들의
  의미와 사랑이 충분히 전해지고 있습니다.)
· 흐르는 물소리 또는 첨벙첨벙 물 튀기는 소리
· 짤깍짤깍거리며 규칙적으로 순환하는 시계 소리
· 집에서 기르는 고양이가 조용히 내는
  가르랑거리는 소리 또는 밖에서 노래하는

새소리

· 뮤직 박스

· 장난치며 놀고 있는 기쁨에 찬 아이들의 목소리

· 선풍기 소리나 조용히 내리는 비 소리 또는
  당신이 지각할 수 있는 소리면 무엇이든 아기는
  생소한 이런 소리들로 인해 세상을
  살기에 유쾌한 곳으로 여기게 될 것입니다.

재미있는 집 여행

아기를 데리고 집을 한바퀴 돌면서 재미있게 구경하십시오. 아기에게 삶을 더욱 재미있게 해 주는 물건들이나 불빛들, 장식품들 또는 그림들을 보여 주십시오.

각 물건에 가까이 다가갈 때마다 아기가 잘 볼 수 있도록 팔에 안아주거나 당신 어깨위로 올려 주십시오. 채 넉 달이 되지 않은 아기는 20~30 ㎝ 정도의 거리에서 가장 잘 지켜볼 수 있다는 사실을 기억해 두십시오. 그리고 이와 같이 말해 주십시오.

"이것은 전등이야. 전등은 우리집을 밝고 멋있게 해 준단다. 하나님, 전등을 주셔서 감사합니다!"

가족 사진을 보여 주면서 말하십시오.

"할머니께서는 우리를 기쁘게 해 주신단다. 하나님, 할머니로 인해 감사드립니다!"

여행을 마치면서 말하십시오.

"우리집은 정말로 행복이 가득한 집이야!"

공 차기하는 것을 지켜 보세요

부풀린 비치볼의 공기 밸브에 긴 줄을 하나 붙이십시오. 줄의 다른 끝으로는 천장에 튼튼하게 매달려 있는 선풍기의 날개나 전등의 정착물에 묶으십시오. 아기가 만질 수 있을 만큼 낮게 공의 위치를 정해 매달으십시오. 그렇지 않고 아기가 지켜 보기만을 바란다면, 위치를 높게 정해

매달으십시오. 그리고 아기의 흥미를 불러일으켜 즐겁게 해 주기 위해서 가끔씩 공을 조금 흔들어

주십시오. 아기가 공 가까이에 혼자서 앉아 있을 만하거나 기어갈 수 있을 만한 나이라면 아이가 공을 가지고 놀 때 혼자 내버려두지 마십시오.

하나님께서 예쁜 공을 볼 수 있는 두 눈을 주셔서 당신이 정말 기뻐하고 있다고 애정을 기울여 이야기하십시오. 또한 자녀에게 당신의 아기인 것이 얼마나 기쁜지에 관해서도 이야기하십시오.

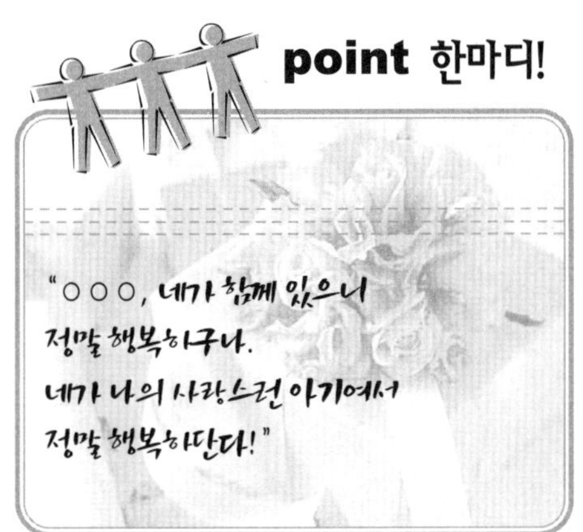

point 한마디!

걸음마하는 아이

Introduce 즐거운 산책

햇빛나는 날이나, 비가 내리는 따뜻한 날에 우산 하나를 받쳐 들고 아이와 함께 인근 지역이나 집 마당을 산책해 보십시오. 나무들, 새들, 동물들, 집들, 자동차들, 또는 흥미를 불러일으킬 만한 것이면 무엇이든 가리켜 주면서 이와 유사하게 말해 보십시오.

"나는 하나님께서 나무를 주셔서 정말 행복하단다. 나무는 우리가 행복하도록 도와주거든."

산책을 마치면서 아이를 꼭 껴안고 이야기해 주십시오.

"하나님께서 너를 보내 주셔서 나는 너무 행복해. 너는 내 기쁨이란다!"

Introduce 행복한 사진들

기쁨에 찬 사람들의 사진과 사랑스러운 동물들의 사진을 한 상자에 보관하십시오. 사진들은 모서리를 둥그렇게 마무리해서 마분지에 붙이십시오. 그리고 투명한 접착 테이프를 씌우십시오. 그것들을 하나씩 끄집어내면서 아이에게 말하십시오.

"여기에 즐거워하는 아이가 있네. 여기에 행복

해 보이는 고양이도 있어!"

마지막 사진을 꺼내게 될 때, 거울에 비친 아이의 모습이나 사진을 보여 주십시오. 그리고 정말로 아이를 가리키며 감격하여 말하십시오.

"그리고 여기 행복한 제이슨이 있구나!"

그 사진들은 또한 아이에게 다른 이야기들을 해 주면서 얼굴의 각 부분들을 지적할 때에 이용할 수 있을 것입니다.

신나는 가락에 맞춰 노래 부르세요

아이가 정말로 우울할 때, 이런 노래들을 특별히 부르십시오.

"네가 행복하다는 것을 알고 있다면"의 노랫가락에 맞춰 :

오, 귀여운 얼굴, 행복하여라.
미소를 지으세요.
오, 귀여운 얼굴, 행복하여라.
미소를 지으세요.
오, 귀여운 얼굴, 행복하여라.
귀여운 얼굴, 정말로 행복하여라.
귀여운 얼굴, 부디 행복하여라.
미소를 지으세요!

"방금 한 소녀를 보았니?"의 노래 박자에 맞춰 :

 자녀에게 믿음의 태도 가르치기

방금 킥킥 웃는 소리를 들었니?
킥킥킥, 킥킥킥
방금 킥킥 웃는 소리를 들었니?
네가 킥킥 웃었니?

만일 손가락을 여기에 놓으면
꿈틀거리기 시작할거야.
그러면 분명히 킥킥 웃는 소리를 듣게 될거야.
나도 덩달아 킥킥 웃을거야!

"델(Dell)의 농부"의 노래 박자에 맞춰 (손뼉치
며 노래하라)

네가 보듯이, 나는 행복해.
제일 행복해!
예수님께서 정말 기쁘게 해 주셔.
최고로 행복해!

Introduce 즐거운 기도 노래

이 노래들은 아이가 행복해 할 때나 또는 하루
를 마치는 기도 노래로 불러 주어야 할 것입니다.

"노를 저어라"의 노랫가락에 맞춰 :

기쁨, 내 마음의 기쁨

예수님께서 기쁘게 해 주시네.
감사합니다. 하나님!
나를 아주 재미있게 해 주셔서.

"캠프타운 경주"의 노랫가락에 맞춰 :

예수님 내게 충만한 기쁨 주시네.
감사합니다. 감사합니다!
예수님 내게 충만한 기쁨 주시네.
오, 감사합니다. 주님!

Introduce 기쁜 소리를 만들어 보세요

납작한 냄비, 스푼, 뚜껑, 그리고 다른 가정용
품들을 사용해 걸음마장이와 주방 악단을 만들어
보십시오.
"예수님께서는 우리를 기쁘게 해 주시지. 그럼
음악을 만들어 보자!"
조금 더 큰 걸음마장이들에게 말하십시오.
"성경에서 기쁨에 찬 사람들이 때때로 그들이
행복한 것을 하나님께서 보시도록 북을 치거나,
피리를 불거나 또는 행진했던 것을 읽었지. 그러
니 우리도 한번 해 보자!"

Introduce 행복한 소리에 귀를 기울이세요

가족들이 다음과 같은 짤막한 메시지를 실어

아이에게 인사하는 것을 테이프에 녹음하십시오.

"안녕, 데이비. 아빠야. 나는 너를 사랑한단다. 행복한 하루를 보내거라!"

메시지들 사이에 아이가 자주 듣는 기분 좋은 다른 소리들을 첨가시키십시오. 가령 형제가 연주하는 피아노곡, 집에서 기르는 애완 동물 소리, 음악이 흘러나오는 장난감 소리, 시계가 울리는 소리, 뮤직박스 소리, 목욕물 흐르는 소리, 컴퓨터 소리 등….

그와 같은 것들을 녹음하는 것은 간단하며 시간도 별로 걸리지 않습니다. 그리고 아이는 친밀하고 기분 좋은 소리들을 즐거워할 것입니다.

시간을 끝맺으며 아이에게 말하십시오.

"저런 행복한 소리는 없지, 크리스토퍼? 행복한 소리들을 들을 수 있게 해 주셔서 감사합니다. 하나님!"

Introduce 행복한 책

가족 한 사람 한 사람이 활짝 웃는 얼굴을 하고 있는지 확인한 후, 가족 한 사람 한 사람의 클로즈업 사진을 찍으십시오. 그리고 할머니, 할아버지께도 사진을 보내 달라고 꼭 부탁하십시오. 또는 아이를 바라보며 행복하게 미소짓고 있는 가족 제각기의 사진을 찍으십시오.

앨범의 중간에 한 줄 뜨기를 해서 꿰맨 헝겊

책 안에 그 사진들을 붙이거나 다시 봉할 수 있는 봉지들 속에 그것들을 넣으십시오. 그리고 벌어진 테두리들을 다 같이 꿰매 붙여 방수책을 만드십시오. 아이와 함께 그 책을 보면서 말하십시오.

"하나님께서 에릭을 우리 가정에 주셔서 정말 행복해!"

Introduce 행복한 상자

깊이가 60~90㎝ 정도 되는 큰 상자의 끝을 안으로 접어 넣든가 잘라 내든가 하여 터널을 만드십시오. 완성되면 상자를 측면으로 세워 놓고 아이에게 한쪽 끝에서 살짝 들여다보도록 권하십시오. 동시에 다른쪽 끝에서 자녀를 엿보며 말하십시오.

"네가 보이는구나. 행복한 아이야!"

만일 아이가 기어서 상자를 통과한다면, 당신에게 가까이 다가올 때, 약간 놀라는 것처럼 그 말들을 하십시오. 그러나 아이가 깜짝 놀랄 만큼 큰소리로 하거나 갑작스럽게 하지 마십시오. 아이의 흥미가 적어져 상자를 치울 때 말하십시오.

"우리는 행복해서 함께 웃을 수 있어!"

Introduce 상자에서 웃고 있는 것을 잡으세요

마분지에 붙인 둥근 플란넬 천에 얼굴을 간단

 자녀에게 믿음의 태도 가르치기

하게 그리십시오. 하지만 입은 그리지 마십시오.
그 얼굴을 소파나 의자에 세워 놓으십시오. 플란
넬 천 조각들을 붙여서 이미 만들어 놓은 색판지

입들이 담긴 상자에서 아이에게 입 하나를 선택
하게 하십시오. 다른 입 모양들을 사용하여 이
놀이를 되풀이하십시오.

원한다면 플란넬 천 얼굴을 완전히 비어 두어
아이에게 눈, 코, 입, 귀, 머리카락을 붙이게 할
수도 있습니다.

즐거운 친구

양말 한 짝을 사용하여 꼭두각시 인형을 만드
십시오. 원한다면 두 눈에 색을 칠해도 되지만
반드시 그렇게 할 필요는 없습니다. 인형을 움직
여 아이에게 말하게 하십시오.

"나는 네가 행복해지도록 돕기 위해 여기에 있
단다. 나는 위아래로 깡총깡총 뛸 수 있고, 재주
도 부릴 수 있단다! (인형을 움직여 머리를 세우
기, 익살스런 표정 보여 주기 등) 나는 사라졌다
가 되돌아올거야! 안녕, 행복한 아이야!"

재미있는 체조

재미있는 체조를 다소 활기찬 음악에 맞추어
아이와 함께 하십시오. 반드시 박자를 맞출 필요
는 없습니다. 단지 활기찬 분위기를 만들기 위함
이니 음악을 전혀 사용하지 않아도 괜찮습니다.
이런 것들을 명령하십시오.

· 될 수 있는 대로 넓게 만드세요!
  (두 팔과 손가락들과 양다리를 쭉 뻗으십시오)
· 정말로, 정말로 바싹 여위게 만드세요!
  (두 팔을 내려서 옆구리에 붙이고 두 발과
  다리는 모으십시오)
· 정말로, 정말로 키가 커지게 만드세요!
  (두 손과 손가락들을 위로 쭉 펴고

아이가 계속해서 재미있어 하면 이런 명령들을 되풀이하십시오. 그리고 "체조는 재미있어!"라고 말하십시오. 아이는 분명히 당신과의 열성적인 교제를 좋아할 것입니다.

Introduce **내 주머니에 있는 미소**

아이에게 말하십시오.

"나는 주머니에 미소를 가지고 있어! 나를 잘 지켜보렴."

미소를 꺼내는 시늉을 하고, 원한다면 그것을 손바닥에 올려 놓으십시오. 그리고 손을 입에 대고 미소지으십시오. 또는 주머니에서 꺼내면서 곧바로 미소지으십시오.

Introduce **재미있는 훌라후프**

크고 비싸지 않은 윤택이 나는 훌라후프를 구하십시오. 그것을 사용하여 방 저쪽에 있는 아이에게 굴려 주십시오. 아이는 아마 스스로 그것을 굴릴 수 없겠지만, 그것을 잡으려고 애쓰는 것을 재미있어 할 것입니다. 또한 당신에게 그것을 되돌려 주는 것은 더욱더 재미있어 할 것입니다.

또는 훌라후프를 마룻바닥에 납작하게 쓰러뜨려 "울타리"처럼 그 안에 작은 장난감들을 집어 넣는 데 사용하셔도 좋습니다. 아이가 흉내내기를 시작하면 그 훌라후프는 동물 조련사의 고리나 가축 우리가 될지도 모릅니다.

point 한마디!

3-4세의 아이들

 ## 행복한 얼굴을 만드세요

아래에 적혀 있는 것들을 선택하여 아이가 행복한 얼굴을 그릴 수 있도록 도와주십시오.

- 둥근 파이 냄비에 있는 옥수수 가루
- 청소하기 쉽게 식탁이나 큰 쟁반에 짜 놓은 면도용 크림
- 템페라 물감과 배합하여 종이에 발라 놓은 액체 풀이나 액체 세제
- 책상이나 쟁반 위에 펴 바른 핸드 로션
- 흰풀로 그림을 그린 종이 위에 뿌려 놓은 모래나 옥수수 가루 또는 소금
- 보도 위의 분필
- 김이 서린 욕실 거울이나 창문

행복한 작은 얼굴을 그리게 하여, 자르는 것을 도와주십시오. 그리고 거울이나 문 손잡이에 붙여 아빠나 엄마 또는 형제나 자매에게 재미있는 인사장으로 사용하십시오.

웃는 날

아침 일찍 아이에게 오늘은 환하게 웃는 날이

될 것이라고 말해 주십시오. 그것은 누군가가 당신들 중의 한 사람을 볼 때마다, 당신이 웃게 될 것이라는 의미입니다. 웃음은 "전염성"이 있어서 그것을 나누면 또다른 사람을 기쁘게 해 줄 수 있다고 아이에게 설명해 주십시오.

재미있는 하트들

스티로폼이나 스펀지, 또는 가족 중에 목수 일을 잘하는 사람이 있으면 목재로 하트 모양을 만드십시오. 아이와 함께 마룻바닥에 하트들을 배열하여 얼마나 재미있는 무늬들이 만들어질 수 있는지를 알아보는 실험을 하십시오.

하트들을 배열하여 꽃이나 사슬이나 피라미드 또는 기하학적인 모양들을 만들 수 있을 것입니다. 그것은 아이의 창조력을 자극할 것이며 더

나아가 하트가 의미하는 것이 사랑이며 하나님과 당신이 그를 얼마나 극진히 사랑하고 있는지를 아이에게 말해 줄 절호의 기회가 될 것입니다.

Introduce 기분 좋게 해 주는 약

아이에게 잠언 17:22 "마음의 즐거움은 양약…"이라는 성경 구절을 가르쳐 주십시오.

아주 슬픔에 잠겨 있는 환자가 의사 선생님께 진찰받고 있는 연극을 자녀(또는 자녀의 봉제 인형)와 함께 하십시오. "욜리 박사님"은 미소 지으며, 아이의 머리를 가볍게 치고 쓰다듬으며, 배를 약간 간지럽히더니 마침내 "킥킥 웃음약"을 처방합니다. 알약병과 비슷하지 않은 그릇을 사용하여 건포도, 과일 조각들, 잘게 자른 당근이나 셀러리, 또는 "약"으로 사용하고 싶은 것이면 무엇이든 그 용기에 가득 채우십시오. 아이에게 혼자서는 절대로 진짜 약을 먹지 말아야 하며 엄마나 아빠, 신뢰하고 있는 아이 돌보는 사람, 또는 당신이 지정해 준 사람에게만 약을 받아 먹어야 한다고 강조해서 말해 주십시오.

그런 후, 욜리 박사님은 그 자신이 약을 먹고 킥킥거리며 웃음으로써 그 약이 어떤 효과를 내는지 보여 줍니다. 아이는 "킥킥 웃음약"을 먹고 기분 좋게 웃고 싶은 자극을 받게 됩니다. 비록 처음에는 억지 웃음일지라도, 곧 정말로 즐겁게 웃게 될 것입니다.

Introduce 얼굴을 만들어 보세요

아이에게 둥근 크래커나 쿠키에 버터, 크림 치즈, 치즈 스프레드, 마요네즈, 땅콩 버터, 꿀 또는 당의(糖衣)와 같은 소스를 선택해 주십시오.

아이에게 건포도, 마른 과일 약간, 마른 씨리얼, 초콜릿 칩스, 잘게 자른 당근과 셀러리, 팝콘 또는 땅콩(아이가 잘 씹어 먹을 수 있는 나이라면)을 주십시오. 날이 무딘 칼이나 아이스크림 나무 막대기로 소스를 펴 바를 수 있도록 격려하십시오. 그리고 원하는 것들을 첨가시켜 행복한 얼굴을 만들도록 권하십시오. 코코넛이나 알파파 새싹 또는 파슬리는 "머리카락"으로 제격입니다.

당신은 아이가 눈이나 코, 입, 귀, 또는 당신이 바라는 어떤 특별한 생김새들을 첨가시키도록 지도해 주어야 할지도 모릅니다. "하나님께서는 래리에게 행복한 얼굴을 주셨는데, 래리는 지금 과자로 행복한 얼굴을 만들었네!" 라고 말하십시오.

Introduce 행복한 감자 아저씨 (미스터 행복한 감자)

생감자 한 개를 사용하여 행복한 얼굴을 만드십시오. 감자를 세워 놓을 수 있도록 한쪽 끝을

 자녀에게 믿음의 태도 가르치기

약간 잘라내어 평평하게 만드십시오. 구슬 눈, 밀짚 조각들 약간, 작고 딱딱한 사탕, 또는 감자 아저씨의 웃는 얼굴을 만들기 위해 생각해낼 수 있는 것이면 무엇이든 사용하십시오.

행복한 토스트

날이 잘드는 칼로 빵 한 조각에서 행복한 얼굴의 모양을 잘라 내십시오. 그 빵을 구우며 아이가 그 웃고 있는 얼굴로 인하여 행복한 날을 보낼 수 있기를 바라십시오.

하루를 즐겁게 보냅시다

색판지로 웃고 있는 둥근 얼굴을 만들어 냉장고 문에 자석으로 붙여 놓으십시오.

아이의 기분이 우울해 보이면, 그 종이 얼굴을 거꾸로 놓으십시오. 아침을 보내면서 아이가 기운을 낼 수 있도록 도와주십시오. 그리고 아이가 기운을 내면, 거꾸로 된 얼굴을 바른 자세로 약간 돌려놓으십시오. 아이의 기분이 좋아질 때마다 웃고 있는 얼굴 그림을 조금씩 돌려 바른 자세가 되게 하십시오. 그리고 바른 자세가 되면 마침내 아이의 날이 되는 것입니다.

평소에도 자주 아이의 기분이 우울해 보이면 건강한지, 신체적·정서적 욕구들은 충족되고 있는지를 살펴보십시오. 만일 아이가 단지 반항하고 있었던 것이라면, 또는 기분을 이용하여 지나치게 관심을 끌려고 했던 것이라면, 아이의 기분이 좋아지고 기쁘게 행동할 때에 간소한 상을 주어서 욕구들을 충족시키도록 노력하십시오. 상으로는 웃고 있는 모습의 스티커가 붙어 있는 작은 종이 카드나 작은 장난감, 무설탕 껌, 또는 아이가 하고 싶어하는 활동이나 외출이 될 수 있을 것입니다.

즐거운 악수

모자를 쓰고 자녀에게 당신 자신을 소개하십시오. 자녀와 악수하며 이야기하십시오(아주 열렬하게).

안녕! 나는 미스터 행복이야!

내 두 손은 행복해 (그것들을 흔드십시오).
내 두 발은 행복해 (그것들을 흔드십시오).
내 얼굴은 행복해 (미소 지으십시오).

내 발가락들은 행복해 (그것들을 두드리십시오).
  너는 뭐가 행복하니? (아이가 대답하도록 격려
하십시오.)

Introduce 기쁘게 "안녕" 이라고 말하세요

아이가 두 손과 무릎을 바닥에 대고 쭈그리고
앉아 있을 때, 시트나 모포를 덮어 주십시오. 그

리고 이런 짤막한 재미난 시를 들려주십시오.
  빗방울, (비가 내리는 것처럼 아이의 등을 손가
락으로 두드리십시오.)
  햇빛, (아이의 등을 둥그렇게 문지르십시오.)
  넓고 푸른 하늘, (그 말을 하면서 아이의 등을
주먹으로 3번 가볍게 두드리십시오.)
  내 말이 들리면,
  제발 "안녕" 이라고 말해 줘요!

  아이는 "안녕" 이라고 대답할 것입니다. 그 놀
이를 되풀이하면서 아이가 그 시를 배우면 역할
을 바꾸어 하십시오.

Introduce 급행 열차를 타는 즐거운 날

  부엌 의자들을 서로 마주보도록 정렬시켜 기차
를 만드십시오. 그리고 아이를 그 기차의 기관사
로 삼으십시오. 당신은 아이 뒤쪽에 앉아 아이의
형제, 자매들이나 이웃들 또는 사랑스런 봉재 인
형들과 함께 승객이 되십시오.
  기차가 "선로"를 따라 내려갈 때, 기차 바퀴가
움직이는 것처럼 팔로 칙칙 소리를 내며 움직이
는 동작을 만드십시오. "급행 열차를 타는 즐거
운 날"에 나는 소리들을 표현하며, 처음에는 이
런 말들을 천천히 하다가 나중에는 훨씬 더 빠르
게 하십시오.

 자녀에게 믿음의 태도 가르치기

예수님, 예수님, 예수님, 예수님
예수님께서는 우리를 즐겁게 해 주셔.
즐거워, 즐거워, 즐거워 (되풀이하십시오).

 즐거운 시

아래 적혀 있는 시에 맞는 행동을 취하십시오.
"노를 저어라"의 노랫가락에 맞춰 :

깡총, 깡총 즐거운 토끼뜀.
나와 함께 뛰어보자.
깡총, 깡총 뛰는 것은 정말 즐거워.
나와 함께 즐겁게 뛰어보자.

짝짝, 짝짝, 즐거운 손뼉치기.
나와 함께 손뼉 치자 .
짝짝, 짝짝, 손뼉치는 것은 정말 즐거워.
나와 함께 즐겁게 손뼉치자.

뚜벅, 뚜벅, 즐거운 행진.
나와 함께 행진하자.
뚜벅, 뚜벅, 행진하는 것은 정말 재미있어.
나와 함께 즐겁게 행진하자.

펄쩍, 펄쩍, 즐거운 뛰어넘기.
나와 함께 넘어보자.
펄쩍, 펄쩍, 뛰어넘는 것은 정말 즐거워.
나와 함께 즐겁게 뛰어넘어 보자.

기도하자, 하나님께 (두 손을 모으십시오).
나와 함께 기도하자.
기도할 수 있어서 정말 기뻐.
나와 함께 기도하자 (건강한 몸과 이런 행복한
날을 주신 하나님께 감사 기도를 하십시오).

꼭 껴안아 주어라. 행복하게.
나와 함께 꼭 껴안아 보자.
하나님께서 너를 주셔서 정말 기뻐.
행복하게 꼭 껴안아 보자.

 행복한 도우미

하루 종일 아이가 할 수 있는 쉬운 일들이 있
으면 아이에게 도와줄 것을 권하여 보십시오. 아
이의 도움이 당신을 기쁘게 해 주며, 아이 또한

기쁘게 해 준다고 설명하십시오.

그 다음날 아이에게 뚜껑이 닫혀 있는 상자 하나를 보여 주십시오. 상자 속에 도우미 한 사람이 있다고 말하십시오. 이 도우미가 어제 자진해서 했던 몇 가지 일들을 언급하십시오. 그런 후에 말하십시오.

"이 도우미를 보여 줄게."

그리고 상자 뚜껑을 열어 거울을 꺼내 비춰 주며 말하십시오.

"그 도우미는 토니야! 나는 그 애를 정말 **자랑**스럽게 여긴단다."

 ## 신나는 손도장

아이의 한 손에 또는 양손에 템페라 페인트를 바르십시오. 아이에게 펼쳐져 있는 하얀 종이 위에 내리누르는 방법을 보여 주며 여러 번 그 절차를 반복해서 선물용 포장지를 만들어 보십시오.

또한 손도장들을 이미 종이에 그려져 있는 나무 줄기 위에 찍어서 "나뭇잎들을" 만들 수도 있습니다. 그림이 마르면 아이의 방문에 붙여 놓으십시오. 아름다운 장식이 될 것입니다.

아이의 손도장은 또한 누군가를 위해 이런 짧은 시와 함께 카드를 꾸미는 데 사용할 수 있을 것입니다.

지금 나는 어립니다.
내 두 손은 작습니다.
그러나 어린 시절은 곧 지나갈 것입니다.
모두 과거의 일이 될 것입니다.
이 카드는 도와줄 것입니다.
지난 추억을 회상하도록.

아이의 손도장은 또한 할머니나 엄마의 앞치마에 아크릴 물감을 사용하여 만들 수 있습니다. 하지만 아크릴 물감을 사용하고 나면 아이의 손을 즉시 씻어 주십시오. 그리고 마른 손도장에 식초를 발라 그 무늬를 찍고 난 후, 그 앞치마를 빨아 주십시오.

 자녀에게 믿음의 태도 가르치기

 ## 줄 따라가기

아이가 뒤를 따라가 보물찾기를 할 수 있도록 뜨개실이나 줄을 방 여기저기에 감아 놓으십시오. 줄의 끝부분에 재미있는 물건들이 들어 있는 웃고 있는 얼굴을 붙인 재미있는 상자를 놓아두십시오. 또는 아이가 재미있게 놀 수 있도록 다채로운 빛깔의 스티커 종이를 놓아두십시오.

이런 재미있는 보물찾기 놀이는 당신이 외출하려 할 때, 아이 돌보는 사람이 시작하기에 훌륭한 활동입니다. 당신이 출발하자마자 보물찾기를 시작하도록 아이들에게 말하여 주십시오. 그러면 아이 돌보는 사람과 아이들은 이 방 저 방 돌아다니며 숫자가 기록되어 있는 웃고 있는 얼굴이나 줄을 뒤쫓게 될 것입니다.

 ## 신나는 상자

한 상자 안에 아이를 웃게 만들 물건들을 모으십시오.

- 아이의 턱이나 발을 살짝 간지를 수 있는 깃털
- 우스꽝스러운 그림
  (가족 사진이나 당신이 그린 그림)
- 재미난 소리를 내는 것(오리 소리, 생일 파티 장식, 동물 소리를 흉내내는 장난감 소리 상자 등)

- 아이의 수준에 맞는 재미있는 농담이 적혀 있는 종이
- 바보 같은 꼭두각시 인형
- 우스워 보이는 장난감
- 재미있는 모자, 모조품 코 또는 안경

상상력을 발휘하여 집에 있는 물건들을 사용하십시오. 그렇지 않으면 무대 의상 가게나 염가 매장에 있는 물건들을 참고하십시오.

각 물건들을 꺼내 꾸며보고 깔깔거리고 웃을 수 있게 하십시오. 그런 후 말하십시오.

"하나님께서는 근사하지 않니? 하나님께서는 우리가 깔깔거리며 행복하게 웃는 것을 기뻐하신단다."

 ## 재미있는 모자들

당신의 구식 옷장이나 할머니의 벽장에서 모은 모자들 또는 중고품 시장이나 파티용 물건을 파는 가게에서 구입한 모자들 또는 당신이 만들었거나 꾸민 모자들을 모아 두십시오. 취학전의 아이들은 모두 모자를 씀으로써 즉시 자신의 모습이 변하는 것을 좋아합니다.

 ## 킥킥 웃음

아이와 함께 정말로 웃을 수 있는 기회들이 있

을 때마다 웃으십시오. 만일 우리가 매일 일어나는 일들에서 명랑하고 유머러스한 면을 찾고자 한다면 쉽게 찾을 수 있을 것입니다. 그리고 그것을 즐길 수 있을 것입니다.

아이와 함께 "킥킥 웃는 순간"을 만들어 보십시오. 웃음이 나오도록 반드시 간지를 필요는 없습니다. 조금 익살스러운 표정을 짓는다든가 바보같은 말을 한다든가 하십시오. 그리고 말하십시오. "우리 웃자!" 또는 가짜로 촌스럽게 어린 애처럼 웃기 시작하십시오. 그러면 곧 정말로 웃게 될 것입니다(정말로 마음에서 우러나와 웃던 어린아이를 가짜로 웃게 해서 가짜 웃음이 사라질 때까지 계속 웃게 하는 것이 얼마나 어려운지 주목해 본 적이 있습니까? 사람들은 모두 그런 놀이에 웃음을 터트리며 새롭고 재미있는 것으로 여길 것입니다).

웃고 있는 사과

빨간 사과를 한 조각 베어내고 입을 만들어 행복한 얼굴을 한 사과를 만들어 보십시오. 거기에 구슬 눈을 박아 눈과 코를 만드십시오. 또는 건포도를 붙이고 땅콩 버터나 크림 치즈를 "풀"로 사용하여 그것들이 제자리에 붙어있게 하십시오.

소량의 땅콩 버터나 크림 치즈를 입에 펴 바르십시오. 그리고 아이에게 마시맬로 "이빨"을 제자리에 넣게 하고 잠시 동안 행복한 얼굴을 한 사과를 부엌 찬장에 올려 놓으십시오. 그리고 아이에게 그것을 맛있게 먹기를 사과는 원할 것이라고 말하십시오!

맛있는 빨간 사과를 주신 하나님께 감사하십시오!

point 한마디!

5-7세의 아이들

Introduce 재미난 얼굴이 있는 음식

폭이 넓은 두루말이 종이(염가 매장이나 식당 공급품 상점이나 교육교재 공급품 상점들에서 구입할 수 있는) 위에 웃고 있는 많은 사람들을 그리는 것을 아이가 도울 수 있게 해 주십시오. 웃고 있는 사람들이 그려진 종이를 식탁보로 사용하고 함께 할 친구를 초대하거나 그렇지 않으면 아이와 단 둘이서 맛있는 식사와 간식을 즐기십시오.

재미있는 아침 식사로 건포도나 마시맬로 또는 웃는 얼굴로 배열해 놓은 초콜릿 칩스를 곁들인 따뜻한 곡물식과 하트를 새겨 구워낸 빵 한 조각을 제공하십시오. 점심 식사로는 하트 모양의 샌드위치나 또는 한쪽만 피클 조각이나 올리브, 알파파 새싹 또는 당신이 선택한 소스들로 천진난만한 얼굴을 한 "해피위치(happy-wiches)"를 만드십시오.

교회에서 아이와 함께 했던 재미난 경험들에 대해서 이야기하십시오. 또는 앞으로 있을 여행들과 행사들에 대해서 의논하십시오. 또한 하나님께서 우리에게 허락하신 행복한 시간들에 대해서 감사하는 것을 잊지 마십시오!

Introduce 신나는 모임

미식 축구팀들은 종종 당면한 전략들을 짜며 화합을 증진시키기 위해 스크럼선의 후방에 집합합니다. 그리하여 다음 경기는 서로가 활발한 경기를 벌이게 됩니다. 당신의 아이들에게도 이같은 방법을 시도해 보면 어떨까요?

"의논하는 시간"(또는 "꼭 껴안고 의논하는 시간!") 이라고 말하면서 아이들을 자주 다 같이 모으십시오. 서로의 어깨에 둥그렇게 팔을 두르고 이와 같이 말하십시오.

"좋아. 날씨는 화창하고, 우리는 먹을 음식과 장난칠 훌륭한 장난감들을 가지고 있어. 그리고 예수님께서는 우리의 친구이시잖아. 우리 신나게 놀자!"

잠시 뒤죽박죽으로 놀게 하는 것은 정말로 바람직합니다.

Introduce 재미있는 망치질

집 밖에 있는 나무 그루터기나 나무 토막을 큰 못과 함께 아이에게 주어 재미있게 망치질을 할 수 있게 하십시오.

웃고 있는 얼굴 모양으로 못을 박으십시오. 아이가 이 활동을 하고 있는 동안 세심하게 감독하면서, 하나님께서 망치질할 수 있는 힘센 손을 아이에게 주셔서 정말로 행복하다고 이야기해 주십시오.

재미있게 행진하는 날

평범한 날을 행진하면서 축하하는 날로 바꾸십시오.

세발 자전거나 어린이용 오토바이에 장식 리본들을 붙이십시오. 장난감 트럭이나 스케이트 또는 낡은 납작한 그릇들을 바퀴에 묶고 그것들 안에 봉제 인형을 넣어 승객이 되게 하십시오. 승객들에게 종이 모자를 씌워 주든가, 레이스로 목에 칼라를 달아 주든가, 보석을 달아 주든가, 색판지로 만든 왕관을 씌워 주든가 또는 아이가 상상해 낸 것이면 무엇이든 원하는 만큼 아름답게 꾸며 주십시오.

만일 바깥 날씨가 좋지 않다면, 차고나 실내의 넓은 방에서 행진을 하십시오. 그리고 활기찬 배경 음악을 첨가시키십시오. 그렇지 않으면 부엌에서 사용하는 그릇이나 두 손으로 만든 가상의 뿔피리로 생생한 행진 악대를 만드십시오.

축제에 함께 하고 싶어할지도 모를 친구의 집으로 행진하여 갈 수 있습니다. 그리고 외출할 수 없는 사람이 살고 있는 이웃집에 도달하여 명랑하게 인사하고 그 행진을 즐겁게 끝마치십시오.

재미있는 사냥

집이나 마당 여기저기에 붙여놓은 번호가 매겨 있는 재미있는 얼굴들이나 웃는 얼굴들을 따라 재미있는 보물찾기 수색을 하십시오. 당신이나 당신의 아이가 재미있는 단서들을 잇따른 명령에 첨가시킬 수 있을 것입니다. 그리고 보물찾기에 성공한 사람은 마지막 수색에서 예기치 않은 재미있는 것이나 열렬하게 외치며 웃고 있는 형제

 자녀에게 믿음의 태도 가르치기

나 자매를 발견하게 될 것입니다.

재미있는 사냥터

5-7세의 아이들은 흉내 놀이를 좋아합니다. 그래서 인디언 놀이는 오랫동안 아이들로부터 사랑을 받아왔습니다.

사냥하러 가려고 막 준비하고 있는 인디언의 가정이 된 것처럼 가장하십시오. 당신은 가상의 소품들만 사용하고 싶을지도 모릅니다. 그렇지 않으면 당신은 옷을 차려입고, 비와 자루걸레의 손잡이를 함께 묶고 덮개를 씌워 인디언의 원추형 천막을 만들고, 잔가지들과 붉은 종이 불꽃들로 "모닥불"을 만들 수 있을 것입니다.

인디언 활동의 역할로써, 한 아이를 웃고 있는 하이에나로 삼고 나머지 아이들은 사냥대의 용사들을 시키십시오. 사냥대가 추적할 수 있도록 숨어 있다가 이따금 하이에나에게 웃도록 말하십시오. 그들이 활동을 하는 동안, 여자들과 용사들과 하이에나 모두에게 권하여 함께 즐겁게 웃을 수 있도록 하십시오.

재미있는 머리카락 조각

욕조나 세면대에서 아이의 머리를 감길 때, 아이가 자신의 머리카락이나 오빠의 것 또는 언니의 것으로 재미있는 머리카락 조각을 만들어 보게 하십시오. 거울을 가까이에 두어 그 걸작품을 꼭 볼 수 있게 하십시오.

거품투성이인 머리카락을 휘감거나 비틀거나 세게 쳐 말끔히 정돈하여 만든 장엄한 머리 모양을 보고 정말로 웃음이 나오는 것을 참을 수 있는 아이들은 드뭅니다. 눈물 흘리지 않게 샴푸하는 것은 필수입니다.

앉아서 운동하세요

아이와 함께 앉아 있을 때, 이런 쉬운 시를 말해 주십시오. 양팔을 앞으로 뻗은 다음 어깨에 대고, 앞으로 뻗고 어깨에 대고 하는 동작을 그 시가 끝날 때까지 되풀이하십시오.

하나-둘, 하나-둘,
예수님, 예수님, 사랑해요!

(다음에는 두팔을 양 옆으로 뻗고, 어깨에 대고, 옆으로 뻗고 어깨에 대고)

셋-넷, 셋-넷
예수님, 정말로, 더욱 사랑해요!

(어깨에 댄 다음 두 팔을 위로 쭉 뻗고, 어깨에 대고, 위로 뻗고)

다섯-여섯, 다섯-여섯,
예수님께서는 내가 아플 때 도와주세요.

(그 행동들을 처음부터 다시 되풀이하십시오)

일곱-여덟, 일곱-여덟,
예수님, 예수님, 예수님께서는 정말 위대하셔요!

(두 팔을 양옆으로 뻗고, 어깨에 대는 것을 반복하
십시오. 그리고 양팔을 쭉 뻗고 마무리 하십시오.)

아홉-열, 아홉-열,
예수님, 예수님, 다시 오세요!

당신은 또한 이 놀이를 아이와 마주보고 앉아,
당신의 손바닥을 아이의 손바닥에 친 다음 당신
의 두 손을 모아 한번 박수치고, 아이와 같이 손
바닥을 치고, 박수치면서 그 시가 끝날 때까지
되풀이해도 좋습니다.

Introduce 즐거운 콧노래

아이에게 친숙한 가락으로 콧노래를 불러 주십
시오. 그리고 그것이 무슨 곡인지 물어 보십시오.
원한다면 아이와 함께 그 가락을 콧노래로 하든지
노래 부르든지 하십시오. 만일 아이와 함께 콧노
래 부르기와 알아맞히기를 번갈아 한다면 또는 몇
개의 다른 가락들을 콧노래로 부른다면, 예수님께
대한 곡조로 끝마치십시오. 그리고 당신이 예수님
을 알고 있다는 것이 정말 기쁘다고 말하십시오.

Introduce 즐거운 멜로디

"캠프타운 경주"의 노래 곡조에 맞춰 :

예수님 나를 기쁨으로 충만케 하시네.
감사합니다, 감사합니다.
예수님 나를 기쁨으로 충만케 하시네.
오, 감사합니다, 주님.
예수님 내 마음에 노래를 주시네.
트랄라, 트랄라.
나를 최고로 기쁘게 해 주시네.
오, 기쁜날!

Introduce 재미있는 도우미

이런 간단한 시를 활용하여 어떤 유익한 활동
을 더욱 재미있게 만드십시오.

나는 돕고 있을 때, 행복해.
나는 착할 때, 행복해.
나는 웃어줄 때, 행복해.
그래서 나는 그 일들을 해야 하는 거야.

 자녀에게 믿음의 태도 가르치기

 아침 식사로 케이밥(Kabob)을

아침 식사로 케이밥(Kabob; 산적(散炙) 요리 : 역자)을 먹음으로 아침을 행복하게 시작할 수 있습니다. 이런 이른 아침에 저녁 식사로 먹는 시시케이밥(Shish kabob; 양고기·쇠고기 등을 포도주·기름·조미료로 양념하고 이를 꼬챙이에 끼워 주는 것 : 역자주)은 반드시 아이의 얼굴에 미소짓게 하며 건강에 좋은 아침을 먹는 기회들을 증가시킵니다.

꼬챙이(뾰족한 끝을 주의하도록 경고하고, 그것을 입 안에 넣지 않도록 지도하십시오.)나 날 스파게티 국수에(또는 힘을 더하기 위해 날 국수 두 개를 합쳐 놓은 것) 포도, 네모난 치즈, 마른 둥근 씨리얼, 둥근 모양으로 요리된 베이컨 조각, 씹어 먹을 수 있는 크기의 토스트나 도넛, 사과나 다른 과일, 그리고 그밖의 아이가 먹기에 알맞은 것이면 무엇이든 꽂아 주십시오.

아이의 기쁜 날은 웃음과 영양가 있는 아침 식사로 시작하게 될 것입니다.

 행복한 나를 지켜 보세요

취학전의 아이에게 자신의 우스꽝스러운 모습을 보는 것보다 더 재미있는 것은 없습니다. 비디오 카메라를 빌리는 특별한 경우나 특별한 이유 없이 틈틈이 당신 아이 특유의 우스꽝스러운 행동을 비디오 테이프에 녹화하십시오.

아이의 마음으로부터 우러나오는 여흥을 희극적 독백으로 재생시키십시오. 그러나 청중이 있어서는 안 됩니다. 독창적인 우스꽝스러운 행동을 자극할 만한 소품들을 사용하십시오. 그때 당신은 단지 장난 삼아 만든 테이프가 정말 값진 보물로 만들어지고 있다는 것을 알게 될 것입니다.

 행복한 어부

어부들과 예수님에 관한 성경 이야기를 이런 식으로 쉽게 풀어서 이야기를 들려주십시오(눅 5 : 1-6 참조).

시몬과 그의 친구들은 밤새도록 배에서 낚시질 했지만 물고기라고는 한 마리도 잡을 수가 없었습니다.

이튿날 예수님께서 시몬에게 이야기하시면서 "깊은 물에 가서 네 그물을 던져라"고 명령하셨습니다.

시몬은 예수님께 대답했습니다.

"우리는 밤새도록 열심히 일했지만 물고기 한 마리도 잡지 못했습니다. 그렇지만 당신이 내게 말씀하신 대로 깊은 물에 그물을 던지겠습니다."

그리고 그는 그렇게 했습니다. 이때 그물은 물

고기로 가득 채워져 시몬은 친구들을 불러 무거운 그물을 배로 끌어당기는 것을 도와달라고 요청했습니다.

성경 시대에(오늘날도 많이 사용하지만) 어부들이 낚싯대와 낚싯줄보다는 그물을 사용했던 이유에 대해서 이야기해 주십시오. 성경 이야기를 아이와 함께 연극으로 꾸며 보십시오. 천 기저귀나 행주를 그물로 이용하고 마분지나 스펀지를 잘라 물고기로 사용하십시오.

예수님께서는 우울한 날을 기분 좋은 날로 만드실 수 있으며, 슬픈 얼굴에 미소를 짓게 하실 수 있다고 아이에게 강조하여 말해 주십시오.

뜻하지 않은 재미있는 소풍

아이가 당신에게 너무나 소중하기 때문에 오늘

갑작스럽게 소풍가기로 했다는 기쁜 소식으로 아이를 깨우십시오. 전날 밤에 미리 말해 주지 마십시오. 그렇지 않으면 아이는 밤늦게까지 날이 새기를 기다리게 될 것입니다. 소풍은 좋아하는 식당에서 아침 식사를 들거나, 운동장이나 박물관이나 애완 동물원 또는 비슷한 어떤 곳이 될 수 있습니다. 살고 있는 지역에서 특별한 관심을 끄는 장소나 행사들을 이용하십시오.

Introduce 내가 행복한 이유를 알고 있니?

이 활동은 자동차 안에서 또는 차례가 오기를 기다리면서 하기에 정말로 좋은 놀이입니다.

아이와 번갈아 가며 왜 행복한지 그 이유를 하나씩 주고 받으십시오. "나는 태양이 빛나고 있어서 행복해." 또는 "비가 식물들과 동물들에게 마실 것을 주고 있어서 행복해."

만일 집이나 공간이 넓은 어떤 곳에 있다면, 제스처 게임처럼 행복하게 만들어 주는 것을 몸짓으로 나타내는 놀이를 해 보십시오. 포옹하기, 떨어지는 비, 날며 노래하는 새들, 새끼 고양이, 상냥한 강아지, 그림 그리기, 공놀이, 예배드리기 등은 훌륭한 생각들이 될 것입니다.

Introduce 행복해서 얼굴이 붉어져요

번갈아 가며 행복하게 만들어 주는 것에 대해

이야기하거나 몸짓으로 나타내 보는 것처럼, 교대로 즐기는 것에 대해 간단하게 그림을 그려보십시오. 만일 그림 그릴 종이를 갖고 있지 않다면 빈 식료품 봉지를 절개하여 그림 그리는 데 사용하십시오. 나중에 즐겁게 놀았던 때를 회상하기 위해 그 재미있는 그림들을 모아 두기를 바란다면, 그 종이들을 다 모아 스테이플로 고정시키든가 또는 옆면이나 윗면에 구멍을 뚫어 다 같이 줄로 묶으십시오. 그러면 「나를 행복하게 만들어 주는 것」 이라는 책이 만들어집니다.

Introduce 재미있는 비밀 이야기

아이들이 몇 명 있다면 귓속말하기 놀이나, 전화 놀이처럼 이 놀이를 해 보십시오. 한 아이의 귀에 재미있는 어떤 것을 속삭여 주십시오. 그러면 그 아이는 그것을 또다른 아이, 즉 큰소리로 말할 아이에게 귓속말을 해 주는 것입니다.

서로 번갈아 가며 재미있는 말들을 속삭여 보십시오. 껴안아 주는 거나 다름 없이 아이와 친밀감을 느끼게 될 것입니다.

Introduce 나는 이 집에 있는 사람 모두를 사랑해

이렇게 짧고 재미난 구전을 통하여 짧은 시간에 많은 것을 이룰 수 있습니다. 가족 중에 누군가가 갑자기 하나님께서 그의 집에 정해주신 사랑스런 사람들을 향해 격동하는 사랑의 감정을 느껴 큰소리로 급하게 말합니다.

"나는 이 집에 있는 사람 모두 사랑해!"

다른 가족들은 첫번째로 그의 말을 되풀이하려고 합니다.

"나는 이 집에 있는 사람 모두 사랑해!"

이 사랑 시합에서는 모두가 승리자가 되며, 그런 말을 할 때마다 항상 웃음이 끊이지 않을 것입니다.

Introduce 재미있는 발끝으로 서기

이런 간단한 시를 말하면서 아이와 함께 잠시 "발끝으로 서기" 연습을 해 보십시오.

하나—둘, 셋—넷,
예수님께서 문 두드리시네.
다섯—여섯, 일곱—여덟,
안으로 모셔서 기다리시지 않게 하세요!
아홉—열 (외치며) 안으로 모셔요!

당신의 두 손을 메가폰처럼 입에 대고 마지막 말을 크게 외치십시오.

Part 2

자녀에게 믿음의 관계 가르치기

자녀에게 친절의 첫걸음 가르치기

서로 인자하게 하며 불쌍히 여기며…

- 에베소서 4 : 32

실로 어린아이는 부모님이나 조부모님이 일상 생활에서 애정을 기울여 얘기해 주고, 포근하게 안아 주며, 친절을 베풀고 돌보아 줄 때 잘 자랍니다. 아이는 아직 그 행위들에 대한 개념을 이해하지 못할지도 모릅니다. 하지만 그것들에 반응합니다. 이런 행운아는 성장하며 발육할 때, 그런 성향들을 열심히 흉내내기 시작할 것입니다.

그러나 분별 있는 부모라면 아무래도 아이 마음 속에서 일어나게 될 다른 사람들에 대한 불친절하고 배려하지 않는 성향들 또한 바로잡아 주어야만 합니다. 우리가 긍정적인 태도를 보여 주는 것이 아이들에게 친절한 태도를 가르치는 데 굉장한 도움이 되겠지만 결코 필요한 모든 것은 되지 않을 것입니다.

연구 조사에 의하면 아이들은 들은 것의 10%, 본 것의 50%, 행한 것의 90%를 습득한다고 합니다. 아이가 다른 사람들에게 친절한 태도로 대하는 것을 배우게 될 때, 아이는 일상 경험에서 살아 있는 그리스도인의 믿음과 메시지의 진실한 의미를 이해하기 시작할 것입니다. 아무리 어린아이들일지라도 다른 사람들에게 선행을 베푸는 것을 좋아합니다. 어떤 어린아이가 엄마나 아빠에게 꽃을 가져다 주는 것을 좋아하지 않으면서 (어린 시절 내내) 이런 친절한 태도를 셀 수 없이 되풀이할 수 있겠습니까? 왜 그렇습니까? 아이는 친절을 베풀 때 기분이 좋다는 것을 느끼기 때문입니다. 나이 든 친척이나 아픈 이웃, 또는 아기가 새로 태어난 집을 방문하는 짧은 여행이 아기에게 친절한 태도에 대한 성경적 원리를 가르치는 데 있어 여러 번 설교해 주는 것보다 훨씬 더 효과적인 방법이 될 수 있습니다.

친절한 태도는 여러 모양으로 나타납니다. 그것은 도움주기, 동정심, 인정있는 태도, 공손한 말씨, 그리고 나이든 사람들이나 장애자들 또는 아픈 사람들에 대한 관심으로 나타납니다. 친절한 태도는 다른 나라의 사람들에게, 이웃들에게, 조부모님에게, 가난한 사람들에게 그리고 심지어는 식물과 동물의 자연 세계에까지 미치게 됩니다. 어린아이는 자신이 2살이건 90살이건, 친절을 베풀 때, 자신의 가치와 유쾌한 기분이 고양되는 특별한 은혜를 경험합니다.

예수 그리스도는 친절의 전형이셨습니다. 그분의 친절은 **최고의 부드러운 접촉**이고, 친절한 말이며, 애정 어린 시선이고, 돕는 손이었습니다. 그분의 전체 삶은 궁핍하고, 상하며, 고통 당하는 사람들의 인간적인 영역에서 하나님의 무한한 사랑을 드러내는 데 집중돼 있었습니다. 우리는 하나님께서 모든 사람에게 품고 계신 비길 데 없는 동정심을 드러내지 않고는, 또한 예수님처럼 친절하게 되는 것을 하나님께서 기뻐하신다는 진리를 자녀에게 인식시키지 않고는 똑바로 하나님을 가르칠 수 없습니다.

당신이 자녀의 일상 생활에 다음의 몇 가지 제안들을 반영할 때, 하나님께서 우리에게 어떻게 해 주시는지 잊지 마십시오.

"…그는 은혜로우시며 자비로우시며 노하기를 더디 하시며 인애가 크시사…"(욜 2 : 13 참조)

Introduce 주의 깊게 돌보아 주세요

아기는 자기 주위의 사람들에 대한 아무런 지식 없이 태어납니다. 처음으로 아기는 다른 사람들이 존재한다는 것을 깨닫기 시작할 것이고, 그들은 자기와 분리된 존재이며, 결국 그들도 자기처럼 감정과 욕구가 있다는 것을 자각하게 될 것입니다. 철저하게 자기 중심적인 세계에서 다른 사람들의 필요를 인식하여 사려 깊고 친절하게 그것들에 반응하려고 하는 아기의 변화는 놀라운 발전입니다.

갓난아기는 사람들에게 친절한 태도로 대해야한다는 것을 의식할 수 없기 때문에 우리가 그를 다루고 보살피는 방법에 따라 그는 주위의 사람들을 어떻게 대할 것인지를 결정하게 될 것입니다. 아기는 "우리 아빠는 내가 아기였을 때, 나에게 친절하고 상냥하셨어요. 그러니 나도 당신에게 그렇게 하겠어요." 라고 생각해 내지는 못할 것입니다. 그러나 그런 긍정적인 자질들이 잠재 의식으로 아기의 마음에 아로새겨질 것입니다. 당신이 배우자와 다른 사람들에게 어떻게 대하느냐에 따라 아기가 얼마나 친절하게 되는가에 대해 많은 것을 결정하게 될 것입니다. 아니 그때가 되기도 전에 아기는 당신의 사랑과 친절의 메시지를 빨아들이고 있을 것입니다. 또한 부모로서 친절하게 돌보아 주는 어떤 것도 헛되지 않습니다.

Introduce 친절은 친숙함입니다

아기는 모든 새로운 광경과 소리에 매료됩니다. 하지만 친숙한 경험들이 아기의 발육하고 있는 기억력의 기초가 됩니다. 엄마와 아빠의 얼굴, 목소리, 냄새, 목욕할 때 물 흘러내리는 소리, 전화벨 소리, 집에서 기르는 개가 짖는 소리, 이런 것들 모두가 곧 아기 일상 세계의 일부분이 될 것이며, 안전감을 느낄 수 있도록 도와

줄 것입니다. 우리는 아기의 생활 가운데 매일매일 똑같은 모습들이 있다는 것을 확신시켜 줌으로써 아기가 이런 안전한 느낌을 갖도록 격려해 주어야 할 것입니다. 아기 침대에 늘어놓은 장난감들, 요람용 모빌, 벽에 붙어 있는 그림들, 방의 가구 배치 등을 빈번하게 바꾸지 마십시오. 가능하면 많은 것들에 일정한 형식을 만들어 놓으십시오. 그리고 어떤 활동을 설명할 때마다 똑같은 말을 사용하십시오. 아기가 아직 어릴 때 취침 시간 습관, 즉 잠자는 시간과 잠자기 전에 해야 할 활동들을 지키기 시작하십시오. 원한다면, 잔잔한 음악을 들려주며 아주 짧은 이야기를 첨가시키십시오.

새로운 것들을 시도하기 전에 아기가 친숙함에서 느끼는 안정감을 즐길 수 있는 충분한 시간을 줄 때, 점차적으로 새로운 것들과 방식들을 소개하십시오.

 ## 친절은 조용한 시간입니다

나이와 상관없이 사람들이 모두 그렇듯 아기들도 마찬가지로 조용히 있는 시간을 필요로 합니다. 깨어 있는 많은 시간들을 아기는 들어올려져 가볍게 흔들리고, 달램을 받으며, 가볍게 두드림을 당하며 놀림을 받기 때문에, 정말로 평화롭고 조용하게 보낼 시간을 필요로 합니다. 아기가 울 때 우리는 대부분 아기를 안고 힘차게 흔들어 주며 달래려고 애씁니다. 그리고 아기의 울음소리가 더 커지면, 아기를 들어올렸다 내렸다 하면서 점점 빨리 힘차게 흔들며 달랩니다. 이것은 마치 우리가 어린아이의 작은 신발을 신고 있는 것처럼, 결코 즐거워할 수 없는 불편한 결합입니다.

우리 가정집들은 큰소리로 끊임없이 나는 소음들로 가득 차 있습니다. 냉난방 장치들, 중앙 난방 조절기, 냉장고, 선풍기, 텔레비전, 라디오, 오디오, 스테레오, 헤어 드라이기, 전화, 초인종 그리고 다른 많은 소리들이 아기가 지내고 있는 하루를 가득 채우고 있습니다. 그래서 갑자기 정전이라도 되면, 우리는 여느 때와 다른 고요함을 금방 인식하게 됩니다.

때때로 우리는 아기가 이야기 소리, 음악 소리, 전동기 소리를 듣지 않고 단지 고요함 속에 있게 해야 합니다. 너무나 지나친 놀이와 소음은 아기를 긴장하게 할 것입니다. 또는 혼자 조용하게 놀았으면 할 때에도 아기는 계속해서 오락을 필요로 하게 될 것입니다.

 ## 친절은 나를 기어 나오게 하는 것입니다

아기는 격심한 호기심으로 인하여 매력적인 새로운 세계를 움직여서 탐색하고 싶은 욕구를 곧 일으키게 될 것입니다. 아기가 능숙하게 이리저리 돌아다니게 되면, 기어서 통과할 수 있는 공간들과 터널들을 제공하여 주십시오. 끝이 뚫려 있는 마분지 상자들과 등을 맞대어 놓은 의자들 위에 덮개를 둘러놓은 것은 아기의 세계에 흥미로움을 더해 줄 것입니다. 아기에게 한쪽 끝으로 들어가 기어서 당신에게 빠져나오도록 권하십시오. 그리고 아기가 빠져 나오면 칭찬해 주며 환호해 주십시오.

아기에게 장난감 자동차를 밀어 움직여 끝이 뚫려 있는 둥글거나 사각진 상자를 통과시키는 방법을 보여 주십시오. 자동차가 안으로 들어가서 잠시 동안 보이지 않다가 놀랍게도 다시 나타나는 것을 보게 될 것입니다!

 ## 친절은 나의 뜻하지 않은 가방입니다

낡은 베갯잇으로 베갯잇의 가선을 댄 끝부분에

낸 2개의 틈을 함께 모아 졸라매는 끝이 달린 가방을 만들어 보십시오. 끈을 한쪽 틈에 집어넣고 가선 통로를 통과시켜 다른 쪽 틈으로 빼내십시오. 그런 다음 양끝을 함께 모아 묶으십시오. 만약 여분의 베갯잇이 없다면 내용물들을 숨길 수 있도록 봉할 수 있는 가방이나 바구니라면 어떤 것이라도 사용하십시오.

아기가 당신을 보지 못하는 밤마다 재미있는 장난감이나, 봉제 인형이나, 흔들 수 있도록 공이나, 마카로니를 담은 플라스틱 단지나(안전한지 뚜껑을 다시 확인해 보십시오. 그리고 아기가 그 흔들개를 가지고 놀고 있을 때, 무관심하게 방치해 두지 마십시오.), 책이나, 엷은 판을 씌운 가족 사진이나, 애완 동물의 사진, 둥근 플라스틱 거울, 또는 아기가 흥미를 가질 만한 비슷한 물건을 가방 안에 넣으십시오.

그 가방을 아기 침대 옆에 놓으십시오. 그리고 아침에 아기에게 인사하며 기저귀를 갈아주고, 새로운 날을 맞은 아기를 따뜻하게 환영해 주며 "네 가방 속에 무엇이 들어있니?" 라고 물어 보십시오. 아기를 가방 가까이에 앉혀 놓고 가방을 여십시오. 그리고 아기와 함께 그 물건들을 가지고 즐기십시오. 당신은 친숙한 일과로 이루어진 안전한 구조 속에서 아기에게 뜻하지 않은 멋진 일들을 제공할 때, 아기의 기억력을 발전시키도

록 돕게 될 것이며, 친절한 태도를 시범 보이게 될 것입니다.

Introduce Pat-a-Kind

Pat-a-cake 놀이를 하듯이 아이와 함께 이런 말들을 사용하여 놀이해 보십시오.

그대 친절하여라
언니에게
오빠에게
모두에게 친절하여라!

그대 친절하여라
아빠에게
엄마에게
모두에게 친절하여라!

 ## 친절은 예기치 않은 것을 발견하는 것입니다

조금 더 성장한 아기가 즐길 수 있을 활동이 되도록 하얀 종이나, 종이 타월이나, 가벼운 목욕용 수건을 찌부러진 그릇처럼 만드십시오. 아기가 지켜볼 때, 그 안에 공이나 작은 장난감을 숨기십시오. 그리고 아기에게 말하십시오.

"엄마에게 공을 찾아주는 친절을 베풀어 주지 않으련?"

아기가 그 놀이에 흥미를 가지고 있는 것처럼 보이면 몇 번 되풀이하십시오. 그런 후, 아기 마음대로 공을 가지고 계속해서 놀 수 있게 해 주는 친절을 베푸십시오.

point 한마디!

당신이 배우자와 다른 사람들에게
어떻게 대하느냐에 따라
자녀가 얼마나 친절하게 되는가에 대해
많은 것을 결정하게 될 것입니다.

걸음마하는 아이

 ## 제발 친절하게 말해 주세요

때때로 우리는 아이들이 "미안합니다"와 "감사합니다"와 같은 일상의 예의바른 말들을 기억하지 못하는 것처럼 보여 슬퍼합니다. 하지만 정작 우리가 자녀들에게 말하는 방식에는 주의를 기울이지 않습니다.

"앉아!"

"거기로 가!"

"조용히 해! 쉿!"

"그것을 내려놔!"

"안돼! 그것을 만지지 마!"

우리 자신의 친절하고 정중한 언어 습관 만큼 자녀의 말하는 태도에 크게 영향을 미치는 것은 거의 없습니다. 만일 아이가 어릴 때부터 소중한 친구처럼 우리가 자녀에게 친절하면서 그러나 필요에 따라 단호하게 이야기하면, 아이는 이따금 듣는 주의들로 우리들처럼 하려는 흉내를 내게 될 것입니다.

또 우리는 자녀에게 단호하게 이야기해야 할 때, 강조하여 말하기 위해 목소리를 크게 하려는 경향이 있습니다. 하지만 우리가 조용히 단호하게 아이의 얼굴을 마주 대하고 눈을 똑바로 쳐다보면

서 말하는 것이 방 건너편에서 고함치는 것보다 오히려 더 효과적입니다. 그것은 약간 더 자세한 조사가 필요합니다만, 친절하고 협조적인 아이라면 노력해 볼 만한 가치가 있지 않겠습니까?

Introduce 강아지 돌보기

봉제 인형과 빈 플라스틱 접시들을 가지고, 아이가 애완 동물을 돌보고 있는 것처럼 가장하십시오. 걸음마하는 아이에게 애완 동물의 필요, 즉 음식, 물, 목욕, 솔질, 애정 그리고 잠잘 곳에 대하여 이야기해 주십시오.

그리고 하나님께서 성경에 "말씀하신" 것을 말해 주십시오. 하나님께서는 소년, 소녀들과 엄마, 아빠 그리고 모든 동물을 보살피며 친절히 대해 주어야만 한다고 말씀하셨습니다(창 1장 참조).

Introduce 식물들을 친절히 대해 주세요

실내에 또는 마당에 있는 식물에 물을 줄 때, 아이가 하고 싶어하면 도울 수 있게 해 주십시오. 아이에게 하나님께서는 손수 만드신 아름다운 꽃들과 식물들을 우리가 잘 보살펴줄 때, 기뻐하신다고 말해 주십시오. 그리고 아이를 꼭 껴안아 주며, 하나님께서 만드신 가장 훌륭한 것은 케이티라는 사실을 알려 주십시오!

Introduce 친절하게 던지세요

큰 고무공이나 오자미를 가지고, 당신의 자녀나 손자와 함께 잡기 놀이를 해보십시오. 이런 흔히 할 수 있는 활동을 이용해 아이에게 친절하게 대하는 것을 가르치는 기회로 삼으십시오.

그리고 이렇게 말하십시오.

"제발 공을 천천히 던져, 브레트! 네가 너무 세

게 던지면 내가 공을 잡을 수 없잖니!"

아이가 공을 잘 던져서 잡게 된 것에 대해 칭찬해 주십시오. 그리고 당신을 친절하게 대해 주기 때문에 함께 노는 것을 좋아한다고 아이에게 말해 주십시오.

은혜를 갚아 주세요

걸음마장이 가까이에 앉아서 당신이 아이에게 친절한 일들을 몇 가지 하려고 한다는 것과 당신은 아이가 당신에게 똑같은 친절한 일들을 해 주기를 원한다는 것을 아이에게 말해 주십시오.

아이의 얼굴을 다정하게 쓰다듬어 주며 말하십시오.

"대니, 이제 네가 엄마 얼굴을 쓰다듬어 줄래?"
그 다음 아이의 손에 입을 맞춰 주며 말하십시오.

"이젠, 네가 내 손에 입을 맞춰줘!"
그리고는 당신의 손을 아이에게 뻗치고 손뼉을 치며 말하십시오.

"엄만 대니에게 박수치고 있는데, 대니도 엄마한테 박수를 쳐줘야지?"
아이를 꼭 껴안아 주며 말하십시오.

"엄만 대니를 꼭 껴안고 있는데, 대니도 엄마를 껴안아 주겠니?"
그리고 이 놀이를 끝마칠 때 말하십시오.

"대니, 내가 왜 너를 친절히 대해 주고 싶어하는지를 알고 있니? 왜냐하면 나는 너를 사랑하기 때문이란다!"

솜씨 좋은 인형

양말이나 벙어리 장갑을 사용하여 꼭두각시 인형을 만들어 보십시오. 원한다면 단추 눈과 함께 다른 깃털들을 첨가시키십시오. 인형에게 목소리와 인격을 주어 아이에게 온갖 다양한 일들을 친절하게 행해 주도록 만드십시오.

그리고 다음과 같이 말해 보십시오. "당신 머리가 조금 헝클어져 있군요. 제가 반듯하게 다듬어 줘도 될까요?" 또는 "배고프죠? 여기 당신께 드릴 과자가 있어요."

인형이 아이에게 말하게 하십시오.

"하나님께서는 서로에게 친절하라고 말씀하셨어요. 저를 다정히 껴안아 주시겠어요?"(당신의 손에 낀 꼭두각시 인형을 아이의 목 근처로 가져가 자연스럽게 껴안을 수 있게 해 주십시오.)

Introduce 내 의자에 앉으세요

아이와 함께 곰인형을 돌보아 주는 놀이를 하십시오. 인형을 높은 의자에 앉히고, 아이에게 음식과 음료를 담을 플라스틱 그릇과 컵을 인형에게 가져다주게 하십시오. 그리고 곰의 발을 접어주고 꼭 식사하기 전에 아이에게 기도를 인도하게 하십시오. 곰인형에게 당신이 할 수 있는 그밖의 친절한 행위들이 또 있는지를 물어 보십시오.

당신의 자녀가 남자애이건 여자애이건 엄마는 곰인형을 사랑하고 있으며, 하나님께서 친절히 대해 주기를 원하시기 때문에 장난감 곰에게도 우리 모두가 **친절**히 대해 주고 있는 것이라고 얘기해 주십시오.

Introduce 공을 나누어 주세요

마룻바닥에 아이들이 두 다리를 쭉 펴서 다른 아이들의 발과 맞닿게 하여 둥그렇게 둘러앉을 수 있게 하십시오. 그리고 아이들에게 말하십시오.

"공은 하나뿐이다. 그렇지만 나눠 가지면 우리 모두 즐겁게 놀 수 있어. 나는 제프리에게 공을 나누어 줄래!"(공을 아이에게 굴리십시오.)

그 다음 제프리는 또다른 아이에게 공을 굴려 줍니다. 그리고 놀이를 계속 말하면서 진행하십시오.

"제프리는 린지에게 공을 나누어 줬어. 이제 린지는 엄마에게 공을 나누어 줘야지? 예수님께서는 우리가 함께 나누어 가질 때 기뻐하신단다!"

Introduce 친절은 아침에 보는 놀라운 일입니다

갓난아기들과 걸음마하는 아이들은 일정한 생활 방식과 친밀감을 필요로 합니다. 그러나 두 번째 생일을 맞이할 때쯤이면, 아이는 또한 이따금씩 자신의 삶에 뜻하지 않게 일어나는 일들로 기뻐하기 시작합니다. 예상치 못한 재미난 경험들은 발육하고 있는 어린아이의 상상력을 자극하며 또한 아이가 더욱 재미있게 하루를 보낼 수 있게 해 줍니다.

밤에 아이가 잠들어 있을 때, 종종 놀이 장면을 만들어 놓아 아이가 아침에 일어나자마자 놀 수 있게 해 주십시오. 그것은 큰 빈 상자나 빨래 바구니일 수 있습니다. 또는 바닥에 붙어 있는 길 그림이 그려진 포스터지나 헝겊일 수도 있습니다. 주위에 장난감 자동차들을 주차시켜 놓으십시오. 상부에는 장난감이 서 있는 작은 상자 더미들이거나 다 차려져 있는 플라스틱 찻잔 세트이거나 또는 두 의자의 등을 맞대어 놓고 그 위에 담요를 씌워 만든 터널일 수 있습니다.

장면을 자주 여러 가지로 바꾸어 주십시오. 그러면 아이는 잠에서 깨어날 때, 어떤 놀이가 준비되어 있을지 기대하기 시작할 것입니다. 훌륭한 성경 구절을 쉽게 바꾸어 아이에게 인사하십시오.

"타일러, 오늘은 하나님께서 만드신 날이란다. 그러니 우리 함께 즐겁게 보내자!"(시 118 : 24 참조)

Introduce 아기 인형을 친절하게 돌보아 주세요

아기 인형을 자상하게 돌보아 주는 법을 걸음마하는 아이에게 보여줄 때, 아이는 진짜 아기를 더욱 다정하게 대하게 될 것입니다. 그렇지만 그 자신도 아이에 지나지 않기 때문에 아이는 동생과 함께 있을 때, 세심하게 지도 받아야 할 것입니다.

인형의 침대는 둥근 오트밀 상자를 길게 반으로 잘라서 만드십시오. 한쪽 끝에 뚜껑을 붙여 머리판을 만들고 원한다면 아이에게 침대의 측면을 색칠하거나 스티커를 붙여 침대를 직접 장식할 수 있게 하십시오. 아이에게 침대 안에 담요 대신 작은 수건이나 손수건을 놓는 방법을 보여 주십시오. 작은 인형이나 봉제 인형을 사용하여 아기로 삼으십시오. 그리고 걸음마하는 아이가 그것을 돌보아 줄 수 있도록 도와주십시오.

친절하게 돌보아 주는 것을 시범 보이면서,

 자녀에게 믿음의 관계 가르치기

"런던 다리"의 노랫가락에 맞춰 이런 짧은 노래를 부르십시오.

예수님 내게 친절하기를 원하시네.
친절하기를, 친절하기를.
예수님 내게 친절하기를 원하시네.
아기를 친절히 대하리.

"가족을 친절히 대하세요" 책

가족들 얼굴을 찍은 스냅 사진들을 확대하여 아이가 자기 방에 간직할 수 있도록 작은 사진첩에 끼우십시오. 그리고 아이와 함께 사진첩을 보십시오. 각 사람에 대해 얘기하며 아이의 사진을 가볍게 치며 한마디 말하십시오.

"예수님께서 우리에게 말씀하고 계시기 때문에 우리는 서로 사랑하고 친절히 대해야만 하는 거야! 그래서 우리가 친절할 때, 예수님께서는 기뻐하셔!"(반드시 그 사진들을 앨범 비닐 커버로 보호하십시오.)

하나님께서는 정말 친절하셔

비올 때, 특히 아이가 그 날씨를 무서워하거나 짜증스러워 하면 비오는 것을 볼 수 있는 곳에서 아이를 안아 주십시오. 그리고 애정을 기울여 식물들과 동물들과 농부들과 그리고 우리들에게 베

푸시는 하나님의 친절에 대해 얘기해 주십시오. 우리는 이 세상 모든 것에 줄 충분한 물이 없기 때문에 하나님께서 우리를 돕기 위해 필요한 비를 내려 주신다고 말해 주십시오. 또 사도행전 14장 17절을 인용하셔도 좋습니다. "하나님께서는 하늘에서 우리에게 비를 내리심으로 선한 일을 보여 주신다."

아이에게 남아 있는 어릴 때의 긍정적인 인상들은 나중에 아이가 비오는 날을 즐거워하든 두려워하든 간에 영향을 끼치게 될 것입니다.

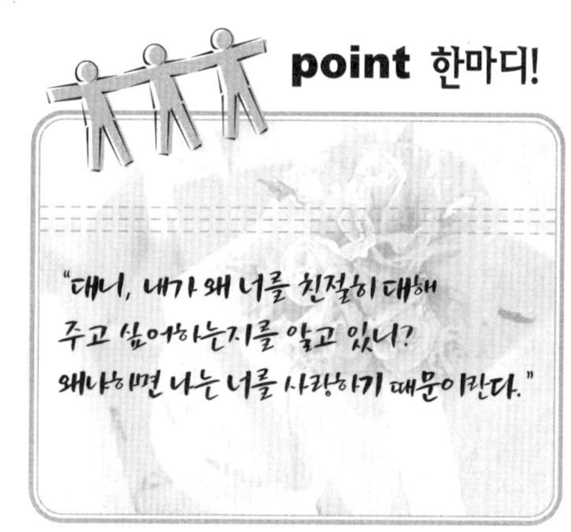

3-4세의 아이들

아이들의 필요들과 요구들은 종종 우리 어른들이 갖고 있는 심각한 걱정거리들에 비추어 보면 정말 사소한 것처럼 보입니다. 그러나 아이에게는 머리에 난 작은 혹이나 상처가 난 무릎의 핏자국, 망가진 장난감이나 잃어버린 공, 또는 방벽에 드리워진 불분명한 그림자는 참으로 치명적인 현실입니다. 친절하게 진심으로 관심을 보여 주며 아이를 도와주십시오. 그러면 아이는 우리의 행동들을 통하여 유한한 인간의 필요들을 겸손하게 충족시켜 주시는 위대한 하나님의 사랑을 보게 될 것입니다. 또한 우리의 친절한 태도를 통해 자녀는 온정 있고 자비로운 사람이 되는 것을 배우게 될 것입니다.

"누구든지 내 이름으로 이런 어린아이 하나를 영접하면 곧 나를 영접함이요…"

(막 9 : 37)

Introduce 친구에게 줄 꽃

아이가 자기 몫의 일을 시작하기 전에 깨끗한 화분에 색깔 있는 아크릴이나 에나멜 물감을 칠해 놓으십시오.

화분이 마르면, 흰풀을 담은 작은 그릇과 그림붓 또는 몇 개의 면봉을 아이에게 주어 몇 군데를 조그맣게 풀칠하게 하십시오. 그 다음에 구슬, 약간의 리크랙이나 레이스, 단구 장식용 금속판 또는 뜨게실을 붙이게 하십시오. 화분을 전부 장식할 때까지 계속하게 하십시오.

화분이 마른 후, 당신이나 또는 다른 어른이 투명한 래커를 뿌려줘도 괜찮습니다. 래커가 마르면 아이에게 화분에 흙을 가득 채워 몸져 누운 환자나 이웃집 또는 아픈 친척에게 선사할 꽃을 심게 하십시오.

Introduce "당신을 사랑합니다" 바구니

색판지로 보강한 둥근 도일리(식탁의 꽃병 따

위의 밑에 까는 레이스 장식이 있는 깔개)로 아이가 장식 바구니를 만들 수 있도록 도와주십시오. 주름이 잡히지 않도록 조심스럽게 도일리를 반으로 접으십시오. 왼편과 오른편을 함께 스테이플이나 풀로 고정시켜 바구니 모양을 만드십시오. 바구니의 양 귀퉁이에 리본이나 털실로 만든 손잡이를 붙이십시오.

예쁜 도일리 바구니에 생화든 조화든 꽃들로 가득 채우십시오. 그리고 아이와 함께 "당신을 사랑합니다." 라고 표현할 바구니를 들고 그것을 받을 사람의 집 문손잡이에 바구니를 걸면서, "서로에게 친절하라"는 성경 구절을 아이에게 이야기해 주십시오.

Introduce 친절 가방

껌이나 스티커나 작은 장난감 또는 그밖의 다른 놀이감에 "아빠에게 열렬하게 뽀뽀해 주세요." 또는 "엄마가 하는 일을 도와주세요."와 같은 말들을 붙여 조그만 종이 가방에 넣어 두십시오. 아이가 착한 행동들을 하고 난 후, 그 놀이감을 가질 수 있게 하십시오.

마치 아이 스스로 그런 특별한 행동을 생각해 내기라도 한 것처럼 아이가 보여준 친절에 대해 무척 기뻐하고 있는 것처럼 하십시오. 번갈아하는 방법으로, 다음과 같은 말들을 가방에 넣어 두십시오.

· 당신을 사랑해요.
· 당신은 멋져요.
· 당신은 웃는 모습이 아름다워요.
· 당신은 제 친구예요.
· 당신은 최고가 될 거예요.

아이는 매일 아침 친절 가방에서 어떤 말을 꺼내어 그날 누군가에게 그것을 말해 주고 싶어할 것입니다. 아이가 친절한 말을 할 때마다 미소를 지어 주거나 껴안아 주거나 칭찬해 주거나 찬성하는 기쁨에 찬 표정을 지어 주십시오. 그리고 정말 친절한 아이라고 그에게 말해 주십시오. "근심이 사람의 마음에 있으면 그것으로 번뇌케 하나 선한 말은 그것을 즐겁게 하느니라"(잠 12 : 25).

Introduce 하트 책

할아버지와 할머니 또는 아이를 사랑하는 그밖의 다른 사람들을 위해 하트 모양의 책을 만들어 보십시오. 색판지에서 몇 개의 하트 모양을 오려 내십시오. 기준 스냅 사진의 크기보다 더 크게 오리십시오. 그리고 하트 윗면이나 옆면을 스테이플로 박아 소책자를 만드십시오. 아이에게 각 장마다 그의 사진을 붙여 가장 사랑하는 사람에게 하트 책을 보내게 하십시오.

또한 하트 책은 생일 잔치와 경축 행사 그리고 여행이나 외출에서 찍은 가족 사진들을 붙이는 데 사용할 수 있습니다. 원한다면 표지에 심으로 솜을 조금 붙인 다음, 표지와 다른 색깔의 더 작은 하트를 그 위에 붙이십시오. 더 작은 하트 테두리에 덮개를 붙여 쿠션처럼 장식하십시오. 또는 작은 하트나 스티커들이 붙어 있는 리본 양끝으로 조그만 나비 매듭을 만들어 붙여도 좋습니다. 정말로 멋지죠!

Introduce 하나님께서 보물을 주셔요!

아이와 함께 산책을 나갈 때, 하나님께서 주시는 보물들로 가득 채울 가방을 하나 가지고 가십시오. 어린아이에게 모든 열매, 단풍, 낙엽, 매끄러운 돌은 모을만한 가치가 있는 보물입니다. 그러니 아이를 내버려두십시오. 만일 집 안에 아이가 찾아 모은 것들을 간직할 장소가 없다면, 아이가 그것들을 싫증낼 때, 아이의 귀중품들을 보관하는 보물 상자를 차고에 마련하십시오.

될 수 있으면, 여분의 특별한 보물을 상점에서 구입하십시오. 가령 광택이 나는 돌, 황철광 또는 예쁜 조개 껍질 등.

Introduce 손가락들이 말을 해요!

장갑에서 손가락들을 잘라 손가락 인형들을 만들어 보십시오. 끝이 날카로운 마커나 펜으로 얼굴 생김새들을 첨가시키고 털실로 머리카락을 만들어 붙이십시오. 천 조각들을 잘라 옷이나 동물 귀나 꼬리와 같은 어떤 특별한 특징들을 만들어 적절한 자리에 붙여 주어도 좋습니다.

당신 손가락에 인형들을 끼우십시오. 또는 당신 손가락에 하나 끼우고 자녀 손가락에 하나를 끼워 다음과 같은 사건들을 꾸며 보십시오.

- 한 손가락 인형이 다른 손가락 인형에게 친절하고 정중하게 인사하기.
- 넘어진 인형이 일어서도록 다른 인형이 도와주기.
- 울고 있는 인형을 다른 인형이 위로해 주기. "네가 슬퍼하니 안 됐구나. 내가 안아 줄께!"

Introduce 엄마에게 친절하세요

물로 어떤 것을 청소할 때, 아이에게 거들게 하십시오. 어린아이들은 물장난을 좋아합니다. 그리고 당신은 아이의 물놀이 시간을 친절함과 유용함을 나타내는 시간이 되게 할 수 있습니다.

세심하게 아이를 감독하며 아이에게 스펀지로 식탁을 닦게 하거나 플라스틱 접시들을 씻게 하거나 또는 욕실 설비와 벽들을 청소하게 하거나 또는 더럽혀진 문설주들을 닦게 하십시오. 엄마

에게 친절을 베풀어 주어 너무 기쁘다고 자녀에게 말해 주십시오.

Introduce 사탕 단지

폭이 넓은 코르크 마개가 있는 유리 단지를 구입하십시오. 아이에게 코르크 마개 윗면에 흰풀을 바르게 하고 거기에 작은 젤리빈이나 다른 사탕들을 배열하게 하십시오. 쌓아올린 효과를 낼 수 있도록 몇 개씩 층을 이루게 사탕을 붙이도록 아이에게 권하십시오.

풀이 마르면 뚜껑에 어울릴 사탕으로 단지를 가득 채우십시오. 그리고 아이를 데리고 아프거나 혼자 사는 사람에게 찾아가 그 사탕 단지를 선물하십시오. 다른 사람들에게 친절한 일을 할 때, 하나님께서는 기뻐하시며 우리 또한 행복을 느낄 수 있다고 아이에게 말해 주십시오.

Introduce 친절 나무

아이와 함께, 나무에서 떨어진 잔가지들을 찾아 액체 석고가 담겨 있는 화분에 심으십시오. 석고가 굳으면 누군가에게 그 친절 나무를 주려고 한다고 아이에게 얘기하며 포장된 사탕들을 가지마다 매달아 주십시오.

다음에 적혀 있는 메시지를 붙여 누군가에게 전해 주거나 또는 아이가 받는 사람에게 그 메시

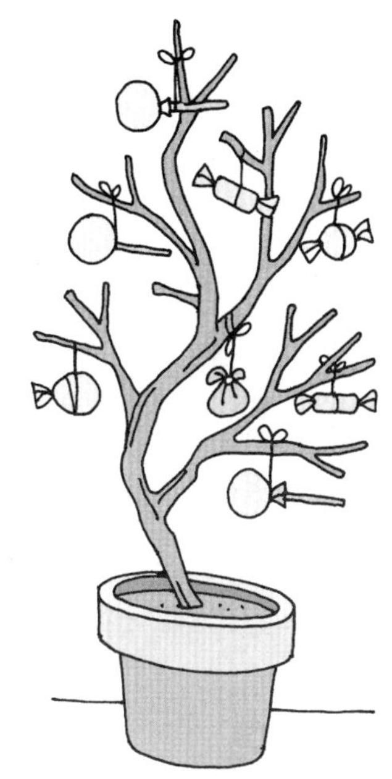

지를 말로 전해 줄 수 있게 하십시오. 아이가 암기할 수 있도록 도와주십시오.

나에게 작은 선물이 하나 있어요.
정말로 달콤한 맛이 나요.
하지만 그것이 아무리 맛이 좋다해도
당신만큼 달콤하진 않아요!
나는 당신을 사랑해요!

Introduce 견과 상자 안에 있는 친절

아이가 작은 상자를 한번에 한 면씩 풀칠하게 하십시오. 그 다음 다양한 종류의 견과들을 껍질

채 붙이게 하십시오. 또다른 것을 시작하기 전에 각 면을 완전히 말리십시오. 아이는 그 견과들을 줄짓거나 또는 자신이 원하는 방식으로 배열할 것입니다.

상자가 전부 마르면 아이에게 상자를 가득 채울 견과들을 껍질채 주십시오. 그 상자를 친절하게 대해 줄 필요가 있는 사람, 특별히 슬픔에 잠겨 있거나 실망하고 있는 사람에게 전해 주십시오. 아이에게 예수님께서는 항상 만나는 모든 사람에게 친절하셨다는 것을 강조하여 말해 주십시오.

Introduce **친절 축하**

둘로 접은 파란색 리본의 주름 윗면에 포스터지를 오려 만든 크고 둥근 원을 붙이십시오. 그 다음 원에 금빛 스티커를 붙여 친절상을 만드십시오.

며칠 동안 매일 하루가 끝날 무렵, 아이가 그 날 행한 친절한 행동들에 대해 리본을 달아주는 친절상을 수여하십시오. 아이에게 미리 친절을 베풀 기회들을 찾아 다니는 시간을 알려 주고 기회들이 생기면 아이에게 지적해 주십시오.

"조니에게 누군가가 친절을 베풀어 신발 신는 것을 도와주어야겠구나. 친절을 베풀 좋은 기회야!"

아이가 행한 구체적인 친절한 행위들을 생각해 내며 이런 친절한 아이를 주신 하나님께 진심으로 감사하는 기도를 드리십시오.

Introduce **친절 원**

아이와 함께 마루에 앉아 이런 시를 되풀이하면서 동작들을 취해 보십시오.

친절, 친절(두 손으로 바닥을 4번 두드리십시오).
알았어요!(3번 박수치십시오)
그러겠어요(양손으로 머리를 2번 치십시오).
친절(가슴 위에 두 손을 대십시오).
당장에!(두 손을 3번 쓰러 내리십시오)

속도를 내서 놀이를 하면 더욱 재미있습니다.

Introduce **노래와 환호**

"오, 친절하세요"를 "오, 조심하세요"의 노랫가락에 맞춰 :

오, 꼬마야, 친절하여라.
누군가를 도와라.
오, 꼬마야, 친절하여라.
누군가를 도와라.
예수님은 원하신단다.
착한 일하기를,
친절을 베풀기를.
오, 꼬마야, 친절하여라.
누군가를 도와라.

 ## 친절 응원

아이와 함께 친절 응원 단장이 되어 열광적으로 응원하십시오. 이런 응원을 되풀이할 때, 박수를 치거나 뛰어오르십시오.

친절, 친절,
야! 야! 야!
친절합시다.
하루 종일! 야! (껑충 뛰십시오)

"나는 도움이 될거야"를 "잠자고 있나요?"의 노랫가락에 맞춰 :

나는 도움이 될거야.
나는 도움이 될거야.
친절할래.
친절할래.

나는 엄마를 도울거야.
(선생님, 아빠, 할아버지 등)
나는 엄마를 도울거야.
친절할래.
친절할래.

 ## 운반되는 친절 음식

아프거나 사별한 사람에게 또는 길거리에 나와 앉아 있는 낯선 일가족에게 식사를 준비해서 가져다 줄 때, 아이가 적극적으로 참여할 수 있게 하십시오. 친절을 베풀면서, 예수님께서 베푸셨던 친절과 마리아, 마르다, 나사로가 그들의 집에서 예수님께 베풀었던 친절에 대해 아이에게 이야기해 주십시오. 그리고 우리가 다른 사람들에게 친절한 행동을 할 때, 우리는 예수님을 사랑하고 예수님 닮기를 원하기 때문에 그런 행동들을 하고 있다고 말해 주십시오.

아이가 사람들에게 음식 나르는 것을 도울 수 있게 하십시오. 그리고 집으로 돌아오면서 그들의 필요들에 대해서 서로 이야기해 보십시오. 또 방문한 후, 이따금씩 아이와 함께 그들을 위해 꼭 기도하십시오.

 ## 친절을 마음에 두고 물건을 사세요

아이와 함께 식료품 가게에 갈 때마다 다른 사람들을 돕기 위해 상자나 바구니에 간직할 수 있는 부패하지 않을 식품 하나를 아이에게 선택하게 하십시오. 필요한 때, 그 식품을 교회나 지역 자선 기관에 기부하십시오. 또는 최근에 정착한 외국 근로자 가족을 찾아 직접 그들에게 식품 바구니를 가져다 주십시오.

친절 정찰병이 되십시오. 항상 아이가 칭찬받을 만한 행동들을 하고 있는지 살펴보십시오. 그리고 아이가 친절을 베풀면 즉시 잠시 하던 것을 중지하고 칭찬해 주십시오.

친절하게 쓰레기통에게 먹을 것을 주세요

어린아이가 스스로 쓰레기를 치워줌으로써 엄마에게 친절히 대하도록 자극하려면, 플라스틱 쓰레기통의 돌쩌귀가 달린 뚜껑 위에 영구 마커로 얼굴을 크게 그리십시오. 두 눈과 큰 코를 그리십시오. 그리고 그 뚜껑과 열어젖히는 날개판을 입으로 삼으십시오. 아이가 버리고 싶은 것이 있을 때마다 "제발 쓰레기통에게 먹을 것을 주세요."를 아이에게 가르쳐 주십시오. 또한 쓰레기를 줍는 것은 엄마를 위한 친절한 행동이며, 하나님 또한 기쁘시게 하는 일이라고 이야기해 주십시오.

친절할 수 있을까요?

당신이 가지고 있는 사진의 크기와 모양에 맞추어 카드보드지를 잘라 만든 사진틀은 재미있는 친절 선물이 될 것입니다. 확실히 사진틀을 적당한 크기로 만들려면, 카드보드지 중앙에 사진을 놓고 윤곽을 따라 그리십시오. 그리고 사방의 테두리들을 똑같이 남겨 놓으십시오. 틀에 넣고 싶은 사진보다 7mm 정도 더 작게 중앙 공간을 오려 내십시오.

아이에게 사진틀에 풀을 바르게 하고 아이가 수집한 작은 조가비들을 붙이게 하십시오. 조가비들이 마르면, 사진틀을 뒤집어 사진을 틀 안

에 끼워 넣고 테이프로 붙이십시오. 아이의 호의를 소중히 여기는 사람에게 그것을 가져다 주십시오!

Introduce 눈먼 사람들에게 친절하십시오?

집 안이나 집 밖에서 아이가 눈 가리개를 하고 걸을 수 있도록 안내해 주십시오. 눈을 가려 주든가, 안경에 검정 종이를 붙여 씌워 주든가 그렇지 않으면 아이에게 눈을 꼭 감고 있으라고 요구하십시오.

그 걸음은 볼 수 없는 사람, 즉 눈먼 사람이 느끼는 방식과 조금은 비슷하다고 말해 주십시오. 또 아이와 함께 엘리베이터를 타고 있을 때, 아이에게 점자로 된 숫자들을 느낄 수 있게 해 주십시오. 그리고는 어떻게 사람들이 손가락으로 읽을 수 있는지를 설명해 주십시오.

아이에게 볼 수 없는 사람들을 포함한 모든 사람에게 친절하고 도움이 되라고 말해 주십시오. 틀림없이 아이는 시각 장애인이 듣는 일이 아니라 보는 일에 장애가 있다는 것을 이해하고 있을 것입니다. 정상적인 목소리로 이야기하는 것은 중요합니다. 예수님께서는 항상 모든 사람에게 친절하셨고, 우리 또한 그렇게 해야 한다고 아이에게 말해 주십시오.

Introduce 친절은 예절 바른 태도입니다

예절 바른 태도는 다른 사람들에게 친절을 베푸는 훌륭한 방법이 된다는 것을 아이에게 강조하여 말해 주십시오. 예절 바른 태도에는 우리의 말에 또다른 사람들이 행복을 느끼도록 말하는 것이고, 다른 사람들이 맛있게 음식을 먹을 수 있도록 먹는 것이며, 또 어떤 다른 사람들에게 말할 기회를 주는 것입니다. 그리고 우리에게 하는 누군가의 질문이나 찬사에 정중하게 응답하는 것을 포함합니다. 여기에 전화 예절을 잘 지키도록 격려하는 친절 활동이 있습니다. 아이에게 장난감 전화나 접속이 끊긴 실제 전화를 가지고 전화하는 것을 연습하게 하십시오. 전화 받는 법, 누군가에게 전화 거는 법, 그리고 끊을 때 인사하는 법을 가르쳐 주십시오.

Introduce 친절은 용서입니다

곰 인형을 손에 들고 말해 보십시오.

"나는 테디(곰 인형의 이름)가 내가 가장 아끼는 꽃병을 깨뜨렸다고 흉내내려고 한단다. 그는 미안해하고 있지만, 그렇다고 꽃병을 원상태로 되돌릴 수 있는 건 아니잖아? 내가 테디에게 어떻게 하면 좋을까?" (만일 아이가 깨진 꽃병에 대한 보상보다 오히려 어떤 종류의 처벌을 제안한다면, 테디는 조심성이 없다거나 말을 듣지 않아서 그런 것이 아니라 단지 우연히 발생한 사고로 인한 것이라고 말해 주십시오.)

테디가 범한 적이 있을지도 모르는 어떤 다른 가정의 사고들이나 나쁜 짓들을 말해 주십시오. 예를 들면, 대문을 열어 두어 개가 마당을 빠져나가게 한 것, 유리잔을 발로 쓰러뜨려 우유를 엎지른 것, 또는 정말로 물을 주어야 할 시간에 꽃에 물 주는 것을 잊어버리는 것 등이 있습니다.

아이에게 당신이 테디가 더 잘할 수 있도록 도울 수 있는 방법들에 대해 생각할 때, 함께 도울 수 있게 해 주십시오. 그렇지만 매 경우마다 테디를 용서해 주고, 그를 위해 기도해 주어야 한다는 것을 아이에게 강조하여 말해 주십시오.

Introduce **친절 꽃다발**

아이가 하얀 꽃들, 될 수 있으면 카네이션을 식용 색소로 채색된 물이 담긴 유리잔에 꽂게 하십시오. 꽃들이 파스텔 색조로 변하면, 물에서 꺼내 리본으로 묶으십시오. 주문한 색깔로 물들인 꽃을 좋아할 사람에게 아이와 함께 그 친절 꽃다발을 가져다 주십시오.

Introduce **정말입니까?**

아이에게 바닥에 당신과 마주보고 앉으라고 요구하십시오. 당신이 친절에 대해서 말한 것이 참

이라면 빨리 일어서야 하고, 만일 거짓이라면 앉아 있어야만 한다고 아이에게 일러두십시오. 당신의 자녀는 바로 정답을 생각할 수 없을지도 모릅니다. 그래서 그런 행동을 할 수 없을 것입니다. 아이와 그 놀이를 몇 번 연달아 반복하면서 아이가 그것을 하는 법을 깨달을 수 있도록 도와주십시오. 그리고 이런 문장들을 사용하든가, 또는 당신 자신이 만들어 보든가 하십시오.

· 사람들에게 미소짓는 것은 친절입니다 (일어선다).
· "감사합니다", "미안합니다만" 이라고 말하는 것은 친절입니다(일어선다).
· 밀고 때리는 것은 친절입니다(앉아 있는다).
· 다른 아이들의 장난감을 빼앗는 것은 친절입니다(앉아 있는다).

· 우리가 친절할 때 하나님께서는 기뻐하십니다 (일어선다).

· 하나님께서는 우리가 친절하도록 도와주실 것 입니다(일어선다).

Introduce 누구지?

아이가 친절한 행동을 할 때, 당신은 이런 재치있는 놀이를 사용하고 싶을 것입니다. 이를테면 "나는 친절한 일을 한 어떤 사람을 알고 있어! 그는 갈색 머리에 푸른 눈이야. 그는 카우보이 장화를 신고 있어. 그는 정말 사랑스러워! 그는 방금 착한 행동을 했어. 누굴까?"

모든 아이는 우리가 모두 그들의 친절한 행동들을 관찰하며 판단하고 있다는 사실을 알아야 할 필요가 있습니다.

긍정적인 행동들에 대해 충분히 관심을 기울여 줄 때, 부정적인 행동을 통하여 관심을 끌고자 하는 욕구가 아이들에게서 크게 사라집니다. 그리고 칭찬해 주는 데 시간이 얼마나 걸리겠습니까!

Introduce 요술의 식물

집 안에 있는 식물이나 마당에 있는 관목 하나를 선택해 요술의 식물이 되게 하십시오. 때때로 뜻하지 않게 가지마다 작은 놀이감들을 붙여 "꽃을 피우십시오."

아이가 친절하고 사랑스런 행동을 할 때, 상으로 놀이감을 한 개나 또는 몇 개를 딸 수 있게 해 주십시오. 그리고 아이가 행한 착한 행동을 구체적으로 얘기해 주십시오. 또한 당신이 지켜 보았던 태도들에 대해 얘기해 주며, 꽃들이 갑자기 만발하게 된 이유가 거기에 있다고 말해 주십시오.

Introduce 노인들에게 친절하세요

여기에는 조부모님과 다른 나이 드신 분들이 우리가 친절히 대할 가치가 있는 분들이라는 것을 아이가 기억해 낼 수 있도록 돕게 될 3가지의 간단한 활동들이 있습니다.

1. 할머니의 말씀에 귀를 기울여라.

사람들, 특별히 할머니들에게 친절을 베푸는 가장 훌륭한 방법들 가운데 하나는 그분들의 이야기와 가르침과 지혜로운 말에 열심히 귀를 기울여 주는 것이라고 아이에게 가르치십시오. 할머니나 할아버지가 말씀하실 때, 할머니의 얼굴을 주시하며 약간 턱을 들어올려 열심히 듣는 아이가 되도록 지도하십시오.

2. 할아버지께 마실 것을 가져다 드려라.

할아버지, 또는 당신이 지켜 보고 있는 누구라

도 마당이나 집 안에서 열심히 일하여 갈증이
날 때, 아이가 그의 필요를 느낄 수 있도록 자극
하여 종이 컵이나 플라스틱 컵에 시원한 마실
것을 가져다 주는 친절을 베풀게 하십시오. 그
것을 가져다 주면서 조금 흘린다고 할지라도,
그런 사고는 아이가 하는 행동의 중요성에 비하
면 별 의미가 없습니다. 아이에게 예수님께서는
착한 행동들을 모두 보고 계시고, 아이가 베푼
친절로 인해 기뻐하신다고 얘기해 주십시오. 그
리고 다음 성경 구절을 인용하고 싶은 순간이
있을 것입니다.

**"누구든지 너희를 그리스도에게 속한 자라 하여
물 한 그릇을 주면 내가 진실로 너희에게 이르노니
저가 결단코 상을 잃지 않으리라"**(막 9 : 41)

3. 할머니, 할아버지께 특별히 즐거움을 주는 것
을 가져다 드려라.

조부모님을 방문할 때, 그들이 좋아하는 맛있
는 것들을 담은 친절 바구니를 준비하며 아이에
게 도와줄 것을 요구하십시오. 이를테면 말린 과
일이나 생과일, 몇 종류가 섞여 있는 견과, 초콜
릿, 낱말 맞추기 책, 잡지 등등.

아이에게 바구니를 전하면서 할머니, 할아버지
께 바구니의 내용물들이 다 떨어지면 할머니, 할
아버지를 방문할 때가 됐다는 것을 의미한다고

말하게 하십시오. 또한 아이가 양가 조부모님들
을 똑같이 친절하게 섬기고 있는지 확인해 보십
시오.

동물들에게 친절하세요

거의 가족처럼 여기는 애완 동물이 있다면, 장
난삼아 애완 동물을 데려온 날을 경축하고 싶을
지도 모릅니다.

애완 동물에게 특별한 고기뼈를 발라 내주는
일을 아이에게 돕게 하십시오. 식료품 가게 애완
동물 코너를 지날 때마다 아이는 애완 동물용 장
난감을 사자고 졸라댈 것입니다. 아이에게 "로버
(애완 동물의 애칭)에게 친절하세요"의 특별한
날이 될 때까지 기다리라고 말해 주십시오. 그러
면 아이는 비싸지 않은 스퀴즈(squeeze) 장난감
이나 생가죽 뼈를 골라 축하해 주고 싶어할 것입
니다.

당신은 로버를 만들고 당신의 가정에 살게 하
신 하나님께서 얼마나 친절하신 분인가에 대해
이야기하고 있다는 것을 확신하십시오. 그리고
아이에게 하나님께서는 모든 자신의 창조물들 —
동물들을 포함해서 — 을 사랑하신다고 이야기해
주십시오. 또 계속해서 이야기하십시오.

"로버는 우리가 하나님을 아는 것처럼 그렇게
하나님에 대해 정말로 알지 못해. 그렇지만 하나

 자녀에게 믿음의 관계 가르치기

님께서는 우리가 동물들을 잘 돌보아 주기를 원하셔. 그러니 우리는 그렇게 해야 하는 거야!"

 ## 새에게 친절하세요

당신의 3살짜리 아이에게 그릇 하나를 주고 거기에 씨앗들, 주사위 모양으로 자른 고기와 지방 토막, 크루통(버터로 튀긴 빵 조각)이나 빵조각,

크래커 부스러기, 견과들, 말린 과일이나 마른 시리얼을 담아 주십시오. 집에 있는 비슷한 종류의 음식이면 무엇이든 원하는 만큼 사용하십시오.

녹인 베이컨 기름이나 라드를 첨가시켜 주며 아이에게 그 재료들을 다같이 섞도록 요청하십시오. 그것이 차질 때까지 큰 스푼을 사용하여 혼합물들을 젓게 하십시오. 그 다음 그는 두 손을 사용해 그것을 주무르며 충분히 섞을지도 모릅니다. 그 혼합물을 빈 플라스틱 마가린이나 요구르트 용기에 수저로 퍼 담고 각 그릇마다 매듭을 지은 털실이나 끈을 한 줄 밀어 넣으십시오. 그 혼합물이 단단해지면, 그릇에서 빼내 끈으로 밖에 매달아 새들에게 친절을 베푸십시오.

또한 아이에게 과자와 빵 부스러기들 그리고 씨앗들을 땅에 떨어뜨리게 해서 새들이 땅에서 먹을 수 있게 해 주십시오.

하나님께서는 작은 참새조차도 언제 떨어질지 알고 계시며(마 10 : 29 참조) 친절하게 새들에게 먹이를 줄 때, 기뻐하신다고 아이에게 설명해 주십시오.

 ## 새들을 위한 메뉴

새들은 건포도, 잘게 잘라 놓은 오렌지, 사과 같은 과일들을 잘 먹습니다. 모킹버드(북아메리카에서 볼 수 있는 일종의 지빠귀새)는 빵부스러기 같

은 것을 좋아합니다. 박새류들은 여러 잡다한 씨앗들을 좋아합니다. 그리고 홍관조들은 해바라기 씨와 땅콩 버터를 좋아합니다. 새들이 먹기 편하도록 얇게 썬 사과를 나뭇가지에 꽂아 놓으십시오.

하나님께서 먹을 것을 주신다(시 136 : 25 참조)는 성경적인 생각을 아이에게 표현하십시오. 그리고 하나님께서는 새들과 나누어 먹도록 우리에게 먹을 것을 주신다고 이야기해 주십시오.

환영합니다!

당신이 사는 근처에서 부모와 자녀로 구성된 환영 위원회가 되십시오. 아이의 도움으로 과자를 만들어 아이에게 새로 이사온 가정에 그것을 가져다 주게 함으로써 당신 동네에서 먼저 시작하십시오.

집을 팔려고 내놓은 표지들을 눈여겨 보았다가 새로 이사오는 사람들을 환영할 기회를 잡으십시오. 2-3주 정도 후에 방문하기 시작하여 새 이웃들을 교회로 초청하십시오. 무엇보다 예수 그리스도와 그들과의 관계에 대해서 얘기해 주는 것이 중요합니다.

당신이 여기에 있어 정말 기뻐요!

가족들이 귀가할 때, 또는 타지역에서 친구들이 방문할 때, 아이가 따뜻하게 맞이할 수 있도록 도와주십시오. 그들의 방에 싱싱한 꽃들을 꽂아 놓고 사랑스런 그림이나 메모들을 서랍 속에 넣어 두고 머리맡에 즐길 수 있는 것들을 놓아두게 하십시오. 당신 집에서 대접할 수 있어서 얼마나 기뻐하고 있는지를 손님들에게 메모로 전해 주십시오.

아이에게 그 자신의 웃고 있는 얼굴을 그리게 하십시오. 그리고 그 그림 밑에 그것이 누구이며, 왜 그렇게 기뻐하고 있는지를 적어 놓으십시오.

생일 축하 친절

당신의 자녀가 자신의 생일날 다른 사람들에게 친절을 베풀 수 있는 2가지의 방법이 있습니다.

1. 생일 축하 콜라주(인쇄물 오려낸 것, 눌러 말린 꽃, 헝겊 등을 붙이는 추상 미술의 수법) : 아이에게 생일날 가족들이 사용하게 될 축하 접시 받침을 만들게 하십시오. 큰 색판지나 포스터지에 솔이나 면으로 된 자루걸레로 조금씩 풀을 펴 바르게 하십시오. 풀칠해진 부분에 아이는 여러 종류의 포장지를 잘라 만든 다양한 모양들이나 색종이 조각들, 또는 반짝이는 박종이 조각들을 배열할 수 있을 것입니다. 아이의 콜라주에 리본과 부풀리지 않은 풍선을 첨가시키십시오.

그 콜라주에 파라핀 종이를 씌우고 두꺼운 책으로 눌러 놓아 평평해지게 하십시오. 콜라주가 마르면, 앞뒤에 투명한 접착 테이프를 씌우십시오.

다른 사람들이 생일날 사용할 접시 받침을 우선 정성스럽게 만드십시오. 하지만 아이의 것은 먼저 아이에게 콜라주 만드는 것을 즐길 수 있게 해 주고, 생일날 또다른 것을 만들어 주십시오.

2. 방향 전환 생일 : 생일 맞은 아이가 자신의 형제들에게 작고, 비싸지 않은 예쁘게 포장한 선물을 주어야 하는 전통을 시작함으로써 친절 정신을 기를 수 있도록 도와주십시오. 이런 친절한 행위는 "저는 우리가 한 가족이어서 기쁩니다." 라는 표현이 될 것입니다.

그 전통 때문에 생일 축하 그 자체가 축소되지 않도록 생일 맞은 아이가 주는 선물들을 그 아이가 받는 선물들보다 더 작고 의미가 덜한 것으로 하십시오. 우리가 받는 모든 좋은 선물들은 하나님으로부터 온다는 것을 아이에게 일러 두십시오. 그리고 선물들을 풀어보기 전이나 후에 다른 어떤 사람들에게 감사하는 기도를 해 주거나 또는 들을 수 있도록 격려해 주십시오.

Introduce 갓난아기에게 친절하세요

아이를 데리고 가서 집에 오는 갓난아기를 환영할 분홍이나 파란 풍선들을 고를 수 있게 해 주십시오. 아이가 언니가 되는 경우에 그녀 자신을 위한 특별한 축하 풍선을 하나 더 고르게 하십시오. 그리고 대문이나 차고에 그것들을 모아 테이프로 붙여 깃발을 만드십시오. 그리하여 아이에게 가족이 돼서 기뻐하고 있다는 것을 알려 주십시오. 큰아이에게 곰 인형이나 성경과 같은 특별한 선물을 고르게 하십시오. 그러면 나중에 "우리가 너를 집에 데리고 오던 날 언니가 너에 게 준 것"이라고 말할 수 있을 것입니다.

갓난아기 또한 언니에게 줄 정말로 특별한 놀라운 선물이 있다는 것을 확인해 보십시오. 그 선물은 갓난아기의 첫 친절 행동이 될 것이며, 자매간의 유대를 강화시키는 좋은 계기가 될 것 입니다.

특별한 날에 큰아이의 독사진들을 찍으십시오. 그리고 그 사진들을 마분지에 붙이거나 사진첩에 끼우고 표제를 붙이십시오. "안나와 함께 살게 된 날의 조이" 갓난아기와 함께 있는 사진을 찍 어 여러 장 현상하십시오. 그리고 아이에게 주어 원할 때마다 자주 그 사진들을 보며 만지작거리 고 놀 수 있는 장소에 보관할 수 있게 하십시오. 또는 아이가 마음대로 사용할 수 있도록 조이와 안나의 책에 그것들을 끼워 넣으십시오.

안나의 등장은 아주 중요한 의미를 갖게 될 것 입니다. 왜냐하면 그녀는 그런 특별한 날에 받는 관심과 시선을 나누어 가져야 하기 때문입니다. 그리고 언니에게 쏟는 특별한 사랑은 앞으로 질 투할만할 때, 특히 아이가 계속해서 가족에게 특 별하게 여기게 한다면 이득이 될 것입니다.

5-7세의 아이들

Introduce 친절은 나를 주는 것!

나이가 이쯤 되면 아이는 바로 최고로 좋은 친 절 표현은 포장된 선물이 아니라 다른 누군가에 게 쏟는 지속적인 시간과 배려의 선물이라는 것 을 이해할 수 있습니다.

나이가 지긋하거나, 몸져누워 있거나 또는 외 로운 사람들을 방문하면서 아이에게 그 자신을 아낌없이 줄 수 있는 기회를 갖게 해 주십시오. 그리고 가능하다면, 당신이 방문하는 그 사람들 과 함께 먹을 점심을 가지고 가십시오.

또 아이에게는 보여줄 장난감이나 책을 가져가 게 하고 당신도 꼭 집에서 아이에게 지속적으로 배려해 주는 선물을 주십시오.

그러면 당신 아이가 다른 사람에게 그 자신을 아낌없이 주는 법을 시범보이고 있는 중일 것입 니다.

Introduce "사소하지만 친절한 행위들" 가방

아이에게 작은 종이 가방에 친절한 행동을 하 고 있는 사람의 그림을 그리도록 요구하십시오. 그 가방을 의자 등받이에 테이프로 붙이십시오.

그리고 가방 안에 친절한 행동들을 제안하는 말이 적혀 있는 종이 조각들을 담으십시오.

· 개를 귀여워해 주며 개먹이 비스킷을 주세요.
· 엄마를 위해 깨끗이 빤 옷들을 접으세요.
· 무언가 아빠에게 도움이 되는 일을 하세요.
· 할머니에게 전화하여 사랑한다고 말하세요.
· 아프거나 슬픈 친구를 위해서 기도하세요.

Introduce 친절한 파랑새

당신의 파랑새는 어떤 색깔일지 모르지만, 그것은 전해야 할 사랑과 친절이 담긴 중요한 메시지를 갖고 있습니다.

종이 하트의 왼쪽 절반을 측면으로 눕혀 새의 몸을 만드십시오. 머리로는 더 작은 하트를 사용하여 뾰족한 끝이 부리가 되게 하십시오. 나머지 하트의 오른쪽 절반으로는 날개로 사용하십시오.

아이가 새의 눈 한쪽을 크레용이나 마커로 그리게 하십시오.

만일 메시지를 전달할 새를 원한다면, 새의 부리를 베어 리본을 끼우십시오. 리본이 빠지지 않도록 새의 뒷면에 테이프를 붙이십시오. 그 리본에 "나는 당신을 사랑합니다." 또는 "당신은 멋져요."와 같은 메시지를 전하는 몇 개의 작은 하트들을 풀로 붙이십시오. 아이가 친절한 말을 들을 필요가 있는 사람이나 들을 만한 사람에게 그 파랑새를 "날려 주게" 하십시오.

Introduce 친절이라는 말

하얀 종이 위에 그려진 하트 내부에 "친절해"라는 말을 적으십시오. 그리고 그 메시지를 투명한 컵이나 물병 뒷면에서 받쳐들고 그 말이 얼마나 커지는지 관찰해 보십시오.

우리가 친절을 베풀 때, 친절한 행동들 역시 늘어난다고 아이에게 얘기해 주십시오. 친절한 행동들을 받는 사람들 역시 친절을 베풀고 싶은 마음이 생깁니다. 그리하여 친절은 갈수록 늘어나게 됩니다.

Introduce 친절은 당신의 얼굴을 바라보는 것입니다

주의를 많이 받는 아이는 그것을 당연하게 여

기며 다른 사람들에게 소홀하고 무관심한 태도로 반응하기 시작할 것입니다. 그런 일이 발생하면, 아이에게 멈춰서서 말하는 사람을 바라보며 주의 깊게 듣고, 공손히 반응할 만큼 친절하도록 권하십시오. 우리에게 말해 줄 정도로 상냥한 사람에게 잠시 동안 우리의 모든 주의를 기울여 주는 것입니다.

Introduce **친절은 데이지 사슬입니다**

아이가 사랑하는 사람에게 주기 위해 데이지나 다른 꽃들로 사슬 만드는 것을 거들어 주십시오. 데이지를 10-12Cm 정도의 길이로 줄기채 꺾으십시오. 줄기 끝에 가깝게 손톱이나 작은 칼로 틈새를 가늘게 만드십시오. 그 틈새로 다른 데이

지 줄기를 끼워 꽃으로 걸릴 때까지 잡아 빼내는 방법을 아이에게 보여 주십시오.

줄기 틈새를 통해 꿰는 행동을 똑같이 되풀이하면서 원하는 길이의 데이지 사슬을 만들고 양 끝을 모아 클립을 끼우십시오. 그리고 아이가 친구에게 친절 사슬을 전해 주러 갈 때, 아이와 함께 가십시오.

Introduce **예쁜 접시**

꽃들과 잎새들을 2장의 파라핀 종이 사이에 끼우고 무거운 책을 올려놓아 납작하게 만드십시오.

며칠이 지나, 그 꽃들이 납작해지면 장식이 없는 하얀 접시나 받침 접시의 중심부에 흰풀을 조금 퍼 놓도록 아이에게 지시하십시오. 그리고 그의 손가락이나 그림붓 또는 면봉으로 골고루 펴 바르게 하십시오. 아이에게 납작해진 꽃들과 잎새들을 주워 접시 위에 배열하게 하십시오.

그리고 장식된 접시를 완전히 말리십시오. 접시 뒷면에 부착력이 있는 고리를 붙여 당신의 어린 자녀가 만든 친절 선물이라면서 그것을 선물하십시오.

그가 성경에 하나님께서 우리에게 행하라고 말씀하신 두 가지의 특별한 일을 했다고 말해 주십시오. 그는 자기 자신의 손으로 일했고(살전 4:11 참조), 그는 매우 친절했습니다(엡 4:32 참조).

 ## 당신이 간식을 준비해 주시겠어요?

아이가 가족 몇 사람과 그녀 자신이 먹을 재미있는 간식을 준비할 수 있게 하십시오. 아이 혼자서 할 수 있고 특히 형제들이 맛있게 즐길 수 있는 편리한 간식은 다음에 적혀 있는 몇 가지를 배합하는 것입니다.

마른 시리얼, 건포도, 작은 크래커, 견과, 소형의 마시맬로, 주사위 모양으로 잘라 말린 과일, M&M 캔디 또는 초콜릿 칩스.

당신이 제한적으로 도와서 요리할 수 있는 다른 간식들로 농축 주스나 포장된 믹스로 만드는 음료수, 잘게 썬 치즈와 크래커, 여러 가지 과일, 또는 프라이팬에 담긴 팝콘(당신은 감독하며 요리를 해야 할 것입니다. 그러면 아이는 소금과 녹인 버터를 첨가시켜 요리를 끝마칠 수 있습니다. 그 다음 아이는 완성된 음식을 가족들에게 나누어 줄 수 있습니다)이 있습니다.

 ## 할머니 집에 놓을 접시 깔개

아이에게 대략 너비가 30Cm, 길이가 45Cm 정도 되는 표백하지 않은 옥양목 한 장을 제공하십시오. 아이에게 할머니나 할아버지와 함께 크레용을 사용하여 색칠하는 활동을 하도록 요구하십시오. 아이가 그 활동을 재미있어 하면 접시 깔개들을 여러 개 만들도록 요구하십시오. 접시 깔개 위에 파라핀 종이나 천을 놓고, 그 무늬가 오래도록 변하지 않도록 다림질하십시오. 그리고 원한다면, 아이가 뾰족한 방수 펠트 마커로 그릴 수 있게 하십시오. 천 가장자리에서 실을 뽑아 술 장식 만드는 법을 아이에게 보여 주십시오.

아이가 할머니나 할아버지를 꼭 껴안으며 자신이 만든 사랑의 걸작품을 선물하게 하십시오.

 ## "당신을 위한 그림들" 책

아이의 그림들을 받을 특별한 사람에게 귀중하게 여겨질 아이의 그림들을 8-10개를 모으십시오. 아이에게 사진첩이나 스크랩북, 또는 당신이 철을 하거나 테이프를 붙여 만든 색판지 책에 그것들을 붙이게 하십시오.

아이를 사랑하고 아이의 미술품을 평가해 줄 사람에게 아이의 원화로 된 책을 선물하도록 아이를 데리고 가십시오. 아이는 몸소 창조해내서 무언가를 자신이 소중히 여기는 누군가에게 주는 경험을 즐거워할 것입니다. 그리고 아이에게 말하십시오.

"…주는 것이 받는 것보다 복이 있다…"

(행 20 : 35)

Introduce 친절 카드

아이가 크든 작든 친절한 행동들을 받으면 감사를 표현할 수 있도록 일찍부터 격려하십시오. 아이는 자신의 마음을 당신에게 받아쓰게 할 것입니다. 그렇지 않으면 당신이 전할 말을 써서 아이에게 읽어 주어 동의를 얻을 수도 있습니다. 만일 아이가 간단하게 쓴 메시지를 베끼는 것을 즐거워하면, 아이가 혼자서 감사하는 글을 쓰게 하십시오. 아이가 받았던 것이나 그 친절로 아이가 얼마나 행복해 하는지를 표현하는 그림을 첨가시키십시오.

우리가 감사하고 있다는 것을 말로 표현하는 것이나 글을 써서 보내는 것은 친절이라고 아이에게 말해 주십시오. 예수님과 10명의 문둥병자 이야기를 당신이 쉽게 풀어서 차근차근 이야기해 주십시오(눅 17 : 11-19 참조).

Introduce 친절 노래

"델의 농부"의 노랫가락에 맞춰 :

더욱 친절한 사람이 되면,
더욱 행복한 사람이 되네.
그래 모든 이에게 친절하리!
그럼 나로 하나님 사랑 나타나리!
(자신을 가리키십시오)

"잠자고 있나요?"의 노랫가락에 맞춰 :

나는 노력하고 있어.
나는 노력하고 있어.
친절하려고,
친절하려고,

그러면 예수님처럼 될거야.
그러면 예수님처럼 될거야.
그분은 친절해.
그분은 친절해.

"런던 다리"의 노랫가락에 맞춰 :

나 친절을 베풀거야.
친구들에게, 친구들에게,

나 친절을 베풀거야.
예수님 기뻐하시도록!

나 누구에게도 친절할거야.
누구에게도, 누구에게도,
나 누구에게도 친절할거야.
예수님처럼!
(또는 예수님 기뻐하시도록)

Introduce 친절 성구

여기에 친절과 관련된 몇 개의 구절들이 있습니다. 당신이 읽고 아이에게 설명해 주거나 또는 아이에게 그것들을 당신에게 설명하도록 요구하십시오.

잠언 12 : 25, 14 : 21, 14 : 31, 19 : 17,
고전 13 : 4; 엡 4 : 32; 살전 5 : 15

Introduce 당신의 아이에게 친절하십시오

아이에게 아침 식사를 차려줄 때마다 말해 주십시오. "내 마음(하트)에 너에게 줄 메시지가 있어!" 아이에게 전하는 사랑의 메시지가 적혀 있는 작은 종이 하트를 아이 앞에 놓으십시오. 또는 당신이 좋다면, 아이의 귀에 메시지를 속삭여 주십시오. 다음에 적혀 있는 말들을 사용하거나 또는 당신이 직접 만들어 보십시오.

- 나는 네가 훌륭하다고 생각해!
- 너로 인해 나는 정말 행복하단다.
- 나는 너를 세상에서 제일 사랑한단다.
- 하나님께서 너를 만드셔서 얼마나 기쁜지 모른단다.
- 너 정말 멋져!
- 진심으로 너를 사랑한단다.
- 너로 인해 내 마음이 행복하단다.

Introduce 새로운 친구를 삼으십시오

하룻동안 새로운 친구 – 유학생이나 신체 장애자 또는 나이 지긋한 사람 또는 여비가 없는 사람 – 를 삼으십시오.

그 사람이 가야할 곳이나 가고 싶어하는 곳이 어디든 데리고 다닐 때, 아이와 함께 동행하십시오. 쇼핑하러 가거나, 관광 여행을 가거나 또는 식당이나 집에서 다같이 멋진 점심 식사를 드십시오.

공휴일은 가까이에 가족이 없는 학생이나 독신자, 또는 나이든 사람을 친구 삼기에 아주 좋은 기회입니다. 어린아이는 뜻하지 않게 친절을 베푼 경험을 오래도록 기억하게 될 것입니다. 그리고 새 친구들을 대접하는 당신의 사사로운 태도들은 상상했던 것보다 더욱 깊은 인상을 아이에게 심어 주게 될 것입니다.

친절 제스처 게임

아이와 번갈아 가며 상대방이 알아낼 수 있는 친절한 행동들을 꾸며보십시오. 몇 가지 행동들을 제시해 보면 장난감들을 집어 상자 속에 담기, 잠자리 정리하기, 코트 걸기, 다른 아이에게 장난감이나 과자를 나누어 주는 시늉하기 등이 있습니다.

꼭 껴안고 친절 환호를 하면서 놀이를 마치십시오.

나는 친절할거야! (손뼉치기)
나는 착할거야! (손뼉치기)
나는 다른 사람들을 도울거야! (두 팔을 쭉 뻗기)
야! (손뼉치기)

내 "돕는 손" 티켓

색판지 2장 두께에 아이의 손을 그리고 그 윤곽을 따라 오리십시오. 그 손모양을 소책자의 앞뒤 표지로 이용하십시오. 만일 아이가 할 수 있다면, 똑같은 손자국을 몇 장 오려 티켓을 만들게 하십시오. 티켓들을 표지 사이에 끼워 모두

한꺼번에 스테이플을 박거나 털실로 묶으십시오. 각 장마다 소책자를 받는 사람에게 아이가 하기로 제안한 친절한 행동을 하나씩 적어 놓으십시오. 다음은 그 예들이 될 것입니다.

·화초에 물 주기
·책상 먼지 털기
·현관 청소하기
·노래 부르기
·기도하기
·애완 동물에게 먹을 것 주기

 자녀에게 믿음의 관계 가르치기

· 잡초 뽑기
· 이야기해 주기
· 집에서 만든 과자를 누군가에게 가져다 주기
· 앉아서 잠시 동안 이야기하기

티켓에 적혀 있는 제안들이 친절한 행동으로 바뀌는 것을 자주 보게 될 사람에게 그 소책자를 가져다 주도록 아이에게 요구하십시오. 반드시 아이가 티켓에 약속한 것들을 지키게 함으로써 이 활동을 마무리하십시오.

사랑을 표현할 시간이에요!

작은 종이 접시 중앙에 색판지를 오려 만든 시계 바늘을 클립으로 물려 벽시계를 만들어 보십시오. 아이에게 숫자를 표시할 작은 하트들을 시계의 가장자리에 풀로 붙이도록 요구하십시오. 하트에 숫자 쓰기는 아이에게 훌륭한 쓰기 연습이 될 것입니다. 그렇지만 아이에게 당신이 쓰는 것을 지켜보게 해도 괜찮습니다.

시계의 문자반에 "사랑을 표현할 시간입니다."라는 문장을 적으십시오. 시계를 자주 언급하여 아이에게 꼭 껴안아 주며 사랑을 표현할 시간이라는 것을 상기시켜 주십시오. 아이가 동생과 아빠와 할머니, 또한 이웃 사람은 누구든지 역시 사랑받을 자격이 있다는 것을 알고 있는지 확인

해 보십시오.

손님에게 친절

손님들을 기다리고 있을 때, 아이에게 대문에 붙일 환영 표지를 만들게 하십시오. 아이는 "친구들이여, 환영합니다."나 그와 비슷한 어떤 메시지에 꽃 그림이나 도려내기 세공 또는 장식 스티커들로 테를 둘러 그 메시지를 흉내낼 수 있을 것입니다.

손님들은 아이의 친절을 주목하고는 기뻐할 것입니다. 그리고 그것으로 인하여 아이는 친절을 베푸는 일에 더욱 용기를 얻게 될 것입니다.

친절이 가득한 차고

당신이 몇 가지 의도들을 갖고 차고에서 가라지 세일(중고품, 정리품을 염가 판매하는 것 : 역자)을 아이가 돕게 하십시오.

· 가난한 어떤 사람에게 그 매상금을
  나누어 주기 위해서
· 아이가 성경 소책자들이나 교회 초대장들을
  건네줄 수 있게 하기 위해서
· 그 물건들을 사용할 수 있는 누군가에게 팔지
  않고 나누어 주기 위해서
· 정다운 미소와 대화를 통해서 하나님의 사랑을

나누기 위해서 그리고 가능할 때,
하나님의 사랑을 증거하기 위해서

염가 판매 후에는 특별한 경제적 궁핍 가운데
있는 가정을 위해 아이와 함께 선물들이나 옷을
새것으로 구입하십시오. 당신이 선택한 그 사람
에게 그 선물들(그 가정에 필요하다면 먹을 것도
포함시키십시오)을 아이와 함께 가서 전해 주십
시오. 만일 크리스마스 시기라면 선물들을 포장
하여 아이가 그 시기에 느낄 수 있는 **진짜** 기쁨
을 경험할 수 있게 해 주십시오.

Introduce **친절 전화**

매일 또는 매주 단지 친절을 베풀기 위한 전화
를 누군가에게 거십시오. 걸기 전, 아이에게 다른
사람들과 친절을 나누어 주는 것의 중요성을 강조
하여 말해 주십시오. 아이 또한 당신이 통화하고
있는 사람과 얘기할 수 있게 해 주십시오.

어린아이들은 전화로 얘기하는 것을 재미있어
합니다. 또한 발육기에 있는 그들의 언어 능력을
사용할 수 있고 동시에 하나님의 사랑을 나눌 수
있습니다.

Introduce **동물들에게 친절하세요**

아이와 함께 동물원으로 외출할 계획을 세우십

시오. 가기 전날, 아이를 도와 낡은 동화책이나
동물 잡지에서 오린 일상 동물원의 동물들 사진
으로 간소한 책을 만드십시오. 각 장에 사진을
한 장씩 풀로 붙이십시오.

동물원에 그 책을 가지고 가십시오. 아이가 동
물들을 하나 하나 관찰할 때, 동물원 사육사들이
동물들에게 어떤 식으로 친절을 베풀었는지 아이
가 관찰한 것을 각 장마다 기록하십시오. 다음은
몇 가지 본보기가 될 것입니다.

· 그들은 동물 우리를 청소해 줍니다.
· 그들은 매일 신선한 음식과 물을 가져다 줍니다.
· 그들은 동물들에게 적합한 환경을
  만들어 줍니다.

집에 갈 때, 책 마지막 장에 아이의 애완 동물
사진을 붙이십시오. 그리고 그녀의 애완 동물에
게 친절한 사육자가 될 수 있는 방법들에 대한
아이의 의견들을 적어 놓으십시오.

Introduce **동물 닮은 얼굴**

큰 포스터지 한 장을 반으로 자르십시오. 각
장마다 아이 얼굴 크기로 원형이나 타원형을 그
려 중심을 도려내십시오. 원의 테두리 주변에(포
스터지를 수직으로 세운) 아이는 자신이 선택한

동물의 귀, 갈기, 털 또는 수염을 그릴 수 있을 것입니다. 만일 포스터지에 여백이 있으면, 아이에게 그 동물에 맞는 몸을 작게 그리도록 요구하십시오. 더욱 재미있을 것입니다. 포스터지 반쪽 2장을 양면으로 사용하여 4가지의 다른 동물들을 만들어 보십시오.

아이와 번갈아가며 동물 그림을 얼굴에 받쳐들고, 적절한 표정과 소리들로 그 동물의 특징을 나타내십시오. 그 동물에게 하나님께서 만드셨다고 말해 주고, 귀여워해 주며 껴안아 주기도 하면서 다정하게 말을 걸어 주십시오. 또한 당신이 잘 돌보아 줄 것이라고 얘기해 주십시오. 당신은 하나님께서 친절로 인해 기뻐하신다는 것을 알기 때문에 그 동물에게 먹을 것을 주고 물을 주며, 또한 돌보아 주는 것처럼 가장하십시오.

 아빠에게 친절

당신의 아이는 아빠에게 친절을 베풀기 위해 아버지의 날(Father's Day : 6월의 제3 일요일)이 될 때까지 기다릴 필요가 없습니다. 언제든지 이런 재미있는 선물을 만들어 보십시오.

색판지 한 장을 빈 깡통 크기로 자르십시오. 아이가 그 종이에 풀을 발라 깡통 겉면에 빙 둘러 포장할 수 있게 해 주십시오. 종이에 장식을 하기 전이건 후이건 상관하지 마십시오.

종이가 약간 마르면 아이에게 붓으로 색판지의 한 작은 부분을 풀칠하도록 요구하십시오. 그러면 그는 풀칠한 곳에 한 종류의 씨앗을 뿌릴 수 있을 것입니다. 이를테면 해바라기 씨, 새 모이, 잔디 씨, 멜론 씨 등이 있습니다. 4-5분 정도 풀을 말리십시오. 그 깡통이 전부 씨앗으로 덮힐 때까지 여러 가지 종류의 씨앗들로 그 절차를 되풀이하십시오.

아이는 자신이 만든 선물에 펜과 연필이 꽂힐 수 있도록 아빠에게 선물하는 것을 즐거워할 것입니다. 아이에게 이런 중요한 성구를 가르쳐 주십시오.

"네 부모를 공경하라…"(출 20 : 12)

Introduce 친절 하트

아이는 분홍이나 파스텔류의 하트들을 오려 각 장마다 자신의 터무니없는 필적으로 "나는 당신을 사랑합니다." 라고 쓰고 싶어할 것입니다. 아이에게 레이스, 리본, 또는 리크랙을 주어 하트의 테두리 둘레에 붙일 수 있게 해 주십시오.

예쁜 작품이 완성되면, 아이는 친절 하트를 자신을 사랑해 주는 누군가에게 가져다 줄 것입니다.

Introduce 저는 종(Servant)이에요!

예수님께서 말씀하시기를 종이 되어 기꺼이 사람들을 돕고 봉사하며 때때로 처음이 되는 것보다 오히려 나중이 되는 것이 정말 훌륭하다고 하셨다고 아이에게 말해주십시오.

아이의 동생 친구들을 점심 식사에 초대하십시오. 그리고 큰아이가 그들에게 음식을 대접하고 놀아 주며 그들을 도울 수 있게 하십시오. 점심 메뉴로는 아이들이 좋아할 만한 음식을 반드시 첨가시키십시오. 제공한 음식으로 인하여 너무나 많은 불평을 듣게 되면 아무리 친절한 "봉사자"라 할지라도 실망할 수 있기 때문입니다.

평소에는 동생의 장난감을 정돈해 주거나, 그림을 그려 주거나, 또는 세수하고 옷 갈아입는 것을 도와줌으로써 동생에게 봉사할 수 있도록 큰아이를 격려해 주십시오.

당신의 종이 된 아이에게 당신을 돕고 있을 뿐만 아니라 예수님을 기쁘시게 하고 있다고 말해 주십시오. 당신의 봉사 정신을 아이가 본받고 싶어할 긍정적인 본보기로 삼으십시오.

 자녀에게 믿음의 관계 가르치기

 ## 조가비 친절

아이와 함께 홍합이나 전복과 같은 크고 납작한 조가비를 골라 이런 작품을 만들어 보십시오. 조가비의 곡선 외부에 공기돌이나 구슬을 다리가 될 수 있는 위치에 3개 붙이십시오. 다리들이 고정되어 있는지 확인해 보고 완전하게 말리십시오.

풀이 마르면 그 조가비를 뒤집어 엎고 아이에게 그 안을 흙으로 채우도록 요구하십시오. 아이에게 몇 개의 작은 식물들을 심게 해서 누군가에게 친절 정원으로 그것을 주게 하십시오. 조가비에 식물대신 장식 비누 담은 것을 더 좋아한다면 그렇게 하십시오. 아이는 선물을 주면서 말할 것입니다.

"나는 당신을 사랑하고 예수님을 사랑하기 때문에 이것을 당신에게 드리겠어요."

아이의 선물과 메시지는 구원받지 못한 친구나 이웃이나 친척에게 예수님을 증거하는 것으로써 사용될 것입니다.

캐러멜 친절

아이에게 웃는 얼굴을 가진 캐러멜 사과를 3-4개 만들게 하고 누구에게 그것을 주어 친절을 베풀 것인지 결정하게 하십시오. 이웃 사람에게 그것들을 주며 아이에게 예수님의 말씀 "…네 이웃을 네 몸같이 사랑하라…"(마 19 : 19)를 가르치면 더할 나위 없이 좋을 것입니다.

캐러멜 캔디들을 이중 냄비에 녹이십시오. 아이에게 깨끗하게 씻은, 물기 없는 사과나 배 안에 아이스크림 막대기를 꽂게 하십시오. 그 과일을 녹인 캐러멜 속에 담갔다가 파라핀 종이 위에 뒤집어 놓고 말리십시오.

캐러멜이 부드럽게 굳어지면, 아이에게 아이스크림 막대기로 그 과일을 들고 캔디 조각이나 소형의 마시맬로로 얼굴을 만들게 하십시오. 끝손질로써 예쁜 코코넛 머리를 만들어 주십시오. 아마 막대기에 리본을 둘러 나비 넥타이를 매어 줘도 좋을 것입니다.

친절 포스터

종이와 함께 크레용이나 마커를 아이에게 주어 누가 봐도(가족들, 경찰들, 교사들, 우편 집배원들 또는 다른 사람들) 친절한 행동을 표현하는 포스터들을 그리게 하십시오. 그 포스터들을 집 안이나 밖에 있는 문 여기저기에 테이프로 붙여 가족 모두가 "서로 인자하게 하며"를 생각나게 하십시오.

형제와 함께 놀이하기

큰아이에게 당신이 하고 있는 일을 마무리하는 동안 잠시 동생 미키를 즐겁게 해 주도록 부탁하

씩 수저로 퍼올려 방 건너편에 있는 그릇에 집어
넣기.

　② 솜 뭉치를 한번에 한 개씩 샐러드 집게로
집어 올려 그릇에 나르기.

・종이컵과 작은 종이 접시를 제공하십시오.
큰아이에게 부탁하여 미키가 컵과 접시를 번갈아
가며 탑을 쌓을 수 있도록 도와주게 하십시오 :
컵, 접시, 컵, 접시 등의 순으로

・큰아이에게 한쪽 끝을 베개 위에 올려 놓은
　나무판이나 다림질판 경사로에서 장난감
　자동차를 사용하여 미키와 함께 놀도록
　부탁하십시오.

・큰아이와 미키 둘 다에게 부풀린 풍선을
　주십시오. 큰아이에게 게임 규칙들을 미키에게
　설명해 주도록 말하십시오. 그들은 풍선을
　공중에 던져 풍선이 떠 있는 동안 웃어야만
　합니다. 그렇지만 풍선이 떨어져 바닥에
　닿으면 즉시 웃음을 멈추어야만 합니다.

　이 시간 동안 많은 일을 성취하려고 하지 마십
시오. 큰아이가 미키와 다정하게 놀 수 있을 만한
아주 간단한 일을 한 가지 하도록 노력하십시오.
이 활동의 목적은 아이에게 친절을 베풀도록 격려
하는 것입니다. 그러므로 그런 목적으로 이루어진
노력은 어떤 것이든 시간을 잘 보낸 것입니다.

십시오. 그의 친절을 정말로 고맙게 여길 것이라
고 말해 주며, 그 아이 역시 즐거워할 몇 가지
활동들에 대해서 제안해 주십시오. 여기에 몇 가
지 할 수 있는 생각들이 있습니다.

・종이컵과 물 한 그릇과 작은 스펀지 한 장을
　주십시오. 큰아이는 미키에게 그릇에 스펀지를
　담갔다가 물을 짜내는 방법을 보여줄 것입니다.
　그릇들 밑에 타월이 깔려 있는지 확인하십시오.
・방 건너편 마루에 그릇 하나를 놓으십시오.
　큰아이에게 부탁하여 다음에 적혀 있는 것들
　중에서 미키가 한 가지 또는 두 가지 다 할 수
　있도록 도와주게 하십시오.
　⑴ 탁구공들이나 마시맬로들을 한번에 한 개

 다친 사람들은 친절을 필요로 합니다

아이가 신체 장애자들이나 부상자들의 필요들과 문제들에 공감하도록 돕기 위하여, 아이가 잘 사용하는 팔(색칠할 때 사용하는 팔)을 어깨에서 늘어뜨린 붕대에 끼워 주십시오.

아이에게 붕대에 끼우지 않은 팔만 사용하여, 당신을 위해 그림을 그리거나 색칠하도록 요구하십시오. 아이는 곧 어떤 사람들이 매일 실제로 직면하는 어려움에 공감하게 될 것입니다. 하나님께서는 우리가 모든 사람에게 친절과 사랑을 베풀기를 원하신다고 아이에게 상기시키십시오.

 므비보셋

아이에게 다윗 왕이 요나단의 절뚝발이 아들, 므비보셋에게 친절을 베푼 아름다운 이야기를 들려주십시오(삼하 9장 참조).

당신이 다윗 역을 하면 아이에게 므비보셋의 역을 하도록 요구하여 그 이야기를 연극으로 꾸며 보십시오. 아이가 원하면 두 번째 연기에서는 역할을 바꾸어 보십시오. 왕의 맛있는 식사를 즐길 수 있도록 므비보셋을 식탁으로 데리고 가십시오. 아이가 식사하는 동안, 이야기 속에 나오는 재미있는 이름과 당신이 알고 있는 사람은 아무도 그 이름을 가지고 있지 않다는 사실에 관하

여 이야기하십시오. 비록 당신 동네나 시가지에 므비보셋이 없을지라도 절름발이와 걸을 수 없는 사람들 또는 잘 걷지 못하는 사람들이 있다고 아이에게 말해 주면서 이야기를 계속하십시오.

아이에게 다르게 보이는 사람들에게 친절해지는 법에 대해서 이야기해 주십시오. 그리고 그 사람이 누구이건 빤히 쳐다보거나 비웃으면 안 된다고 주의를 주십시오. 아이가 목발이나 휠체어를 사용하는 사람을 보살피며 함께 외출하는 것을 즐거워 할만큼 친절해 지도록 아이를 격려하십시오.

 아이에게 파티 열어주기

큰아이가 갓난아기인 동생의 첫 번째 생일 파티를 준비하게 하십시오. 5-7세 된 아이는 도움이 될 수 있습니다. 이를테면 접시 받침이나 가족들 명찰 만들기, 장식하기, 종이 모자 만들기, 케익 굽는 일 돕기, 또는 낱말이나 그림들로 축하하는 생일 축하 깃발 만들기 등

큰아이는 또한 할머니와 할아버지께 케이크와 아이스크림을 가지고 오시도록 부탁할 수 있습니다. 아이에게 동생이 받은 케이크이나 선물들을 그려 생일 책을 만들게 하십시오.

"…너희가 여기 내 형제 중에 지극히 작은 자 하나에게 한 것이 곧 내게 한 것이니라"(마 25 :

40)는 성경 구절을 아이에게 설명해 주십시오.
우리가 아이처럼 작은 누군가를 위해서 무엇인가
할 때, 우리는 예수님 때문에 그렇게 한다고 말
해 주십시오. 또한 그것으로 인해 예수님께서 기
뻐하신다는 것도 첨가시키십시오.

몇 개의 작은 카드에 간단한 명령들을 기록하
십시오. 그것들을 바닥이나 탁자 위에 뒤집어 놓
아 아이가 한 개 골라잡을 수 있도록 해 주십시
오. 그리고 그것을 아이에게 읽어주어 명령을 수
행하도록 해 주십시오.

하트 모양으로 자르거나 여러 가지 색깔로 만
든 더욱 흥미 있는 카드를 만드셔도 좋습니다.

point 한마디!

자녀에게 순종의 첫걸음 가르치기

순종하는 아이의 모습은 실로 아름답습니다. 그 아이가 적극적이거나 유순하거나, 외향적이거나 수줍음을 잘 타거나 할지도 모릅니다. 하지만 그는 자신에게 권위 있는 누군가에게 명령을 받으면 순종합니다. 그의 반응은 일종의 공포나 프로그램되어 있는 어리석은 로봇과는 다릅니다. 그는 명령들에 찬성하며 순종적인 태도로 반응합니다. 정성들여 순종하는 것을 배운 아이는 행운아입니다. 그의 세계에는 질서와 안전이 있습니다. 왜냐하면 그는 더 크고 더 지혜로운 누군가가 자신을 관리하며 자신에게 영향을 끼치고 있다는 사실을 알고 있기 때문입니다.

그러나 우리는 순종을 가르치고 본을 보이며 격려해야만 합니다. 일부 아이들은 고분고분한 사람으로 가정에 태어나는 것 같습니다. 반면 일부 아이들은 그들의 부모님과 하나님으로부터 똑같이 사랑을 받는 데도 불구하고 억지부리며 고집스럽게 행동합니다.

우리는 어떤 아이도 "자녀들아 모든 일에 부모에게 순종하라…"(골 3 : 20)는 성경의 권고는 어떠한 정해진 나이에 순종하기를 시작하지 않는다고 확신할 수 있습니다. 6-7세쯤 되면 자기 뜻대로 하려는 태도가 너무나 확고히 형성되어 아이는 순종적인 태도로 변화하는 데 어려움을 많이 겪게 될 것입니다. 비록 아이 자신이 원한다 할지라도 말입니다. 그러므로 자녀가 어릴 때부터 우리의 말에 순종하도록 정성스럽고 주의 깊게 자녀를 훈련시키는 것은 우리의 책임입니다.

우리가 아이에게 순종의 첫걸음을 가르치는 목적은 어릴 때부터 아이가 우리말에 순종하게 하는 것입니다. 우리 목소리, 즉 우리의 말에 순종하도록 훈련시키는 것 말입니다. 성경의 많은 권고들에 "내 목소리에 순종하라", "내 말에 순종하라" 또는 "네 하나님 아버지의 목소리에 순종하라"와 같은 어구들이 포함되어 있습니다. 신명기 32:46-47에 의하면 "그들에게 이르되 내가 오늘날 너희에게 증거한 모든 말을 너희 마음에 두고 너희 자녀에게 명하여 이 율법의 모든 말씀을 지켜 행하게 하라 이는 너희에게 허사가 아니라 너희의 생명이니…" 라고 말했습니다.

우리의 목표는 자녀가 우리의 목소리, 즉 화를 내거나 협박을 해서가 아니라 단지 우리의 목소리에 순종하도록 훈련시키는 것이며, 더욱이 아이가 하늘에 계신 하나님 아버지의 목소리에 순조롭게 당연히 자진해서 순종하도록 준비시키는 것입니다.

 순종에 대한 공식

경험이 없는 부모들이 자신들의 어린아이가 순종하도록 하기 위해 실패가 입증된 3단계 쉬운 방법을 사용하지 않으려고 얼마나 애썼는지! 아이에게 건전하고 강한 자부심을 갖게 하면서 순종하도록 훈련시키는 것은 우리의 노력과 창조주의 지혜와 신성한 기술이 결합해야 하는 정교한 수술입니다. 하나님의 말씀에는 우리가 아이들에게 순종하는 것을 가르칠 때, 우리를 지도하는 많은 권고들과 보증의 내용들이 있습니다.

여기에 몇 가지 실제적인 지침들이 있는데 이것은 당신이 자녀를 훈련시킬 때 도움이 될 것입니다.

1. 금지하는 것들을 최소 한도로 줄이십시오. 아이가 탐구하고 조사할 수 있는 자유를 충분히 누리게 하십시오. 그러나 한계를 정해 놓으면 시종일관 확고하게 지키십시오.

2. 아이가 자신의 한계와 당신이 내린 명령의 의미를 이해하고 있는지 확인해 보십시오. 때때로 불순종은 부모님의 불충분한 의사 전달이나 아이의 이해 부족으로 일어납니다.

3. 진심에서 우러나오는 칭찬을 많이 하십시오. 필요할 때마다 아이의 미비한 점들을 아이에게 유리하게 해석해 주십시오. 어린애다운 실수들이

나 사소한 규칙 위반들로 아이를 꾸짖지 마십시오. 아이는 긍정적인 평가들로 인하여 자신만만하면서도 고분고분한 사람이 됩니다.

4. 되도록이면 자주 긍정적인 태도를 취하십시오. 대부분의 일들에 대해 "예!"라는 대답과 태도를 취하도록 노력하십시오.

5. 당신의 아이를 위해 체면을 지키십시오. 기왕할 수 있는 일이라면 다른 사람들 앞에서 아이를 난처하게 하지 마십시오. 개인적인 일을 자제하십시오.

6. 당신의 말을 통해 아이가 자기 자신을 말 잘듣고 상냥한 사람이라는 확신을 가질 수 있게 해 주십시오. 당신의 아이에 대해서 얘기를 나눌 때, 특히 아이가 그 대화들을 듣고 있을 때, 아이의 장점들을 강조하여 말하십시오. 자신의 미비한 행동이 다른 사람들에게 전해지는 것을 원하는 사람은 아무도 없습니다. 당신의 대화에서 이런 아주 흔히 쓰는 말들을 하지 않을 것을 맹세하십시오.

"그 애는 골칫거리야!"

"그 애는 정말 허풍선이야!"

"내가 그 애와 뭘 하겠니!"

"그 애는 나를 못살게 군다니까!"

"너는 그 애가 집에서 어떻게 하는지 한번 봐야 해!"

"정말이지 그 애 선생님께 미안하다니까!"

"그 애를 데리고 무슨 일을 하겠니!"

7. 아이가 당신의 말을 듣고 이해하고도 자기 멋대로 말을 듣지 않거나 그것들을 무시해 버리면, 아이가 순종하는 것을 도울 일을 시도하십시오. 그리고 필요하다면 아이에게 매를 드는 것을 주저하지 마십시오(잠 13 : 24 참고).

· 사랑 안에서 자제하며 가하는 매는 반항적이거나 도전적인 또는 일부러 말 안 듣는 행동을 위해서 마련해 두십시오.

· 자주 성내며 격렬하게 때리는 것보다 한번 때려 일대 사건을 만드십시오.

· 때리고 난 후에는 주저하지 말고 아낌없이 사랑과 애정을 표현하십시오.
아이를 끌어안고 사랑해 주는 것은 징계로부터 얻은 이점들을 망쳐 놓지 않을 것입니다.
아이는 그것으로 인하여 오히려 당신이 자신을 너무나 소중히 여기기 때문에 징계했다는 확신을 갖게 될 것입니다.

· 왜 때리는지 그 이유를 설명해 주십시오. 그리고 아이와 함께 하나님의 능력과 용서를 구하는 기도를 드리십시오.

· 아이에게 당신과의 풍성한 교제를 즉시 회복시켜 주십시오.

· 제재하기 위해 징계의 매를 사용하라는 성경의
권고를 아이를 학대하는 태도에 대한
변명으로써 사용하지 마십시오.
어떤 태도로든 아이를 학대하는 것은
하나님의 말씀과 본질에 위배되는 것입니다.

**"누구든지 나를 믿는 이 소자 중 하나를 실족케
하면 차라리 연자 맷돌을 그 목에 달리우고 깊은 바
다에 빠뜨리우는 것이 나으니라"**(마 18 : 6)

이 장에 나와 있는 활동들은 훈련에 대한 필요
를 배제하지 않을 것입니다. 오히려 그것들은 당
신이 어린아이에게 하나님에 대한 순종을 가르칠
때 긍정적인 영향을 끼치게 될 것입니다. 도움은
항상 하나님 아버지의 말씀에 완전하게 순종하셨
던 한 분으로부터만 얻을 수 있습니다.

**"…자기를 낮추시고 죽기까지 복종하셨으니 곧
십자가에 죽으심이라"**(빌 2 : 8)

갓난아기

 이 딸랑이를 잡아 주세요

갓난아기가 장난감을 몇 분 동안 계속 쥐고 있
을 수 있으면 이런 애정이 깃들인 명령을 해 보
십시오.

"이 딸랑이를 잡아 보아라, 팀!"

아기가 쉽게 잡고 있을 만한 예쁜 딸랑이를 아
기에게 건네주십시오. 아기가 장난감을 잡고 있
을 때, 당신에게 순종한 것을 상냥하게 칭찬해
주십시오. 그리고 훌륭하게 이루어낸 것에 대해
정말 자랑스럽게 여긴다고 말해 주십시오.

갓난아기에게 명령을 한다는 것이 낯설게 여겨질지도 모릅니다. 하지만 당신은 그것으로 인해 당신의 말에 순종하는 가장 초기의 터전을 마련하기 시작할 것입니다. 당신은 아기가 이미 성공적으로 행한 일을 수행하도록 훈련하고 있는 중입니다.

아기가 응하지 않을지라도 결코 아기를 호되게 꾸짖지 마십시오. 이런 훈련들은 단지 듣기 능력과 이해력의 초기 단계일 뿐입니다. 아기는 당신이 지금 무엇을 말하고 있는지 이해하지 못합니다. 하지만 머지 않아 이해하게 될 것입니다.

Introduce 우유 마셔요

아기에게 우유 먹일 준비를 할 때, 아기가 우유를 마시기 전에 말하십시오.

"우유 마셔, 다이안!"

아기가 먹고 나면 "하나님, 다이안이 우유를 먹게 해 주셔서 감사합니다." 라고 말하십시오.

처음에 당신은 갓난아기에게 이런 식으로 말하는 것을 어색하게 여길지도 모릅니다. 하지만 아기는 육체적인 굶주림이 충족될 때, 애정이 깃들인 당신의 목소리를 들으며 우유를 먹게 될 것입니다. 이내 이와 같은 대화들이 훨씬 자연스럽게 느껴질 것입니다.

당신이 명령을 말하는 목적은 아기가 당신의 목소리에 응하도록 조건짓는 것이기 때문에 아기가 기꺼이 먹을 것이라는 확신이 들 때에만 명령을 말하십시오. 당신은 아기가 달리할 수 없을 것이라는 확신이 들 경우에 "엄마"가 말한 것을 실행하도록 가르치기 위해 자연스런 활동들을 이용하게 될 것입니다.

Introduce 맛있는 음식 먹기

아기가 음식을 이미 먹어본 후라 당신은 아기가 그것을 좋아한다는 것을 알고 있습니다. 아기가 배고파할 때, 다정하게 아기에게 말하십시오.

"여기 맛있는 시리얼이 있단다. 조금 먹어 봐!" (당신이 자연스럽게 여길 수 있는 말들을 사용하십시오.)

아기가 먹고 있을 때, 정말 장하다고 말해 주십시오. 그리고 하나님께서 맛있는 음식을 주셔서 정말 기쁘다고 말하십시오. 아기가 먹지 않을지라도 아기를 꾸짖지 마십시오. 또한 아기가 거부했을 때, 굳이 먹이려고 고집부리지 마십시오. 갓난아기는 의식적으로 이해하고 순종할 수 없습니다.

당신의 목표는 순종하는 것이 습관이 되도록 가르치기 시작하는 것입니다. 아기가 비로소 당신의 말에 따르는 것이 제2의 성격이 될 때까지 애정을 품고 시종 일관 아기가 순종하도록 격려하십시오.

 ## 멍멍아, 달려!

이런 간단한 놀이를 통하여 아기에게 봉제 인형으로 순종을 시범 보이십시오.

"달려, 멍멍아, 달려!" 라고 말하십시오. 그리고 아기의 요람이나 놀이터 옆에서 봉제 인형을 달리게 하십시오. 그 다음 말하십시오.

"멈춰, 멍멍아, 멈춰!"

그리고 달리기를 갑자기 멈추게 하십시오. 그 명령들과 행동들을 되풀이하십시오.

그리고는 "좋아, 멍멍아. 잘했어!" 라고 칭찬하십시오.

아기가 조금 더 자라면 "굴러!", "멍멍 짖어!", "누워!" 등 더 많은 명령들을 첨가시키십시오.

 ## 순종 운동

아기의 팔과 다리를 천천히 움직여 주면서 아기에게 듣고 반응하는 것을 가르치십시오. 한번에 한 가지씩 명령하여 말하고는 아기의 팔을 들어 올렸다 천천히 내리십시오.

"손들어, 카리. 자 이제는 내려. 아가야. 다리 들어. 됐어. 이제는 내려."

몇 번이고 반복하십시오. 그런 후에 말하십시오.

"잘했어. 넌 지금 팔, 다리를 조금씩 뻗고 있는 중이야!"

 ## 잠자거라, 아가야!

아기를 침대에 눕히거나 팔에 안고 흔들어 주며 낮잠 재울 때, 애정을 기울여 말하십시오.

"잠자거라, 아가야. 엄마가 잠자라고 말하고 있네!"

이렇게 덧붙여 말해도 좋습니다.

"예수님께서는 네가 잠들기를 원하신단다. 엄마도 마찬가지야!"

솔직히 아기는 당신의 잠자라는 명령을 알아들어 순종할 수 없습니다. 아기가 응하지 않는다 할지라도 난폭하게 대하거나 꾸짖지 마십시오. 말을 하는 목적은 결국 아기에게 의미를 남기게 될 명령들을 알려 주는 것이어야 합니다.

 ## 저 예쁜 얼굴을 보세요!

아기용 안전 거울을 아기나 아장아장 걷는 아이 앞에 놓으십시오. 그리고 감탄하여 말하십시오.

"저 예쁜 얼굴을 봐! 아니, 저 애는 레이첼이잖아!"

당신이 거울에 비친 모습을 가리킬 때 아이의 두 눈은 당신의 손가락을 쫓을 것입니다.

"레이첼의 두 눈을 봐!" (거울에 비친 두 눈을 가리키십시오.)

"하나님께서는 레이첼이 두 눈으로 보도록 도와주신단다."

"레이첼의 코를 봐!" (코를 가리키십시오.)

"하나님께서는 레이첼이 냄새를 맡을 수 있도록 코를 만들어 주셨단다."

"그리고 레이첼의 웃고 있는 입을 봐! 하나님께서는 레이첼이 웃고, 먹고, 그리고 재미있는 소리를 낼 수 있도록 입을 주셨단다."

순종적인 아기는 정말 일찍부터 당신의 말에 귀를 기울이며 명령에 따르는 것을 배우고 있다는 사실을 잊지 마십시오. 아기는 이해하고 따르는 능력이 정말 한정되어 있습니다. 하지만 초기부터 순종적인 토대를 마련해 주어야 합니다.

Introduce 곰 인형을 쓰다듬어 주세요

봉제 인형을 아기 가까이에 놓으십시오. 아기에게 인형의 눈, 코, 귀, 입, 부드러운 털, 그리고 둥근 배에 대해서 이야기해 주십시오. 그리고 곰 인형을 쓰다듬어 주라고 말하십시오.

"곰 인형이 귀엽지 않니, 크리시? 엄마는 네가 인형을 쓰다듬어 주었으면 좋겠어."

서서히 아기의 손을 인형에 대어 주십시오. 몇 번이고 반복하십시오.

"곰 인형을 쓰다듬어 줘, 크리시. 부드럽지 않니?"

아기가 저항을 한다든가 손을 뒤로 물리면, 억지로 하려고 하지 마십시오. 그리고 아기가 쓰다듬어 주면 반드시 칭찬해 주십시오.

"착하기도 하지, 우리 아기!"

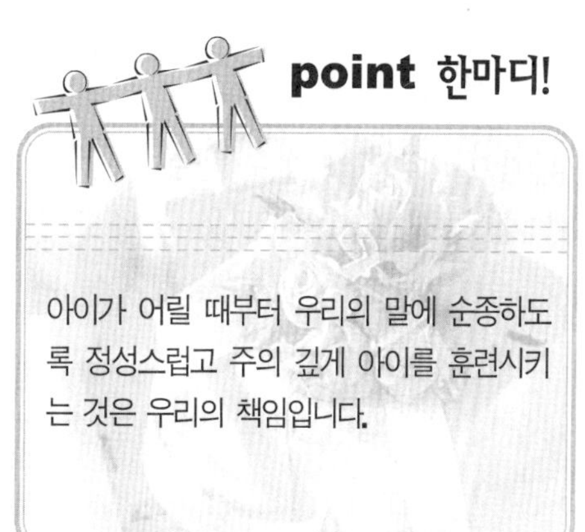

point 한마디!

아이가 어릴 때부터 우리의 말에 순종하도록 정성스럽고 주의 깊게 아이를 훈련시키는 것은 우리의 책임입니다.

걸음마하는 아이

Introduce 친절하게 말해 주세요

어린아이에게 명령을 할 때, 되도록이면 자주 "미안하지만", "감사합니다." 라는 말을 사용하십시오. 어른에게 하는 것같이 공손하게 말하십시오. 공손한 말은 아이가 말을 할 수 있기도 전에 아이 안에 숨겨진 어휘의 일부가 될 것입니다. 그리고 아이가 말을 할 수 있을 때, 당신이 아이에게 말했던 그 말들을 아이가 말하는 것을 듣고 기쁨을 느끼게 될 것입니다.

Introduce 이것 먼저 드세요

걸음마하는 아이에게 치즈 한 조각, 마른 시리얼 한 숟갈, 또는 크래커나 작은 과일 조각을 주십시오. 그리고 미소 지으며 말하십시오.

"이것 먼저 먹어."

음식을 다 먹고 나면, 다른 음식들로 바꾸어 주

며 "자, 이번엔 이것을 먹자!" 라고 말하십시오.

당신은 간식 시간을 자연스럽게 순종을 가르치는 시간이 되도록 할 것입니다. 또한 당신이 친절하게 말해 주고, 아낌없이 칭찬하며 웃어 주면 행복한 시간이 될 것입니다.

Introduce 귓속말

걸음마하는 아이들은 귓속말로 인한 친밀함과 소근거리는 소리를 재미있어 합니다. 아이에게 귓속말로 간단한 명령을 해 보십시오. 그리고 아이가 순종하면 귓속말로 아이를 칭찬해 주십시오. 아이가 이 활동을 재미있어 하는 것 같으면 한번에 하나씩 다른 명령들을 하십시오.

Introduce 순종 바구니

빈 빨래 바구니를 당신 앞에 놓으십시오. 아이에게 "책 한 권을 바구니 안에 넣으세요!" 라고 말하면서 바구니를 가리켜 주십시오. 아이가 그렇게 하면, 말하십시오.

"잘했어! 이제는 장난감을 바구니에 넣어 주세요!"

아이가 당신의 명령을 따를 때마다 칭찬해 주십시오. 아이가 스스로 하는 한 놀이를 계속하면서 아이가 알아보고 운반할 수 있는 물건들을 요구하십시오.

아이에게 당신도 예수님도 사랑스럽고 말 잘 듣는 너를 사랑한다고 말해 주며, 꼭 껴안아 주십시오!

Introduce 오자미 이중주

둥근 천 두 장을 콩이나 팝콘이나 마카로니로 가득 채울 틈만 남겨 놓고 전부 꿰매서 오자미들을 만드십시오. 오자미 속을 가득 채우면, 그 틈을 튼튼하게 꿰매십시오. 오자미를 두 개 만들어 한 개는 아이에게 주고, 다른 한 개는 당신이 가지십시오. 아이에게 당신이 하는 행동들을 그대로 따라하도록 명령하십시오.

당신과 아이가 각자 오자미로 즐길 수 있는 활동들이 몇 가지 있습니다. 이를테면 머리 위에 올려 놓기, 손바닥을 뒤집어 잡기, 발이나 마루 위에 얹어 놓기, 공중으로 던지기 등등.

"이거 정말 재미있구나! 하나님, 우리가 오자미로 재미있게 놀 수 있게 해 주셔서 감사합니다." 라고 말하십시오.

Introduce O는 순종을 나타내네

아이가 아침 식사로 O 모양의 시리얼을 먹고 있을 때, 스푼에 담겨 있는 O 하나를 아이에게 보여 주며 말하십시오.

"O는 순종을 뜻한단다, 쟈니. 순종은 엄마와 아빠가 말하는 것을 행하는 것이란다."

아이에게 이런 짧은 노래를 "델의 농부"의 노랫가락에 맞춰 불러 주십시오.

O는 순종이라네.
O는 순종이라네.
O는 해야 하는 일을 하는 것이라네.
O는 순종이라네.

Introduce 테이프에 귀를 기울이세요

취학전의 당신 아이가 듣고 알아들을 수 있는 사람들의 목소리로 명령조의 짧은 메시지들을 테이프에 녹음하여 잠시 들려 주십시오. 엄마는 이와 같이 말할지도 모릅니다.

"안녕, 샘! 엄마야. 나는 네가 나를 위해 어떤 일을 해 주기를 바란단다. 네 공을 주워 장난감 상자에 넣으면 좋겠구나. 고맙다."

메시지가 끝나면 테이프 돌리는 것을 멈추고 아이가 그 명령들을 실행에 옮길 수 있도록 도우십시오. 아빠는 이처럼 말할지도 모릅니다.

"안녕, 내 사랑! 아빠야. 나를 대신해서 엄마(또는 가족 중 다른 누구)에게 뽀뽀해 주겠니? 고마워!"

걸음마하는 아이에게 모든 명령에 순종한 것을 자랑스럽게 여긴다고 말해 주며 예수님 또한 기뻐하신다고 알려 주십시오.

Introduce 새끼 개구리야, 껑충 뛰어

좀더 자란 걸음마하는 아이에게 개구리가 되려고 한다고 이야기해 주십시오. 되도록이면 개구리 그림을 보여 주십시오. 하나님께서 개구리들에게 주신 튼튼한 다리에 대해 이야기하며 하나님께서 우리의 다리 또한 얼마나 튼튼하게 만들어 주셨는지 말해 주십시오. 초록색 종이로 물에 뜬 수련잎을 만든다거나 또는 마루에 베개를 놓고 베개에서 베개로 껑충껑충 뛸 수 있도록 만드십시오. 또는 그냥 가상으로 꾸며도 좋습니다.

아이에게 바닥에 두 손을 대고 쭈그리고 앉아 개구리처럼 껑충 뛰어오르는 방법을 보여 주십시오. 만일 수련잎들을 사용하고 있다면 그리고 아이가 따라할 만한 나이라면, 아이에게 어떤 수련잎이나 베개에서 그 다음 수련잎이나 베개로 껑충 뛰어넘으라고 명령하십시오. 아기가 껑충 뛰어넘고 있을 때 자주 말해 주십시오.

"껑충 뛰어라. 새끼 개구리야. 껑충 뛰어!"

순종이란 당신이 자녀에게 요구한 것을 행하고 있는 것임을 기억하십시오. 당신은 자연스럽고 재미있는 활동들을 통하여 당신의 명령들을 따르도록 자녀를 훈련시키고 있는 중입니다. 아이가 그 놀이에 싫증을 내면, 아이를 꼭 껴안아 주어

아이의 노력들에 보답하십시오. 아이에게 아주 말 잘 듣는 새끼 개구리이며 껑충껑충 아주 잘 뛰어넘는다고 말해 주십시오. 또한 하나님께서는 새끼 개구리들이 그들의 엄마가 말한 것을 행할 때 기뻐하신다고 일러 주십시오.

3-4세의 아이들

Introduce 가다가 멈춰!

방 건너편에 당신과 마주 보도록 아이의 위치를 정해 주십시오. 아이에게 "와라!"고 명령하십시오. 그러면 아이는 당신이 "멈춰!" 라고 명령할 때까지 당신 쪽으로 계속해서 걷거나 달려야 합니다. 아이가 당신께 도달해 안길 때까지 아이는 당신의 명령에 따라오기도 하고 멈추기도 해야 합니다.

아이가 재미있어 하는 것 같으면, 그 놀이를 되풀이하십시오. 다음 번에는 아이에게 기어오거나 껑충껑충 뛰어오도록 요구하십시오.

이 놀이를 빨간 신호등, 파란 신호등이라고도 부릅니다.

Introduce 내가 보고 있지 않을 때 순종하여라

"가다가 멈추기" 놀이와 똑같은 방식에 한 가지 변화를 주어 이 놀이를 하십시오.

아이에게 등을 보이고 서서 "가라!"고 명령하십시오. 멈추라고 말할 때, 아이가 당신이 한 명령에 따라 하고 있는 중인지 뒤돌아 알아보십시오.

아이에게 당신의 말에 순종하는 것은 당신이 말

하자마자 멈추기도 하고 가기도 하는 것이라 말해 주십시오(아이가 멈추려고 할 때, 흔들리는 것을 못 본 척 하십시오. 취학전 아이가 자신의 몸을 움직여 빨리 반응하는 것은 그리 쉽지 않습니다).

Introduce 올려다봐, 내려다봐!

이 활동은 반대 개념의 초보 지도일 뿐만 아니라 쉬운 순종 훈련입니다. 차를 타고 다니거나 진료 시간을 기다리거나 또는 해야 할 어떤 일이 필요할 때, 이 놀이를 할 수 있습니다.

아이에게 이들과 같은 명령들을 하십시오.

- 올려다봐라. 내려다봐라.
- 위를 가리켜라. 아래를 가리켜라.
- 행복한 표정을 지어라. 슬픈 표정을 지어라.
- 네 손을 내 팔 위로 끼워라. 네 손을 내 팔 아래로 끼워라(아이가 도움을 요청하면 당신 팔을 아이 앞에 내밀고 당신이 말한 것을 보여 주십시오).
- 아주 조용하게 손뼉을 쳐라. 아주 큰소리로 손뼉을 쳐라.
- "사랑합니다." 라고 천천히 말해라. "사랑합니다." 라고 빨리 말해라.

아이를 꼭 껴안아 주며 정말로 사랑한다고 말

해 주십시오. 그리고 당신이 말한 것에 순종하는 것은 착한 일이라 일러 주십시오.

Introduce 나무못 말판 순종

나무못 말판 또는 그와 비슷한 아이의 장난감이나 블록들을 갖고 두 가지 색깔의 나무못들을 번갈아 사용하여 짧은 줄을 만드십시오.

당신이 이루어 놓은 것에 대해 아이에게 이야기하십시오. 그리고 아이에게 상냥하게 요구하십시오.

"내가 만든 것과 똑같이 나무못들을 늘여서 줄을 만들어 주겠니?"

Introduce 순종 그림들

아이에게 정말 멋진 그림을 그릴 수 있게 해 주는 어떤 것들을 주려 한다고 말하십시오. 그리고 떨어뜨리는 것들을 빨아들일 수 있도록 아빠의 낡은 셔츠를 덧입혀 주거나 목 주변에 타월을 덮어 주십시오.

아이 앞에 있는 책상 위에 하얀 종이 한 장을 펴놓으십시오. 아이에게 작은 색소병과 투명한 안약 점적기를 건네주며 종이 위에 색소를 한 방울 떨어뜨리라고 말하십시오. 그 다음 빨대 한 개를 아이에게 주고 색소 방울을 향해 빨대를 불어대는 방법을 보여 주십시오.

아이에게 색소 색깔을 말해 주며 한번에 한 개씩 다른 색소병들을 주십시오. 그리고 그 방울들을 향해 빨대를 불도록 요구하십시오. 아이가 만든 그 그림은 당신도 아이도 모두 기쁘게 할 것입니다.

당신의 말에 순종했기 때문에 멋있는 그림을 그렸다고 아이에게 알려주며, 하나님도 당신도 기뻐하고 있다고 말하십시오.

Introduce 우리 손님을 정성스럽게 대접하자

손님들이 오기로 하면 손님들 맞을 준비를 아이가 거들 수 있게 해 주십시오. 아이가 실행할 수 있는 쉬운 명령들을 한번에 하나씩 하십시오. 수건을 걸어 놓거나, 새 비누를 담아 놓거나 또는 방에 꽃을 꽂아 놓도록 요구하십시오.

Introduce 경청하는 날

하루를 처음 시작할 때, 아이에게 그날 당신이 행하도록 요구하는 모든 것을 열심히 경청해야 한다고 말해 주십시오. 당신이 요구한 것을 자녀가 행할 수 있도록 격려하십시오. 그리고 아이가 순종하면 냉장고 문에 붙여 놓은 종이 포스터에 별이나 고무 스티커를 붙일 수 있게 해 주십시오.

원한다면 그것을 장식하십시오. 장식하지 않고

 자녀에게 믿음의 관계 가르치기

내버려두어도 괜찮습니다. 만일 고무로 된 별표 스티커가 바로 가까이에 없다면 아이에게 순종할 때마다 별 한 개를 그려 넣는 방법을 보여 주십시오.

그날을 마칠 때, 아이에게 말을 잘 들은 대가로 조그만 상을 줘도 좋습니다. 또한 아이의 행동으로 인해 당신과 예수님께서 기뻐하신다고 꼭 일러 주십시오.

소풍 준비를 해 주세요

아이가 혼자서 어떤 일을 성취할 때, 아이를 사랑하는 부모님이나 선생님으로부터 진심에서 우러난 칭찬을 듣는 것보다 더 아이의 자긍심을 길러 주는 것은 없습니다.

뒤뜰로 가는 소풍을 아이와 함께 준비하십시오. 아이가 혼자서 도시락을 싸는 데 필요한 물품들과 식품들을 모두 식탁에 늘어 놓으십시오. 아무리 어린아이일지라도 크래커 사이에 넣을 알맞게 썬 치즈 조각들을 끼울 수 있고, 빵에 마요네즈나 부드러운 땅콩 버터를 펴 바를 수 있습니다. 또한 무딘 나이프나 아이스크림 막대를 사용해 부드러운 과일을 자를 수 있고, 비닐 봉지에 포테이토 칩이나 쿠키를 담을 수 있습니다.

그 다음에는 모든 것을 바구니나 식료품 봉지에 담아 밖으로 가지고 나갈 수 있습니다. 또는 비가 와서 실내에서 소풍을 즐기게 되면 부엌에 돗자리를 깔고 음식을 차려 놓으십시오. 아이가 도시락을 쌀 때, 한번에 한 절차씩 상냥하게 명령하며, 그 절차들을 잘 따르면 맛있는 도시락이 될 것이라고 말해 주십시오. 그리고 아이가 잘

따라한 대가로 꼭 껴안아 주십시오.

Introduce 거울, 거울

아이에게 큰 거울 앞에서 자신의 모습을 바라보며, 자신의 두 팔을 움직일 때나 얼굴 표정을 달리 할 때, 어떤 일이 발생하는지 관찰하도록 명령하십시오. 거울 얼굴, 즉 거울에 비춰진 얼굴이 아이가 표정짓고 있는 것과 똑같이 짓고 있다는 것을 아이에게 가르쳐 주십시오.

다음과 같이 몇 가지 간단한 동작들을 해 보십시오. 두 손으로 박수 치기, 위아래로 껑충껑충 뛰기, 원숭이처럼 행동하기, 배를 문지르기, 양옆구리를 찰싹 때리기 또는 병정처럼 행진하기 등.

아이에게 거울 속에 나타난 표정처럼 지어보라고 요구하십시오. 또한 당신이 하는 것을 똑같이 함으로써 순종하도록 요구하십시오. 아이에게 "순종하다."라는 단어를 사용하여 순종은 실제적이고 재미있는 활동이라는 인상을 갖게 해 주십시오.

우리는 예수님의 거울들처럼 행동해야 하며 친절한 사랑이 담긴 일들을 해야만 한다고 아이에게 말해 주십시오.

Introduce 네가 인도하는 곳으로 나는 따라갈거야

"대장을 따르라!"는 놀이처럼 이 놀이를 하십시오. 하지만 놀이를 할 때, 그 놀이에 제시된 명령들을 사용하지 마십시오. 대신에 당신이 하는 것을 따라하도록 아이에게 말하십시오. 마당이나 집을 둥그렇게 돌아가며 껑충껑충 뛰기, 외발로 뛰기, 두 팔 흔들기, 머리 두드리기 등 아이가 따라 할 수 있는 행동들을 취하십시오.

대장이 되는 것을 교대로 하고 놀이를 끝마칠 때, 무릎을 꿇어 아이와 같은 눈 높이가 되어 아이의 두 눈을 똑바로 쳐다보십시오. 사랑스럽게 꼭 껴안아 주며 말하십시오.

"하나님께서는 우리가 하나님이 인도하는 곳으로 따라가기를 원하신단다. 우리는 항상 하나님을 따라야만 해!"

Introduce 순종 기차

되도록이면 기차에 대해서 아이에게 얘기해 줄

때, 기차 그림을 보여 주십시오. 기차의 모든 부분이 기관차를 뒤쫓아야 하는 이유를 설명해 주십시오. 유개 화차들은 어느 방향으로 가고 싶든 그 선로를 벗어날 수 없습니다. 만일 벗어난다면 더 이상 그것들은 기차가 되지 못합니다.

당신은 기관차, 아이는 당신 손목을 잡은 유개 화차가 되어 기차 놀이를 하십시오. 아이는 **칙칙폭폭, 땡땡,** 그리고 승차 준비, 완료 소리를 흉내 내며 당신이 움직일 때, 뒤쫓아야만 합니다.

놀이를 할 때, 이런 짧은 동시를 되풀이하면서 아이가 함께 할 수 있도록 격려하십시오.

칙칙폭폭, 칙칙폭폭, 빵
예수님께서는 내가 순종하기를 원하셔.

 ## 보이지 않는 줄

아이와 함께 쇼핑하러 갈 때, 밖에서 산책할 때, 또는 집에서 이 놀이를 할 때, 보이지 않는 줄을 가지고 있다고 아이에게 말해 주십시오. "보이지 않는" 이란 말은 "볼 수 없다."는 것을 뜻한다고 설명해 주십시오. 당신이 한 쪽 줄을 잡을 때, 아이에게 다른 쪽 줄을 꽉 잡도록 요구하며 그것은 길을 잃지 않도록 지켜줄 것이라고 말해 주십시오.

놀이를 한 후, 눈에 보이지 않는 그 줄로 줄넘기하는 시늉을 하십시오. 그 다음 아이가 줄넘기하도록 그것을 아이에게 건네주십시오. 그 줄은 또한 팽팽하게 맨 줄이 될 수 있고 무엇으로 사용하건 순종적인 아이에게만 사용해야 합니다. 이를테면 줄타기 곡예사는 줄 위에서 균형잡고 있기 위해서 아주 열심히 노력해야 하기 때문입니다.

 ## 귓속말에 순종하여라

다음과 같은 즐거운 명령들을 아이에게 귓속말 하십시오.

"존, 책을 찾아와. 그러면 책을 읽어 줄게!"

"욕실 서랍에서 엄마 거울을 찾아와. 그러면 멋있는 것을 보여 줄게!"

(아이에게 그 자신의 얼굴을 보여 주며 보이는

대로 아이를 칭찬해 주십시오. "하나님께서 너에게 그런 아름다운 갈색 눈을 주셨구나, 존!" 또는 "하나님께서 너에게 행복하게 웃는 입을 주셔서 정말 좋구나, 존!")

하나님께서 엄마나 아빠에게 순종하도록 도와주셔서 정말 기쁘다고 아이에게 귓속말로 말해 주십시오. 그리고 성경 구절, "자녀들아 너희 부모를 주 안에서 순종하라. 이것이 옳으니라!"를 아이 귓속에 속삭여 주며, 아이에게 순종하고 있다는 것을 알려 주십시오.

Introduce 영창과 노래

예수님, 예수님,
순종할래요!
예수님, 예수님,
정말 순종할래요!

예(멈춘다) 수(멈춘다) 님 —
순(멈춘다) 종 할래요!

"캠프타운 경주"의 노랫가락에 맞춰 :

나는 주 하나님께 순종할래요.
정말이에요, 주님!
나는 주 하나님께 순종할래요.

오, 정말이에요. 제가 할래요!

"잠자고 있나요?"의 노랫가락에 맞춰 :

(엄마) 아가야 어디 있니?
아가야 어디 있니?
누가 순종할래?
누가 순종할래?

(아이) 정말 기쁠 거예요!
정말 기쁠 거예요!
제가 할래요!
제가 할래요!

Introduce 순종 목걸이

아침 식사로 O모양의 시리얼을 주며, 아이에게 O는 "순종하라!"를 뜻한다고 말해 주십시오. 순종은 엄마와 아빠가 말한 것을 실행하는 것을 뜻한다고 설명해 주고 아이에게 한쪽 끝에 테이프를 두른 구두끈이나 뜨개실을 O모양으로 만들게 하십시오.

목걸이로 그 완성된 작품을 아이 목에 매어 주며, 순종은 하나님을 많이 기쁘시게 하고 엄마와 아빠를 아주 행복하게 한다고 아이에게 일러 주십시오.

말 잘 듣는 올리
(Ollie; 올리버의 애칭)

순종할 때, 행복해질 것이라는 진리는 아이에게 순종하도록 동기 부여하는 데 도움이 되는 중요한 생각입니다.

점심이나 간식을 먹는 접시에 "말 잘 듣는 올리"를 만드십시오. 그의 몸은 통조림 복숭아나 배 반쪽을 편편한 면으로 눕혀 만들 수 있습니다. 팔과 다리는 당근이나 샐러리의 줄기로, 머리는 삶아서 딱딱해진 달걀로 만들 수 있습니다. 그는 피망이나 무 조각 입, 건포도나 올리브 눈, 그리고 알파파 싹 머리를 가질 수 있습니다. 되도록이면 행복한 모습으로 만드십시오.

말 잘 듣는 올리버는 배 몸통 위에 상추 잎 스커트를 입혀 만들 수 있습니다. 비벼 부스러뜨린 치즈나 연하고 흰 치즈로 된 머리를 만들 수도 있습니다. 올리든, 올리버든 그날 냉장고에 들어 있는 물품을 무엇이든 사용하여 만들 수 있습니다.

아이가 자신의 점심 친구를 맛있게 먹을 때, 당신에게 아이가 순종을 아주 잘한 경우들에 대해 즐겁게 얘기해 주며 당신이 정말 기뻐하고 있다는 것을 알려 주십시오.

쿵쿵, 딸랑딸랑, 찰칵찰칵

아이와 함께 경청하여 순종하는 놀이를 하십시오. 뚜껑 2개, 스푼 2개, 종 2개 그리고 젓가락이나 연필 4개가 필요합니다.

"이것은 드럼 소리와 비슷해 쿵, 쿵하는 소리가 나(스푼으로 뚜껑을 두드려서 증명하십시오). 이것은 종이야. 딸랑딸랑 소리가 나지(종을 울리십시오). 이것들은 리듬 막대기들이야. 찰칵찰칵

소리가 난단다(막대기들을 모아 찰칵 소리나게 하십시오). 이제 듣고 따라해 봐. 준비됐지?"

악기들을 나누어 가지십시오. 당신과 아이 각자 뚜껑 1개, 스푼 1개, 종 1개, 막대기 2개를 가지고 아이와 등을 맞대고 앉으십시오. 악기를 연주하고 아이에게 당신을 따라 똑같은 소리를 연주하도록 요구하십시오. 아이가 연주할 때 "너는 정말로 열심히 듣고 있구나. 바바라!"라고 말하십시오.

"런던 다리"의 노랫가락에 맞춰 이런 짧은 노래를 부르면서 원한다면 악기를 연주하십시오.

예수님은 순종을 원하셔.
하루 종일, 하루 종일
예수님은 순종을 원하셔.
예수님 말 들어야 해? **그럼요!**
(마지막 말을 크게 외치십시오)

 ## 듣고 행하세요

당신이 들려줄 음악에 귀를 기울이라고 아이에게 말해 주십시오.

음악이 요란하면 당신은 아이가 손뼉치기를 원할 것입니다. 또한 음악이 고요하면 아이가 손가락을 입에 대고 "쉬" 라고 말하기를 원할 것입니다. 큰소리와 고요한 소리가 뒤섞여 있는 음악을

고르십시오. 또는 음량 조절기로 자유롭게 조정하여 음악 소리를 크게 하거나 작게 하거나 하십시오.

아이가 음악에 맞춰 반응한 후, 당신이 듣고 순종할 수 있도록 아이에게 테이프나 레코드 플레이어를 조절할 수 있게 해 주십시오.

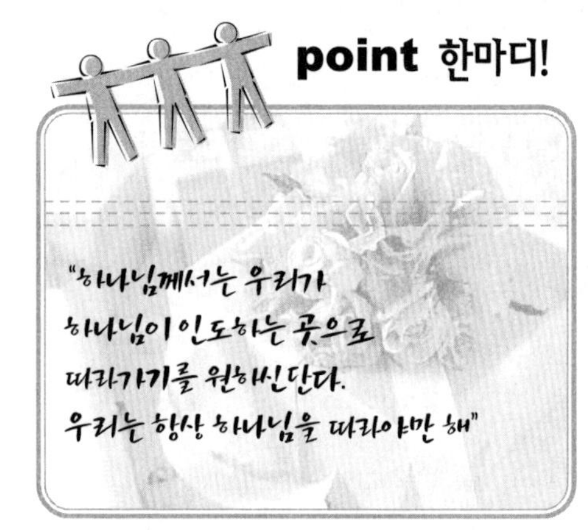

point 한마디!

 자녀에게 믿음의 관계 가르치기

5-7세의 아이들

 ## 준비, 자세, 출발

자녀에게 아이는 병사이고, 당신은 지휘관이라고 말해 주십시오. 지휘관이 병사에게 행할 것을 명령하면 병사는 그에게 복종해야 한다는 것을 설명해 주십시오.

아이가 병사처럼 당신 앞에 서 있을 때, 명령을 한 가지 하십시오. 아이는 주의 깊게 듣고 당신이 말할 때만 앞으로 전진해야 합니다.

"준비…앞으로 가!"

정확하게 따라한 것에 대해 아이를 칭찬해 주며, 더 어려운 명령에 따를 준비를 하라고 말해 주십시오. 이번에는 아이가 지휘관이 되기 전에 두 가지 명령을 하여 순종하게 하십시오. 아이는 곧 동시에 세 가지 명령에 순종할 준비를 하게 될 것입니다.

그리고 반드시 아이가 말을 잘 들은 것에 대해 칭찬해 주며, 하나님께 순종하는 것이 정말 중요하다고 말해 주십시오.

교통 순경

빨간색과 초록색 색판지로 교통 표지판을 만들 때, 아이가 도울 수 있게 해 주십시오. 종이를 10-12Cm 정도의 크기로 둥글게 잘라, 적당한 색깔의 표지에 "서라!"와 "가라!"의 말을 적으십시오. 그리고 그 원들을 납작한 막대기나 자에 붙이십시오. 표지 한 개만 만들어 한쪽 면에는 빨간색을 다른 쪽 면에는 초록색을 붙여도 괜찮습니다.

아이는 경찰관 시늉을, 당신은 도로에서 차를 운전하고 있는 시늉을 하십시오. 모터 소리를 내며 핸들을 돌리십시오. 그리고 아이가 들고 있는 교통 표지판에 맞춰 멈추어 서기도 하고 출발하기도 하십시오. 운전 기사와 경찰관의 역할을 바꾸어 놀이를 해 보십시오.

만일 눈에 보이는 자동차를 운전하고 싶다면

마분지나 포스터지에 간단한 자동차 그림을 그리고 교통 표지에 맞춰 그것을 당신 팔 밑이나 당신 앞에서 운전하십시오.

Introduce 조심성 없는 어린 꼬마

배우로서 손가락 장난감이나 봉제 인형을 사용하여 "조심성 없는 어린 꼬마"에 대한 간단한 대화체의 글을 만드십시오.

아이에게 조심성 없는 어린 꼬마는 자기 엄마와 아빠의 말을 듣는 것이 중요하지 않다고 생각한다는 것을 말해 주십시오.

그는 순종에 대해 주의를 기울여야 할 만큼 많이 주의하지 않았습니다. 그래서 그런 이름을 얻게 되었습니다.

그 꼬마가 약을 먹지 않거나 재킷을 입지 않거나 장화를 신지 않거나 해서(손가락 장난감의 머리를 흔들어 "아니오" 라는 표시를 하십시오.) 심하게 아프다는 것을 보여 주십시오(건강이 좋지 않은 것처럼 장난감을 옆으로 넘어뜨리십시오). 그가 애완 동물들에게 먹을 것을 가져다 주지 않아서 그들이 달아나고 있습니다(인형의 팔짱을 끼워 주고 아이를 향해 등을 돌리게 하십시오. 그 다음 울고 있는 시늉을 하십시오).

그리고 그는 수업 중에 선생님의 말을 듣지 않아 선생님의 질문에 대답할 수 없습니다(두 손으로 인형의 귀를 막고 쩔쩔 매는 것처럼 머리를 흔들어 주십시오).

"조심성 없는 어린 꼬마"와 "주의 깊은 어린 꼬마"를 비교하십시오. "주의 깊은" 이라는 이름에 알맞게 인형을 반응시키는 상황을 되풀이해 보십시오. "주의 깊은 어린 꼬마"가 순종했을 때, 인형을 위아래로 껑충껑충 뛰며 손뼉치게 만들어 행복하다는 것을 보여 주십시오.

Introduce "기록되어 있는 것을 행하세요" 카드

몇 개의 작은 카드에 간단한 명령들을 기록하십시오. 그것들을 바닥이나 탁자 위에 뒤집어 놓고 아이에게 한 개 골라잡게 하십시오. 그리고 그것을 아이에게 읽어 주어 명령을 수행하게 하십시오.

하트 모양으로 자르거나 여러 가지 색깔로 더욱 흥미 있는 카드를 만드셔도 좋습니다.

Introduce 왕 그리고 신하

5-7세의 아이들은 역할극과 흉내내기를 좋아하는데, 특히 당신이 함께 연극에 참여할 때, 더욱 좋아합니다.

당신은 훌륭한 왕이 될 것이고, 아이에게 당신의 종이 되었으면 좋겠다고 말해 주십시오. 의자

 자녀에게 믿음의 관계 가르치기

위에 색깔이 고운 타월을 덮어 왕좌를 만들고 긴 손잡이가 달린 스푼으로 멋있는 홀을 만드십시오.

아이가 당신에게 다가올 때, 정중하게 인사하도록 가르치십시오. 또 아이에게 한두 가지의 간단한 명령을 하여 따르게 하십시오.

당신의 순종적인 신하로서 아이가 훌륭히 반응한 후, 아이의 역할을 바꾸어 주어 아이가 당신에게 명령을 하도록 해 주십시오.

성경 속에 훌륭한 임금님들과 함께 나쁜 임금님들도 있다는 것을 말해 주십시오. 훌륭한 임금님들은 하나님께 순종했던 사람들이었습니다. 아이에게 그는 신하가 되는 방법 또한 알고 있기 때문에 훌륭한 왕이라고 말하십시오.

Introduce 손님께 순종하세요

다음과 같은 간단한 소품들을 사용하여 아이와 함께 식당 놀이를 하십시오. 식탁 세트, 식탁 중앙에 놓은 장식물, 종이를 접어 만든 메뉴판 등 그러나 상상력만 발휘하여 놀 수도 있습니다.

먼저 당신이 손님이 되십시오. 그리고 아이를 주문을 받아적을 연필과 종이철을 손에 들고 있는 웨이터나 웨이트리스로 삼으십시오.

아이가 당신의 요구에 순종하는 시늉을 하게 하십시오. 가령 마실 물이나 깨끗한 포크 가져오기, 식탁의 초에 불 붙이기, 프렌치 프라이에 발라먹을 케첩 가져오기, 냉차를 더 따라 주기 등.

역할을 바꾸어 당신이 아이의 요구에 공손하게 "예, 손님." 하고 대답하는 순종적인 웨이터가 되십시오.

그 놀이를 끝마칠 때, 아이에게 실제 생활에서 순종하는 것이 정말 중요하다고 생각하는지 물어보십시오.

만일 아이의 흥미를 일으키는 것 같으면 다음과 같은 몇 가지 질문들을 함으로써 계속 토론하십시오. "왜 순종해야 하는 걸까?", "누구에게 순종해야 하는 걸까?" 또는 "순종하면 어떤 기분이 들까?" 등 우리가 순종하는 것은 하나님께서 그것이 옳다고 말씀하셨기 때문이며, 호감이 가는 친절한 사람이 되기를 원하기 때문이며, 또한 그것으로 인해 행복해지기 때문이라고 강조하십시오.

Introduce 순종 짝짓기

두 개의 식료품 봉지를 나란히 놓으십시오. 봉지마다 아이 손보다 약간 더 큰 구멍을 만들고 각 봉지에 동일한 물건들을 담으십시오. 포크, 스푼, 실패, 연필, 둥글게 만 양말 또는 당신 가까이에 있는 것이면 무엇이든 사용하십시오. 아이에게 봉지 한쪽의 구멍에 손을 넣어 그 안에 들어 있는 물건 하나를 찾으라고 말하십시오. 다음 명령을 잘 듣고 순종하도록 요구하십시오.

"이제는 다른 주머니에서 똑같은 물건을 찾아봐. 찾았다고 생각하면 양쪽 주머니에서 물건을 꺼내. 그러면 네가 옳게 찾았는지 알아볼 수 있을거야!"

아이가 물건들을 모두 짝맞출 때까지 그 놀이를 계속하십시오. 원한다면, 이 놀이를 사용하여 왼쪽 손과 오른쪽 손이 동일하다는 것을 강조해 주셔도 좋습니다.

잘 듣고 훌륭히 따라했다는 것을 아이에게 반드시 말해 주십시오. 순종은 하나님께도 당신에게도 중요하다는 것을 아이에게 일러주십시오.

순종 꽃

씨앗이나 묘목이나 한창인 꽃을 아이와 함께 심는 동안 순종하는 경험을 만들어 내십시오.

아이의 듣기 능력을 향상시킬 것이며, 아이는 듣기, 순종하기, 즐거운 경험하기 그리고 훌륭한 결과를 즐거워하기의 사이에 서로 관련이 있다는 것을 깨닫기 시작할 것입니다.

심는 절차를 몇 개의 단계들로 나누십시오. 심을 화분이나 장소 선택하기, 구멍 파기, 거름 주기, 구멍에 묘목 넣기, 흙 덮기, 그리고 물 주기.

명령들을 쉽고 재미있게 하십시오. 아이가 하는 동작마다 바로 잡아 주려는 충동을 참으십시오. 처음부터 잘하는 사람은 아무도 없습니다. 이와 같은 활동들은 아이의 자긍심을 향상시키든 손상시키든 합니다.

인내심이 충분하게 되어 있을 때, 일단 심기 계획을 세우십시오. 아이에게 순종을 가르치며 당신과의 관계를 강화시키는 이런 소중한 시간이 잘 손질된 화단보다 더욱 중요하다는 것을 잊지 마십시오.

순종할래요

"엄마, 제가요?"의 놀이와 같이 방이나 마당 저쪽에 서 있는 아이와 마주보고 이 놀이를 하십시오.

아이가 당신에게 오기 위해 취해야 할 몇 종류의 절차들(한 발로 뛰기, 기어오기, 거인 흉내내기, 두 발로 깡총깡총 뛰기 등등)과 실행 횟수에 관해 말해 주십시오. "순종할꺼니?" 라고 물음으로써 각 명령을 끝내십시오.

아이는 "순종할래요." 라고 응답합니다. 그리고 당신이 명령한 것을 하면서 앞으로 나아갑니다. 아이가 당신에게 도착하면, 꼭 껴안아 주거나 또는 박력 있게 악수하며 아이에게 말을 잘 들어서 정말 자랑스럽다고 말해 주십시오. 순종하는 것은 재미있고 또한 하나님을 기쁘시게 한다고 말해 주십시오.

 ## 명령을 회전시켜라

아이들의 놀이에 스피너(프로펠러 끝에 다는 유선형 캡)를 이용하십시오. 또는 마분지나 포스터지로 그것을 만들고 원 중앙에 있는 화살표를 종이 쥠쇠로 느슨하게 고정시키십시오. 원의 테두리 주위에 간단한 명령들을 적으십시오. 아이와 교대로 화살표를 회전시키며 그것이 지정하는 활동을 수행하십시오. 당신이 포함시킬 만한 몇 가지 명령들이 있습니다.

· 당신 머리를 3번 두드리십시오.
· 친구와 악수하십시오.
· 가장 아름다운 목소리로 예수님에 관한 노래를 부르십시오.
· 예수님께 사랑한다고 말하십시오.
· 누군가에게 윙크하십시오.
· 손뼉을 5번 치십시오.

 ## 순종 볼링

속이 비어 있는 원기둥 모형의 포테이토 칩이나 테니스 공 용기들을 3개 모으십시오. 여러 가지 색깔의 색판지로 그것들을 싸십시오. 용기 색깔과 같은 성경 구절 서표들을 3개 만들어 순종을 가르치는 성경 구절에 그것들을 끼워 놓으십시오. 종이로 싸인 용기들은 볼링핀처럼 몇 십 Cm 떨어뜨려 놓고 캔들 사이는 대략 20Cm 정도 간격으로 띄워 두십시오.

아이에게 공 1개로 한번에 용기 1개를 쓰러뜨리도록 명령하십시오. 아이가 성공할 때마다, 성경책에서 용기 색깔과 똑같은 서표를 찾도록 아이에게 요구하십시오. 아이에게 그 구절을 읽어주며 하나님께서 순종에 대해 어떻게 말씀하시는지 아주 쉽게 설명해 주십시오. 이런 성구들을 사용하셔도 좋습니다(출 20:12; 잠 3:1, 12, 4:1, 20; 잠 7:1; 엡 6:1; 골 3:20).

 ## 순종 퍼즐

어린아이가 친절한 행동을 하고 있거나 일을 하고 있는 그림을 찾으십시오. 또는 하나님께서 명령하셨던 것에 순종했던 성경 인물의 그림을 사용하십시오. 그 그림을 마분지나 포스터지에 붙여 퍼즐 모양으로 자르십시오. 그런 후에 아이가 퍼즐을 구성할 수 있는지 확인해 보십시오.

아이가 퍼즐을 만들면, 그림에 대해서 이야기를 나누십시오. 그리고 하나님께 순종하는 것은 정말 중요하다고 말해 주십시오.

Introduce 불을 꺼!

재빨리 불을 껐다가 켜면 방 주변에서 깨어나기 시작하라고 아이에게 말하십시오. 아이가 있는 곳에서, 그것이 발생하면 즉시 꼼짝 못하고 있어야만 합니다. 당신이 말하는 것을 잘 듣고 그것을 행하라고 말하십시오. 당신은 아이에게 다음과 같은 것들을 명령할지도 모릅니다. 구부려서 발가락을 만져라, 머리를 긁어라, 손으로 귀를 잡고 흔들어라, 진공 청소기로 청소하는 것처럼, 세수하는 것처럼, 기도하는 것처럼 행동하라, 기타 등등.

불을 켰다, 껐다하는 놀이를 몇 번 되풀이하십시오. 그 다음 아이가 당신에게 몇 번 명령하도록 해 주십시오. 조화가 잘 이루어진 어른이 되기 위해서는 아이가 명령을 주고 받는 것 둘다 필요로 할 것입니다. 아이에게 이 놀이를 둘다 연습할 수 있게 해 주십시오.

Introduce 해방되었네!

이 나이의 아이들은 흉내내기를 좋아합니다. 아이가 걸어서 진흙 투성이의 숲을 통과하고 있는데, 그것을 알기도 전에 진창에 빠져 있는 연기를 하도록 아이에게 말해 주십시오. 아이와 함께 그것을 실행해 보십시오.

당신은 나올 수 있도록 도와줄 것이라고 아이에게 말하십시오. 하지만 당신의 명령들에 아주 주의 깊게 순종해야만 합니다. 그리고 아이에게 가상의 줄을 던져 주며 꽉 잡으라고 말하십시오. 오른쪽 다리를 끌어당겨 주고 그 다음에 왼쪽 다리를 끌어 주십시오. 아이는 어느새 진흙에서 빠져나와 있습니다. 부모님이여 이제는 당신들이 빠질 차례예요!

Introduce 표지에 적힌 대로 하세요

아이의 등에 "○○처럼 행동하라(친숙한 동물)"는 명령을 전달하는 종이 1장을 붙이십시오.

아이에게 다음과 같이 "예"나 "아니오"로 간단하게 대답할 수 있는 질문들을 하도록 명령하십시오.

이 동물은 사납습니까?
이 동물은 큰소리를 냅니까?
이 동물은 작습니까?
이 동물은 고기를 먹습니까?

아이가 그 동물을 알아맞힐 때까지 힌트를 첨

 자녀에게 믿음의 관계 가르치기

가시켜 주어도 좋습니다. 그 다음 아이는 그 동물이 일반적으로 하는 것처럼 행동하며 소리를 내야 합니다.

아이가 순종을 잘한 것과 훌륭한 연기 능력을 칭찬해 주십시오. 하나님께서는 동물들이 사람에게 순종할 때, 기뻐하시며(창 1 : 26은 우리가 그들을 다스리라고 말한다), 또한 우리가 하나님께 순종할 때, 정말 기뻐하신다고 말해 주십시오.

Introduce 무엇인지 알아 맞춰라

아이에게 당신이 갖고 있는 종이 봉지에 4가지 물품들이 들어 있다고 말해 주십시오. 그리고 1개씩 꺼내면서 그것을 가지고 아이가 무엇을 해야만 하는지 말해 주십시오.

·주걱과 콩 : 넓적한 주걱에 콩 1개를 올려놓고 방 저쪽으로 나르고 다시 떨어뜨리지 않고 돌아오도록 명령하십시오. 만일 콩이 주걱에서 떨어지면, 그것을 다시 올려놓고 뒤로 삼보 물러난 후 앞으로 가야만 합니다. 아이가 지정된 결승선에 도착하면 순종한 것에 대해 칭찬해 주십시오.

·작은 오렌지나 공 : 턱 밑으로 오렌지를 잡는 방법을 보여 주십시오(또는 아이가 오렌지를 잡고 있지 못하면 무릎 사이에 끼우십시오.) 그리고 그 자세로 방 저쪽으로 걸어가십시오. 그것은 어려운 기술이었다고 말해 주며 순종하기 어려울 때마저 순종한 것이 자랑스럽다고 칭찬해 주십시오.

·1센트짜리 동전이나 다른 잔돈 : 아이의 코에 동전 1개를 올려 놓으십시오. 그것을 방 저쪽으로 운반했다가 다시 돌아와 결승선에 있는 그릇에 떨어뜨리도록 명령하십시오. 순종적으로 일을 잘 끝낸 것에 대해 아이의 코에 뽀뽀해 주십시오. 장난칠 때, 순종을 잘하는 아이는 심각한 경우에도 또한 순종을 잘할 수 있다고 설명해 주십시오. 또한 그것은 엄마도 하나님 아버지도 기쁘게 하는 일이라고 말해 주십시오.

Introduce 노아는 말을 잘 들었습니다

창세기 6-9장까지 나온 노아 이야기를 들려주

십시오. 하나님의 명령에 아무도 순종하지 않을 때조차도 노아는 순종하였다는 것을 강조하여 말하십시오.

소파로 "방주"를 만들고, 노아 이야기를 실행해 보십시오. 비록 당신은 몇 종류의 인형들을 한 개씩만 가지고 있을지라도 모든 동물이 두 마리씩 있었다고 아이에게 말해 주십시오. 아이가 역할을 맡고 있는 노아를 부르는 하나님의 경건한 목소리를 당신이 내십시오(진지하게 하십시오!).

이렇게 말하십시오. "내가 부탁한 것을 따르겠니?" (노아는 "예" 라고 대답한다)

아이에게 방주를 만들 나무를 많이 가져오라고 말하십시오(아이는 순종합니다).

널빤지들을 모아 못을 박아 배를 만들라고 명령하십시오(아이는 망치질하는 척 합니다).

배가 새지 않도록, 노아에게 배 안팎에 타르(나무·석탄 등을 건류하여 얻는 검은 색의 기름 같은 액체 : 역자)를 칠하도록 요구하십시오. 완성되면, 노아가 하나님께 순종했던 것이 정말 잘한 일이며, 우리도 항상 그렇게 해야 한다고 아이에게 말해 주십시오.

 ## 교실 순종

아이들은 대개 학교 놀이를 좋아하는 데 특히

당신이 자녀들과 함께 가짜 교실에 있으면 더욱 좋아합니다. 가령 교실이나 주일학교에 모여 있는 척하십시오. 아이와 몇 개의 봉제 인형들로 학생들을 삼고, 당신은 선생님이 되십시오. 학생들에게 다음과 같은 명령을 하십시오. "연필을 꺼내세요."

"자기 이름을 적으세요."

"일어나세요"

"한 줄로 서세요."

아이가 말을 잘 듣는 것에 대해 칭찬해 주십시오. 만일 아이가 당신이 원하는 만큼 명령에 순종하고 있지 않으면, 아이가 선생님께 순종하는 것이 정말 정말 중요하다는 것을 알고 있는지 확인하고 그 놀이를 그만두십시오. 아이가 흥미를 잃으면, 즉시 그 놀이를 중지시키십시오. 아이가 휴식 시간에 밖으로 나가게 하든가 또는 공부 시간에 순종을 잘한 것에 대한 보상으로 교실 안에서 아이와 함께 놀아 주십시오.

 ## 영창과 노래

나는 두 귀로 들을꺼야(귀에 두 손을 갖다 댄다). 그리고 마음 속으로 말할꺼야(가슴에 손을 댄다).

"나는 엄마 아빠가 부탁한 ○○○을 할꺼야(결연히 손가락을 흔들어라) 오늘○○하루○○종일!"

(단어들을 발음할 때마다 손뼉을 쳐라.)

아침에 나는 엄마 말을 따를거야.
저녁에 나는 아빠 말을 따를거야.
날마다 나는 부모님 말을 따를거야.
부모님을 따르는 것이 옳기 때문이야!

부모인 당신에게 아이가 이렇게 말하도록 가르치십시오. 그리고 이따금 잠자기 전에 기도로써 암송해 보도록 가르치십시오.

"런던 다리"의 박자에 맞춰 :

순종할 말씀, 예수님 말씀(엄마, 아빠)
정말 따를래!
정말 따를래!
순종할 말씀, 예수님 말씀,
아빠(엄마)를 따를래!

"델의 농부"의 노랫가락에 맞춰 :

나는 엄마를 따르고 싶어.
그럼 아주 기분이 좋아져.
해야 할 일들을 하면서
하루를 보내고 싶어!

순종 낙지

낙지 그림을 색판지만큼 크고 간단하게 그리십시오. 낙지가 웃고 있는 얼굴을 그리십시오. 그리고 낙지의 8개의 다리에 아이가 수행할 수 있는 순종적인 행동의 특징을 기록하십시오. 매일 밤, 적당한 낙지 다리 위에 스티커나 별을 아이가 붙이게 하십시오. 다음 문장들을 사용하셔도 좋습니다.

· 나는 엄마 말씀을 잘 들었습니다.
· 나는 아빠 말씀을 잘 들었습니다.
· 나는 선생님 말씀을 잘 들었습니다.
· 나는 아이 돌보는 사람의 말씀을 잘 들었습니다.
  (또는 할머니)
· 나는 친절을 베풀어 예수님께 순종했습니다.

· 나는 기도로 예수님께 순종했습니다.

· 나는 나누어 줌으로써 예수님께 순종했습니다.

· 나는 내가 할 일을 함으로써 순종했습니다.

당신이 아이에게 스티커를 붙이게 할 때, 그날 아이가 한 착한 행동에 대해 더 구체적으로 얘기해 주십시오. 그리고 그것이 하나님을 기쁘시게 한다고 말하는 것을 잊지 마십시오.

 ## 줄

두 의자 등받이 사이에 팽팽하게 줄이나 리본을 묶으십시오. 아이에게 당신 말에 귀를 기울여 명령에 순종함으로써 여러 가지 줄 높이를 하도록 요구하십시오. 이 활동은 또한 아이가 낱말의 뜻들을 배우도록 도와주는 훌륭한 놀이입니다.

· "줄에 등을 대세요."

· "줄에 코를 대세요."

· "손을 줄 위로 올리세요."

· "줄 아래로 기어오세요."

· "손가락으로 줄을 따라 걸어오세요."

 ## 양과 목자

목자들이 성서 시대에 했던 그리고 오늘날에도 어느 나라들에서는 여전히 하고 있는 일에 대해 서 아이에게 이야기를 하십시오. 목자들은 왕왕 가정의 양들을 돌봄으로써 그들의 아버지를 돕고 따르는 어린이들이라고 말해 주십시오.

양이 목자를 따르는 것이 얼마나 중요한지 강조하여 말하십시오. 그리고 목자가 부를 때, 양이 왜 순종해야만 한다고 생각하는지 아이에게 물어 보십시오(목자는 양을 위험으로부터 지키며, 낮에는 풀과 물이 있는 곳으로 인도하고, 밤중에는 양우리에서 관리할 것입니다).

목자와 양의 역할극을 아이와 번갈아 가며 하십시오. 놀이를 할 때, 아이에게 예수님께서는 때때로 선한 목자로 불리신다는 것과 당신은 항상 예수님을 따르고 싶다는 것을 말해 주십시오.

 ## 순종하여 던져 놓기

5가지의 색깔이 다른 색판지를 바닥에 놓으십시오. 원한다면, 각 장마다 숫자를 기록해 아이가 숫자들을 보고 배울 수 있도록 도와주어도 좋습니다. 주의를 기울여, 제발 당신 말을 따르라고 아이에게 말해 주십시오.

아이에게 콩으로 가득 채우고 꽉 묶은 오자미나 아이의 둥글게 만 양말을 주십시오. 아이에게 당신이 지명한 색판지(또는 숫자)에 오자미를 한 번에 한 개씩 던져 놓도록 명령하십시오. 놀이를 끝낼 때, 듣고 따라하는 일을 잘했다고 칭찬해

주십시오. 아이에게 그런 착한 일을 계속 잘하도록 격려해 주십시오.

Introduce 바구니에 담아 주세요

바구니나 상자, 또는 봉지 2개를 아이 앞에 놓으십시오. 그것들은 각각 다음과 같은 범주를 나타냅니다. 여름과 겨울, 날으는 동물과 헤엄치는 동물, 딱딱한 물체와 부드러운 물체, 또는 무거운 물체와 가벼운 물체, 원하면 바구니의 외부에 그림을 그리거나 붙여서 안의 내용들을 표시하십시오. 예를 들면, 눈송이로 겨울을, 태양으로 여름을 표현하십시오. 바구니 앞에 두 범주 중 어느 하나에라도 속하는 물건들을 놓으십시오.

아이에게 당신 말을 잘 듣고 당신이 말하는 대로 행하도록 요구하십시오.

"패트, 겨울에 입어야 할 것을 찾아 겨울 바구니에 넣어 주겠니? 자, 이제는 여름에 입어야 할 셔츠를 찾아서 여름 바구니에 넣어 주세요!"

물품이 바구니 안에 적당히 담겨질 때까지 그 놀이를 계속하십시오.

Introduce 나는 누구를 따를까?

타자 용지나 색판지 한 장을 반으로 접어 양옆 가장자리를 풀로 붙이거나 테이프로 붙여 봉한 간단한 봉투를 만드십시오. 봉투 앞면에 "나는 누구를 따를까?" 라는 말을 기록하십시오.

가능하면 경찰관, 선생님, 의사, 부모님, 조부모님, 그리고 목사님의 그림들을 찾아서 봉투에 집어 넣으십시오. 예수님 그림도 포함시키십시오. 아이들이 따르고 싶어할 사람들의 실제 사진을 사용하셔도 좋습니다. 만일 그림들을 찾을 수 없다면, 대신 사각 종이에 따로따로 각 분야의 권위자들의 이름을 적으십시오.

"나는 누구를 따를까?" 라는 질문을 하십시오. 아이가 따르고 싶은 사람의 이름을 말할 수 있는지 확인해 보십시오. 그리고 아이가 그렇게 하고 난 후, 아이에게 봉투를 건네주어 자신이 복종해야 할 누군가의 이름이나 이름들을 꺼내게 하십시오.

이런 짧은 노래를 아이에게 불러 주며 아이가 배우도록 격려해 주셔도 좋습니다.

"델의 농부"의 노랫가락에 맞춰 :

나는 누구를 따라야 할까?
나는 누구를 따라야 할까?
나는 내가 해야 할 일들을 하고 싶어!
나는 누구를 따라야 할까?

Introduce 명령이 들어 있는 봉지

부엌 의자의 등받이에 작은 봉지 하나를 붙이

십시오. 그 안에 각 장마다 명령이 기록되어 있
는 종이 조각들을 넣으십시오. 다음과 같은 명령
들이 될 수 있습니다.

· 소파 위의 쿠션들을 정돈해 주세요.
· 당신 잠자리를 정리해 주세요.
· 책상의 먼지를 털어 주세요.
· 나를 꼭 껴안아 주세요.
· 누군가를 위해 짧게 기도해 주세요.
· 나에게 노래를 불러 주세요.
· 내가 구경할 수 있도록 재주를 부려주세요.

원한다면 종이마다 아이가 명령에 순종한 후,
가질 수 있는 조그만 상을 붙이십시오.

이미 복종한 명령들이 적힌 종이 조각들을 분
리되어 있는 그릇에 담으십시오. 그리고 아이가
이미 수행했던 순종적인 행동들이 얼마나 많이
있는지 정기적으로 검사해서 알아보도록 격려해
주십시오.

당신이 아이가 순종을 잘하는 것에 대해 기뻐
하고 있다는 것을 아이에게 알려 주십시오.

자녀에게
정직과 순수의
첫걸음 가르치기

무엇에든지 참되며 무엇에든지 경건하며 무엇에든지 옳으며

무엇에든지 정결하며… 이것들을 생각하라

- 빌립보서 4 : 8

"**성실한** 사람", "사랑이 많고 친절한 여자"
"충실한 남편이요, 아버지", "헌신적인 부인이며, 어머니", "행실이 나무랄 데
없는 사람이야." 이런 말들은 자식을 키우는 부모라면 누구나 언젠가 자신의 사
랑스런 자녀에게 해 주고 싶은 말들입니다. 우리의 자녀들이 높은 도덕적 기준
을 갖춘 성인으로 성장하도록 우리는 자녀들의 초기 성격 발달에 적극적으로 관
여해야 합니다. 때때로, 어떤 사람은 어린 시절 훈련받지 않고도 성인이 되어서
정직하고 순수한 특성들을 명백히 드러냅니다. 그러나 대부분의 경우 어린 시절
의 방식들이 그 기준을 결정합니다. 우리는 자녀들을 양육할 때, 아이들의 삶
가운데 드러났으면 하고 바라는 것들을 가르쳐야 하며, 그렇게 본을 보이며 살
아야만 합니다.

아이가 순수하고 정직한 생활 방식을 갖도록 양육하기 시작할 때, 그 일이 당
장 쉽게 이루어지지 않는다는 것을 잊지 마십시오. 사랑스런 아이가 어느 날 거
짓말을 하거나 자기의 것이 아닌 어떤 물건을 갖고 있더라도 놀라지 마십시오.
아이가 자신을 부모의 믿음을 배반한 나쁜 아이라고 생각하게 해서는 안 됩니다.

대신에 하나님의 놀라우신 도움과 지혜로, 아이의 잘못된 행동을 용서하거나 받아들이지 않으면서 착한 자아상을 발전시키도록 격려해야만 합니다. 그래야 정교한 조화를 유지할 수 있습니다. 게다가, 아이는 부모를 포함한 우리 모두가 잘못을 저지르는 성향을 갖고 있다는 것과 함께, 바르게 행하기 위해 하나님의 능력과 용서가 필요하다는 것을 알아야만 합니다.

성경에는 자녀가 그릇된 일을 행할 때, 그 상황을 처리하는 방법에 관해 우리에게 지혜를 주는 많은 지침들이 있습니다.

그 잘못된 행동들을 처리한 후, 즉시 용서해 주어 그 사건이 일어나기 전과 마찬가지로 아이가 풍성한 교제를 즐길 수 있도록 회복시켜 주어야만 합니다. 아이는 영원히 더럽혀진 것이 아니라 하나님께서 우리 모두에게 바라는 태도로 행동하는 방법을 단지 배우고 있는 어린아이일 뿐입니다. 그는 또한 우리 모두에게 해당되는 성경 말씀을 명백히 입증하고 있는 중입니다.

"의인은 없나니 하나도 없으며…,

모든 사람이 죄를 범하였으매 하나님의 영광에 이르지 못하더니…,

우리가 아직 죄인 되었을 때에 그리스도께서 우리를 위하여 죽으심으로 하나님께서 우리에게 대한 자기의 사랑을 확증하셨느니라"(롬 3 : 10, 23, 5 : 8)

갓난아기

아기는 이제 막 자기 주변의 세계를 알아가고 있는 중입니다. 부모님이면 누구나 자신의 아기가 도덕적으로 순수하고 정직하다는 것에 대해 전혀 의식이 없다는 것을 알고 있습니다. 그런 인식은 아기가 더 자란 후의 발달 단계에서 발생합니다.

그렇다해도 우리는 아기의 발달하고 있는 상상력과 창조력을 "항상 진실만을 말하기"란 명목으로 억제하지 않도록 정말 주의 깊게 하나님의 지혜로 착수해야만 합니다. 또한 아기가 하나님께서 주신 자신의 아름다운 신체를 부끄럽거나 장애의 요인으로써 생각하지 않도록 해야 합니다.

우리의 자녀에게 정직과 순수의 첫걸음을 가르치는 일은 자녀가 아주 어릴 때에 우리의 가정에서 매일 아기의 필요들을 돌보면서 매우 자연스러운 애정을 깃들인 방법으로 시작해야만 합니다. 아기는 아직 우리가 말하고 있는 것들의 의미를 이해하지 못할 것입니다. 하지만 기억하십시오. 이것은 단지 처음 소개일 뿐입니다. 당신이 아기의 놀이와 대화 시간들에 애정을 깃들인 재미있는 부분으로써 동요들이나 육아 놀이들을

 자녀에게 믿음의 관계 가르치기

사용하고 싶은 만큼 다음에 적혀 있는 의견들을 사용하십시오. 자녀의 취학전 알지 못하는 어떤 순간에 정직과 순수의 개념들이 자녀의 작은 생활 가운데 의미를 띠며 뿌리 내리기 시작할 것입니다.

Introduce 아기를 깨끗하게 씻어 주세요

아기를 목욕시키면서 말하십시오.

"저는 아기 손을 씻고 있습니다. 사랑하는 하나님 부디 아기의 손이 항상 바르고 착한 일을 할 수 있게 해 주세요!"

아기 발을 닦으면서 기도하십시오.

"이 작은 발이 하나님이 기뻐하시는 곳으로만 갈 수 있도록 도와주세요!"

아기의 귀와 눈과 입을 닦을 때, 하나님의 능력으로 아기가 하나님 아버지께 순결하고 정직하며 기쁘시게 해 드리도록 기도하십시오. 당신의 손으로 서서히 아기의 심장 박동을 느낄 때, 기도하십시오.

"하나님! 이 아이의 심장이 항상 주님을 향한 순수한 사랑으로 두근거리게 하소서!"

하나님께서 당신에게 생명을 주시는 한 매일 빠뜨리지 않고 기도하는 습관을 기르십시오. 지금은 아기지만 언젠가는 어른이 될 당신의 자녀는 부모의 간절한 기도가 필요합니다.

Introduce 아기를 위한 기도

아기에게 말을 할 때, 마음의 기도로써 이처럼 말해 보십시오.

"너는 엄마(아빠)의 사랑스러운 아기란다. 너의 두 눈이 하나님의 맑고 영롱한 빛으로 빛나고 있구나. 하나님의 찬란한 햇살이 저 투명한 창문을 통해서 들어오고 있어. 사랑하는 하나님, 부디 우리 아기의 삶이 정결하고 순수하며 항상 당신께 기쁨이 되는 삶이 되도록 도와주세요. 아멘."

Introduce 하나님의 반짝이는 빛

햇빛이 공기 구멍이나 열린 창문 가까이로 향하여 움직일 때, 거울을 통하여 벽과 천장에서

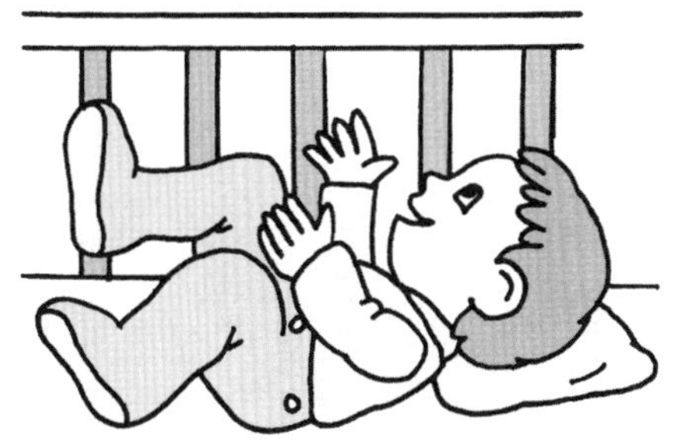

움직일 수 있는 아기의 방에 거울을 걸어 두십시오. 아기는 그 움직이는 그림자들을 즐거워할 것입니다. 아기에게 말하십시오.

"예수님께서는 우리 생활이 맑고 순수한 빛으로 예수님을 비추어 주기를 원하신단다."

 ## 깨끗하고 맑은 물

투명한 물컵을 놓아 아기가 그것을 통해 반짝이는 빛을 볼 수 있게 해 주십시오. 그리고 아기의 침대나 놀이터 근처에 아기의 손발이 닿지 않는 테이블이나 선반 위에 올려 놓으십시오. 또는 아기를 안고 흐르는 물 꼭지 가까이로 가서 아기가 손으로 물을 느끼고 그것을 잡으려고 애쓰게 해 주십시오. 마치 조금 더 큰 아기들이 아무런 성과 없는 일을 하려고 애쓰는 것처럼 말입니다.

하나님의 훌륭한 선물인 물에 대해서 얘기해 주십시오. 그리고 컵이나 병에 든 음료를 아기에게 주십시오. 아기에게 물은 깨끗하고 순수하고 수정처럼 투명하다고 말해 주십시오. 그리고 예수님께서는 아기의 삶이 또한 그렇게 되기를 원하신다고 말해 주십시오. 아기를 꼭 껴안고 키스해 주십시오.

 ## "윽!" 이라고 말하지 마세요

아기 기저귀를 갈아 줄 때, 당신의 얼굴 표정이나 말로 아기 신체의 어떤 부분이나, 어떤 정상적인 신체의 기능이 더럽거나 구역질 난다는 것을 전달하지 않도록 주의하십시오. 기저귀를 채워 주는 일이 항상 즐겁기만 한 일은 아니지만, 아기에게 이 필요를 보살펴 줄 때, 아주 사무적으로 하는 대신에 말도 해 주고 노래도 불러 주십시오.

우리의 궁극적인 목적은 자녀 안에 하나님에 대한 태도를 발전시키는 것입니다. 하나님께서는 신체의 모든 부분을 당신의 놀라운 목적을 이루기 위해 완전하게 계획하셨고, 말씀과 성령의 인도로 당신의 영광과 명예를 위해 우리가 신체를 바른 태도로 사용하도록 가르치셨습니다.

"…그런즉 너희 몸으로 하나님께 영광을 돌리라" (고전 6 : 20)

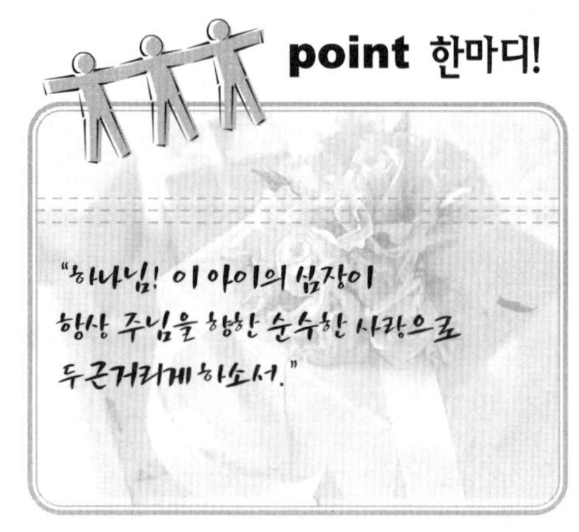

걸음마하는 아이

 ## 맛있는 음료

다음에 적혀 있는 영양 있는 과일 음료들 중 한 가지를 아이의 도움을 빌어서 만들어 보십시오. 또는 어떤 농축한 주스 음료를 사용하여 아이가 섞는 것을 도울 수 있게 해 주십시오. 아이에게 하나님께서 맛있게 먹기를 원하시는 맛 좋고 깨끗한 음료를 만들고(마시고) 있는 중이라고 말해 주십시오. 아이에게 우리에게 몸을 주신 하나님의 친절과 우리가 몸을 정결하고 순수하게 지키기를 바라시는 소망에 대해 이야기해 주십시오. 음료를 다 만들고 나면 아이의 사랑스런 배나 등을 토닥토닥 두드려 주십시오.

* 과즙 *
· 싱싱한 또는 냉동한 딸기 1/2컵
· 딸기(또는 다른 과일) 주스나 물 1/4컵
· 탈지 분유 1/2컵
· 맛을 낼 설탕(또는 설탕 대체물)

믹서로 모든 재료를 섞고, 으깬 얼음이나 각빙들을 넣고 다시 잘 섞으십시오. 아이에게 차려 주고 함께 드십시오. 과일을 주신 하나님께 감사하는 것도 잊지 마십시오.

* 짜릿한 사과—포도 주스 *
· 사과 주스
· 포도 주스
· 냉동한 레모네이드 농축물, 녹인 레모네이드 농축물
· 레몬라임 소다

주전자나 큰 그릇에 원하는 비율로 모든 재료를 섞고 아이가 젓는 것을 돕게 하십시오. 그리고 짜릿한 끝맛이 나도록 소다를 주스에 첨가시키십시오.

* 살구 음료 *
· 살구 넥타 큰 캔으로 1개
· 냉동한 레모네이드 농축물, 녹인 레모네이드 농축물 340gr
· 레몬라임 소다 큰 병으로 1개

주스와 소다를 섞어 청량 음료를 만드십시오. 마침 살구나 레몬을 갖고 있다면 그것을 아이에게 보여 주며 맛있는 주스는 그런 과일에서 만드는 것이라고 설명해 주십시오. 그리고 과일의 맛을 보게 하십시오. 맛있는 음료를 주신 하나님께 감사하십시오.

 ## 사랑 시

사랑스런 어린아이를 꼭 끌어안고 흔들어 주며, 이런 사랑이 깃든 동시를 들려주십시오.

사랑스런 아이를 주신 하나님, 감사합니다.
아이가 순수하고 기쁨이 충만하게 해 주세요.

또는 이렇게 말하십시오.

내 사랑스런 딸 사라가 여기 있습니다.
저는 그 애를 정말 사랑합니다.
아이가 순결하고 착하게 성장하도록 도와주세요!

 ## 나에게 너는 정말로 예뻐!

아이의 신체적 특징들과 관계 없이 아이는 최상의 걸작품입니다. 그리고 아이는 자신과 관계가 있는 그런 평가들을 들을 만한 가치가 있습니다. 부모들은 육체적 매력을 제일 강조하지 말아야 하면서도 거의 대부분의 아이들이 또래의 친구들에게서 받는 고약한 비웃음들로부터 아이를 보호하기 위해 아이 안에 일종의 단열재를 쌓고 싶어합니다.

항상 아이의 내적인 아름다운 특성들을 강조하여 말해 주고 그것들에 주의를 환기시키십시오. 그러나 때때로 아이의 신체적 생김새 또한 칭찬해 주십시오. 아이의 외모에 대해서 말할 때, 거울을 보여 준다든가 또는 얼굴의 각 생김새를 지적하며 다음과 같이 말해 주십시오.

"납작한 코지만 정말 귀엽지 않니! 냄새도 맡을 수 있어." (아이에게 방법을 보여 주십시오.)

"코를 흔들 수도 있고 코웃음을 칠 수 있어." (각 능력을 보여 주십시오.)

"그리고 맛있는 음식과 향기로운 향기를 맡을 수 있어! 하나님, 새미에게 귀여운 코를 주셔서

 자녀에게 믿음의 관계 가르치기

감사합니다!"

새미의 눈, 귀, 입, 손, 발에 관해서도 마찬가지로 사랑이 깃든 태도로 말해 주십시오. 만일 아이가 너무나 꿈틀거려 한자리에서 아이의 생김새들에 관해서 계속 말하지 못하면, 다른 때에 자연스런 태도로 아이의 훌륭한 신체적 특성들에 대해 이야기해 주십시오.

아이의 아름다움에 대한 평가를 결론 지을 때 이렇게 말하십시오.

"생김새들을 모두 합하면 무엇이 될까? 아름답고, 훌륭한 아이!"

아이의 두손을 잡고 원을 그리며 아이와 함께 춤을 추십시오.

Introduce 너는 우리에게 정말 소중해!

아이의 행동을 바로 잡아야만 할 때, 아이가 너무나 소중하고 사랑스럽기 때문에 때때로 "안 돼!"라고 엄마와 아빠는 말해야만 한다는 것을 아이에게 설명해 주십시오. 당신이 아이의 자부심을 고양시키기 위해 때때로 그런 말들을 사용할 때, 아이는 곧 이해하게 될 것입니다.

어떤 식으로든 다치게 하는 일이나 좋지 못한 일이라면 하지 못하게 할 것이라고 아이에게 말해 주십시오. "너는 내게 정말 정말 소중해!"라고 반복해서 말하며 사랑이 깃든 표정으로 아이

를 꼭 껴안아 주십시오.

Introduce pat-a-cheer

아이의 두손을 나란히 잡고 이런 환호를 지르면서 아이와 함께 pat-a-cake 놀이를 하십시오.

하나님께서는 내가 말한 것에 관심을 갖으셔.
하나님께서는 내가 하는 것에 관심을 갖으셔.
하나님께서는 내가 생각하는 것에 관심을 갖으셔.

그리고 예수님, 또한 내게 관심을 갖으셔! (마지막으로 아이의 양팔을 양 옆으로 쭉 뻗치십시오)

 깨끗하고 맑은

아이에게 물로 가득 채운 분무기를 주어 창문이나 거울을 청소하게 하십시오.

헝겊이나 스펀지 또는 종이 타월로 그 표면을 깨끗하게 닦는 법을 아이에게 보여 주십시오. 그리고 유리를 정말 깨끗하고 맑게 만들고 있다고 아이에게 말하고 예수님께서는 우리가 깨끗한 유리처럼 되어 예수님의 사랑이 우리를 통해 비출 수 있기를 원하신다고 말해 주십시오. 또한 "깨끗한" 기분이 얼마나 좋은지도 얘기해 주십시오.

 빛을 비추소서!

아이에게 투명한 것들을 통하여 손전등을 비추게 하십시오. 이를테면 확대경, 반대편에 누군가 들고 서 있는 창유리, 자동차의 바람막이 유리, 투명한 음료수 컵, 접시 또는 꽃병, 투명한 플라스틱 한 장, 또는 비닐 한 장.

투명한 물건의 반대쪽에 당신 손을 놓고 빛이 당신을 비추는 것을 아이에게 보여 주십시오. 아이가 손전등 비추는 것을 재미있어 할 때, 물건이 투명하고 깨끗해야 빛이 그것을 비출 수 있다는 것에 대해서 말해 주십시오. 또한 하나님의 빛이 우리를 통해 비출 수 있도록 우리는 맑고 순수해야만 한다고 말해 주십시오.

아이가 인간의 순수에 대한 개념을 이해하지 못하는 것에 염려하지 마십시오. 우리는 단지 소개하고 있는 것뿐임을 기억하십시오. 언젠가, 아이는 이해하게 될 것입니다.

 몸을 깨끗이 합시다

아장아장 걷는 아이가 더러워져 있을 때, 아이를 씻겨 주는 시간을 단지 문질러서 깨끗하게 해 주는 것 이상으로 사용하십시오. 아이의 손, 손톱, 얼굴, 귀를 씻어줄 때, 아이와 재미있는 말(가사)을 만드는 놀이를 해 보십시오. 원한다면 당신 스스로 말을 구성해 보십시오. 애써 운을 맞출 필요는 없습니다.

북북 문지르자, 북북 문지르자!
엄마는 태미의 손을 문지르고 있어요!
하나님, 이 손을 착한 일을 하는 데
사용해 주세요.
북북 문지르자, 북북 문지르자!

씻어내자, 씻어내자!
엄마는 태미의 얼굴을 씻고 있어요!
하나님의 순수한 사랑으로
아이의 얼굴을 비추어 주세요.
씻어내자, 씻어내자!

비누칠하자, 비누칠하자!
엄마는 태미의 발을 비누로 씻고 있어요!
하나님께서 기뻐하는 길로 아이가 걸어가도록
도와주세요.
비누칠하자, 비누칠하자!

깨끗이 닦자, 깨끗이 닦자!
엄마는 태미의 귀를 깨끗이 닦고 있어요!
아이가 듣는 것을 지키게 해 주세요.
깨끗이 닦자, 깨끗이 닦자!

바닥을 문지르세요

걸음마하는 아이들은 시간을 보내기 위해 시키는 학습 활동을 좋아합니다. 당신의 아이에게 수세미나 스펀지, 또는 큰 그림붓과 소량의 비눗물이 담긴 양동이를 주십시오. 아이에게 보도, 차도, 차고문, 또는 집 밖의 담장을 박박 문질러

청소하는 방법을 보여 주십시오. 아이 옷이 젖을 것을 각오하십시오. 하지만 아이가 그것으로 인해 얼마나 즐거워할지를 생각해 보십시오.

예수님께서는 우리가 청할 때, 우리를 깨끗하게 씻겨 주신다는 것을 아이에게 얘기해 주십시오. 그리고 히브리서 9 : 22을 근거로 해서 만든 한글찬송가 184장 (나의 죄를 씻기는)을 부르십시오.

언젠가 아이는 죄와 예수님의 놀라운 용서에 대한 개념을 이해하게 될 것입니다. 오늘 아이는 당신과 함께 밖에서 청소하면서 행복하고 즐거운 기분을 맛볼 것입니다.

나의 모든 것

목욕하기 전이나 후에 옷을 입지 않고 있는 당신의 아이와 함께 "나의 모든 것은 중요해!"란 시를 짓는 놀이를 해 보십시오. 자기 자신의 가치에 대해 건전한 생각을 갖고 성장한 아이는 나중에 해롭고 불순한 행동들에 덜 빠져드는 것 같습니다.

여기는 머리 (아이의 머리를 살짝 두드리십시오),
눈, 코, 턱 (각각의 것들을 빨리 가리키십시오),
입은 여기 있구나 (입을 만지십시오).
음식을 먹는 곳이지 (손가락으로 뺨에서 걸어 입을 향해 가십시오).

여기는 어깨구나.

팔꿈치, 손도 있네 (각각을 가리키십시오).

이것은 배,

톡, 톡, 간질, 간질 (두드리며 간질이십시오).

이것은 엉덩이 (엉덩이를 두드려 주십시오),

이것들은 무릎 (무릎마다 톡톡 치십시오),

이것들은 발 (발을 만지십시오),

이제 그것들을 간질여 주세요! (간질이십시오.)

point 한마디!

라고 반복해서 말하며 사랑이 깃든
표정으로 아이를 꼭 껴안아 주십시오.

3-4세의 아이들

Introduce **나를 순수하게 색칠하세요**

식료품 봉지들을 몇 개 납작하게 펴서 함께 테이프로 붙여 연결하십시오. 그 위에 아이가 눕게 하여 아이의 형체를 따라 선을 그으십시오. 아이의 귀를 따라 그리며 말하십시오.

"조단, 우리는 아름다운 음악, 지저귀는 새의 노래, 유익한 이야기와 선한 말과 같이 순전하고 바른 것만 들어야 한단다."

또 아이의 손을 따라 그릴 때, 말하십시오.

"우리는 손으로도 또한 하나님을 기쁘시게 하는 일만 해야 한단다. 가령 누군가에게 손을 흔들어 주거나 친구를 꼭 껴안아 주거나 예쁜 그림을 그려 선물하거나 또는 성경을 읽으려고 책을 펴는 것 같은 일 말이야."

도안이 완성되고나면, 아이에게 얼굴 생김새와 머리카락을 첨가시키고 신발과 옷을 입혀야 할 곳에 색깔을 하도록 요구하십시오. 아이가 도움을 필요로 하면, 아이에게 자신의 얼굴과 몸에 있어야 하는 모든 것을 보여 주십시오.

아이의 발에 대해서 이야기할 때, 우리가 가야만 하는 적합한 장소에 대해 이야기하십시오 — 교회에 가기, 누군가를 도와주러 가기, 또는 아

"…무엇에든지 참되며 무엇에든지 경건하며 무엇에든지 옳으며 무엇에든지 정결하며 무엇에든지 사랑할 만하며 무엇에든지 칭찬할 만하며… 이것들을 생각하라"(빌 4 : 8)

Introduce 선한 것들을 속삭이세요

다른 아이가 우리가 보는 앞에서 우리의 자녀에게 무엇인가를 귓속말로 말할 때, 우리는 대개 그 말이 우리가 들어서 입다물게 해야만 하는 것이 아닐까 하고 궁금해 합니다. 또 우리는 아이들이 무언가 꾀하고 있지 않을까 하고 생각합니다. 그리고 아이들은 정말 그렇게 할지도 모릅니다.

아이와 단둘이 있을 때, 아이에게 말해 주십시오. 우리가 누군가에게 무언가를 귓속말로 속삭일 때는 유익한 것 즉, 사랑이 담겨 있는 순수한 것들을 속삭여야 한다는 것을 말입니다.

그리고 속삭일 만한 몇 가지 유익한 것들을 제시해 주십시오. 가령, "너를 좋아해", "아빠를 도와드리자", "엄마 말을 잘 듣자" 또는 "할머니께 재미있는 노래를 불러드려서 깜짝 놀라시게 하자!" 등 예수님께서는 우리가 귓속말로 말할 때조차도 우리의 말을 듣고 계시며, 우리가 유익한 것들을 속삭일 때, 기뻐하신다는 것을 아이에게 일러주십시오. 아이의 귀에 유익한 것들을 귓속말로 속삭여 줄 기회들을 자주 취하십시오.

빠가 필요로 하는 것을 가져다 드리기.

아이가 입을 그릴 때, 말해 주십시오.

"우리의 입은 친절하고, 진실하며, 순수한 것들을 말해야만 해… 또한 하나님께 노래를 부르며 사랑한다고 말해야만 해."

아이가 여전히 관심을 보이면 눈과 보아야 할 것에 대해서 이야기하십시오. 머리 안에 뇌가 있어 생각할 수 있다는 것을 말해 주십시오. 하나님께서는 착하고, 순수하고, 친절한 생각들을 하기를 원하십니다. 그런 생각들은 하나님을 즐겁게 해 드립니다.

 입에 넣어도 괜찮아요

"입에 넣기에 좋은 것 생각하기" 놀이를 하십시오. 음식, 음료, 칫솔과 치약, 피리, 호루라기, 껌 등을 명명하십시오. 각 품목들을 말하면서 그것들을 입에 넣어도 괜찮은지 아이에게 물어 보십시오. 좋은 것들을 명명하면서 가끔 뾰족한 물건이나 공기돌 또는 다른 작은 장난감, 너무 많은 사탕 등과 같이 입에 넣기에 적당하지 않은 것들을 사이사이에 끼워서 물어 보십시오. 또한 가정에서 아이가 마시고 먹고 또는 입으로 사용하는 것을 금하고 있는 다른 것들도 포함시키십시오.

이 놀이를 하면서 아이가 선택을 잘하면 칭찬해 주십시오. 그런 후에 아이에게 우리의 입에서 또한 나오지 말아야 할 것들이 있음을 말해 주십시오 — 심술궂은 이야기, 욕, 악담, 거짓말, 퉁명스러운 말 등. 예수님께서 사랑하신다는 것을 아이에게 말해 주며, 예수님께서는 선한 말을 기뻐하신다고 가르쳐 주십시오. "오! 주의 깊게 말하세요"를 사랑스럽게 노래 부르십시오.

 맑은 물

시편 23편의 다윗과 양떼에 관한 성경 이야기를 쉽게 풀어서 아이에게 들려주십시오. 특별히 양들에게 먹일 깨끗하고 맑은 물의 중요성에 대해서 강조하여 말하십시오. 목자는 양들이 강이나 시내처럼 급하게 움직이며, 흐르는 물을 무서워하기 때문에 잔잔한 물로 데리고 갔다는 것을 아이에게 말해 주십시오. 부엌에서 또는 밖에 있다면 정원 호스로 시원한 물을 나누어 마시십시오. 그리고 아이에게 예수님께서는 우리를 잘 돌보아 주시는 선한 목자라고 말해 주십시오.

 진실한 나무

아이의 손을 종이에 대고 윤곽을 따라 그리십시오. 그리고 몇 가지 다른 색깔의 종이에 윤곽을 그린 아이의 손을 똑같이 오려 나뭇잎들을 표현하십시오.

나뭇잎마다 참문장이든 거짓 문장이든 둘 중의 한 문장을 적으십시오. 가을에 이 놀이를 한다면, 잎을 아름답게 변화시키는 하나님의 솜씨에 대해서 아이에게 이야기해 주십시오.

나무의 외양을 나타내는 갈색 접착 종이에서 간단한 나무 줄기와 가지들을 자르십시오. 그리고 아이 방에 진열할 수 있는 종이에 그것을 붙이는 것을 아이가 돕게 하십시오. 손자국 나뭇잎들을 상자 속에 넣고 아이가 한번에 한 개씩 꺼내 당신에게 주면 크게 읽어 주십시오.

아이가 당신이 읽은 문장이 참말이라고 믿으면, 아이에게 그 나뭇잎 뒤편에 테이프를 붙여 나뭇가지에 붙이게 하십시오. 계속 진실한 나뭇잎들을 나무에 붙이십시오. 원한다면 아이에게 거짓말이 적힌 잎들을 나무 밑에 붙이게 해서 마치 나뭇잎들이 떨어져 있는 것처럼 보이게 하십시오.

아이에게 진실에 관한 이런 쉬운 노래를 불러 주십시오. 그리고 두 번째로 부를 때에는 아이도 함께 부르도록 아이를 격려해 주십시오.

"런던 다리"의 노랫가락에 맞춰 :

예수님 나 진실하길 원하셔,
진실하길,
진실하길.
예수님 나 진실하길 원하셔.
예수님을 위해 진실할꺼야.

Introduce 피아노 드라마

아이가 재미있게 듣고 배울 음악극을 만들어 보십시오. 반드시 피아노를 연주할 줄 알아야 한다거나 또는 좋은 가락이나 화음을 사용할 필요는 없습니다. 키보드 소리를 이용하면 아이에게 설명하려고 하는 것을 강조하는 데 도움이 될 것입니다.

꼬마 아이가 즐겁게 깡충깡충 뛰어가고 있는 것으로 이야기를 시작하십시오(오른쪽 고음부의 건반을 손가락으로 톡톡 두드리십시오). 아이가 뛰어가는 쪽으로 누군가가 따라가고 있습니다. 그 사람은 아이에게 유해한 약이나 마약을 먹이려고 합니다(왼쪽 저음부의 건반을 주먹으로 눌러 시끄러운 소리가 나게 하십시오. 그러나 놀라지 않게 하십시오).

당신의 아이에게 그 꼬마가 어떻게 하면 좋을지 물어 보십시오(아이가 대답하고 나면, "안 돼! 안 돼!"라고 당신이 말하면서 주먹으로 고음부의 건반을 2번 탕탕 두드리십시오. 그리고 그 꼬마는 즐겁게 깡충깡충 뛰며 사라집니다. 왜냐하면 올바른 결정을 했기 때문입니다. 왼쪽 건반을 눌러 나쁜 사람을 쳐부수고 그가 사라지는 시늉을 하십시오).

아이가 피했으면 하고 바라는 어떤 부적당한 행동을 사용하여 비슷한 이야기를 말해 보십시오. 아이에게 낯선 나쁜 사람들이나 또는 아이가 나쁜 짓(구체적으로 언급하십시오)하기를 바라는 친구들에 대해 이야기해 주십시오. 아이에게 항상 "아니오" 라고 말하게 하고 그런 사람을 피하도록 격려해 주십시오.

그리고 그 사람이 아이에게 아무것도 말하지 않았을지라도 그것에 대해 당신에게 이야기하도록 아이에게 가르치십시오.

Introduce 세차

자가용이나 아이의 세발 자전거 닦는 일을 아이가 도울 수 있게 해 주십시오. 차의 먼지를 씻어내면서, 정말로 깨끗하고 반질반질 윤이 나는 자동차가 되어가고 있다고 말하십시오. 때때로 우리는 부모의 말을 듣지 않거나 퉁명스럽게 말한다거나 또는 누군가를 때리는 나쁜 짓들을 한다고 아이에게 말해 주십시오.

그리고 나쁜 짓을 하면 우리는 하나님께 우리의 잘못을 고백해야만 합니다. 그러면 하나님께서는 그 더러운 것을 씻어주시고 우리를 다시 깨끗케 해 주십니다.

"만일 우리가 우리 죄를 자백하면 저는 미쁘시고 의로우사 우리 죄를 사하시며 모든 불의에서 우리를 깨끗케 하실 것이요"(요일 1 : 9)

 ## 황금처럼 순전한

놋쇠 촛대 하나를 바닥에 놓으십시오. 또는 노란색 종이나 금박 종이를 수직으로 접어서 황금 촛대를 만드십시오. "영리한 잭"이라는 동시를 말하면서 아이와 번갈아 가며 촛대를 뛰어넘으십시오. 아이가 껑충 뛰어넘을 때, 이런 동시를 인용하십시오.

스테이시, 영리해.
스테이시, 재빨라.
스테이시, 황금 촛대처럼 순전해!

그리고 아이에게 다음에 적혀 있는 성구를 가르쳐 줘도 좋습니다.
"그가 또 정금으로 등대를 만들되…"(출 37 : 17)
황금 촛대는 성막(교회)에 배치하기 위해 만들어졌다는 것을 설명해 주십시오.

 ## 향긋한 향수

아이가 다음과 같은 향기를 즐길 수 있게 해 주십시오. 향료, 향수, 스프레이 또는 향기나는 초, 아이가 그 향기를 맡을 때, 말해 주십시오. 좋은 일을 하는 어린아이들과 부모들은 하나님께 향긋한 향수와 같다는 것을 말입니다(출 30 : 34~35, 37 참조).

 ## 금별 단어들

금박을 씌운 포스터지나 마분지로 별 4개를 만드십시오. 그 별들 중 3개에 아래에 적혀 있는 단어들을 기록하십시오. 그리고 그 단어들의 기본적인 뜻을 설명해 줄 준비를 하십시오. 나머지 별 1개에는 실을 매달아 놓으십시오.

· 진실한
· 순수한
· 정직한

그 단어들을 볼 수 없도록 별들을 뒤집어 놓으십시오. 그리고 아이에게 그것들을 한번에 1개씩 원래의 상태로 뒤집어 놓도록 요구하십시오. 또는 막대기나 실, 자석을 이용하셔도 좋습니다. 별마다 종이 클립을 끼워 놓아 아이가 별을 낚시질하게 하십시오.

그 놀이가 끝난 후, 아무것도 적지 않은 금별을 격식을 차려서 아이 목에 걸어 주십시오. 그리고 금별 아이라고 칭해 주십시오. 왜냐하면 아이는 단어들이 의미하는 대로 행하고 있기 때문입니다.

아이가 행한 착한 행동들을 구체적인 예를 들어서 말해 주고 하나님께 황금같은 아이라는 것을 알려 주십시오.

 좋은 곳으로 갑시다

아이가 종이 봉지로 장화를 만들도록 도와주십시오. 아이가 봉지 속에 발을 넣으면 실이나 끈으로 발목 근처에서 봉지를 묶으십시오. 그리고 인디언들이 신는 신을 원하면 윗부분의 가장자리에 술을 달아 주십시오. 술을 달아 주면서, 우리가 어디로 걸어가야 하는지가 얼마나 중요한지 말해 주십시오. 우리의 발은 우리를 좋은 곳으로도, 나쁜 곳으로도 데려갈 수 있습니다. 아이가 발이 우리를 데려갈 수 있는 좋은 장소들을 생각하도록 도와주십시오.

· 교회에 가기 위해
· 친구 집에 가기 위해
· 어떤 사람에게 친절을 베풀기 위해
· 친구와 함께 놀기 위해
· 누군가를 안아 주고 뽀뽀해 주기 위해

발이 우리를 데려가지 말아야 할 장소들을 생각해 낼 수 있는지 아이에게 물어 보십시오(엄마나 아빠가 좋아하지 않을 것 같은 장소, 위험한 곳, 하나님이 기뻐하시지 않는 곳).

 나는 프리즘처럼 될거예요

장난감 가게에서 프리즘을 구입하십시오. 또는

샹들리에의 수정 부분이나 유리문의 손잡이를 사용하여 직사광선을 비추십시오. 아이에게 그것들이 만들어내는 아름다운 무지개 빛을 보여 주며 말해 주십시오. 예수님께서는 우리가 프리즘처럼 아름다운 방법으로 하나님의 사랑을 비추기를 원하신다고 말입니다.

5-7세의 아이들

 ## 하나님의 용사

만화 등에서 초인적 능력으로 악과 싸우는 가공 영웅들을 좋아하는 아이에게 이 활동은 아주 재미있는 활동이 될 것입니다.

가장자리를 몇 번 접어 올린 작은 종이 봉투로 용사의 헬멧을 만드십시오. 아이에게 그것에 회색이나 은색을 칠하도록 하십시오. 위대한 용사는 선한 일을 위해, 그리고 하나님을 위해서 싸우는 사람이라고 아이에게 설명하며, 용사는 순수하고 정직해야 한다는 것을 강조하십시오. 그는 바르게 말하고 행하리라는 신용을 얻는 사람이어야 합니다. 아이에게 당신과 둘다 하나님의 위대한 용사들이라고 말해 주십시오.

한글찬송가 389장 (믿는 사람들은 군병 같으니)의 찬송을 부르며 행진하십시오. 아이에게 하나님께서 기드온과 여호수아, 그리고 다윗과 같은 당신의 용사들에게 주신 용기와 능력에 대해서 이야기해 주십시오.

 ## 깨끗하게 빛나는

구리나 알루미늄 냄비를 빛날 때까지 깨끗이 닦고 문질러 윤내는 것을 아이가 도울 수 있게

해 주십시오. 또는 아이에게 윤낼 천과 은도금한 찻잔 세트를 주어 당신을 위해 윤을 내게 하십시오. 그것이 깨끗이 닦여져 윤이 날 때, 아름답게 반짝이고 있는 그 그릇에 대해 이야기하십시오. 우리가 좋은 일들을 할 때, 좋은 일들을 말할 때, 그리고 좋은 일들을 생각할 때, 우리는 예수님께 깨끗하게 빛날 것이라고 말해 주십시오.

 ## 금반지가 어디에 있을까요?

이 활동은 3명 이상의 아이들이 놀기에 적당한 놀이입니다.

놀이자들은 바닥에 둥글게 둘러앉습니다. 놀이자 한 사람이 금반지를 가지십시오(마분지로 작은 원을 만들어 박종이로 포장하십시오). 반지를 갖고 있는 놀이자는 손에 반지를 쥐고 원 안으로

걸어 들어갑니다. 그 놀이자는 앉아 있는 놀이자들의 위로 향한 주먹을 자신의 주먹으로 톡톡 두드리며 남몰래 누군가의 손에 반지를 넘겨 줍니다. 반지를 갖고 있던 그 놀이자는 놀이자들 사이를 거닐면서 이런 시를 되풀이합니다.

금반지, 순전한 반지,
누가 너를 가지고 있니?
나는 순전할꺼야
내가 할 모든 일에서!

다른 놀이자들은 어떤 놀이자가 지금 금반지를 가지고 있는지 확인하려고 합니다. 그 다음 반지를 받은 사람은 놀이가 되풀이되면 놀이자들 사이를 걸어 다닙니다. 그 활동을 결말 지으면서 다함께 그 시를 반복해 보십시오. 그리고 간단하게 그것의 뜻을 설명해 주십시오.

순전한 말

아이에게 크림 치약 튜브 하나와 작은 판유리나 접시를 제공하십시오. 접시에 치약을 약간 짜 놓고 튜브에 뚜껑을 닫아 놓도록 아이에게 요구하십시오. 그런 행동을 2번 이상 반복해 주면 좋을 것 같다고 아이에게 말하십시오. 그 다음 아이에게 치약을 튜브에 다시 담아 놓도록 요구하

십시오. 그리고 아이가 그렇게 하려고 노력하게 하십시오.

아이가 일단 짜낸 치약은 튜브에 담아 놓을 수 없다는 것을 깨달으면, 아이에게 다음과 같이 말해 보십시오.

"우리가 하는 말들도 이 치약과 같단다. 일단 말을 하게 되면 우리는 다시 그것을 입에 담을 수가 없어. 그렇기 때문에 누군가의 마음을 상하게 하는 말이나 퉁명스러운 말, 또는 진실하지 않은 말은 어떤 것도 하지 않도록 정말로 주의를 기울여야만 한단다. 하나님께서는 우리가 순전하고 좋은 말을 하기를 원하셔. 그리고 그렇게 할 때 기뻐하신단다. 덕이 되는 말을 하면 우리 기분이 좋아질 뿐만 아니라 다른 사람들 또한 행복하게 할 수 있단다."

말조심하세요!

아이가 널빤지에 큰 못을 망치로 박게 하십시오. 못 박는 일을 끝내면 아이가 망치 끝에 있는 집게 발로 그것들을 빼내도록 도와주십시오. 널빤지에 못이 박혀 있던 그 구멍들을 아이에게 보여 주십시오. 그리고 아이에게 교훈이 되는 좋은 본보기로써 그것들을 이용하십시오.

퉁명스러운 말이나 불순한 일들은 널빤지에 못을 박는 것과 같다고 아이에게 말해 주십시오.

 자녀에게 믿음의 관계 가르치기

퉁명스럽게 말한 그 사람이 미안하다고 사과하면, 그것은 널빤지에서 못을 빼내는 것과 같습니다. 그런 후에 아이에게 널빤지에 난 구멍들을 제거하도록 요구하십시오. 아이가 그렇게 할 수 없다고 말하면, 다음과 같이 설명해 주십시오. 우리가 나쁜 말을 한 것에 대해 아무리 미안하게 여겨도, 못 구멍들을 제거할 수 없는 것처럼 그 말들을 취소할 수 없다는 것을 말입니다. 그래서 아이에게 항상 순전하고 상냥한 말을 하도록 주의를 기울여야만 한다는 것을 말해 주십시오.

 ## 순전한 신앙생활

다음의 세 활동들은 아이가 야고보서 1 : 27의 권고들을 이해하고 실행하도록 도울 것입니다.

"하나님 아버지 앞에서 정결하고 더러움이 없는 경건은 곧 고아와 과부를 그 환난 중에 돌아보고 또 자기를 지켜 세속에 물들지 아니하는 이것이니라"

1. 홀로된 사람들을 방문하십시오 : 양로원, 회복기 요양원, 조부모님댁, 그리고 나이든 분들이 있는 이웃집들을 방문함으로써 두 가지의 효과를 얻을 수 있습니다. 아이들은 이런 방문들을 통해서 친절하게 다른 사람들을 돌아보는 것을 배우게 됩니다. 그리고 보답으로 아이들은 조부모님이 쏟아 주시는 것과 같은 사랑과 애정을 받습니다. 대부분의 아이들이 조부모님들 가까이에 살지 않습니다. 그리고 어떤 아이는 좀처럼 그런 특별한 사랑을 받을 수 없습니다. 아이가 잘 알고 있는 미망인이 된 부인들과 다른 나이든 분들

을 방문하여 도울 수 있는 기회들을 만들어 주십시오.

2. 고아들을 방문하십시오 : 고아원에 사는 아이들, 먹을 것이나 입을 것이 거의 없는 외국에서 살고 있는 아이들, 그리고 아버지나 어머니가 감옥에 있거나 군복무로 떠나 있는 아이들을 도울 기회를 이용하십시오. 당신의 아이가 나누어 줄 돈을 벌게 해서 재정적 도움으로 그런 아이를 후원하게 하십시오. 또는 당신의 가족과 함께 외출하도록 아이를 데리고 나오든지 아이를 초대하여 당신의 가족과 함께 특별히 식사를 함께 하든 하십시오. 고아가 된 아이와 함께 보낸 시간은 정말 잊을 수 없는 경험이 될 것입니다. 될 수 있으면 자주 그런 친절을 베풀도록 하십시오. 당신이 보여 주는 사랑과 애정은 생활이 어려운 아이의 삶에서 쓸쓸한 마음을 달래는 데 도움이 될 수 있습니다. 그리고 그것은 정말로 하늘에 계신 하나님 아버지를 기쁘게 해 드립니다.

3. 세속에 물들지 않도록 당신 자신을 지키십시오 : 어느 날 아침, 아이가 놀기 시작하기 전에 아이에게 흰 셔츠를 입히십시오. 그리고 아이에게 겨루고 싶다고 말하십시오. 그 목적은 아이가 아침 내내 셔츠에 얼룩 한 점 묻히지 않고 깨끗이 유지할 수 있는지를 알아보는 것입니다. 만일 아이가 그렇게 할 수 있다면 당신은 보답으로 아이에게 한턱 내야 할 것입니다. 만일 아이가 옷을 더럽히면, 셔츠에 얼룩이 전혀 없는 것처럼 보이게 하는 방법을 알고 있다고 아이에게 말하십시오. 셔츠가 다시 깨끗해질 때까지 빨거나 표백하는 것을 아이가 도울 수 있게 해 주십시오.

그리고 우리가 죄를 짓거나 나쁜 짓을 할 때, 그것은 우리 마음을 더럽히는 것과 같다는 것을 설명해 주십시오. 그러나 예수님께 우리의 잘못을 아뢰면, 예수님께서는 우리를 용서해 주시며 다시 우리를 깨끗케 해 주신다는 것을 꼭 설명해 주십시오!

아이에게 말하십시오.

"이제 너는 결코 더럽혀지지 않았던 것처럼 똑같은 상을 받게 될거란다!"

Introduce **수정처럼 투명한 물건들**

투명한 비닐 랩, 창문, 얼음, 돋보기, 셀로판지, 목욕 물, 쌍안경, 수영장, 망원경, 유리잔, 또는 프리즘과 같이 꿰뚫어 볼 수 있는 것들을 번갈아 가며 명명하십시오. 그리고 아이에게 말하십시오.

"예수님께서는 우리가 저 창문만큼 깨끗하고 순수하게 행동하기를 원하신다는 것을 알고 있었니? 예수님께서는 마치 햇빛처럼 자신의 사랑을 우리를 통하여 비추고 싶어하신단다."

 자녀에게 믿음의 관계 가르치기

 ## 순전한 하트들

다음 방법들 중 한 가지 방법으로 아이가 장식 하트를 만들도록 도와주십시오.

- 소금 반죽 : 소금 두 컵과 밀가루 한 컵에 대략 물 한 컵을 넣고 섞으십시오. 반죽 덩어리를 평평하게 펴서 하트 모양으로 오려 내십시오. 그리고 상부에 작은 구멍 한 개를 만드십시오. 그것을 160도의 온도에서 딱딱해질 때까지 구우십시오. 식으면 그것에 하얀 색의 칠을 하고 리본이나 실을 구멍에 꿰어 묶어 거는 고리를 만드십시오.

- 스티로폼 하트 : 공예품, 세퀸(번쩍이는 금속 조각), 구슬, 그리고 작은 리본 조각들을 아이에게 주어 스티로폼 하트를 장식하는 데 사용하게 하십시오. 공예 상점에서 만들어져 나오는 하트 모양을 구입할 수 있습니다. 또는 물건이나 고기를 포장하는 데 사용하는 납작한 스티로폼에서 당신이 하트 모양을 오릴 수 있습니다. 먼저 그것들을 깨끗하게 씻는 것을 명심하십시오.

- 하트 쿠키 : 설탕을 입힌 하트 모양의 크기를 만드는 것을 아이가 도울 수 있게 해 주십시오. 아이에게 쿠키에 하얗게 설탕을 입히고 색깔이 있는 뿌릴 만한 것들로 장식하는 것을 돕도록

요구하십시오.

- 종이 하트 : 여러 가지 색깔과 크기로 종이 하트를 만드십시오. 그리고 아이가 하얀 종이 위에 그것들을 붙이게 하십시오. 장식 냅킨 또한 종이 하트를 만드는 데 예쁜 밑그림이 됩니다.

- 솜털 모양의 하트 : 네모난 티슈 $3Cm^2$, 하트가 크게 그려져 있는 $23 \times 28Cm$ 크기의

색판지, 지우개 달린 연필, 풀을
아이에게 제공하십시오. 아이에게 그 하트의
어떤 부분에 작게 풀을 펴 바르도록
지시하십시오. 티슈를 연필에 달린 지우개
끝으로 문질러 보풀이 일게 하는 것을
아이에게 보여 주십시오. 그런 다음 그것들을
풀로 내리 누릅니다. 그러면 그 결과로
꺼슬꺼슬한 보풀들이 일어납니다. 하트
모양을 전부 덮을 때까지 계속하십시오.

아이가 하트를 만들 때 말하십시오. "예수님께
서는 우리의 마음이 이 예쁜 하트처럼 깨끗하고
순수하기를 원하신단다. 그리고 예수님께서는 우
리가 옳은 일과 말을 하도록 도와주실거야. 또한
자신을 위해서 우리의 마음을 깨끗하고 순수하게
지켜 주실거야."

 정결한 눈

아이에게 포스터지나 종이 접시로 초승달 모양
을 한 차광판을 만들게 하십시오. 아이가 칠하고
싶은 색으로 색칠을 하도록 요구하십시오. 그런
후에 그 차광판을 아이의 머리에 실이나 리본으
로 달아 주십시오.

아이가 차광판을 쓰고 있을 때, 놀이를 하십시
오. 당신이 어떤 가공의 행동들을 말할 것이라고
아이에게 말해 주십시오. 만일 언급한 그 활동이
아이가 보거나 즐겨도 괜찮은 것이라면 아이는
차광판을 들어올리거나 올려다보아야 합니다. 만
일 보지 말아야만 하는 활동이라면 차광판을 끌
어내리거나 내려다보아야 합니다. 다음 말들을
본보기로 사용해 보십시오.

· 아름다운 저녁 노을을 하늘에서
  볼 수 있습니다.
· 어떤 아이가 반 아이들이 모두 자기를
  쳐다보게 하려고 공부 시간에 아주 버릇없이
  행동하고 있습니다.
· 어떤 아이는 혼자서 옷을 입으려고 노력하고
  있습니다.
· 목사님은 교회에서 기도하고 있습니다.
· 친구집에서 폭력적인 TV 프로그램을
  시청합니다.
· 어떤 친구는 자신이 그린 그림을 보여 주고
  싶어합니다.
· 빨간 꽃들이 아름답게 마당에 피어 있습니다.

당신은 또한 아이와 함께 다음 성경 구절을 강
조해서 이야기해 볼 수 있습니다.
**"주께서는 눈이 정결하시므로 악을 참아 보지 못
하시며…"(합 1 : 13)**

 ## 내 몸은 하나님의 성전

아이와 함께 이런 재미있는 친밀한 놀이를 해 보십시오. 머리를 똑똑 두드리며 동시에 배를 문지르면서 이런 시를 함께 읊으십시오.

나는 내 몸을 깨끗하게 관리할거야.
나는 내 몸을 유용하게 사용할거야.
나는 내 몸을 순수하게 지킬거야.
그래서 해야 할 것들을 할거야.

 ## 얼룩들

아이가 땀에 젖은 손가락으로 창문이나 거울에 얼룩을 만들 때, 또는 흙투성이의 발로 보도를 더럽힐 때, 아이에게 이렇게 말해 주십시오. 우리가 죄나 그릇된 행동으로 더러워지듯이 사물들은 그런 얼룩으로 지저분해진다는 것을 말입니다.

아이가 자신이 지저분하게 만든 얼룩들을 청소하도록 도와주십시오. 그리고 예수님께서는 우리가 정결케 되기를 간구하면 우리가 지은 죄의 얼룩들을 지워 주시며 우리를 얼룩 한점 없이 정결하고 순수하게 만들어 주신다는 것을 설명해 주십시오.

 ## 마음을 정결케 해 두십시오

이 활동은 약간 낯설게 보일지도 모릅니다. 하지만 아이에게는 그것이 강한 인상으로 남을 것이고, 오래도록 그 교훈을 선명하게 상기시킬 것입니다. 그것이 바로 이 놀이의 목적입니다.

어느 날 저녁, 아이가 목욕할 준비가 되어 있을 때, 아이의 가슴에 로션을 바르고, 눈썹 그리는 연필이나 립스틱으로 그 부분에 하트 모양을 그리십시오(로션으로 인해 쉽게 지울 수 있을 것입니다). 가슴에 그려진 하트를 그대로 둔 채 아이를 욕조에 넣으십시오. 그리고 이런 이야기를 들려주십시오.

옛날에 바른 것을 하며 자신의 마음을 깨끗하고 순수하게 지키려고 정말로 열심히 노력했던 특별한 소녀가 있었습니다.

어느 날, 어떤 사람이 쫓아와 그 아이에게 속삭였습니다.

"물건을 훔쳐보면 어떨까?"

"안 돼요!"

그 소녀는 자신의 깨끗한 마음을 감추면서 말했습니다.

"나는 안할 꺼예요!"

"좋아, 그러면 엄마 아빠 말을 듣지 않고 나와 함께 멀리 도망가 버리는 것은 어떠니?"

그 사람은 말했습니다.

"나는 하지 않을거야!"

소녀는 대답했습니다. 결국 그 나쁜 사람은 떠

났고 깨끗하고 순수한 마음을 가진 아이만 홀로 남아 있었습니다. 그 아이는 지금 여기에 있습니다(당신의 아이를 지적하십시오).

안전 장치를 입력하세요

당신은 확실히 "왜 그것을 볼 수 없는 거죠?"라는 질문에 부딪치게 될 것입니다. 어린아이가 당신이 금하고 있는 TV 프로나 영화를 보고 싶어할 때나 책이나 잡지들을 읽고 싶어할 때, 이런 사실을 다짐해 볼 필요가 있습니다.

어린아이는 자신의 가정에 시종일관 지켜지고 있는 적당한 행동 규범들이 있다는 것을 알 때, 가장 안심할 수 있으며 거의 혼란을 겪지 않습니다. 아이는 때때로 그 규범에 맞서려고 할지도 모릅니다. 하지만 아이가 그런 금지로 인해 언짢아 보일 때조차도 그 규범이 확고하다는 것을 알 때, 아이는 마음 속에서 안정을 찾습니다.

아이에게 그의 지성을 온 세상에 있는 어떤 다른 컴퓨터보다도 훨씬 더 가치 있는 컴퓨터라고 설명해 주십시오(원한다면, 당신의 말을 설명해 줄 간단한 그림을 그리십시오).

엄마와 아빠는 자신들의 소중한 자녀가 보아서 유익하지 않은 그림들과 생각들로부터 자녀를 지켜야 할 의무가 있는 것이라고 아이에게 말해 주십시오.

내 입술은 순전한 말들을 할거예요

하얀색이나 옅은 색의 봉투를 큰 것으로 고르십시오. 그리고 빨간색 종이에서 입 모양을 오려 아이에게 그것들을 봉투에 붙이게 하십시오. 봉투 속에 어린아이가 마음에 두어야 하는 다음과 같은 훌륭한 말들이 적혀 있는 종이를 넣으십시오.

· 나는 진실을 말하겠습니다.
· 나는 어른들께 상냥하게 말하겠습니다.
· 나는 하나님이나 예수님에 관해서 농담하지 않겠습니다.
· 나는 남자든 여자든 누군가의 신체에 대해

놀리지 않겠습니다.

· 나는 누군가가 나쁜 장난칠 때 웃지 않겠습니다.

아이에게 매일 아침 종이 1장을 골라 하나님의 도우심을 힘입어 거기에 적혀 있는 대로 그날 실행하려고 열심히 노력하도록 지시하십시오. 그날이 끝날 때, 아이가 간략하게 평가하도록 도와주십시오. 그리고 아이에게 항상 하나님의 사랑과 도우심을 이용할 수 있다는 것을 알려 주십시오.

저들이 말하는 것을 주의하세요

누군가가 이들과 같은 말들을 할 때, 경계해야 한다는 것을 아이에게 주의를 주십시오(그리고 그것에 대해 당신에게 꼭 말해야만 한다는 것도 일러 주십시오).

· "자, 모두 다하고 있잖아!"
· "왜 그래? 너 겁나니?"
· "아기같이 왜 그래?"
· "이것에 대해 절대로 너희 엄마나 아빠한테 말하지 마!"

아이에게 다음 말씀을 가르쳐 주십시오.

"…오직 하나님은 미쁘사 너희가 감당치 못할 시험당함을 허락지 아니하시고 시험당할 즈음에 또한 피할 길을 내사 너희로 능히 감당하게 하시느니라"
(고전 10 : 13)

순전한 생각 놀이

아이와 함께 이런 낱말 연상 놀이를 해 보십시오. 그것은 옳고 그른 행동에 대한 대화를 촉진시킬 것입니다. 당신이 다음과 같은 단어들을 말할 때, 떠오르는 생각이나 그림들을 당신에게 말하도록 아이에게 요구하십시오.

거품, 속임수, 청소,
세제나 비누, 더러운 옷, 거짓말, 순수,
도둑질, 진실, 세수 수건, 세탁기, 물

아이가 깨끗함의 상징적 의미를 이해하도록 열심히 도우십시오.

순전한 향수

아이와 함께 향긋한 향기가 나는 향수걸이를 만들어 분위기를 한층 더 멋있게 만들어 보십시오. 아이에게 작은 오렌지에 구슬 눈을 박는 것을 돕도록 요구하고 되도록이면 오렌지 전체에다 박으십시오. 또 걸이로 예쁜 리본을 붙이거나 또는 향수 걸이 대신 화향 화관을 만드십시오. 말린 장미 꽃잎을 작은 스티로폼 화관에 붙여 보고 즐길 수 있는 곳에 걸어 두십시오.

두 가지 중에서 한 작품을 아이와 함께 만들면서 아이에게 다음과 같이 말해 주십시오. 지금 만들고 있는 것은 네가 예수님께 순전하고 달콤한 향기가 나는 향수 같이 될 것을 상기시키게 될 것이라고 말입니다. **"우리는 … 하나님 앞에서 그리스도의 향기니"**(고후 2 : 15). 원한다면, 예수님의 삶이 항상 하나님의 사랑으로 순전하고 향기나도록 아기 예수님께 동방 박사들이 선물로 가져왔던 유향에 대해서 말해 주십시오.

하나님의 명령들은 단순해요

찰흙이나 밀가루 반죽, 또는 소금 반죽(소금 2컵에 밀가루 한 컵, 대략 물 한 컵)을 납작하게 펴서 서판을 만드십시오. 성서 시대에 하나님께서 10가지의 매우 특별한 규칙들, 즉 10계명을 적은 서판을 주신 것에 대해서 아이에게 설명하여 주십시오. 아이가 서판에 그 악필의 글씨를 쓸 수 있도록 펜이나 뾰족한 도구를 주십시오. 아이에게 당신이 하나님께서 모세와 우리들에게 주신 계명들을 말할 때, 실제로 글씨를 쓰는 것처럼 흉내내도록 하십시오. 그리고 아이가 이해할 수 있도록 계명들을 쉽게 풀어서 말하여 주십시오(출 20장 참조)

· "너는 진실한 하나님만을 공경해라."
· "너는 다른 상을 만들지 말고 그것을
  너의 하나님이라고 부르지 말아라."
· "너는 하나님의 이름을 나쁜 일에
  사용하지 말아라."
· "너는 주일을 특별하게 지키는 것을 기억해라."
· "너는 부모님의 말씀을 잘 듣고
  상냥히 대하여라."
· "너는 살인하지 말아라."
· "너는 네 부인이나 남편에게 충실하며
  진실해라."

· "너는 도둑질하지 말아라."
· "너는 거짓말하지 말아라."
· "너는 다른 사람에게 속한 것을
  탐내지 말아라."

훌륭한 단어들을 감추세요

이런 훌륭하고 중요한 단어들을 포스터지나 마분지에 적어 그것들을 한번에 한 개씩 숨기십시오(아이도 그 낱말들을 숨기고 싶어할지도 모릅니다).

· 겸손
· 정직
· 순수
· 성실

아이가 종이를 찾으면 각 종이에 적혀 있는 단어의 정의를 간략하게 말해 주십시오. 그 놀이가 끝날 때, 아이가 그 단어들을 당신에게 설명할 수 있는지 확인해 보십시오.

· 겸손 : 예수님께서 원하시는 것처럼 옷 입고 행동하기. 왜냐하면 우리는 하나님께서 우리의 신체를 모두 훌륭하게 하나님의 뜻대로 만드셨다는 것을 알고 있기 때문입니다. 또한 어떤 부분들은 다른 부분들보다 더 개인에 속하는 것이기 때문입니다. 그래서 우리는 하나님께서 기뻐하시지 않을 일이면 어떤 방식으로든 그것들을 자랑하지 않도록 조심해야 합니다.
· 정직 : 진실하고 바른 것을 말하고 행동하기.

· 순수 : 하나님께서 우리에게 주신 신체를
  손상시키는 것은 어떤 것도 하지 않도록
  주의하는 것.
· 성실 : 다른 사람들 그리고 하나님께서
  신뢰할 수 있는 사람이 되는 것.

순금으로 만든 왕관

다음 방식들 중의 한 가지로 아이가 왕관을 만
들도록 도와주십시오.

· 작은 종이 봉지를 아이 머리에 씌우고 봉지
  입구의 가장자리를 위로 몇 번 접어 올려
  튼튼하게 만드십시오. 아이에게 크레용이나
  끈적이가 붙은 별들이나 눈부신 장신구를
  사용하여 멋진 왕관을 만들도록 요구하십시오.
· 금박 종이를 대략 20Cm 정도의 길이로 길고
  가느다랗게 잘라 조각을 만드십시오. 그
  조각들을 바퀴의 살처럼 배열하여 스테이플로
  중심을 고정시키십시오.
  그것들이 모두 연결된 조각의 중심부에 작고
  둥근 종이 조각을 풀로 붙이거나 철쇠로
  고정시켜, 마치 왕관의 꼭대기에 있는
  보석처럼 보이게 하십시오. 조각들의 나머지
  끝은 아이의 머리 크기에 맞게 종이 밴드에
  일정한 간격에 철쇠로 고정시키십시오.

종이 조각들로 우아하게 형체를 만들어 중심의
"보석"이 아이의 머리 위에 얹히게 하십시오.
만일 그것이 견디지 못한다면, 그 보석을
아이의 머리카락에 머리핀으로 잡아매어
흔들리지 않게 하십시오.
· 아이의 머리 크기에 맞춘 포스터지의 조각을
  왕관 모양(하단 가장자리는 평평하게, 상단
  가장 자리는 지그재그로)으로 자르십시오.
  아이가 크레용, 마커, 끈적이가 붙은 별,
  그리고 눈부신 장신구들을 가지고 왕관을
  장식하게 하십시오. 그런 후, 둥글게 원의
  형태를 만들어 양 밑단을 함께 이어 붙이십시오.
  당신의 어린 여왕에게 왕관을 씌워 주십시오.

성경에 적혀 있는 왕관들에 관해서 아이에게
설명해 주십시오. 그것들은 순금으로 만들어
졌고, 아름답고 반짝이는 보석들이 박혀
있습니다. 시편 21 : 3을 아이에게 읽어주며
예수님을 사랑하고 예수님을 위해 순결을
지킨 사람들에게 언젠가 아름다운 왕관을
줄 것이라고 예수님께서 말씀하신 것을 말해
주십시오.

키스는 정말로 특별해요

종이에 입 모양을 그리든지 만들어 풀로 붙이

 자녀에게 믿음의 관계 가르치기

든지 하십시오. 그 입 아래에, "키스는 아주 특별합니다." 라는 말을 활자체로 적으십시오. 그것이 의미하는 것을 당신 자신의 말로 설명해 주십시오. 그리고 당신이 원하는 만큼 상세히 설명하십시오. 그렇지만 "네가 누군가에게 줄 수 있는 가장 훌륭한 선물들 중의 하나는 키스야." 라고 아이에게 말해주는 것을 명심하십시오. 왜냐하면 아주 특별한 사람들에게만 키스해 주는 것이 올바르기 때문입니다.

원한다면, 아이에게 다음과 같이 설명해 주십시오. 나이가 더 들어 어떤 특별한 사람을 좋아하면, 너무 자주 키스하지 않도록 조심해야 한다고 말입니다. 왜냐하면 키스는 "나는 너를 좋아해." 또는 "나는 너를 아주 많이 사랑해." 라는 뜻이기 때문입니다.

미소지으며 말하십시오. "나는 너를 정말로 사랑한단다. 자, 이리와!"(아이에게 키스해 주십시오.)

Introduce 신사 숙녀가 됩시다

아이가 "신사" 흉내를 내는 놀이를 하십시오. 평소에 아이에게 말을 걸 때 가끔 그런 이름으로 불러 주십시오. 신사와 숙녀는 어떻게 행동해야 하는지 행동으로 표현해 보십시오. 그리고 만일 성별이 같은 아이들만 있다면, 반대 성의 역할을 흉내내십시오. 잠깐 동안 아빠는 숙녀가 되거나 엄마는 신사가 된다면 역할극은 더욱더 재미있을 것입니다.

우리는 말하고 행동할 때, 서로 정중하고 상냥한 태도로 대해야만 한다는 것을 아이에게 강조해서 말해 주십시오. 하나님께서 남자 아이들과 여자 아이들이 함께 놀고, 함께 이야기하며, 서로 사귀는 것을 좋아하도록 만드셨다는 것을 아이가 깨닫도록 도와주십시오.

부모님들 ― 결혼했든 독신이든 ― 은 아이들이 그들 자신의 가치와 다른 사람들의 가치를 깨닫도록 대화에서나 태도에서 상대 성을 존중하며 대하도록 주의를 기울여야만 합니다. 다른 사람들을 존중하며 바르게 대하는 것을 배운 아이는 미래의 삶에서 사람들을 이용하거나 또는 악용하는 일은 결코 하지 않을 것입니다.

Introduce 내 모습 이대로 좋아요

적당하다고 여겨질 때, 당신의 아이에게 딸인 것이(또는 아들인 것이) 정말 기쁘다고 강조해서 말할 자연스런 기회들을 취하십시오. 당신이 좋아하는 아이의 성에 대한 훌륭한 특성들에 대해서 말해 주십시오.

아이에게서 보는 그런 구체적인 특징들을 강조해서 말하십시오. "나는 여자애들이 강하고 명랑해서 참 좋아, 또 그 애들은 부드러워질 수도 있어." 또는 "나는 여자애들이 부드럽고 얌전해서 참 좋아하지만 그들 또한 달릴 수 있고 놀기도 하고 아주 장난도 잘 쳐!" 만일 아이가 당신과 똑같은 성이라면 당신이 그 성이 된 것을 기뻐하고 있다는 것을 아이에게 알려 주십시오. 하나님께서 만드신 모습 그대로 당신은 정말 기뻐하고 있다고 말해 주십시오.

Introduce 기도와 노래

저로 하여금 말하는 것을 조심하게 하소서.
저로 하여금 행하는 것을 조심하게 하소서.
저는 정말로 제 삶이 사랑하는 주님, 당신께,
가치 있기를 원합니다.

정결하게 해 주소서, 주님.
순수하게 해 주소서.
제가 당신을 위해 착한 행동을 하는
매우 특별한 사람이 되도록 도와주소서!

"델의 농부"의 박자에 맞춰 :

나는 내 머리가 생각하기를 원해,
나는 내 손들이 일하기를 원해,

나는 내 발들이 주님께서 원하시는 곳으로 가기만을 원해,

나쁜 일이든 좋은 일이든,
내가 선택해야만 한다면,
나는 예수님 말씀대로 하는 것을 택할거야.
나는 내가 해야만 하는 것들을 할거야.

내가 들어 봤던 나쁜 말들을
누군가 내 곁에서 말하면,
나는 내 머리 속에서 유익한 생각들을 할거야.
그리고 유익한 말들을 할거야!

"뽕나무 숲"의 박자에 맞춰 :

하나님께서는 내가 부끄러워할 때
나를 보실 수 있어.
하나님께서는 내가 거짓말하는지 안하는지
내 말 들으실 수 있어.
그분은 내가 하는 모든 것을 보셔.
그래서 나는 예수님을 위해 착한 일을 할거야!

7

자녀에게
증인의 첫걸음
가르치기

비록 아이라도 그 동작으로 자기의 품행의 청결하며 정직한 여부를 나타내느니라

- 잠언 20 : 11

사람들은 사람들을 주시합니다. 나이든 사람들은 젊은이들을, 어린아이들은 십대들을, 그리고 청년들은 다른 청년들을 주시합니다. 그리고 주시 당하는 각 사람은 영향권을 갖고 있습니다. 때로는 광범위하게, 때로는 한정되게, 하지만 여전히 영향을 미칩니다.

아마도 어린아이보다 더 자주 주목받는 사람은 없을 것입니다. 휘청거리며 아장아장 걷고 있는 아이나 활동적인 취학전의 아이에게 미소 한번 지어 주지 않거나 인사말 한마디하지 않고 그냥 지나칠 수 있는 사람들은 극히 드물 것입니다. 또한 가정에서도 어린아이가 가장 인기가 있습니다. 우리는 보통 어린아이에게 넋을 빼앗깁니다. 그리고 아이가 행동하고 말하는 것은 우리에게 강력한 영향을 미칩니다. 우리 어른들의 일상적인 생활은 가정 안에서 어린아이들에게 영향을 받습니다.

아이들은 또한 다른 아이들에게 영향을 미칩니다. 부정적인 행동이 한 아이에게서 다른 아이에게 전해지는 것을 살펴보면 얼마나 빠르게 영향을 주고 받는지 입증할 수 있습니다.

반대로 말하면, 우리가 지도하고 격려하면 우리의 어린아이는 다른 사람들에게 미덕과 하나님에 대한 강한 영향을 미칠 수 있다는 것입니다.

다음에 나오는 활동들은 정말 어린아이들에게 무엇을 행하고 말할 것인지 그리고 어떻게 행동하고 반응할 것인지에 대한 지도 원리를 가르치는 것을 돕기 위해 고안되었습니다.

아이들은 그 활동들을 통하여 사람들이 주 예수 그리스도와 그분의 진리에 다가가도록 도울 수 있을 것입니다.

당신의 어린 자녀가 다른 사람들에게 긍정적인 영향을 미칠 수 있도록 가르칠 때, 하나님께서 당신에게 지혜로 충만케 해 주시기를 기원합니다.

갓난아기

갓난아기들과 걸음마장이들은 자기 인식의 초기 단계에 있고, 다른 사람들의 필요들에 관해 아무런 생각이 없기 때문에 중간 또는 그보다 약간 더 나이든 취학전의 아이들을 위한 것보다 그런 나이의 아이들을 위해 고안된 활동들이 훨씬 더 적습니다.

Introduce 아가야, 까꿍!

아기를 당신 무릎 위에 안고 있을 때나 침대에 누워 있는 아기를 바라볼 때, 천천히 말하십시오.

"까—꿍!" (말하면서 눈을 감았다 뜨십시오.)

"까—꿍!" (그 행동을 되풀이하십시오.)

"누군가 너를 지켜보고 있네!" (아기를 가리키며 아기의 배를 부드럽게 어루만져 주십시오.)

"누군가 너를 지켜보고 있네!"

Introduce 엄마가 듣고 있단다

아기가 기뻐서 목을 울리며 소리를 낼 때, 천천히 아기에게 말하십시오.

"엄마가 듣고 있단다, 아가야 계속 소리를 내 보렴!"

 자녀에게 믿음의 관계 가르치기

 곁에 있어요

아기가 얌전히 침대에 누워 있을 때, 이런 짧은 노래를 아기에게 불러 주십시오.

"델의 농부"의 노랫가락에 맞춰 :

너(이름)는 내 친구야.
네 미소로 나 또한 미소짓네.
나는 아기 침대 옆에 서서 아기가
하고 있는 일들을 지켜 보는 것을 좋아해.

 미소지어요

당신의 아기에게 또다른 아기를 소개시켜 주어 둘이 마주보고 있을 때, 당신의 아기에게 말하십시오.

"아가야! 지미에게 행복한 미소를 지어 주어야지?"

걸음마하는 아이

 굴려 보내!

포장지를 감는 속이 빈 긴 원통을 계단의 난간에 테이프로 붙이거나 묶으십시오. 종이 원통을 통하여 굴러 나올 만큼 작은 고무공을 아이에게 주십시오. 그리고 원통의 상부 끝에 아이를 세우십시오. 아이에게 "공이 터널을 지나 엄마에게 오도록 던져줘!" 라고 말하십시오. 만일 아이가 이해하지 못하면, 원통 안에 공을 집어 넣는 방법을 시범으로 보여 주십시오. 아이가 공을 굴릴 때마다 잡으십시오. 그리고 아이가 놀이에 관심을 가질 만큼 자주 되풀이하십시오.

아이와 함께 놀면서, 애정을 기울여 아이에게 말하십시오.

"크리스토퍼가 엄마에게 공을 건네주고 있는

것처럼 예수님께서는 우리가 다른 사람들에게 예수님의 사랑을 전해 주기를 원하신단다."

Introduce 기쁜 소식을 전하세요!

아이가 양쪽 끝을 열어 놓은 큰 상자를 통하여 기어나오게 하십시오. 손쉽게 이용할 상자를 갖고 있지 않다면 탁자에 큰 시트를 덮어 터널을 만들어 놓고 이렇게 말하십시오.

"터널을 뚫고 기어서 아빠에게 와! 아빠는 기쁜 소식을 갖고 있단다."

아이가 당신을 향해 기어나올 때, 그 말들을 계속 되풀이하십시오.

아이가 터널 끝에 있는 당신에게 기어나오면 말해 주십시오.

"기쁜 소식은 예수님께서 너를 사랑하신다는 거야, 에린!"

Introduce 내 얼굴이 하나님의 사랑을 나타내요!

아이의 얼굴에 손거울을 떠받쳐 주십시오. 각 생김새에 관해 말하며 하나님께서 그것이 무엇을 하도록 만드셨는지를 설명해 주십시오. 아이의 눈, 코, 입(이, 혀), 귀를 가리키면서 각각의 용도에 관해 이야기하십시오.

"예수님께서는 사랑이 듬뿍 담긴 미소를 지으며 지미의 예쁜 얼굴을 만들어 주셨단다. 이제 지미가 예수님께 미소를 지어보렴!"(미소짓고 있는 얼굴에 키스해 주십시오.)

Introduce 나는 예수님을 위해 음악을 만들 수 있어요!

아이가 장난감들이나 부엌에서 사용하는 그릇들과 냄비들로 "음악을 연주"하게 하십시오. 아이가 연주할 때, 함께 연주하거나 노래를 따라 부를 수 있도록 녹음된 음악을 제공하십시오. 그리고 이렇게 말해 주십시오.

"엘렌은 엄마가 들을 수 있는 예수님을 위한 아름다운 음악을 만들 수 있어!"

Introduce 열매를 잘 맺는 나무들

"그의 열매로 그들을 알지니…"(마 7 : 16)

갈색 펠트에서 나무 줄기와 가지들을 오리십시오. 사과, 오렌지, 바나나는 색깔이 있는 사각 펠트에서 몇 개씩 오려내십시오. 네모난 마분지에 플란넬이나 펠트를 씌워 게시판을 만드십시오. 원한다면, 플란넬 판 대신에 소파 쿠션을 사용하셔도 좋습니다.

그리고 플란넬 판에 줄기를 놓으십시오. 아이에게 나뭇가지에 열매를 붙이게 하고 아이가 붙이고 있을 때, 예수님께서는 우리가 다른 사람들

에게 예수님의 사랑의 열매를 나누어주기를 원하신다고 아이에게 말해 주십시오. 또한 나무에 열매 붙이는 일을 아주 잘한다고 아이를 칭찬해 주십시오.

3-4세의 아이들

Introduce 인디언 평화 모임

"할 수 있거든 너희로서는 모든 사람으로 더불어 평화하라"(롬 12 : 18)

당신이 원하는 대로 단순하게 혹은 좀더 정교하게 이 활동을 할 수 있습니다. 아이마다 깃털로 된 머리 장식, 조끼, 담요, 또는 종이 봉지를 신고 발목 주위를 묶는 인디언들이 신는 신발을 만들도록 도와주십시오. "평화 장식(peace paint)"

을 입거나 단순히 시늉만 해도 좋습니다.

마루에 둥그렇게 둘러앉으십시오.

당신의 아이와 악수를 하고 당신의 아이에게 옆에 있는 아이와 악수할 것을 요구하십시오. 등을 두드려주며 똑같이 하십시오. 그런 후에 아이가 하고 싶어하면 아이가 전달할 행동을 시작하게 하십시오. 5-7세 된 아이들과는 행동을 전할 때 행동마다 속도를 내서 하도록 시도하십시오.

그리고 다음과 같은 말들을 전하십시오. "친구가 되자." 또는 "성경 말씀에 따를래." 그런 다음, 당신이 셋까지 세면 모두 함께 소리를 지르십시오. "야!"

Introduce 우리는 다른 사람들이 필요해요

"우리 중에 누구든지 자기를 위하여 사는 자가

없고…"(롬 14 : 7)

작은 상자나 밖에 있는 모래 놀이통 안에 속이 빈 마분지통을 놓고 모래나 옥수수 가루로 덮어 동굴을 만들고, 통의 한쪽 끝은 동굴로 들어가는 입구로 덮지 말고 내버려 두십시오.

아이에게 동굴 안에 작은 장난감 동물을 넣도록 요구하고 그 장난감 동물은 오로지 혼자서만 살고 있으며 친구는 한 사람도 없다는 것을 설명해 주십시오.

그에게는 사귈 사람도, 함께 먹고, 함께 놀 사람도 없습니다. 또한 아프거나 슬플 때, 그를 도와줄 사람이 아무도 없습니다.

그리고 말하십시오.

"그렇기 때문에 하나님께서는 우리에게 가족과 친구들을 주셨단다. 그러니 우리 동물에게 친구들을 몇 명 만들어 주자!"

동굴 밖 여기저기에 다른 동물들을 놓으십시오. 동굴 속에 있던 동물이 새 친구들을 만나기 위해 밖으로 나오게 하십시오.

그리고 미칠듯이 기뻐하며 위아래로 껑충껑충 뛰게 하십시오.

다시 아이에게 말해 주십시오.

"우리는 서로 도울 수 있고, 함께 기뻐하며 놀 수 있단다. 또한 슬픔도 함께 할 수 있단다. 그리고 늘 하나님께서 우리와 함께 계시단다."

Introduce 과일 나누기

당신 아이는 집 안에만 있는 사람을 훌륭히 격려할 수 있습니다.

아이가 사랑과 관심을 필요로하는 사람에게 다채로운 빛깔의 과일이 들어 있는 바구니를 가져다 주게 하십시오. 또는 작은 종이 접시에 과일을 몇 조각 담고 비닐 랩으로 덮은 후, 예쁘게 리본으로 묶으십시오. 그리고 노인들이 사는 집에 그 과일 접시를 전해 주러 아이와 함께 가며 예수님을 위해 과일을 나르고 있는 중이라고 말해 주십시오.

Introduce 정말로 특별한 것

당신의 손에 정말로 특별한 어떤 것을 꽉 쥐고 있다고 아이에게 말하십시오. 아이에게 그것을 건네주십시오. 그 물건(먹을 것, 또는 가지고 놀 것)을 아이 손에 놓아 주어 아이가 그 물건을 간직하게 하십시오. 우리가 다른 사람들에게 전해 줄 수 있는 가장 특별한 것은 예수님의 사랑이라는 것을 아이에게 분명히 말해 주십시오.

Introduce 이웃들에게 선한 영향력 미치기

"우리 각 사람이 이웃을 기쁘게 하되 선을 이루고…"(롬 15 : 2)

 자녀에게 믿음의 관계 가르치기

착한 이웃이 되기 위한 몇 가지 활동들을 계획하십시오. 아이는 그 활동들을 통해서 자신이 유용하다는 것을 깨닫게 될 것이며 동네로 상호 우호적인 정신을 확장할 수 있도록 도움을 받게 될 것입니다. 여기에 몇 가지 가능한 활동들이 있습니다.

- 이웃집의 마당과 가장 인접해 있는 당신의 집 마당에서부터 민들레와 잡초를 뽑아 잔디로 퍼지지 않도록 하십시오.
- 아이가 당신이 그렇게 하리라고 기대하고 있지 않을 때, 이웃집 보도에 쌓인 눈을 삽으로 퍼내십시오. 되도록이면 아이가 자신의 삽이나 주걱으로 많이 도울 수 있게 해 주십시오.
- 누군가에게 과자를 가져다주십시오.

- 종이 바구니(덮개가 없는 마닐라지 봉지로 만들거나 색판지를 둥글게 말아 원추형의 용기를 만들어 철쇠로 고정시키거나 테이프로 붙여 만드십시오)에 꽃을 담아 문손잡이에 걸어 놓으십시오.
- 아픈 사람을 방문하십시오. 그 사람을 위해 아이와 함께 심부름을 가십시오.

Introduce 예수님 빛 퍼뜨리기

미소는 "전염성"이 있다고 아이에게 말해 주십시오. 우리가 누군가에게 미소를 지으면 그 사람은 보통 우리에게 미소로 응답할 것입니다. 그리고 아마도, 또다른 사람에게 미소를 나누게 될 것입니다. 이런 원리를 아이에게 설명해 주십시오.

미소는 널리 널리 퍼져서 많은 사람들을 행복하게 할 수 있습니다. 예수님께서 우리에게 행복을 주셨기 때문에 우리 또한 다른 사람들에게 예수님께서 주시는 행복을 나누어 주어야만 합니다.

식료품점으로 "예수님-빛 비추기" 외출을 하십시오. 아이에게 사람들에게 미소지으며 예수님께서 주신 기쁨을 사방에 퍼뜨리려고 한다는 것을 미리 말해 주십시오. 소심한 아이라 하더라도 부끄러워하면서도 정말 매력적인 미소를 지을 수 있습니다. 예수님 빛을 전할 때 발생하는 재미를 즐기십시오.

Introduce **구슬을 꿰세요**

구슬이나 마카로니 또는 0모양의 시리얼로 목걸이를 만들어 보십시오. 실의 한쪽 끝을 작은 테이프 조각으로 말아서 보강시키고 조각들을 끼우십시오.

아이가 구슬 한 개를 꿰고 나면, 다른 것을 꿰도록 당신에게 그 실을 건네주어야 합니다. 그러면 당신이 구슬 꿰는 것을 교대로 합니다. 가능하면 이 활동에 아이들을 많이 포함시키십시오.

우리가 목걸이를 함께 만들고 있는 것처럼, 서로 하나님의 사랑을 나눌 때, 아름다운 것을 이룰 수 있다고 아이에게 말해 주십시오.

Introduce **이름에 무슨 뜻이 있어요?**

아이의 이름에 대해서 아이와 함께 이야기하십시오. 이야기 속에 아이의 이름 전부 - 첫자, 가운데, 마지막 이름 - 를 포함시키십시오. 가족들의 이름에 대해서도 아이에게 말해 주십시오. 아이 이름의 뜻을 안다면, 그것을 아이에게 설명해 주십시오. 그리고 이름이 내포하고 있는 긍정적인 성격적 특성에 아이가 얼마나 잘 들어맞는지 아이에게 말해 주십시오.

우리의 마음 속에 예수님의 사랑을 간직하고 있을 때, 우리는 또한 그분의 이름을 간직할 수 있다고 아이에게 말해 주십시오. 우리는 결코 예수님의 훌륭한 이름을 손상시키는 것은 어떤 것도 하지 말아야 합니다.

 자녀에게 믿음의 관계 가르치기

 ## 아름다운 빛

"너희는 세상의 빛이라…"(마 5 : 14).

아이가 5Cm 정도 되는 양초의 밑바닥을 흰 풀로 붙이게 하고 풀이 발라져 있는 곳에 압축한 꽃이나 구슬, 세퀸, 또는 다른 편평한 장식품들로 장식하게 하십시오. 또한 아이가 좋아하도록 풀 위에 작은 반짝이들을 뿌려도 좋습니다(반짝이를 혼자서 사용하기에 3세 된 아이들은 너무 어렵습니다. 아이들은 반짝이가 묻은 손으로 눈을 만질 수가 있습니다).

예쁜 초가 바닥에 붙어 흔들리지 않으면 잘 배치하여 그것을 볼 때마다 예수님을 위해 빛을 발해야 한다는 것을 생각할 수 있게 하십시오.

우리가 친절을 베풀고, 말을 잘 듣고, 도움을 줄 때, 우리는 예수님을 위해 밝게 빛난다고 아이에게 설명해 주십시오.

 ## 별처럼 빛나라!

"…어두운 데 비취는 등불과 같으니… 너희가 이것을 주의하는 것이 가하니라"(벧후 1 : 19)

우리들 대부분은 밖에서 잠을 자지 않습니다. 또한 별이 빛나는 밤하늘을 즐길 수 있는 채광창이 침실 천장에는 없습니다. 아이가 자기 방의 천장에 나타나는 자신의 별들을 만들게 하십시오.

연필로 속이 빈 오트밀 상자의 밑바닥에 구멍을 뚫으십시오. 원한다면, 구멍들을 소북두성 형상으로 배열하십시오.

그 상자를 손전등 끝부분 위에 올려놓고 마스킹 테이프나 반창고로 고정시키십시오. 아이가 뒤로 누워 어두운 자신의 방에서 손전등을 켜 별이 있는 밤을 즐길 수 있게 하십시오.

아이에게 예수님을 위해 빛나는 예수님의 작은 별이라고 은밀히 말해 주십시오. 또한 당신 삶의 빛인 것을 아이가 깨달을 수 있게 해 주는 것을 명심하십시오.

 ## 도로에 소금 뿌리기

겨울 아침 아이에게 이웃집의 얼음이 언 도로와 계단에 돌소금을 뿌려 놓게 하십시오. 이것은 그다지 비용이 들지 않습니다. 비축해 두었다가 이런 특별한 목적에 손쉽게 이용하십시오.

또 아이가 착한 행동을 할 때, 아이에게 예수님께서는 이 세상에서 우리가 소금이 되기를 원하신다고 일러주십시오. 그리고 대니가 이웃집에 소금을 뿌려 주고 있는 것이 정말 기쁘다고 말해 주십시오.

 ## 소금 정원

이런 재미난 활동은 분명 취학전의 당신 자녀

에게 대성공일 것입니다. 하지만 아이가 잠시 자신의 손이 더러워지는 것에 신경쓰지 않을 때, 실행하십시오. 대접이나 냄비에 으깬 얼음이나 각빙을 가득 채우십시오. 아이에게 흔들 뿌리개로 얼음에 소금을 뿌리게 한 다음 다양한 색깔의 색소들을 몇 방울 떨어뜨리게 하십시오. 소금이 얼음을 녹이며 모양이 재미있게 변해가는 것을 지켜보십시오.

예수님께서 우리에게 세상을 아름답고 재미있는 곳으로 만드는 소금같은 존재가 되라고 말씀하셨다는 것을 아이에게 말해 주십시오.

Introduce 온실 거인

젖은 스펀지나 흙이 담겨 있는 깊이가 얕은 그릇에 새 모이를 뿌리십시오. 씨를 뿌린 일부분에 작은 유리를 씌워 "온실"을 만드십시오. 당신은 곧 온실 속의 풀이 온실로 둘러싸여 있지 않은 풀보다 더 빨리 더 크게 자라는 것을 보게 될 것입니다.

아이에게 하나님께서도 그녀를 온실에 두셨다는 것을 설명해 주십시오. 아이의 온실은 하나님의 사랑이 아이를 밝게 비출 수 있도록 아이를 사랑하고 돌보는 가정과 친구들과 교회입니다. 아이가 다른 사람들에게 하나님의 빛을 비추도록 훌륭하게 키도 크고 힘도 세게 자랄 것이라는 확

신을 아이에게 표현하십시오.

Introduce 나는 진자와 닮았어요

한 진자는 또다른 진자를 흔들리게 할 수 있습니다. 아이에게 그것을 입증할 수 있는 방법이 있습니다.

실을 20Cm 정도의 길이로 두 가닥 자르십시오. 실마다 끝에서 3Cm 정도의 간격을 두고 찰흙으로 만든 공을 눌러 붙이십시오. 그리고 찰흙공이 움직이지 않고 제자리에 있도록 실 끝에 매듭을 짓거나 단추를 끼우십시오.

두 의자의 등받이 사이에 또다른 실을 탄탄하게 묶고 의자가 움직이지 않도록 의자 위에 무거운 책들을 올려 놓으십시오(또는 당신과 아이가 각각 의자에 앉으십시오). 진자들을 의자들 사이에 매어놓은 줄에 묶으십시오. 그리고 진자 하나는 흔

 자녀에게 믿음의 관계 가르치기

들리지 않게 잡고 또다른 진자를 흔드십시오.

흔들리지 않는 진자쪽으로 흔들리는 진자를 조심스럽게 보내십시오. 그러면 즉시 흔들리지 않던 진자가 흔들리기 시작할 것입니다.

마치 진자처럼 다른 사람들은 우리가 행하는 것을 행한다고 아이에게 말해 주십시오. 만일 우리가 예수님께서 원하시는 대로 행동한다면, 가령 부모님 말씀을 잘 듣고 상냥하게 말하고 다른 아이들과 애완 동물들에게 친절히 대한다면, 다른 사람들 또한 그런 식으로 행동할 것입니다(아이에게 기억시키고 싶은 특별한 종류의 행동을 포함시키십시오).

Introduce 덕이 되는 말을 전하세요

아이들은 김이 오른 창문과 거울에 쓰는 것을 좋아합니다. 이 활동에서는 아이가 김이 오르기 전에 거울 위에 쓰는 것입니다.

아이가 손으로 욕실 거울에 아빠에게 전하고 싶은 특별한 말을 쓰도록 지도해 주십시오. 면 헝겊의 끝을 비눗물에 적셔 비눗기가 거의 보이지 않도록 얇게 글자들을 쓰십시오. 아빠가 거울 보는 것에 지장을 끼치지 않을 곳에 메시지("예수님께서는 아빠를 사랑하십니다"와 같은)를 쓰고 웃는 얼굴을 그리십시오. 아빠가 샤워할 때 거울이 흐려지면서(또는 추운 날 창문에), 행복한 메시지가 보이게 될 것입니다.

Introduce 누가 나를 엿보고 있나요?

"비록 아이라도 그 동작으로 자기의 품행의 청결하며 정직한 여부를 나타내느니라"(잠 20 : 11)

이 성경 구절을 당신의 아이에게 설명해 주십시오. 사람들이 우리가 무엇을 행하고 말하는지 알기 위해 우리를 지켜 보고 있다는 것을 손 뒤에서 살짝 들여다보는 것을 보여줌으로써 아이에게 가르쳐 주십시오.

만일 우리가 예수님을 사랑하고 예수님께서 우리에게 원하시는 것처럼 행한다면, 다른 사람들 또한 그렇게 할 것입니다.

이런 진리를 상기시켜 줄 엿보는 상자를 아이와 함께 만들어 보십시오. 마분지로 된 구두 상자 내부의 한 면에 아이의 사진을 붙이십시오. 그리고 상자의 뚜껑을 덮으십시오.

사진을 붙인 면과 마주보는 면에 둥그렇게 구멍을 2개 만드십시오. 아이가 멀리 떨어져서도 들여다볼 수 있을 정도로 크게 만드십시오. 만일 상자 안이 너무 어두워 잘 볼 수 없다면, 빛을 비출 수 있는 작은 구멍들이나 틈을 몇 개 만드십시오.

아이가 자신의 사진을 엿보고 있을 때, 아이에게 다음 노래를 불러 주십시오.

"잠자고 있나요?"의 노랫가락에 맞춰 :

누군가 지켜 보고 있네,
누군가 지켜 보고 있네,
나를 지켜 보네,
나를 지켜 보네.
나는 정말 주의할래,
나는 정말 주의할래,
행동하는 것을,
행동하는 것을.

누군가 지켜 보고 있네,
누군가 지켜 보고 있네,
나를 지켜 보네,
나를 지켜 보네.
나는 정말 조심할래,
나는 정말 조심할래,
말하는 것을,
말하는 것을.

Introduce **나아만과 어린 소녀**

열왕기하 5장의 성경 이야기를 어린아이가 이해할 수 있도록 다음과 같은 방식들로 이야기해 주십시오.

성경에는 나아만이라는 이름을 가진 매우 아픈 장군에 관한 이야기가 있습니다. 그는 병을 고칠 수가 없어서 슬퍼했습니다.

어느 날 어린 여자 아이가 하나님의 선지자 엘리야가 그를 도와줄 수 있을 것이라고 말했습니다. 나아만은 엘리야를 찾아갔습니다. 엘리야는 하나님께서 나아만이 요단강에 7번 몸을 씻기를 원하신다고 말했습니다 한번, 두 번, 세 번, 네 번, 다섯 번, 여섯 번, 일곱 번!(셈하면서 당신 손으로 담그는 시늉을 하십시오.) 나아만은 하나님 뜻대로 다시 원래의 상태로 회복되었습니다. 나아만은 어린아이가 무엇을 해야 할지 자신에게 알도록 도와준 것이 정말 고마웠습니다.

방수가 되는 장난감을 나아만이라는 인물로 사용하십시오. 아이와 나아만을 목욕실 욕조로 데

 자녀에게 믿음의 관계 가르치기

리고 가십시오. 욕조에 물을 채우고 아이가 장난감을 물에 일곱 번 담글 수 있게 하십시오. 장난감 나아만이 건강이 좋아진 것을 기뻐하게 만드십시오.

어린아이도 어른들을 훌륭히 도울 수 있다는 것을 아이에게 강조해서 말해 주십시오.

누군가가 당신을 따라오고 있어요

사각 펠트나 베어내도 상관없는 낡은 융단에 아이의 발이나 신발 윤곽을 그리십시오.

베껴낸 발을 본으로 사용하여 발마다 10개를 더 만드십시오. 발자국들을 집안 여기저기에 붙여 놓으십시오. 그리고 아이와 교대로 선두에 서서 앞서가는 사람이 가는 곳으로 쫓아가십시오. 아이에게 발자국들이 인도하는 곳으로 가도록 요구하십시오.

아이를 따라갈 때, 사람들은 우리가 가는 곳으로 우리를 따라오기 때문에 우리는 좋은 장소에 가서 좋은 일을 하도록 주의를 기울여야만 한다고 설명해 주십시오.

우리는 사람들이 위험한 곳으로 우리를 따라오게 해서는 안 됩니다. 붐비는 거리나 상점에서 엄마와 떨어져 있는 것처럼 말입니다.

그러나 우리는 식사 시간이나 장난감들을 장난

감 상자에 치울 때, 또는 교회에 데리고 갈 때, 그들이 우리들을 쫓아오게 해야 합니다.

5-7세의 아이들

나는 네가 예수님을 사랑하기를 원해

많은 크리스천 가정들이 구원받지 않은 배우자나 교회에 다니시지 않는 부모와 친구들로 인해 짐을 지고 있는 것을 흔히 볼 수 있습니다.

어린아이는 그들이 개인적으로 구세주를 배우러 올 때, 자주 영향을 크게 미칩니다. 아이는 가족 중 누구는 또는 어떤 친구들은 예수님과 교회와 성경 말씀을 사랑하고 어떤 사람들은 그렇지 않다는 것을 주목합니다.

결국, 그런 아이는 예수님을 믿지 않을 것이라 여겨지는 사람에게 영적인 것들에 대해 무엇인가를 말하려고 하게 될 것입니다.

아마도 아이는 직선적이고 구체적으로 말하여 난처하게 할지도 모릅니다. 그는 당신이 "설교" 하도록 선택해 준 순간에 그것들을 전하지 않을 수도 있습니다. 하지만 하나님께서는 아이들의 말을 자신의 목적을 성취하기 위해 많은 경우에 사용하고 계십니다.

아이에게 그런 말을 하도록 시키지 마십시오. 구원받지 못한 사람은 아주 불쾌하게 여길지도 모릅니다. 하지만, 하나님께서 당신의 아이를 하나님의 목적을 이루는 데 사용하시도록 기도하십시오.

과격한 말은 노를 격동하느니라

다른 사람들에게 영향을 미친다는 것을 아이가 이해하도록 돕기 원한다면 이런 성경적인 원리를 마음에 생생하게 그리십시오. 그것은 아이가 정말로 화나는 말을 실제 삶에서 듣게 될 때, 긍정적으로 반응하도록 도울 것입니다.

깊이가 얕은 투명한 유리 냄비에 물을 담아 높은 온도의 전자레인지에 넣으십시오. 냄비에 처음 쏟은 물처럼 사람이 화를 내지 않을 때는 침착하고 조용하다는 것을 아이에게 말해 주십시오. 그리고 물이 뜨거워지면서 어떤 일이 일어나는지 지켜 보도록 아이에게 말해 주십시오.

아래에 나와 있는 화나게 하는 말들을 당신이 누군가에게 하는 것처럼 꾸며 보십시오. 물이 끓기 시작하여 뜨거운 김이 오르는 것을 보면서 점점 더 열이 올라 화가 나는 사람처럼 말을 하다 잠깐씩 멈추십시오.

· "야, 너 바보 같이 보여!" (멈춘다)

· "나는 네가 싫어!"
· "나는 네 친구가 되고 싶지 않아."

그런 후에 상대편의 반응을 보여 주십시오. "맹렬히 오르는 수증기" (전자레인지를 끄십시오) 에 부드러운 말들을 덧붙여 말하십시오.

· "미안해."
· "내 잘못이야."
· "다시는 그렇게 하지 않을게."
· "나를 용서해 주겠니?"
· "친구가 되자!"

전자레인지에서 물 냄비를 꺼내십시오. 그리고 아이에게 증기가 사라지고 물이 원래의 고요한 상태로 돌아오고 있는 것을 보여 주십시오. 사람들에게 상냥하고 부드러운 말을 해서 평온한 상태로 될 수 있도록 도울 수 있다는 것을 아이에게 상기시켜 주십시오. 성경의 다음 권고를 인용하십시오.

"유순한 대답은 분노를 쉬게 하여도 과격한 말은 노를 격동하느니라"(잠 15 : 1)

형제를 데리고 가세요

요양원에 있는 사람이나 밖에 나가 돌아다닐

수 없는 사람을 방문하십시오. 아이와 아이의 손 아래 형제나 친구를 데리고 가십시오. 동생에게 친절히 대하는 법을 당신과 아이가 보여 주려 한 다고 미리 큰아이에게 말해 주십시오. 보양원에 도착하면 어떻게 행동해야 하는지를 아이에게 설명해 주십시오.

아이가 다음과 같이 생각할 수 있게 해 주십시오.

"우리는 사랑으로 친절히 대하도록 정말 세심한 주의를 기울여야만 해. 왜냐하면 동생 샘이 우리를 지켜 보고 있을거야. 샘은 우리가 행하는 대로 따라 배울거야!"

Introduce 반사경

"너희는 세상의 빛이라…"(마 5 : 14)

날이 저물어 어두워지면 어린아이를 데리고 밖으로 나가십시오. 땅에 박혀 있는 말뚝에 자전거 반사경을 올려 놓거나 반사경이 달린 자전거를 이용하십시오. 손전등을 반사경에 비추어 보십시오.

손전등이 반사경을 비추면 반사경은 그 빛을 우리에게 다시 비춘다는 것을 아이에게 설명해 주십시오.

아이에게 이렇게 말해 보십시오.

"예수님께서는 자신의 사랑으로 우리를 비춰 주신단다. 그리고 예수님께서는 우리가 우리의 사랑으로 다른 사람들을 비추어 주기를 원하신단다. 마치 반사경처럼!"

Introduce 빛이 없으면 어떤 일이 일어날까?

"너희 빛을 사람 앞에 비취게 하여…"(마 5 : 16)

이같이 잔디밭에 사각의 작은 마분지를 놓고 며칠 동안 그대로 두십시오.

풀은 빛을 받아야 튼튼하고 푸르게 자란다고 아이에게 설명해 주십시오. 마분지를 들어올려 그 밑에 있는 풀을 관찰하여 보십시오. 그것은 노랗게 약해져 있을 것입니다. 마분지를 치우십시오. 그러면 풀은 며칠이 지나면 정상적으로 돌아올 것입니다.

예수님께서는 온 세상의 빛이시며, 우리가 예수님을 빛으로 삼을 때, 우리를 훌륭하고 지혜롭고 상냥하게 성장시켜 주신다고 아이에게 말해 주십시오. 하지만 예수님의 빛을 받지 않는 사람들은 예수님께서 원하시는 것처럼 강하게 자랄 수 없습니다. 아이에게 하나님의 작은 빛으로 하나님의 사랑을 모든 사람에게 비추는 것을 도와야 한다고 강조해서 말해 주십시오.

Introduce 친절을 건네주세요

온 가족이 함께 모여 앉아 저녁 식사를 하고 난 후, 함께 즐길 수 있는 놀이가 여기에 있습니다. 당신은 나누어 주고 싶은 맛있는 모조 음식들을 당신 앞에 갖고 계십시오.

누군가가 "친절을 건네주세요!" 라고 말하면서 활동을 시작하십시오. 또다른 사람이 그것을 그녀에게 건네줍니다. 그리고 각 사람은 씹어 먹고 있는 시늉을 합니다.

식구 중 다른 사람이 말합니다.

"사랑을 건네주세요!" (나누기, 돕기)

서로 서로 사랑이 담긴 악수를 건네면서 놀이를 마치십시오. 예수님께서는 정말로 우리가 그런 훌륭한 것들을 다른 사람들과 함께 나누기를 원하신다고 아이에게 말해 주십시오.

Introduce 보물을 나누어 주세요

이 놀이는 몇 명의 아이들이 함께 할 수 있는 놀이입니다. 보물 상자에 예수님 그림이 있는 색판지 하트들과 아이들에게 1개씩 나누어 줄 작은 신약 성서를 넣으십시오. 다같이 둥그렇게 둘러앉아 뚜껑이 닫혀 있는 보물 상자를 아이들에게 돌리십시오.

상자를 여러번 돌리고 난 후, 이렇게 말하십시오.

"이제 보물을 나눕시다."

그때 상자를 잡고 있는 아이가 그것을 열어 안에 있는 보물을 나누어 주게 하십시오.

아이에게 말하십시오.

"이것(하나님의 사랑과 하나님의 말씀, 성경책)은 우리가 다른 사람들에게 나누어 주어야만 하는 것들이란다!"

Introduce 사랑을 전하세요

여기에 아이가 친구들이나 가족에게 예수님의 사랑을 전할 수 있는 5가지 방법들이 있습니다.

1. 워키토키(휴대용 무선 전화기) : 속이 빈 깡통 2개를 사용하여 워키토키를 만드십시오. 못을 사용하여 각 깡통의 밑바닥에 구멍을 만들고 긴 실의 한쪽 끝을 구멍에 넣으십시오. 다른 사람과

멀리 떨어져 있을 만큼 실을 길게 만드십시오.
구멍에 넣은 실 끝에 크고 튼튼한 매듭을 지으십
시오. 두 깡통 사이의 실을 팽팽하게 잡아당겨
아이와 함께 이야기하십시오.

또한 예수님께서 사랑하신다는 메시지를 아이
에게 이야기하십시오. 아이도 당신에게 예수님에
대해서 무언가를 말하도록 격려해 주십시오. 아이
가 다른 아이와 함께 놀면서 워키토키를 사용하여
예수님의 사랑에 대해서 말하도록 제안하십시오.

2. 동물 얼굴을 한 메가폰 : 동물 얼굴의 메가폰
을 종이 접시와 속이 빈 종이 타월 튜브로 만들
수 있습니다. 접시에 동물 입이 있으면 좋을 것
같은 곳에 튜브를 따라 선을 그으십시오. 그리고
그 원을 잘라 0모양의 입을 만드십시오.

튜브의 끝부리를 4번 세로로 잘라서 그 늘어진
것들을 납작하게 접으십시오. 뚫린 입의 뒷면에
튜브를 일직선으로 세우고 늘어진 것들에 풀이나
테이프를 발라 종이 접시에 붙여 큰소리로 이야
기하는 튜브를 만드십시오. 종이 접시의 정면에
동물의 얼굴을 그려 색칠하거나 생김새들을 부치
십시오. 그리고 그 동물에 적합한 귀를 머리 위
든 옆에든 붙이십시오.

아이가 언니나 친구에게 예수님께서 사랑하신
다는 기쁜 소식을 외칠 수 있게 하십시오.

3. 접어 포갠 메모 : 아이가 예수님에 대한 짧
고, 사랑이 담긴 메시지를 적을 수 있도록 도와
주십시오. 그 메모지를 접어 주며 그날 누군가의
손이나 주머니에 그것을 몰래 넣어 주도록 아이

에게 넌지시 말해 주십시오.

만일 마음 편하게 여길 만큼 이웃들을 잘 알고 있다면 그들을 놀이에 참여시키십시오. 아이는 비밀스런 메시지들을 전해 주는 것을 좋아할 것입니다. 이웃집 현관에 메모지를 놓고 그것이 제자리에 그대로 있도록 돌로 눌러 놓는 것을 아이에게 제시해 주십시오.

4. 말씀 전하기 : 예수님에 대한 아이의 의견들을 적은 종이를("접혀진 메모" 참조) 작은 마분지 통에 담으십시오. 그리고 그것이 더욱 눈에 띄기를 원한다면 튜브를 색깔이 있는 색판지로 싸십시오. 그 다음 가족 중 다른 사람이 찾을 수 있도록 집 안이나 밖 어딘가에 숨기십시오. 그것을 찾은 사람은 다시 그것을 숨깁니다.

사랑하는 사람들에게 예수님에 대한 메시지를 전하고 있다고 아이에게 강조해서 말해 주십시오.

5. 마법의 메시지 : 아이에게 예수님에 대하여 누군가에게 전해 주고 싶은 메시지가 무엇인지 물어 보십시오. 아이가 도움을 필요로 하는 것 같으면, 다음과 같은 메시지들을 제시하여 주십시오. "예수님께서는 당신을 사랑해요." 또는 "예수님께서는 당신과 함께 계셔요!"

포도나 오렌지나 레몬 또는 사과 주스로 만든

선명히 보이지 않는 잉크로 메시지를 적고, 끝이 가늘고 깨끗한 붓을 사용하여 글씨를 쓰십시오. 잉크가 마르면 종이가 흐릿해질 것입니다.

아이가 숨겨진 메시지를 친구에게 전해 주도록 격려해 주십시오. 그 종이를 백열 전구(또는 엄마의 도움으로 다림질하여)에 가까이 비추면, 그 비밀 메시지가 보이게 될 것입니다.

재미로 아이와 함께 마법의 메시지를 시도해 보십시오.

소금 청소

"너희는 세상의 소금이니…"(마 5 : 13)

예수님께서는 우리가 소금처럼 되기를 원하신다고 아이에게 말해 주십시오. 흔들 뿌리개로 소금을 약간 따르십시오. 그리고 아이가 원하면, 그것을 맛볼 수 있게 해 주십시오.

소금 맛이 어떤지에 대해서 얘기해 주십시오. 소금은 음식을 더욱 맛좋게 만들어 준다는 것을 설명해 주십시오. 그리고 소금으로 음식이 상하지 않게 오래도록 보전할 수 있는 방법을 말해 주고 심지어 물건들을 닦기까지 한다는 것을 설명해 주십시오.

소금으로 닦는 법을 보여 주는 이런 활동을 아이와 함께 시도해 보십시오. 동판 바닥 냄비나 놋제품을 식초에 적셔 소금을 묻힌 천으로 닦으

십시오. 만일 동이나 놋제품이 없으면 윤이 나는
냄비는 더 잘 닦일 것입니다. 아이가 식초에 적
셔 소금을 묻힌 천으로 냄비를 닦을 때, 식초의
약산과 소금 결정체들은 윤내는 가루약으로써 작
용할 것입니다.

Introduce 소금 기중기

소금의 기능에 관해 아이에게 몇 가지 얘기해
주십시오.

· 소금은 음식을 신선하게 보전합니다.

· 소금은 정화 작용을 합니다.

· 소금은 음식 맛을 좋게 합니다.

· 소금은 심지어 물건들을 들어올리기까지
  할 수 있습니다.

마지막 말은 물컵에 각빙을 띄움으로써 입증하
십시오. 아이에게 이런 질문을 하십시오.

"실 한 가닥으로 각빙을 들어올리려고 한다면,
너는 어떻게 하겠니?"

아이는 각빙을 실로 묶어 들어올릴 수 없다는
것을 곧 깨닫게 될 것입니다. 얼음은 너무나 미
끄럽기 때문입니다.

아이에게 각빙을 들어올리는 방법을 보여 주십
시오. 실 끝을 물에 적셔 각빙 윗면에 올려 놓고
아이에게 흔들 뿌리개로 실과 그것 주변의 각빙

에 소금을 뿌리게 하십시오.

그리고 1분 정도 기다리십시오. 그러면 소금이
얼음을 살짝 녹여 실이 얼음에 달라붙게 될 것입
니다. 이제 아이에게 실로 각빙을 들어올리도록
말하십시오.

이처럼 예수님께서는 우리가 소금처럼 되기를
원하신다고 설명해 주십시오. 사람들이 실패할
때, 슬퍼할 때, 그리고 도움을 필요로 할 때, 우
리가 그들을 격려하며 도와주기를 원하십니다.

Introduce 소금은 예쁜 그림을 만들어요

색깔이 있는 색판지에 아이가 흰 풀로 그림을
그리도록 도와주십시오.

소금 뿌리개를 아이에게 주어 풀로 그린 그림
전체에 소금을 뿌리도록 지시하십시오. 풀이 마
르면, 위에 남아 있는 소금은 쓰레기통에 털어
버리십시오. 아이가 노력한 결과로 훌륭한 그림
이 될 것입니다.

우리는 세상에서 소금처럼 되어 세상을 살기에
더욱 아름다운 곳으로 만들어야만 한다고 아이에
게 말해 주십시오.

Introduce 친구에게 미소를 지어주세요

마분지나 모형 비행기용의 매끄러운 목판에서
몇 개의 원을 오리십시오. 아이에게 원마다 매직

으로 웃는 얼굴을 그리게 하고 각 원의 뒷면에 안전핀을 붙이고 완전히 말리십시오. 그것이 마르면, 아이가 친구들과 이웃들에게 미소짓도록 격려하십시오.

Introduce **손전등 동물**

마분지에서 10Cm 정도되는 원을 오리십시오. 그리고 중앙에 손전등 손잡이가 들어갈 만한 구멍을 만드십시오.

그리고 아이에게 원에 동물 얼굴을 그려 색칠하도록 요구하십시오. 손전등의 앞부분을 코로 삼고 아이가 동물의 머리에 풀이나 테이프로 붙일 수 있도록 마분지나 종이에서 귀를 오리십시오.

손전등의 손잡이를 구멍에 밀어 넣고 불을 켜십시오.

그런 후, 우리는 빛을 비추어야 한다는 성경 말씀을 설명해 주십시오. 그리고 심지어 하찮은 동물조차도 예수님을 위해 빛을 비추고 있다고 말해 주십시오.

Introduce **자석이 됩시다**

우리가 예수님께서 원하시는 대로 행동하며 다른 사람들에게 예수님에 대해 말하면, 그들 또한 예수님을 알고 싶어할 것이라고 아이에게 설명해 주십시오.

그리고 예수님께서는 마치 자석처럼 사람의 마음을 끄는 힘이 있다는 것을 아이에게 말해 주십시오. 예수님께서는 우리가 친구들을 당신에게 끌어오는 것을 도와주기 원하십니다(어른인 우리는 우리 자신이 만드는 금지들을 그만두어야 할 필요가 있을 것입니다. 왜냐하면 아이는 자신의 친구들과 사랑하는 사람들에게 예수님을 전해야 한다는 것을 깨달으면 정말 용감해지기 때문입니다).

실험을 통하여 자석의 끌어당기는 원리를 아이에게 설명해 주십시오. 아이에게 자석과 집어 올릴 수 있는 몇 개의 작은 물체들을 제공하십시오.

축음기 레코드판과 오른 가벼운 마른 시리얼 몇 조각으로 재미난 자석을 만들 수 있습니다. 레코드판을 울 스웨터나 스카프에 문지르고, 레코드판의 가장자리에 마른 시리얼을 살짝 올려 놓으십시오. 그리고 시리얼이 레코드판에서 위로 펄떡 뛰었다가 다시 떨어지는 것을 지켜보십시오.

우리가 예수님처럼 행동하면, 사람들은 자주 우리와 함께 있고 싶어할 것이라고 아이에게 설명해 주십시오. 그리고 우리는 자석처럼 그들을 끌어당겨 하나님의 사랑을 보여 주게 될 것입니다.

견본

스텐실판을 공예점 또는 철물점에서 구입하거나, 포스터지로 만들어 아이에게 제공하십시오. 아이가 장식이 없는 종이에 스텐실 모형들을 베껴 그리게 하십시오. 5세 된 아이는 그것을 잘 할 수 있을 것입니다.

당신이 좋다면 재봉 견본을 따라 자르는 것을 아이가 도울 수 있게 해 주십시오. 선택한 활동이 어떤 것이든 견본의 용도에 대해 아이에게 이야기해 주십시오(그림 그리는 것을 돕기 위해서 또는 어떤 것을 똑같이 오려내기 위해서).

우리는 다른 사람들이 베껴낼 수 있도록 훌륭한 견본이 되기 위해서 어떻게 해야 하는지를 아이에게 간략하게 말해 주십시오. 예수님께서 우리에게 말씀하신 대로 행한다면, 다른 사람들 또한 그런 식으로 행하고 싶어할 것이라고 아이에게 말해 주십시오.

엿보는 기계

아이가 속이 빈 종이 타월 두루마리로 망원경을 만들도록 도와주십시오. 둥근 구멍을 막을 아이의 사진을 오려 두루마리의 끝에 테이프로 붙이십시오.

그리고 두루마리의 윗부분에 작은 구멍이나 틈을 만들어 아이의 사진 가까이에 빛이 들어가게 하십시오. 또는 아이에게 두루마리의 다른 끝을 통하여 들여다 볼 때, 빛을 향하여 보도록 지시하십시오.

아이에게 사람들은 우리가 어떻게 행동하는지 알기 위해 우리를 지켜보고 있다는 것을 상기시켜 주십시오. 우리가 예수님께서 원하시는 것처럼 선행을 베풀면 다른 사람들 또한 예수님을 따르고 싶어할 것이라고 꼭 이야기해 주십시오.

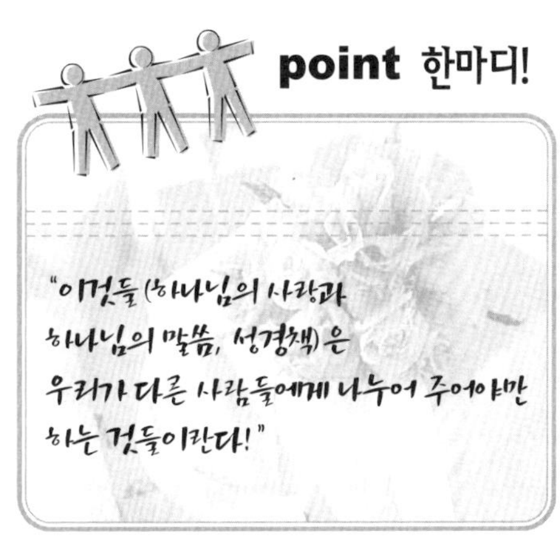

Part 3

자녀에게 하나님 가르치기

자녀에게 창조물을 통하여 하나님 가르치기

창세로부터 그의 보이지 아니하는 것들
곧 그의 영원하신 능력과 신성이 그 만드신 만물에 분명히 보여 알게 되나니
그러므로 저희가 핑계치 못할지니라

- 로마서 1 : 20

보슬보슬한 솜털이 덮인 애벌레가 기어가는 것을 지켜 보았거나 새하얀 눈을 만진 또는 최초로 꼬리 흔드는 강아지를 보았던 것과 같이 한때는 정말로 눈이 휘둥그래지게 놀라며 경험했던 것이 시간이 흐르면 우리의 기억 속에서 희미해져 버립니다. 우리는 아기가 전에는 알지 못했던 광경들과 소리들, 그리고 경이로운 일들을 발견할 때, 아이의 눈망울에 서려 있는 즐거움을 지켜 봅니다. 그러면서 우리의 가슴은 시편 기자가 시를 썼을 때처럼 두근거립니다.

"여호와 우리 주여 주의 이름이 온 땅에 어찌 그리 아름다운지요 주의 영광을 하늘 위에 두셨나이다 주의 대적을 인하여 어린아이와 젖먹이의 입으로 말미암아 권능을 세우심이여…"(시 8 : 1-2)

어떤 아기가 열려진 창문을 통하여 불어오는 산들바람이나 엄마 손의 부드러운 접촉으로 인하여 요람 모빌이 활기 있게 움직이는 것을 지켜 보기 위해 갑자기 움직이던 것을 멈추지 않겠습니까? 어떤 아이가 날뛰는 고양이가 장난스럽게 휙 지나가 버릴 때, 아마 조금은 무섭겠지만 재미있어 하지 않겠습니까? 마른 나뭇잎, 작은 벌레, 둥근 회색돌 또는 녹색 풀잎이 어린아이에게 어떻게 그런 근사한 매력을 줄 수 있을까요?

정말로 아이는 발견에 대한 놀라움을 금치 못합니다. 운 좋게도, 우리 마음 또한 아기나 걸음마장이의 본보기로, 종종 아기가 말을 할 수도 있기 전에 탐구의 기쁨으로 불붙습니다. 아이와 함께 겨울 첫눈을 보면서, 모닥불이나 아늑한 난로를 피울 계획을 세우면서, 수족관에서 느긋하게 헤엄치고 있는 금붕어의 편안한 움직임을 보면서 또는 아름답게 핀 분홍빛 장미의 부드러운 촉감을 느끼면서 어떤 부모가 잠시나마 어린아이가 되지 않겠습니까?

우리는 이런 소중한 날들이 빨리 지나쳐 버리지 않도록 지속적으로 조심해야만 합니다. 또한 우리는 어린아이의 눈을 통하여 하나님께서 지으신 세상을 보는 즐거움을 잃어버리지 않도록 해야 합니다. 아이는 바로 지금, 여기서 보고, 만지고, 듣고 싶어합니다. 그리고 분별 있고, 지혜로운 부모라면 그런 마음이 생기는 그 순간들을 스쳐 보내지 않고 이용할 것입니다.

엄마와 어린 세 딸들이 함께 가을밤에 산책을 즐기고 있는 중이었습니다. 딸들은 엄마 앞에서 깡충깡충 뛰어가면서, 한 아이가 자신의 이름을 넣어 조심해야 한다는 가사로 노래를 부르고 있었습니다. 갑자기 그 아이는 멈추었습니다. 난생 처음으로 메아리를 듣고 그것이 무엇인지 몰라 놀랐던 것입니다.

"엄마, 엄마!"

아이는 엄마에게 급히 달려와 흥분하여 말했습니다.

"예수님께서 내 이름을 부르고 계셔요!"

아이가 아주 어릴 적부터 창조주에 대한 교육을 받았다면 아이가 경험하는 광경들과 소리들에 대해 하나님께 믿음을 두는 것은 당연합니다.

발견에 대한 아이의 열정은 곧 즐겁고 새로운 차원인 상상의 세계를 나타냅니다. 풀을 베어야 할 필요가 있는 뒷마당의 잔디는 아직 학교에 들어가지 않은 사나운 "호랑이"의 정글이 됩니다. 최근에 할아버지께서 정성들여 참나무에 매어 주신 나무 그네는 우주선이 되어 멀리 떨어져 있는 곳으로 발사됩니다. 고목의 그루터기는 꼬마 등산가가 기어오르려고 애쓰는 위험한 절벽이 됩니다.

하나님께서 만드시는 놀라운 일들은 우리 일상 생활 곳곳에 있습니다. 또한 각 계절과 매일의 날씨 속에 있습니다. 당신과 당신의 감수성이 예민한 꼬마가 함께 하나님께서 지으신 놀라운 세상을 경험할 때, 주님의 모습이 보이기를 기원합니다.

 자녀에게 하나님 가르치기

갓난아기

Introduce 자연을 만지고 보고 들으며 걷기

갓난아기를 안고 경치가 좋은 마당으로 산책 나가 보십시오. 걸으면서 아기가 느끼고, 듣고, 보는 모든 것이 아기에게 새로운 기분을 자극하며, 기쁘게 하는 것들임을 기억하십시오. 아기의 얼굴을 스쳐가는 산들바람, 아기의 부드러운 피부에 내리 비취는 따뜻한 햇살, 머리 위의 나뭇잎들의 바스락거리는 소리들은 새롭고 즐거운 감각적인 경험들을 맛보게 해 줍니다.

아기를 안고 걷다가, 아기가 풀을 만져 보고, 나뭇잎들이 살랑거리는 것을 지켜보고, 그리고 집에서 기르는 개를 쓰다듬어 줄 수 있도록 멈추어 서십시오. 아기가 즐기고 있는 경이로운 것들에 관해 이야기해 주며, 그것들을 그리고 아기를 만드신 위대하신 하나님에 대해서 말해 주십시오.

Introduce 놀라운 물

따뜻한 물을 세면대나 그릇에 담아 아기가 즐길 수 있도록 아기를 잡아 주십시오. 아기가 손으로 만지고 튀기면서 하나님의 놀라운 물을 경험할 수 있게 해 주십시오. 또는 아기의 신발을 벗겨 주어 발로 그런 행동을 할 수 있게 해 주십시오.

Introduce 겨울 즐거움

겨울 밤에 아기를 품에 꼭 감싸 안고 밖으로 나가 보십시오. 그리고 가로등이나 가스등, 또는 손전등의 불빛 속에서 눈 내리는 광경을 지켜보십시오. 아기는 눈송이들 보다 불빛에 더 관심을 보이게 될지도 모릅니다. 하지만 하나님께서 주신 겨울 밤의 경이로운 것들에 대해 아기에게 말해 주십시오.

Introduce 자연 모빌

자연물들을 이용하여 아기에게 재미있는 모빌을 만들어 주십시오. 뜨개실이나 리본으로 솔방울, 꽃, 낙엽, 사과나 오렌지의 중앙에 틈을 내거나 잔가지가 붙어 있거나 묶을 수 있는 것이 있으면 어느 것이든 묶으십시오.

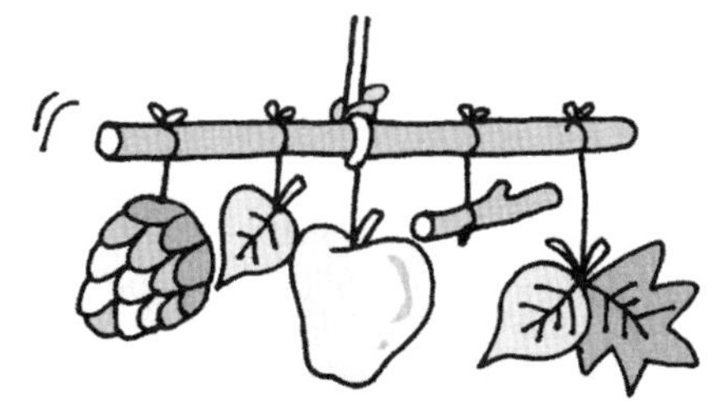

아기가 하나님의 솜씨를 볼 수 있는 곳에 모빌을 매달아 놓으십시오. 반드시 아기가 만질 수 없을 만큼 높이 매달아 놓으십시오. 그리고 자연물들이 시들거나 떨어지기 시작하기 전에 치우십시오. 사물 하나하나를 가리키면서 "메리는 어린 양을 갖고 있네."의 노랫가락에 맞춰 아기에게 이런 노래를 불러 주십시오.

예수님께서는
예쁜 나뭇잎들(또는 다른 사물들)을 만드셨네.
예쁜 나뭇잎들, 예쁜 나뭇잎들.
예수님께서는
예쁜 나뭇잎들을 만드셨네.
나뭇잎들로 인하여 감사해요, 하나님.

Introduce **아기의 최초의 자연책**

잡지나 달력에서 확대되어 나온 자연 그림들을 찾으십시오. 한 가지의 주된 사물을 클로즈업한 사진들을 고르십시오. 가령, 과일이나 야채, 동물, 돌이나 조가비, 또는 단풍이 든 나무 등.

아기를 위해 준비해 둔 사진첩에 그 확대 사진들을 끼워 넣으십시오(아기가 씹어도 상관없고 베거나 찔리지 않도록 모서리가 날카롭지 않은 것). 또는 직사각형의 포스터지 앞면과 뒷면에 사진을 붙여서 앨범을 만드십시오. 그것을 투명 접착 테이프로 잘 싸서 책처럼 열어 젖힐 수 있도록 반으로 접으십시오.

또한 방수책을 만들 수 있습니다. 지퍼가 달린 비닐 주머니에 사진을 붙인 종이들을 넣고 그 입구들을 모아 실이나 뜨개실로 꿰매십시오. 꿰맨 부분을 튼튼한 테이프로 싸고 책이 찢어졌는지 자주 검사해 보십시오. 그리고 닳아서 해지기 시작하면 바꾸어 놓으십시오.

Introduce **꽃 그림**

잡지나 자연 달력에서 색깔이 고운 꽃들이 클로즈업된 사진들을 몇 개 찾으십시오. 사진들을 마분지에 붙이고 모퉁이를 둥글게 자르십시오. 그리고 투명 접착 테이프로 사진들(앞과 뒤)을 전부 싸고 그 작품을 아기가 보고 만질 수 있는 아기의 놀이터나 요람에 놓으십시오.

하나님의 아름다운 꽃들에 대해서 이야기해 주며, 원한다면 "머핀 장수"의 노랫가락에 맞춰 이런 노래를 불러 주십시오.

오, 꽃을 누가 만들었는지 아세요?
누가 꽃을 만들었어요?
누가 꽃을 만들었어요?
오, 꽃을 누가 만들었는지 아세요?
성경 말씀에 하나님께서 만드셨대요!

걸음마하는 아이

 파도 병

뚜껑이 있는 투명한 플라스틱 병이나 그릇으로 물결치는 바다의 모형을 만들어 보십시오. 용기의 크기는 자유롭게 선택하십시오. 하지만 아기가 다루고 관찰하기에 편리한 것으로 고르십시오.

그릇에 물을 반쯤 채우고 그릇의 입구가 충분히 크다면, 작은 플라스틱 배나 초나 밀납을 잘라 만든 배 모형을 그 안에 띄우십시오. 그릇에 액체 파라핀을 될 수 있으면 가득 채우고 뚜껑을 돌려 꽉 닫으십시오(만일 아교 주입기나 흰 풀이 있으면, 먼저 병 테두리에 그것을 바른 다음 뚜껑을 단단하게 닫으십시오). 아이가 뚜껑 여는 것에 능숙하면, 뚜껑의 바깥 테두리에 마스킹 테이프를 붙여 열지 못하게 하십시오.

그리고 그릇을 옆으로 약간 경사지게 기울여 놓고 아이와 함께 그릇 한쪽 끝에서 다른 쪽 끝으로 실제로 물결치며 움직이는 것을 지켜 보십시오. 파라핀은 물보다 더 가볍고 두껍기 때문에 물의 움직임을 느리게 할 것입니다.

하나님께서 만드신 거대한 대양들에 대해서 얘기해 주며, 될 수 있으면 바다 그림 사진을 아이에게 보여 주십시오. 그리고 아이에게 움직이는

물을 파도라고 부른다는 것을 가르쳐 주십시오. 아이에게 이런 짧은 시를 인용하여 주십시오.

하나님께서 바다를 만드셨어요.
하나님께서 나무를 만드셨어요.
하나님께서 벌을 만드셨어요.
그리고 하나님께서 나를 만드셨어요!

아이에게 당신을 따라하도록 요구하십시오!

 공이 떨어져요

공 놀이나 풍선 놀이를 통하여 아이에게 중력 법칙을 설명하여 주십시오. 아이는 하나님께서 창조하신 이런 보이지 않는 힘을 잘 이해하지 못할 것입니다. 하지만 위로 올려진 것은 밑으로

떨어진다는 것을 실제로 보고 경험할 수 있습니다. 그런 간단한 원리는 아이가 더 커서 하나님의 세계를 훨씬 잘 이해할 수 있도록 돕는 터전이 될 것입니다.

아이를 카펫이 깔려 있는 계단 꼭대기에 앉히십시오. 당신은 밑바닥에 앉고 아이에게 고무공을 주며 그것을 밑으로 굴려 당신에게 건네주도록 요구하십시오. 아이가 공을 굴리면 하나님께서 재미있게 놀 수 있도록 공이 당신에게 굴러오게 해 주셨다고 아이에게 말해 주십시오. 그리고 이렇게 말하십시오.

"하나님, 공을 아래로 굴려 주셔서 감사합니다."

아이가 재미있어 하면 계속 놀이를 되풀이하십시오.

중력에 관한 개념을 부풀린 풍선을 통하여 아이에게 제시할 수 있습니다. 풍선을 위로 던져 올리는 방법을 아이에게 보여 주십시오. 그리고 그것이 떨어지는 것을 지켜 보게 하십시오. 하나님께서 풍선을 밑으로 떨어지게 하셨고(말하면서 손가락으로 위를 가리켰다가 밑으로 내리십시오) 재미있게 풍선 놀이를 할 수 있게 해 주셨다고 말해 주십시오.

 ## 물 횡재

타월을 깔은 식탁 위에 물을 담은 대야를 놓고 아이가 물놀이를 하도록 격려하여 주십시오. 재미있도록 계량컵과 바늘을 뺀 주사기 또는 약 점적기를 제공하십시오. 점적기의 벨브를 압착했다 풀어 주면서 물을 빨아 올려 떨어뜨리는 방법을 보여 주십시오.

아이 옷이 젖지 않도록 방수 턱받이나 가벼운 타월을 목에 둘러 집게로 고정시켜 주고 아이를 당신 무릎에 올려놓거나 또는 아이가 발판에 올라서게 하십시오. 아이가 놀고 있을 때, 아이 혼자 내버려두지 마십시오. 우리가 마시고 장난칠 수 있도록 물을 주신 정말로 멋진 하나님에 대해서 아이에게 말해 주십시오.

 ## 하나님의 멋있는 비누 방울

걸음마장이들은 비누 방울을 좋아합니다. 그들은 비누 방울이 바람에 날아가다가 땅에 떨어져서, "펑"하고 터지는 것을 재미있어 합니다. 마당이나 목욕물 속에서 아이가 지켜보며 잡을 수 있도록 비누 방울을 만들어 보십시오. 아이들이 정말 좋아할 것입니다.

여기에 비누 방울을 사용하여 아이들을 기쁘게 해 줄 몇 가지 제안들이 있습니다.

1. 거대한 비누 방울 : 특별히 큰 무지개 빛 줄무늬가 들어 있는 비누 방울들을 만들려면, 큰

납작한 그릇에 이런 혼합물을 만들어 철사로 된 옷걸이를 비누 방울 만드는 테로 변형시켜 사용하십시오.

· 물 1컵
· 그릇 닦는 액체 세제 한 큰 스푼
· 설탕 1/2 찻숟가락
· 글리세린 한 큰 스푼(슈퍼마켓에서 구입할 수 있습니다. 이것은 비누 방울을 더 단단하게 만들어 줍니다. 그렇지만 이것은 아이들이 먹지 않도록 주의하라는 말이 써 있기 때문에 당신이 비누 방울을 만들 때에만 이 재료를 사용하십시오. 아이가 그것들을 입으로 불어서 만들려고 할 때에는 결코 사용하지 마십시오.)

혼합물을 잘 저어서 밀폐된 용기에 보관하십시오. 납작한 그릇에 약간 부어 철사 테를 그것에 담그십시오. 그리고 바람이 부는 밖에서 철사 테를 흔들어 움직이십시오. 비누 방울들이 날아가는 것을 구경하게 될 것입니다.

2. 비누 방울 잡기 : 시판용 비누 방울 용액과 막대기로 비누 방울을 불어 만드십시오. 또는 위에서 만든 거대한 비누 방울 재료와 파이프 세제 막대기를 사용하십시오.

비누 방울을 불면서, 플라스틱 스푼이나, 자 또는 빗을 털 스웨터나 담요에 문지르십시오. 그리고 아이에게 플라스틱 물건에 비누 방울들을 모으는 방법을 보여 주십시오. 정전기가 그것들을 끌어당기는 것입니다.

3. 비누 방울 통 : 아이가 손에 들고 살펴볼 수 있도록 재미있는 비누 방울 통을 만들어 보십시오.

투명한 플라스틱 통의 한쪽 끝에 코르크 마개를 끼우고 강력한 테이프를 둘러 단단하게 밀폐시키십시오. 그 통에 베이비 오일이나 식물성 기름을 채우십시오. 그리고 기름 위에 구슬 같은 거품들이 일어나도록 식용 색소를 몇 방울 떨어뜨려 방에 놓아 두십시오. 통의 입구를 처음에 했던 것과 같은 방식으로 단단하게 밀폐시키십시오. 아이가 그 통을 손에 들고 통 여기저기에 떠 있는 색소 구슬들을 지켜 보고 있을 때, 아이를 잘 살펴보십시오.

 ## 집 안에서 하는 눈 놀이

눈 오는 겨울날, 아이가 집 안에 있어야만 할 때, 큰 그릇이나 납작한 냄비에 눈을 담아 아이에게 가져다 주십시오. 부엌 바닥에 타월을 깔고 그릇을 올려 놓으십시오. 그리고 아이에게 스푼, 플라스틱 컵 눈 속에 묻을 수 있는 깨끗하고 작은 장난감을 제공해 주십시오. 하나님께서 만드신 아름답고 차가운 눈에 관해 얘기해 주십시오. 눈에 건포도나 캔디를 이용하여 재미있는 것들을

만들어 냉동실에 보관하십시오. 그것들은 앞으로 눈 오는 재미있는 날을 상기시켜 줄 것입니다.

 ## 눈으로 만든 슬러쉬

오염이 안 된 눈으로 시원하고 맛있는 음료나 슬러쉬를 휘저어 만드는 것을 아이가 돕게 해 주십시오. 깨끗한 눈을 컵에 가득 넣고 약간 묽은 농축 과일 주스나 쉬잇하고 거품이 이는 소다를 부어 잘 저으십시오. 시원한 음료를 만들려면 눈은 적게, 농축 주스는 많이, 슬러쉬를 만들려면 눈은 많이, 농축 주스는 적게 넣으십시오.

아이가 마시기 시작하면, 말하십시오.

"하나님, 우리에게 눈을 주셔서 감사합니다!"

 ## 햇빛이 무엇을 하는지 지켜 보세요

각빙이나 주스를 담은 접시를 직사광선이 내리쬐는 곳에 두십시오. 그리고 아이와 함께 지켜보면서 그것이 얼마나 빨리 녹는지 알아 보십시오. 또 그 물이나 주스를 유리잔에 부어 아이가 그것을 마실 수 있게 해 주십시오.

하나님께서 우리에게 주신 선물, 햇빛에 대해 아이에게 얘기해 주십시오. 햇빛은 풀과 꽃들이 자라도록 도와주고, 우리를 더욱 건강하고 튼튼하게 만들어 줍니다. 또한 우리가 즐길 수 있도

록 화창한 날을 만들어 줍니다. 이렇게 말해 보십시오.

"하나님, 햇빛으로 인해 감사드립니다."

Introduce 도토리 산책

주머니가 여러 개 달린 셔츠나 쟈켓을 입히고 아이와 함께 도토리 산책을 나가십시오. 당신도 집어 넣기 좋은 주머니들이 있는 옷을 입으십시오. 아이는 도토리들을 집어서 당신 주머니에 넣는 것을 더 좋아할지도 모릅니다.

아이에게 도토리가 어떻게 생긴 것인지 보여 주며 귀여운 다람쥐들과 얼룩다람쥐들이 그것들을 찾고 싶어한다고 말해 주십시오(그것들을 먹는다는 것은 언급하지 마십시오). 그리고 아이가 도토리를 찾아 주머니마다 가득 채워 담을 수 있게 하십시오. 하나님께서는 큰 나무에서 도토리 열매를 맺을 수 있게 하신다고 말해 주십시오. 또 이렇게 말해 보십시오.

"하나님께서는 우리에게 도토리도 주시고 나무도 주시는 참 좋으신 분이란다!"

Introduce 하나님께서는 모래를 주시는 참 좋으신 분입니다!

플라스틱 대야는 겨울용 실내 모래통으로 아주 훌륭합니다. 그리고 카펫을 깔지 않은 바닥에 시트 한 장 깔아 놓으면 청소하는 것도 쉽습니다. 플라스틱 대야에서는 마른 푸석푸석한 모래보다 형태를 잘 만들고 덜 어지럽히도록 모래를 약간 축축하게 할 수도 있습니다.

물을 너무 많이 넣어 모래가 흐물흐물해지지 않도록 조심하십시오. 그리고 사용한 후에는 모래를 바람이나 햇빛에 말리는 것을 명심하십시오. 젖은 모래를 방치해 두면 나중에 불쾌한 냄새가 나게 될 것입니다.

아이에게 사용할 수 있는 다양한 크기와 형태의 용기들과 깔때기들을 제공하여 주십시오. 깡통 안에 모래를 빽빽이 채운 후, 그것을 뒤집어 모래성을 만드는 방법을 보여 주십시오 – 탑들, 작은 탑들과 뾰족 탑들로 완성하십시오. 또는 케이크를 만드십시오. 특수 효과로, 색판지에서 삼각 깃발들을 오려 막대기에 붙이십시오. 그리고 아이가 탑 꼭대기에 그것들을 꽂게 하십시오. 하지만 그 모래성이 오래도록 부숴지지 않으리라는 것을 기대하지 마십시오.

걸음마하는 아이는 완성된 작품보다 그것을 만드는 과정 중에 더욱 즐거움을 느낍니다.

Introduce 고치

아이를 담요로 둘둘 말아 주며 당신이 "빠져 나와!" 라고 말할 때까지 숨어 있어야 한다고 지

시하십시오. 아이는 즉시 당신의 말에 반응하지 않을지도 모릅니다. 혹은 그 놀이를 이해하지 못할지도 모릅니다. 하지만 곧 아이는 당신이 말한 대로 행동하면서 재미있어 할 것입니다.

아이를 둘둘 말면서 말해 주십시오. 하나님께서는 애벌레들이 자기들 스스로 고치로 싼 후에 아름다운 나비가 되어 튀어나오도록 만드셨다고 말입니다.

앞으로 몇 년 동안 가끔 아이와 함께 이 놀이를 되풀이하십시오. 그러면 아이는 나비가 재미있고 훌륭한 하나님의 작품이라는 것을 이해하게 될 것입니다.

또한 땅 속의 따뜻한 굴과 구멍에서 "빠져 나와" 먹이를 먹고 장난치는 토끼들과 두더지들을 하나님께서 만드셨다는 것을 가르칠 때에도 이와 같은 활동을 이용할 수 있습니다.

3-4세의 아이들

건포도 만들기

푸르거나 붉은 씨 없는 포도를 편평한 그릇이나 쟁반에 담아 건조하고 온난한 장소에 놓아두어 아이가 건포도를 만들도록 도와주십시오. 가능하다면 쟁반을 밖에 놓아 말리십시오. 포도는 며칠 안에 건포도가 될 것입니다. 밖에서 말릴 수 없다면, 집 안에서는 포도가 건포도로 되는데 며칠이 더 걸릴 것입니다.

이밖에 사과 조각들도 똑같은 방법으로 말릴 수 있습니다. 과일, 따뜻한 햇빛, 그리고 하나님의 훌륭한 음식을 맛볼 수 있는 혀를 주신 것에 대해 감사하는 기도를 드리고 아이와 함께 말린 과일을 맛있게 드십시오.

층을 이룬 콩

하나님께서 주신 다양한 형태의 콩들을 좋은 맛으로 뿐만 아니라 색깔과 다양한 종류에 아이가 감사하도록 도우려면 말린 콩들을 여러 겹 펴 발라서 아이가 문진을 만들도록 도와주십시오.

형태와 색깔이 다른 몇 가지 종류의 콩을 작은 종이 컵들 안에 담으십시오. 종이 컵의 테두리를 집어 따르는 주둥이를 만드십시오. 아이가 아기

용 음식 병에 다양한 종류의 콩을 따라 층을 이루어 채우도록 도와주십시오. 가득 채우면 뚜껑을 꽉 잠그십시오. 콩이 층층이 쌓여 있는 병을 아이의 손이 닿지 않는 곳에 두는 것을 명심하십시오. 하지만 당신이 가까이 있을 때에는 아이가 놀 수 있는 곳에 두십시오. 그날 이후, 아이가 맛을 볼 수 있도록 한 가지 이상의 다양한 콩을 요리하십시오. 또 말린 콩과 요리된 콩 사이의 차이점들에 대해서 말해 주십시오. **"하나님이 모든 것을 지으시되 때를 따라 아름답게 하셨고…"** (전 3 : 11)

심지어 콩까지도 아름답게 만드셨다고 아이에게 꼭 말해 주십시오.

파이를 원하세요?

아이가 넓고 평평한 대야나 낡은 플라스틱 아기용 욕조에서 진흙 만두를 만들게 해 주십시오. 단지 뚜껑들, 깡통들, 장난감 접시들 또는 요리 냄비로 사용할 속이 빈 마가린 통을 제공하십시오.

풀, 조약돌, 그리고 낡은 소금 뿌리개에 담은 모래는 아이가 즐겁게 요리할 수 있는 훌륭한 재료와 양념이 됩니다.

파이와 케이크를 햇빛에 또는 겨울에는 따뜻한 열이 나오는 배출구나 라디에이터(플라스틱 용기를 사용하지 마십시오)에 구울 수 있습니다.

너무 추워 밖에서 놀 수 없을 때, 마룻바닥이나 탁자에 신문지를 펴놓고 아이가 실내 진흙통에서 여름에 하는 놀이를 즐길 수 있게 해 주십시오.

어린아이들은 아주 깨끗이 씻을 수 있으며, 진흙으로 재미있게 놀면서 손 기술과 지능을 발전시키고 있다는 것을 기억하십시오!

아이에게 하나님께서 흙을 만드셨다고 말해 주십시오. 그리고 우리가 그것을 가지고 놀 수 있게 해 주신 좋으신 하나님이라고 말해 주십시오. 또한 다음과 같은 성경 구절을 되풀이하여 주십시오.

"…너희 손으로 일하기를 힘쓰라"(살전 4 : 11)

 가라앉을까, 아니면 뜰까?

아이에게 물이 가득 담긴 통과 무거운 물건과 가벼운 물건 몇 개를 제공하십시오. 어떤 물건들은 배처럼 물 위에 뜨지만 어떤 물건들은 물통 밑바닥에 가라앉는다는 것을 아이에게 설명해 주십시오. 가벼운 물건은 뜨고 무거운 물건은 가라앉는다는 것을 실험하여 증명해 주십시오.

물에 각 물건을 띄우기 전에 아이에게 다음과 같은 질문들을 해 보십시오. "이것이 물에 뜰 거라고 생각하니?" 아이가 그것이 무거운지, 가벼운지 알아볼 수 있도록 다루어 보게 하십시오. "그것이 물 밑으로 가라앉을 거라고 생각하니?", "모두 다 뜰까?", "더 무겁게 만들면, 그때 가라앉을까?" 등 거기에 스펀지나 장난감 배에 돌이나 블럭을 덧붙이십시오.

물을 주신 하나님께 감사를 표현하십시오.

Introduce **음파**

하나님께서 창조하신 많은 것들 중에는 위대하신 창조주를 우리가 볼 수 없듯이 음파 또한 보이지 않습니다. 하지만 당신의 아이는 대야나 세면대에서 물결을 관찰함으로써 음파가 공기 중에 움직인다는 초보적인 지식을 얻을 수 있습니다.

아이에게 손가락을 물 표면에 대거나 작은 돌을 떨어뜨리도록 요구하십시오. 그리고 어떤 일이 일어나는지 지켜 보십시오. 아이가 손을 댄 곳에서부터 잔 물결이 원을 그리며 퍼져나갈 것입니다. 아이에게 소리는 공기 중에서 물과 같은 방식으로 전해 진다는 것을 말해 주십시오.

우리가 소리를 내면, 비록 볼 수는 없지만 그 소리들은 공기 중에서 원을 그리며 우리의 귀에 전해져 마침내 우리가 들을 수 있게 된다는 것을 아이에게 설명해 주십시오. 이런 음파들은 항상 공기 중에 있다는 것을 말해 주십시오. 그리고 우리에게 듣는 귀를 주신 정말로 친절하신 하나님께 감사하십시오(잠 20 : 12 참조).

Introduce **위대한 당기는 힘**

중력은 물체가 땅에 떨어지도록 당기는 보이지 않는 힘이라는 것을 아이가 이해하도록 도와주십시오. 아이에게 공이나 장난감을 가만히 잡고 있다가 그것을 놓도록 요구하십시오. 아이가 공을 놓으면 그것이 위로 올라갔는지(위를 가리키십시오), 아래로 떨어졌는지(아래를 가리키십시오) 아이에게 물어 보십시오.

볼 수 없는 어떤 것 — 중력이 그 공을 아래로 잡아당겼다는 것 — 을 아이에게 계속 설명하여 주십시오. 운동장에서 미끄럼틀을 탈 때에도 중력이 밑으로 잡아당긴다는 것을 말해 주십시오.

가벼운 마분지로 V자형 낙하 장치를 만들어

아이와 함께 중력 실험을 해 보십시오. 낙하 장치를 책상 위에 올려 놓고 한쪽은 책 위에 올려 놓고 다른 한쪽은 책상 모서리까지 약간 뻗쳐 놓으십시오. 공기나 작은 공을 낙하 장치에서 굴리면서, 그것이 탁하고 떨어지는 자리를 관찰하십시오. 그리고 그 자리에 상자나 플라스틱 그릇을 놓아 다음 번에 떨어지는 공기를 잡으십시오. 그 낙하 장치에 다른 둥근 것들, 오렌지, 골프 공, 호두, 포도, 또는 테니스 공을 굴려 보십시오. 모든 물체가 크기와 무게에 상관없이 상자 속에 떨어질 것입니다. 왜냐하면 중력이 모든 물체에 똑같이 작용하기 때문입니다.

볼 수 있는 것들과 함께 볼 수 없는 것들을 만드신 위대하신 하나님에 대해 아이에게 말해 주십시오. 사랑과 중력 둘다 우리가 볼 수 없는 것들이지만, 그것들은 둘다 실재한다는 것을 말해 주십시오. 물론 하나님도 실재하시죠!

Introduce 새 모이 비스킷

소금을 뿌리지 않은 큰 비스킷에 땅콩 버터를 바르는 것을 아이에게 돕도록 요구하십시오. 아이가 비스킷 위에 뿌릴 수 있도록 따르는 주둥이가 있는 컵에 담은 새 모이를 제공하십시오. 그리고 그 씨들이 땅콩 버터에 박히도록 누르십시오.

새들이 마음껏 먹을 수 있도록 밖에 있는 나무에 그것을 실로 매달아 놓으십시오. 그런 후, 이렇게 말해 보십시오.

"하나님, 우리가 주님의 작은 새들을 돌볼 수 있게 해 주셔서 감사합니다!"

Introduce 정말로 컵이 비어 있어요?

아이가 지켜볼 때, 물이 들어 있는 냄비에 빈

컵을 뒤집어 놓고 컵을 물 속에 똑바로 밀어 넣으십시오. 아이에게 물이 컵 안으로 들어갈 수 없다는 것을 설명해 주십시오. 그것은 우리가 정말로 볼 수 없는 어떤 것 — 공기 — 이 이미 컵 속에 들어있기 때문입니다.

컵을 물에 담아둔 채, 약간 기울여 보십시오. 공기가 빠져나가면서 물이 컵 안으로 들어온 것을 아이에게 보여 주십시오. 이처럼 하나님께서는 공기와 바람과 사랑처럼 우리가 정말로 볼 수 없는 많은 것들을 만드신다는 것을 아이에게 상기시켜 주십시오.

아이를 꼭 껴안아 주며, 다음을 설명하여 주십시오! 비록 우리는 하나님을 볼 수 없지만, 하나님께서 우리와 함께 바로 여기에 계시며 결코 영원히 우리를 떠나지 않으시리라는 것을 알고 있다는 것을 말입니다.

Introduce 하나님께서는 물을 변화시킬 수 있어요!

하나님께서는 물을 수증기와 얼음으로 변화시키실 수 있다는 것을 아이에게 보여 주십시오. 냄비에 물 한 컵을 붓고 그것을 레인지에 올려 놓고 끓이십시오. 아이가 물이 수증기로 변하기 시작하는 것을 관찰할 수 있는 안전한 곳에 있게 하십시오.

물이 어디로 사라지는지 아이에게 물어 보십시오. 그리고 수증기는 공기 중으로 사라진다는 것을 설명해 주고 끓고 있는 물에 사과즙이나 코코아를 넣어 뜨거운 음료를 만드십시오.

또 찬물을 그릇이나 얼음 얼리는 판에 붓고 그것을 냉동실에 집어 넣는 것을 아이가 돕게 해 주십시오. 그런 후, 하나님께서 물을 얼음으로 변하게 하실 것이라고 아이에게 말해 주고, 변화가 일어나고 있는지 가끔 검사해 보십시오.

물 컵에 각빙들을 담고 시원한 음료를 만들 수 있게 해 주신 하나님께 감사하십시오.

Introduce 스며들까요?

약 점적기나 바늘을 뺀 주사기를 사용하여 아이가 마른 스펀지에 물을 떨어뜨리게 하십시오. 그리고 이렇게 질문해 보십시오.

"물이 어떻게 되었지? 물이 어디로 사라졌니?"

아이가 모른다면, 물이 스펀지 속에 스며들었다는 것을 설명해 주십시오. 몇 장 두껍게 겹쳐 놓은 종이 타월, 알루미늄박, 파라핀 종이, 플라스틱 장난감 또는 접시, 나무 토막, 그리고 당신 손등에 똑같은 절차를 시도해 보십시오. 어떤 것에서는 물방울이 뒹굴며, 어떤 것에서는 스며든다는 것을 아이에게 설명해 주십시오.

셋을 세면 당신과 함께 큰소리로 다음과 같이

말하도록 아이에게 요구하십시오.

"하나님, 물을 주셔서 감사합니다!"

매력적인 비

모래 상자의 구석이나 뒤집어지지 않도록 땅을 얕게 판 구멍에 투명한 플라스틱 그릇을 놓으십시오. 그 그릇에 비를 받게 될 것이라고 아이에게 설명하여 주십시오. 그리고 비가 오고 난 후, 그릇을 실내로 가지고 들어와 빗물을 얼

마나 많이 모았는지 그릇 표면에 자를 대고 측정해 보십시오. 하나님의 모든 창조물에게 비가

얼마나 중요한지를 아이에게 설명해 줄 기회로 이용하십시오. 또한 그릇에 빗물이 얼마나 많이 모였는지에 관심을 집중시킴으로써 천둥소리를 무서워하는 아이에게 더 잘 견디어 낼 수 있도록 도울 것입니다.

가지각색의 꽃

줄기로 물을 빨아들여 잎과 꽃에 물을 전하는 식물의 놀라운 능력을 아이에게 실험으로 입증하여 주십시오.

하얀 데이지나 카네이션 또는 야생화의 줄기를 빨강이나 파랑이나 노랑 색소를 떨어뜨린 채색한 물에 담그십시오. 몇 시간 동안 채색한 물에 줄기를 담가 두십시오. 그리고 때때로 하얀 꽃잎이 물들어 가고 있는지를 관찰해 보십시오.

사랑스런 다색의 꽃으로 만들려면, 줄기 끝에서 위로 몇 인치 수직으로 이등분 나게 주의 깊게 째서 다른 색깔의 물에 반씩 담그십시오. 물을 다 들이고 나면, 아이에게 그 줄기를 종이 타월로 포장하여 친구에게 그 사랑스런 꽃을 선사하도록 격려하십시오.

그리고 하나님께서는 우리에게 꽃을 주시는 정말로 선하신 분이시기 때문에 우리는 다른 사람들에게 하나님의 인자하심을 전해 주어야만 한다고 아이에게 말해 주십시오.

 잎새 자국

여러 가지 흥미로운 모양의 잎새들이 있다는 것을 아이가 깨닫고 분별할 수 있도록 돕기를 원한다면 몇 가지의 모양들을 모아서 그것들로 잎새 자국을 만들어 보십시오.

코르크 판이나 스티로폼 위에 붙여 놓은 하얀 종이에 잎새들을 압핀으로 고정시키십시오. 아이에게 스펀지 끝을 액체 청정제를 섞어 그림 그리기에 적절한 농도로 만들어 놓은 템페라 물감에 적시는 방법을 보여 주십시오.

아이가 잎새 테두리에 물감을 칠하도록 도와주고 물감이 마를 때까지 그것들을 제자리에 그대로 두십시오. 그리고 마르고 나면, 그것들을 떼내어 잎새 모양의 윤곽들이 드러나 보이게 하십시오.

만일 템페라 물감을 구할 수 없다면 잎새 위에 하얀 종이를 올려 놓고 크레용으로 색칠하여 잎새 자국 만드는 방법을 아이에게 보여 주십시오. 잎새 자국들이 보여지기 시작하면 잎의 결에 대해 말하며 하나님께서 식물이나 나무의 각 부분마다 양분과 수분을 나르도록 그것들을 정말로 완벽하게 만드셨다는 것을 이야기해 주십시오.

잎새들을 보전하는 방법

아이와 함께, 봄에 새파란 잎새들이나 가을에 단풍든 잎새들을 모아 이런 방법으로 보전해 보

십시오.

파라핀을 여러 조각으로 잘게 부숴 전기솥이나 이중 냄비에 녹이십시오. 녹인 밀납에 잎새들을 담갔다가 신문지에 올려 놓고 말리십시오. 열이 가해지기 전에 냄비에 파라핀 넣는 것을 아이가 하게 해 주십시오. 하지만 담그는 절차는 아이의

도움 없이 하십시오.

잎새들에 아직 온기가 남아 있을 때, 작은 잎새들을 실에 꿰어서 목걸이를 만들고 잎새들 사이에 마카로니를 꿰어 변화를 주셔도 좋습니다. 아이와 함께 실에 꿰면서 하나님께서 잎새들을 설계한 놀라운 방법에 관해서 말해 주십시오. 봄에 싹이 나서 자라다가, 가을에 아름다운 색깔로 변하고, 겨울에 떨어져 봄에 새 잎들이 또 다시 자랍니다.

설명은 쉽게 해 주되 하나님의 경이로움에 대

해 당신 자신이 얼마나 감격하고 있는지를 보여 주십시오!

Introduce 씨앗 심기

종이나 스티로폼 컵은 씨를 심기에 훌륭한 용기입니다. 그리고 당신의 아이는 언젠가 주일학교에서 자랑스럽게 집에 컵 하나를 가져올 것입니다. 모든 꽃이나 야채 정원은 이른 봄에 실내에서 돌보며 시작될 수 있습니다. 고령토나 흙을 컵에 담고 아이에게 뾰족한 연필로 밑바닥에 구멍을 뚫어 배수로를 만들게 하십시오. 흘러내리는 물을 받도록 쟁반이나 낡은 냄비에 컵을 받쳐 놓으십시오.

아이가 컵에 씨나 구군(알뿌리)이나 어린 묘목을 심게 해 주십시오. 그리고 컵의 겉면에 마커로 각각의 이름을 밝혀 놓거나 씨앗 봉투에 있는 그림을 붙이십시오.

묘종을 밖으로 옮겨 심을 준비가 되면 컵에서 뽑아 내십시오. 하지만 갓나온 작은 뿌리들은 계속 자라도록 뽑지 말고 내버려 두십시오.

Introduce 납작해진 꽃

아이와 함께 꽃들을 모으십시오. 그리고 하얀 타자 용지나 파라핀 종이 2장 사이에 그것을 놓는 것을 아이가 도울 수 있게 해 주십시오. 꽃을 끼운 종이를 무거운 책으로 일주일이나 10일정도 눌러 놓으십시오.

그 꽃들이 납작해지면 아이에게 그것들을 사용하여 선물 상자나 카드를 장식하게 하십시오. 꽃들을 자라게 하시고 꽃피게 하시는 하나님의 멋진 솜씨에 대해서 아이에게 이야기해 주십시오 (창 1 : 11 참조).

Introduce 모래비

채색된 모래가 들어 있는 지퍼가 달린 주머니를 아이에게 몇 개 제공하십시오. 또는 색깔이 다른 모래를 분리해서 채운 소금 뿌리개 2개를 제공하십시오. 소량의 분말 템페라를 첨가시키거나 식용 색소를 한두 방울 떨어뜨려 모래를 채색할 수 있고, 모래나 소금 컵에서 색분필 가루들을 문질러 바르면서 채색할 수 있습니다.

아이에게 색판지 위에 흰풀을 떨어뜨리게 하고 지퍼 달린 주머니의 열린 귀퉁이나 소금 뿌리개로 그 종이 위에 채색된 모래를 뿌리십시오. 그런후 풀이 마르도록 몇 시간, 또는 하룻밤을 보내십시오.

아이가 모래를 보슬보슬 뿌리고 있을 때, 해변의 모래알들과 하늘의 별들은 셀 수 없을 정도로 많다는 것과 그것들을 만드신 위대한 하나님에 대해 말해 주십시오. 아이에게 말해 줄 적당한 성경 구절이 있습니다.

"하늘의 만상은 셀 수 없으며 바다의 모래는 측량할 수 없나니…"(렘 33 : 22)

돌 수집

어린아이에게 돌은 어떤 것이든 아름다운 보물이 됩니다. 아이는 그 모양과 색깔과 감촉에 매혹당하며, 곧 아주 다양한 돌들을 수집할 것입니다.

달걀 곽으로 만든 특별 수집 상자에 아이가 좋아하는 돌들을 보관하십시오. 만일 아이가 관심을 가지면, 칸막이마다 들어 있는 그 돌을 어디서 발견하였는지 또는 그 돌의 생김새가 어떠한지에 대한 설명과 같이 적절한 정보를 적은 작은 종이를 붙이십시오. 그리고 당신은 다음과 같은 묘사들을 통하여 아이가 항목들을 분류할 수 있도록 격려해야 할 것입니다. "둥근 돌", "검은 점들이 있는 돌" 또는 "작고 납작한 돌" 등.

예수님께서는 정말 강하시고 위대하시기 때문에 때때로 우리의 반석이라고 불리신다는 것을 아이에게 말해 주십시오(삼하 22 : 2-3 참조).

어떤 토양에서 가장 잘 자랄까?

종이 컵들에 여러 종류의 토양(모래, 고령토, 진흙, 작은 자갈 등등)을 채우고 밑바닥에 구멍을 뚫어 배수로를 만드십시오. 그리고 접시나 쟁반 위에 그 컵들을 올려놓으십시오. 아이에게 각 컵마다 심을 잔디 씨와 소량의 물을 제공하고 2-3일 걸러 물을 주며 잔디가 자라고 있는지 각 컵을 조사해 보십시오. 잔디가 가장 잘 자라고 있는 토양이 어떤 것인지를 아이가 결정하도록 도와주십시오.

사람들은 씨앗을 심고 때때로 물을 줄 수 있지만, 오직 하나님만이 잔디를 자라게 하실 수 있다는 것을 아이에게 설명해 주십시오. 다음 성경 구절을 아이에게 말해 주십시오.

"저가 가축을 위한 풀과 사람의 소용을 위한 채소를 자라게 하시며…"(시 104 : 14)

 태양 차

병에 차가운 물을 채우십시오. 그리고 아이가 카페인을 제거한 홍차나 녹차 주머니(아마 오렌지나 레몬 또는 계피향의 곁들인 것)를 병 테두리에 걸어 물에 담글 수 있게 해 주십시오. 그런 후 그 병을 양지에 놓고 물이 갈변할 때까지 기다리십시오.

그 차를 얼음이 든 컵에 따라 설탕이나 설탕 대체물을 첨가시키십시오. 그리고 아이가 그것을 맛보게 하십시오. 차를 음미하고 전부 마시면서 맛있는 차로 갈증을 풀어 주신 정말로 좋으신 하나님에 대해 얘기해 주십시오.

 꿈틀거리는 벌레

화단에서 흙을 파고 있을 때, 또는 비가 내린 후, 한두 마리의 벌레를 잡아 투명한 유리 병이나 컵 밑바닥에 놓으십시오. 벌레를 덮도록 아이에게 흙을 주십시오. 그리고 소량의 물을 주어 흙에 뿌리게 하십시오. 아이와 함께 지켜 보면서 벌레들이 어떻게 하는지 알아보십시오.

벌레들이 꿈틀거리는 것을 재미있게 지켜 보고 난 후, 아이가 그 벌레들을 정원이나 화단에 놓아 주도록 도와주십시오. 그리고 하나님께서 벌레들이 무엇을 하도록 만드셨는지에 대해 말해 주십시오.

· 새의 먹이가 되도록
· 어부들이 물고기를 잡을 때 사용하는
　미끼가 되도록
· 공기가 뿌리까지 미칠 수 있도록 흙에 구멍을
　뚫어 식물들이 자라도록 돕기 위해
· 채소와 식물이 자라기에 더 훌륭한 토양을
　만들기 위해(지렁이들이 차지한 비옥한 토양은
　지렁이가 없는 땅보다 질소가 5배, 칼슘이
　2배, 마그네슘이 2배 반, 인이 7배, 그리고
　칼륨이 11배 이상이 함유되어 있습니다.)

 거기에 무엇이 숨어 있어요?

3-4세 정도 되는 당신의 아이는 자신이 보는 모든 새로운 광경에 넋을 빼앗깁니다. 아이는 정말로 작은 벌레나 털이 보슬보슬한 애벌레가 기어가고 있는 것을 분명히 주목하게 될 것입니다.

그러나 벌레들에 대한 감정이 긍정적이지만은 않을 것입니다. 어떤 아이들은 벌레들을 무서워합니다. 그런가 하면 어떤 아이들은 그것들을 손에 모아 자랑스럽게 당신에게 건네주며 기뻐할 것입니다.

살아 있는 것들에 대한 어린아이의 호기심을 만족시키며 기어다니는 것들에 대해 갖고 있을지도 모르는 두려움들을 누그러뜨리도록 돕기 원한다면, 아이에게 흙을 한 삽 푸게 하십시오. 그리고 아이와 함께 그것을 조사해 보십시오. 그 흙에 있을지도 모를 지네들, 포동포동 살찐 곤충들, 달팽이들, 벌레들, 유충들에 대해서 말해 주십시오. 새들과 어떤 동물들(두더지와 뾰족뒤쥐들)은 하얀 유충들을 잡아먹는 것을 좋아한다고 설명해 주고, 유충들이 잡아먹히지 않으면 딱정벌레들이 될 것이라고 아이에게 말해 주십시오.

정말로 하찮은 벌레들조차 하나님께서 만드셨다는 것을 아이에게 일러 주며, 하나님께서 어떤 곤충들은 동물들과 새들의 먹이로 만드셨다는 것도 설명해 주십시오. 그리고 이렇게 말해 보십시오.

"동물들 심지어 작은 곤충들까지도 돌보아 주시는 하나님은 정말 인자하시지 않니? 하나님께서 우리를 돌보아 주실까? 그렇단다!"

 그림자 권투

아이가 바보같이 벽에 나타난 자신의 그림자와 권투 같은 장난을 치며 놀도록 격려하여 주십시오. 밖에서는 햇빛을, 실내에서는 손전등을 이용하십시오.

하나님께서 우리에게 주신 빛에 대해서 얘기해 주십시오. 햇빛이 우리를 비출 때, 우리의 형체는 – 또는 그림자 – 벽이나 우리의 반대편 지면에 나타난다고 아이에게 말해 주십시오. 때로는 우리의 그림자가 커지고 때로는 작아진다는 것도 설명해 주십시오.

 감자 심기

식료품 점에서 아이와 함께 맛 좋은 감자를 몇 개 고르십시오. 점심으로 먹을 감자를 몇 개 굽고, 나머지는 물에 담그십시오. 감자 중산 주변에 딱딱한 이쑤시개를 4개 이상 반쯤 주의 깊게 꽂는 것을 아이가 도울 수 있게 해 주십시오.

물이 가득 들어 있는 컵의 꼭대기에 맛 좋은 감자를 올려 놓으십시오. 감자에 꽂혀 있는 이쑤시개들이 컵의 가장자리에 걸쳐 감자는 물에 놓이게 될 것입니다. 그 컵을 집에서 햇빛이 잘드는 곳에 놓고 자주 물을 주어 물의 높이를 유지하십시오. 물 속에 감자 뿌리들이 자라면, 그것을 밖으로 옮겨 심어도 좋습니다.

하나님께서는 튼튼한 뿌리들로 식물이 자라게 하시고, 위에서는 또한 잎들이 자랄 수 있게 하신다는 것을 아이에게 설명해 주십시오. 그런 후, 그것들은 과일이나 채소가 될 것입니다. 아이가 잘 자라는 식물처럼 튼튼하고 착하게 성장할 수 있도록 하나님에 대해 가르칠 때, 정말로 사랑이 듬뿍 담긴 태도로 가르치십시오.

point 한마디!

5-7세의 아이들

Introduce 그림자 구경

아이에게 그림자는 재미있는 현상입니다. 낮에 태양의 움직임에 따라 그림자의 길이가 변하는 상태들을 관찰해 보십시오.

화창한 날, 일찍 아이와 함께 밖으로 나가십시오. 그리고 도로 위에 아이의 그림자의 윤곽을 분필로 그리십시오. 정오에 그리고 다시 오후 늦게 그 절차를 되풀이하면서 그림자들이 길고 짧은 그 차이점과 이유에 관해 아이에게 이야기해 주십시오.

실내에서는 손전등과 작은 장난감 또는 화분에 있는 식물을 사용하여 똑같은 사실을 설명해 주십시오. 그림자가 바닥이나 벽에 쉽게 나타날 수 있는 곳에 물건을 놓고 모퉁이에서 빛을 비춰 아침 햇빛을 설명하십시오. 정오 햇빛은 머리 위에서 똑바로 비추고 오후 빛은 맞은 편에서 비추십시오. 아이에게 다음과 같은 질문들을 해 보십시오.

"이 그림자는 짧니, 기니?"

"그림자가 변했니?"

"이 그림자가 장난감보다 더 기니?"

그림자를 종종 불길한 것이나 유령 같은 것으로 표현하는 사회에서 우리는 아이가 그것을 하나님께서 창조하신 매력적이고 재미있는 것으로써 생각하도록 도와야 할 것입니다.

Introduce 명확한 그림자와 희미한 그림자

아이와 함께 이런 재미있는 실험을 해 보십시오. 어두워진 방 안에서, 벽으로부터 떨어져 손에 들고 있는 빗이나 머리 집게에 빛을 비추십시오. 태양이 밝게 빛나고 있을 때, 생기는 그림자들처럼 그것의 그림자가 뚜렷하고 명확하다고 아이에게 말해 주십시오.

그 다음 아이에게 손전등 끝부분에 덮을 파라핀 종이 한 장을 주고 고무밴드로 고정시키게 하십시오. 빛을 갖고 하는 실험을 되풀이하십시오. 그리고 그림자가 여전히 명확한지 아니면 오히려 지금이 더 흐린지 아이에게 물이 보십시오.

파라핀 종이를 통해 비춰는 손전등 빛은 약간 흐리거나 안개낀 날에 구름 사이로 비춰는 햇빛과 비슷하다는 것을 설명해 주십시오. 그런 날씨라면, 우리의 그림자들 또한 희미해질 것입니다. 또한 아주 구름이 많이 낀 날이라면 우리는 전혀 우리의 그림자들을 볼 수 없을지도 모릅니다.

아이에게 이것을 입증해 주기 원한다면, 파라핀 종이를 몇 번 두껍게 접어 손전등에 덮으십시오.

화창한 날이든, 구름 끼고 음산한 날이든, 예수님께서는 항상 우리의 빛이 되신다는 것을 아이에게 말해 주십시오.

Introduce 병 속에 만든 샌드위치

아이가 모래를 여러 가지 색깔들로 염색하는 것을 돕게 해 주십시오. 지퍼 달린 비닐 주머니들에 모래를 넣고 각 주머니마다 색소를 한두 방울 떨어뜨리십시오. 그리고 색깔이 충분히 섞일 때까지 흔들면서 서서히 그 혼합물을 주무르십시오. 그런 후, 한 주머니의 지퍼를 조금 열고 아이가 채색된 모래가 층을 이루며 쌓이도록 투명한 병에 그 모래를 쏟도록 도와주십시오.

그 행동을 되풀이하여 다른 색깔의 층을 만드십시오. 여러 가지 색깔의 모래로 그 행동을 되풀이 할 때마다 재미있는 색 줄무늬가 만들어질 것입니다. 이런 방식으로 샌드위치(Sandwich) 만드는 것을 계속하여 병 입구까지 모래로 가득

채우십시오. 봉하기 위해 마지막 층에 흰풀을 바르고 뚜껑을 꽉 닫으십시오.

모래 대신 소금이나 옥수수 가루를 사용하셔도 좋습니다. 아기 음식 그릇에 소금을 채우고 색분필을 소금에 문질러 채색하는 방법을 아이에게 보여 주고 투명한 병 안에 채색한 소금으로 층을 쌓아 그 층들을 사막, 바다, 암석으로 가정하십시오. 한결 같이 수평으로 층을 쌓는 것보다 울퉁불퉁하게 쌓으십시오. 완성된 작품에 풀을 붙여 봉하고 뚜껑을 단단하게 닫으십시오.

아이에게 작은 모래알들에 대해서 말해 주며 다음과 같은 성경 구절을 가르쳐 주십시오.

"하나님이여 주의 생각이 내게 어찌 그리 보배로우신지요 … 내가 세려고 할지라도 그 수가 모래보다 많도소이다…"(시 139 : 17-18)

Introduce 흔들리는 숟가락

90코드 길이의 뜨개실로 숟가락 손잡이를 묶으십시오. 아이가 그 숟가락을 바닥이나 탁자 윗면에 쿵하고 부딪칠 때, 그 잡아맨 실 끝을 아이 귀에 가까이 대 주십시오.

아이는 그 소리가 줄을 통해 자신의 귀로 전해질 때 느껴지는 진동에 흥미를 느끼며 주목하게 될 것입니다. 소리들은 공기 중에서 또는 그 실을 따라 움직이다가 마침내 우리의 귀로 전해진

다는 것을 아이에게 설명해 주십시오. 표면의 귀는 소리들을 잡아 내부 귀로 가지고 들어와 두뇌로 전하는 작은 컵과 비슷합니다.

아이에게 이런 성경 구절을 가르쳐 주십시오. **"듣는 귀와 보는 눈은 다 여호와의 지으신 것이니라"(잠 20 : 12)**

당신은 들을 수 있는 귀로 인해 정말 감사하고 있다고 아이에게 말해 주십시오. 그리고 들을 수 없는 사람들은 그 진동들이 그들 주변의 세상을 알도록 도와줄 것이라 여기며 그것들에 세심한 주의를 기울인다는 것을 설명해 주십시오.

Introduce 물을 흘리지 마세요!

여기에 하나님께서 당신의 창조하신 세계에 세우신 법칙들을 입증하는 다소 활동적인 놀이가 있습니다. 아이는 그 놀이를 재미있어 할 것입니다. 그러나 당신은 그 활동을 주의 깊게 감독하며 언제 어디서 그 놀이를 할 수 있는지에 관한 규칙들을 정해 놓아야 합니다. 공간이 넓은 밖에서 이 실험을 시도하십시오.

플라스틱 양동이에 물을 반쯤 채우고 당신 머리 위에서 그것을 빙글빙글 돌리십시오. 당신이 그것을 빨리 돌리는 동안은 뒤집힌 양동이에 물이 여전히 있게 될 것입니다. 이것은 오락장에 있는 원형의 롤러 코스터(환상의 물매진 선로를

달리는 오락용 활주차)의 안전 장치에 사용된 원리와 똑같습니다. 하나님께서 만드신 중력은 물과 양동이를 밑으로 끌어당깁니다. 그렇지만, 또 다른 힘, 즉 원심력이 물을 양동이 속으로 떠밉니다.

아이에게 하나님의 신비는 종종 보이지 않지만 정말로 실재한다고 말해 주십시오. 마치 하나님께서 우리를 사랑하시고 돌보시며 우리 가까이에 계신 것처럼 말입니다.

온도가 변해요

비싸지 않은 온도계 2개를 구입하여 집 밖에 있는 못에 걸어 두십시오. 하나는 양지에, 다른 하나는 음지에 걸어 두십시오. 며칠 동안 양지와 음지의 온도를 비교하면서, 온도계가 어떻게 작용하는지에 대해서 말해 주십시오. 또한 이른 아침에서 정오, 저녁 때까지 발생하는 기온의 변화들에 주의를 환기시키십시오.

하나님께서는 추위에서 따뜻함으로, 더위로, 시원함으로, 다시 따뜻함으로 기온 변화를 일으키셔서, 세상을 우리가 살기에 더욱 즐거운 곳으로 만드시는 선하신 분이라는 사실을 아이에게 말해 주십시오.

공기 중에 물이 있어요

하나님께서 우리가 호흡하는 공기 중에 배치해 두신 물에 대해서 아이에게 얘기해 주십시오. 우리는 아침 나절에 꽃들과 풀 위에 맺혀 있는 물방울들, 다시 말해 이슬을 때때로 볼 수 있다고 아이에게 말해 주십시오. 이 실험을 통하여 그것을 입증해 보십시오.

라벨을 벗겨낸 깡통에 각빙을 몇 개 넣으십시오. 물로 깡통 윗부분까지 가득 채우고 따뜻한 물을 담아 놓은 세면대 테두리에 깡통을 놓으십시오. 단시간에, 공기 중에 있는 물이 차가운 깡통에 물방울이 되어 옆으로 흘러내리게 될 것입니다. 당신은 그 물방울들을 하나님께서 만드신 물 보석이라 부르며 식물들과 사람 모두에게 도움을 주는 공기 중에 있는 물의 숨겨진 비밀에 대해 감사를 표현하고 싶을지도 모릅니다.

구르는 물방울들

밀랍 양초 조각들이나 파라핀이 들어있는 작은 냄비나 금속 컵을 끓는 물이 들어 있는 더 큰 그릇에 담으십시오. 밀랍이 녹을 때까지 그 물을 계속 끓이십시오. 이때 밀랍에 물이 들어가지 않도록 주의를 기울이고 녹인 밀랍을 받침 접시에 따라 식히십시오.

밀랍이 식어 딱딱하게 굳어지면, 아이에게 작은 스푼으로 그것에 물을 떨어뜨리도록 요구하십시오. 물이 구슬 모양으로 맺히는 것을 아이와 함께 주시하십시오. 그리고 밀랍 표면에서는 물이 스며들지 않는다고 아이에게 설명해 주십시오.

하나님께서 오리와 백조의 깃털을 밀랍처럼 매끄럽게 해 주셔서 물이 스며들지 않아 깃털들이 물에 젖어 무거워지는 것을 방지하셨다고 아이에게 말해 주며, 모든 것을 알고 계신 하나님을 상기시켜 주십시오. 하나님께서 홍수로 배가 흠뻑 젖거나 물이 새어 들어와 침몰하지 않도록 노아에게 방주에 역청(Pitch)을 바르라고 말씀하셨다는 것을 상기시켜 주며 노아와 방주에 대한 이야기를 아이에게 이야기해 주십시오.

물이 위로 올라가요!

아이에게 하나님께서 얼마나 완전하게 초목들을 만드셨는지에 대해서 이야기해 주십시오. 초목들은 지표로부터 물을 빨아올려 모세관이라 불리는 아주 작은 관들을 통해 가장 꼭대기에 있는 잎새들까지 물을 전해 주도록 만들어졌습니다. 또한 물이 위로 올라간다는 것은 중력을 무시하는 것이기 때문에 주목해야 하는 것이라고 설명해 주십시오.

잎이 달린 셀러리 2줄기와 물이 들어있는 용기 2개, 하나는 빨간 색소, 다른 하나는 파란 색소를 이용하여 아이에게 이런 작용을 입증하여 주십시오.

채색된 물 그릇에 셀러리 줄기의 잘려진 끝을 각각 담아 놓고 45분쯤 기다리십시오. 아이가 관찰하고 있을 때, 셀러리 줄기 하나에서 표면의 얇은 층을 수직으로 잘라내서 색소가 들어있는 모세관들을 보여 주십시오. 다음에는 같은 셀러리를 수평으로 잘라서 아이에게 모세관들을 훨씬 더 명백하게 보여 주십시오.

나머지 셀러리 줄기는 몇 시간 동안 또는 밤새도록 색소에 담가 두십시오. 원한다면 셀러리의 끝머리를 수직으로 쪼개서 반쪽씩 각 색소통에 담그십시오. 나중에 그 잎새들이 빨강과 파랑으로 변해있는 것을 관찰하고 아이가 그 채색된 셀러리를 먹어도 괜찮습니다. 또는 아이가 우적우적 소리를 내며 즐겁게 깨물어 먹을 수 있도록 신선한 줄기를 얇게 썰어 주십시오. 마지막으로 "하나님, 우리가 먹는 야채들까지도 돌보아 주셔서 감사합니다!" 라고 말하십시오.

Introduce 가라앉을까? 뜰까?

하나님께서는 세상에서 무거운 것들은 물에 가라앉고 가벼운 것들은 물 위에 뜨도록 완전하게 계획하셨다는 것을 아이에게 설명해 주십시오. 그리고 아이에게 이런 항목들은 가라앉을 것인지

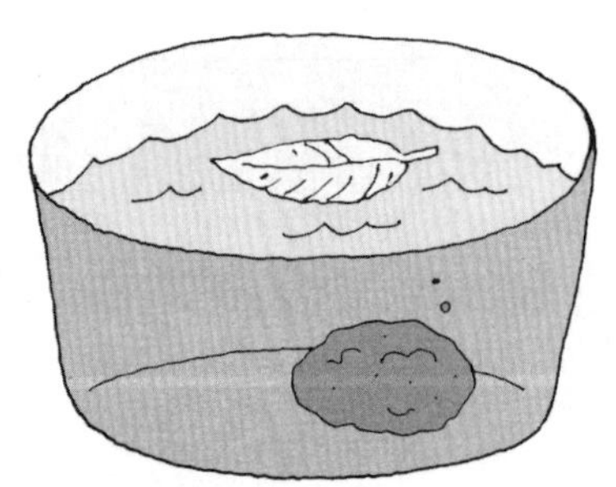

떠 있을 것인지 대답하도록 요구하십시오. 가령 돌, 깃털, 장난감 배, 벽돌 등.

Introduce 하나님의 사랑스런 잎들을 보전하십시오

낙엽들을 보전하려면, 녹인 파라핀(슈퍼마켓에서 구입할 수 있는 통조림된 밀랍)에 낙엽들을 담그고 신문지에 놓아 말리십시오. 또는 파라핀 종이 사이에 그것들을 놓고 며칠 동안 무거운 책으로 눌러 놓으십시오. 아이가 즐겨볼 수 있도록 사진첩에 그것들을 붙여 놓으십시오.

Introduce 눈으로 만든 형상

아이와 함께 눈으로 어떤 모양들을 만들며 아이가 창의력을 발휘할 수 있게 해 주십시오. 아이가 기뻐하게 될 모양이리면 어떤 것이든 좋습니다. 하지만 당신이 만들고 있는 눈 작품에 너무 열중하여 평범한 눈사람을 만드는 것임을 잊지 않도록 하십시오. 아이와 함께 눈으로 만들면서 아름다운 새하얀 눈을 만드신 하나님에 대해 자주 언급하십시오.

여기에 시도해 볼 몇 가지 재미있는 눈 모양들이 있습니다. 하지만 꼭 당신 자신의 것을 만드십시오.

·눈 로봇 : 정사각형이나 직사각형의 상자를

사용하여 눈 로봇의 기본형을 만드십시오.
눈으로 상자를 꽉 채우십시오. 그리고 그
상자를 천천히 굴리며 아이의 도움을 받아
주의 깊게 빼내십시오.
돌이나 단추로 눈 로봇의 버튼이나 키를
만드십시오.

· 익살스러운 얼굴 : 눈을 퍼 올리거나 밀어
움직여서 조그만 언덕을 만드십시오. 언덕
꼭대기에 종이 조각들이나 뜨개실 또는 풀을
놓아 머리카락을 만드십시오. 그리고 털 모자나
낡은 카우보이 모자나 사발 또는 화분을 그
위에 놓으십시오. 만일 화분을 사용한다면
배수 구멍에 조화를 꽂으십시오. 얼굴은
과일이나 야채 조각, 캔디, 박하 또는 감초
조각들, 돌멩이, 그리고 도막난 막대기들로
만드십시오. 리본이나 뜨개실로 익살스러운
얼굴의 윤곽을 만들고, 턱 끝에 나비 넥타이를
매어 주십시오.

· 생 케이크 : 눈으로 둥근 산 모양을 만들어
당신의 손이나 눈삽 뒷면으로 두드려 평평하게
만드십시오. 아이가 리본이나 레이스로
케이크를 장식하여 양초들을 꽂게 하고
밤이 되면, 따뜻하게 옷을 입고 아이와 함께
밖으로 나가 양초에 불을 붙이십시오. 이런
초에 불붙이는 놀이는 성탄절이나 아이의

생일에 즐기는 놀이로 전통을 삼아도 좋습니다.

· 눈사람 카우보이 : 평범한 눈사람을 아이의
장난감 권총과 가죽 케이스 그리고 카우보이
모자와 스카프를 첨가하여 카우보이로
만드십시오. 아이의 조그만 카우보이 장화를
눈사람 카우보이 앞에 놓아 그 모양을 마무리
하십시오. 아이가 어떤 식으로든 장화가
신겨지기를 원한다면 각 신발을 막대의 한쪽
끝에 꽂고 다른 끝은 눈사람 카우보이의
몸통에 꽂으십시오.

Introduce 눈송이

사진틀에서 빼낸 유리를 몇 시간 냉동실에서
냉각시키십시오. 그 유리 귀퉁이를 잡고 꺼내
유리 표면에 서려 있는 눈송이들을 아이에게 보
여 주십시오.

그리고 즉시 그 눈송이들을 아이가 돋보기나
현미경으로 관찰할 수 있는 유리에 놓으십시오.
아이가 관찰할 때, 하나님께서 눈송이들을 육각
형으로 각기 다르게 만드셨다는 것을 말해 주고
눈송이들과 어린아이들을 아주 특별하게 만드신
전능하신 창조주에 대해 아이에게 놀라움을 표
현해 보십시오.

그리고 당신의 특별한 어린아이를 진심으로
꼭 껴안아 주며 뽀뽀해 주십시오.

 거미줄

거미줄을 만들려면, 하얀 스프레이 물감 통, 검정색 판지 1장, 가위 그리고 관찰력이 예리한 눈이 필요하게 될 것입니다.

당신이나 아이가 재미있는 거미줄을 발견하면, 조금 떨어져서 바람이 불고 있는 방향을 향해 스프레이 물감을 뿌려 거미줄을 덮으십시오. 젖어

있는 거미줄에 빨리 검은 종이를 대고 중심에서부터 측면으로 주의 깊게 누르십시오. 물감이 마르면 거미줄을 가위로 끊으십시오.

기막힐 정도로 대칭을 이루고 있는 거미줄을 아이와 함께 관찰하며, 하나님께서 거미에게 그런 놀라운 안식처를 만드는 비법을 주셨다고 이야기해 주십시오.

그리고 어느 누구도 거미에게 그것을 만드는 방법을 가르쳐 주지 않았다고 말해 주십시오. 또 곤충 서적이나 백과 사전이 있다면 아이와 함께 거미에 대해 더 많은 것을 공부하십시오.

 병 정원

입구가 넓은 병을 옆에 놓고 뚜껑을 열어 아이에게 숟가락으로 조약돌을 퍼 넣도록 요구하십시오. 그 다음 고령토가 섞인 모래를 넣고 맨 위에 집 마당에서 퍼온 흙을 넣게 하십시오. 하지만 병 입구보다 높이 쌓지 마십시오.

그 다음 아이에게 심을 작은 묘목들을 주십시오. 따뜻하고 습한 곳에서 잘 자랄 묘목들과 함께 잘 자라지 않을 것들을 주십시오. 그리고 묘목들을 근처 종묘원에서 구입하거나 뒷마당에 있는 것을 옮겨심을 수 있습니다. 잡초 정원이라 훨씬 흥미로울 수 있습니다.

 사막 정원

사막 정원은 병 밑바닥에 모래를 넣고 잔 자갈들을 첨가시켜 소량의 물을 뿌린 다음, 한두 폭의 작은 선인장들을 심음으로써 만들어질 수 있습니다.

아이가 원하면, 작은 장난감 거북이나 소형 플라스틱 동물을 첨가시켜도 좋습니다.

창세기 1장에 기록된 세상의 창조에 대해, 그리고 하나님께서 우리가 즐길 수 있도록 만드신 흥미 있는 형태의 식물들에 대해 아이에게 이야기해 주십시오.

호두껍질 함대

망치와 호두 몇 개를 아이에게 주어 신문지 위에서 그것들을 조심스럽게 깔 수 있게 하십시오 (아이가 원하면 호두를 먹게 하십시오).

아이가 호두껍질을 반으로 잘라 알맹이들을 빼낼 수 있도록 도와주십시오.

반으로 나뉜 껍질들을 아이가 세면대나 욕조에 띄워 작은 호두껍질 배들로 이루어진 함대를 만들게 하십시오.

껍질마다, 소량의 찰흙을 넣어 하얀 작은 종이 돛대를 붙인 이쑤시개나 성냥을 꽂으십시오.

그리고 맛있는 호두와 껍질들을 주신 하나님께 감사하십시오.

보석

아이가 매끄러운 돌에 무독성의 금이나 은 페인트를 칠하게 하십시오. 돌이 마르면, 그것들을 보석 상자에 담아 아이와 함께 숨바꼭질 놀이를 하십시오.

모래 상자에 황금 돌들을 숨겨 아이에게 그 숨겨진 보물을 찾게 하십시오. 또는 더 작은 황금 조약돌들을 찰흙 덩어리 속에 숨기십시오.

아이에게 세상에서 황금보다 더 귀중한 사람이 누구인지 아느냐고 물어 보고 아이가 "저예요!" 라고 대답하면, 아이의 말에 동의해 주십시오. 그런 다음 우리 모두에게 가장 훌륭한 보물은 예수님이라고 말해 주십시오.

굴을 그리십시오

뾰족뒤쥐, 두더지, 뒤쥐, 새앙쥐, 얼룩다람쥐, 스컹크, 호저, 우드척, 그리고 마멋류들이 무리 지어 서식하고 있는 지하의 둥우리들과 굴들에 대해서 아이에게 말해 주십시오. 진짜든, 상상에 의한 것이든 동물들이 서식하는 굴의 풍경을 볼 수 있는 책이나 백과 사전을 아이와 함께 보십시오.

아이에게 상상력을 발휘하여 동물들의 굴이 어

떻게 생겼을지 생각대로 그림을 그리도록 격려하십시오. 아이의 그림은 실제적일 수도 또는 자신이 동물이라면 – 방들, 가구, 그리고 모든 현대적 설비가 갖추어져 있기를 바라면서 그려진 것일 수도 있습니다. 아이에게 이런 짧은 시를 가르쳐 주십시오.

내가 만일 굴 속에 사는
동물이라면,
나를 만드신 하나님을 생각하며
바로 그때 하나님을 찬송할텐데!

그러나 나는 살 집이 있는
어린아이이기 때문에,
나를 만드신 하나님을 생각하며
하나님을 찬송하리.

Introduce 수상쩍은 자국

동물이 서식하는 굴의 입구를 발견하면, 아이에게 입구 주위에 둥근 진창을 만드는 것을 돕도록 요구하십시오. 둥글게 만들어 놓은 진창을 며칠 동안 내버려두고 필요하다면, 그것을 다시 적셔 부드럽게 하십시오. 인내심을 갖고 기다리면, 그곳에 사는 동물의 발자국이 찍혀 있는 것을 발견할 지도 모릅니다. 또 그것들을 백과 사전이나

동물 서적에서 동물의 발자국 그림들과 비교해 보십시오. 그리고 그 동굴에 사는 동물의 정체를 파악해 보십시오.

하나님께서는 동물들이 사는 방식에 아주 알맞게 발톱이나 발을 만들어 주신 정말 위대하신 분이라는 것을 말해 주고, 동물들을 주신 하나님께 감사하십시오.

Introduce 결정체 만들기

사용하지 않는 사진틀에서 빼낸 유리 위에서 정교한 결정체들이 만들어지는 것을 아이가 관찰할 수 있게 해 주십시오.

아이에게 냄비에 물을 두 큰 스푼 넣도록 지시하고 그런 후, 그 물을 끓이십시오(가능하면 유리 그릇을 사용하여, 아이가 안전한 위치에서 관찰할 수 있게 해 주십시오). 온도를 낮추고 서서히 사리염(황산마그네슘)을 다섯 큰 스푼 첨가시킨 후 완전히 용해시키십시오. 그리고 가열하던 것을 멈추고 그 용액을 약간 냉각시키십시오. 또 아이에게 투명하고 용해할 수 있는 액체풀을 두 방울 떨어뜨려 녹을 때까지 젓게 하십시오. 아이가 유리 위에 있는 그 냉각 액체를 붓이나 솜뭉치로 색칠하게 해 주고 결정체들이 만들어지기 시작하는 것을 지켜 보십시오.

아이가 이 활동을 재미있어 하면, 아이에게 종

이에 그림을 그려 색칠하도록 지시하십시오. 그리고 아이의 그림에 그 액체를 칠하여 안개가 끼거나 서리 내린 것 같은 모습이 되게 하십시오. 돋보기로 그 결정체들을 주의 깊게 관찰하며 거대한 달과 별과 아름다운 작은 결정체들을 만드신 위대한 하나님에 대해 이야기해 주십시오.

식물들은 토양에 도움이 되요

비가 내릴 때, 잎새들과 꽃들은 빗방울이 땅에 떨어지는 것을 중단시키도록 도와준다고 아이에게 설명해 주십시오. 만일 어떤 지역에 식물이 없다면, 비가 토양에 너무 세차게 내리쳐 표토(겉흙)를 휩쓸어 갈 것입니다. 표토는 가장 훌륭한 토양입니다.

식물들이 토양에 끼치는 그런 이점을 아이가 더 잘 이해하도록 도우려면, 아이에게 작은 사각 종이(약 8-10Cm 정도)에 연필을 끼워서 흙만 들어 있는 화분에 연필을 꽂게 하십시오. 또다른 연필과 종이를 식물이 심겨있는 화분에 꽂고 비가 내릴 때, 지켜볼 수 있도록 두 화분을 창문 밖에 놓으십시오. 그리고 종이마다 흙이 얼마나 많이 튀었는지 살펴보십시오. 비가 내릴 때, 식물이 심겨 있는 화분의 흙은 거의 줄지 않습니다.

아이에게 식물과 토양의 상호 의존성에 대해 쉽게 설명해 주고 이런 자연 관계를 하나님과 우리 그리고 우리 서로에 대한 의존 관계에 비교해 주십시오.

해시계 만들기

하얀 종이에 큰 원을 그려 아이에게 오리게 하십시오. 끝이 뾰족한 연필을 종이의 한 가운데에 꽂아 그것을 세울 적당한 땅에 박으십시오. 반드시 햇빛이 잘 비춰는 곳에 박으십시오.

지정된 시간에(아마도 아침 8-9시) 그림자가

진 곳에 선을 긋고 그것 옆에 시각을 기록하십시오. 그날 매시간마다 똑같은 일을 반복하며 그림자의 선이 정오보다 아침과 오후에 더 길다는 것을 알아내게 될 것입니다. 만일 날씨만 괜찮다면, 그 해시계를 며칠 동안 밖에 놔두고 아이와 함께 그것으로 시간을 알아 보십시오. 아이에게 다음과 같은 성경 구절을 말해 주십시오.

"나 여호와는 해를 낮의 빛으로 주었고 달과 별들을 밤의 빛으로 규정하였고…"(렘 31 : 35)

토양을 지켜 주세요

침식은 토양이 비로 인해 떠내려가는 것이라고 아이에게 설명해 주십시오. 언덕 중턱에서 자라는 풀이나 식물들은 흙이 떠내려가지 않도록 도와준다고 아이에게 말해 주십시오. 어떤 지역에서는 농부들이 비가 올 때, 떠내려가지 않도록 언덕 중턱에 계단을 만들어 씨를 뿌린다는 것을 말해 주십시오.

아이와 함께 이런 활동을 하며 침식을 입증해 보십시오. 똑같은 그릇을 2개 사용하여 하나에는 흙만 담아 놓고, 다른 하나에는 풀이 자라고 있는 흙을 담으십시오. 냄비들을 비스듬히 기울여 놓으십시오. 그리고 물뿌리개를 갖고 "비내리는 사람" 놀이를 하십시오. 물뿌리개에 물을 가득 담아 흙만 들어 있는 그릇에 부으십시오. 또다시 물뿌리개에 물을 가득 담아 풀이 자라고 있는 그릇에 부으십시오. 아이에게 흙이 거의 그대로 남아 있는 그릇이 어떤 것인지 조사해 보도록 요구하십시오.

하나님께서 나무와 풀과 야생화들을 자라게 하시는 이유들 중 하나는 그것들 밑에 있는 중요한 토양을 보호하기 위해서라는 것을 아이에게 말해 주십시오. 그리고 이런 성경 구절을 가르쳐 주십시오.

"저가 가축을 위한 풀과 사람의 소용을 위한 채소를 자라게 하시며 땅에서 식물이 나게 하시고"(시 104 : 14)

어두운 색이냐 밝은 색이냐?

어두운 색은 열을 흡수하고 밝은 색은 열을 몰아낸다는 것을 아이에게 말해 주십시오. 그리고 더운 여름날에 하얀 색이나 밝은 색의 옷을 입으면 어두운 색의 옷을 입는 것보다 더 시원하게 될 것이라고 설명해 주십시오.

이런 원리를 설명해 주려면, 더운 날 아이를 데리고 밖으로 나가 아이의 쫙 편 손등 위에 하얀 손수건을 덮어 주십시오. 다른 손에는 검은색 손수건을 덮어 주십시오. 반드시 아이의 두 손에 햇빛이 똑바로 비치고 있을 때, 그리고 햇빛의 열기를 느낄 때까지 그 자세로 그대로 있도록 아이에게 말해 주십시오. 어떤 손이 더 뜨겁게 느껴지는지를 물어 보십시오. 원한다면, 아이에게 돌을 검은 색과 흰 색으로 색칠하게 하십시오. 그런 후, 햇볕에 그 둘을 놔두어 나중에 어떤 것이 더 뜨거운지 조사해 보십시오.

예쁜 벽화

종이에 그리는 그림을 될 수 있으면 꽃의 꽃잎들처럼 오려낼 수 있는 조각들이 있는 것으로 그리도록 아이에게 요구하십시오. 아이가 원하면 아이에게 그것을 오려내게 하십시오.

아이의 그림을 햇빛이 잘 드는 창문에 붙여 근처 벽에 그림자를 만드십시오. 아마 아이는 자신이 만든 예쁜 그림으로 기뻐하게 될 것입니다. **"…너희 손으로 일하기를 힘쓰라"**(살전 4 : 11)는 성경 구절을 가르쳐 주며 자신의 손으로 훌륭한 일을 해냈다고 아이에게 말해 주십시오.

정전기

아이에게 정전기를 가르칠 때, 아이와 함께 이런 재미있는 실험을 해 보십시오.

· 머리카락이 똑바로 서게 만들기 : 풍선이나 빗을 모직 융단이나 털 스웨터에 문질러 아이의 머리 가까이로 가져다 대십시오. 머리끝이 쭈뼛해지는 결과가 발생할 것입니다.

· 암실 전기 : 건조한 겨울날 어둠 속에서 "머리카락이 똑바로 서게 만들기" 실험을 하여 불꽃이 튀는 것을 지켜 보십시오.

· 후추 묘기 : 탁자에 소금을 부어 손으로 납작하게 펴십시오. 그리고 검은 후추로 표면을 덮고 아이에게 소금에서 후추를 끄집어낼 수 있을 것이라고 생각하는지 물어 보십시오.

후추 알갱이들을 끄집어내려면, 빗으로 머리를 몇 번 빗거나 털 스웨터에 빗을 문지르십시오. 그런 다음 소금 위로 2Cm 정도 떨어진 곳에 빗을 두십시오. 소금보다 훨씬 더 가벼운 후추 알갱이들이 빗에 모이게 될 것입니다.

"너를 더욱 사랑해" 노래

이런 자연스런 음악 활동을 통하여 당신의 아이는 분명히 자신감이 향상될 것입니다. 아이와 함께 놀이해 보십시오.

아이와 함께 차를 타고 있을 때, 어떤 가락에 자연 경관을 가사로 사용하여 짧은 연가를 불러 주십시오. 각 절을 "아름다운 일몰", "사랑스런 꽃", "화창한 날" 또는 "번쩍이는 다이아몬드"와 같은 구문으로 시작하여 "…보다 너를 더욱 사랑해!"로 끝마치십시오.

가락은 별로 중요하지 않습니다. 가사들을 통

하여 하나님께서 창조하신 훌륭한 것들을 생각하게 될 것입니다. 그리고 그것들 중에서 당신에게 아이가 가장 소중하다는 메시지를 전달하게 될 것입니다. 아이가 그 연가를 따라 부를 수 있도록 격려해 주고, 아이가 즐거워할 자연물들을 가사로 이용하십시오.

재미로 도마뱀 꼬리, 엉겅퀴, 선인장 또는 고양이 수염과 같이 어이없는 구문들을 사용하여 "너를 더욱 사랑해!" 노래를 부르십시오. 재미있어 하며 큰소리로 웃으며 아이에게 정말 사랑한다고 말해 주며 놀이를 마치십시오.

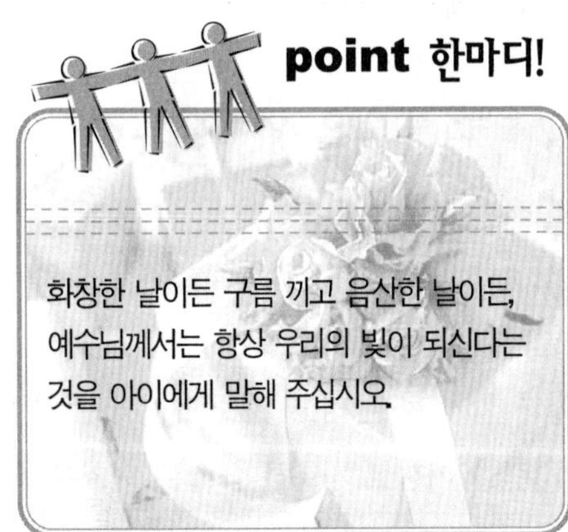

point 한마디!

화창한 날이든 구름 끼고 음산한 날이든, 예수님께서는 항상 우리의 빛이 되신다는 것을 아이에게 말해 주십시오.

9

자녀에게 교회를 통하여 하나님 가르치기

…그리스도께서 교회의 머리 됨과 같음이니 그가 친히 몸의 구주시니라

- 에베소서 5 : 23

성경은 성도들의 지역적 모임을 대단히 강조합니다. 우리가 함께 모여 예배하고, 교제하며, 가르치고, 서로 격려하도록 명령합니다. 어린아이들이 교회에 다니는 생활 습관이 되면, 아이들은 대단히 많은 것들을 얻습니다. 아이들은 일찍부터 삶 속에 하나님께서는 실재하시고, 예수님께서는 사랑이시며, 그분의 백성을 돌보시고 함께 하신다는 것을 배우게 됩니다. 그리고 크리스천의 삶은 진정 가치 있는 삶이라는 것을 배우게 됩니다.

최근 주 예수 그리스도와 교회를 섬기며 자란 아이들의 크리스천 가정 80가구를 조사한 결과, 중요한 공통 특성은 명백했습니다. 조사한 거의 대부분의 가정에서 가족들이 교회에 기쁨으로 충성스럽게 참석하는 것은 절대 빠뜨릴 수 없는 부분이었습니다. 그들은 지역 모임에 참여하는 것을 특권과 책임으로 생각했고 각 가정은 그리스도인의 생활과 교회에 대한 많은 긍정적인 양상들을 신중하게 진심으로 강조하고 있었습니다.

어떤 가정은 언젠가 그들이 예배드리게 될 그 장소에서 아이들이 뛰어놀 수 있도록 장래의 교회 부지로 소풍을 갔습니다. 또 어떤 부모들과 아이들은 앞으로 그들의 두 번째 집이 될 예배 장소를 위해 돌을 캐내고 잡초를 뽑아 길을 마련하였습니다.

우리가 교회에 관하여 하는 말들이나 미묘한 태도들(일요일 아침 일찍 일어나 교회에 가는 것이 지겹습니까? 아니면 즐겁습니까?)을 우리의 어린아이들은 반드시 관찰하여 배우게 될 것입니다. 만일 교회가 우리의 마음과 가정에 정당한 자리를 차지한다면, 교회는 우리의 후원자가 되어 우리 아이가 취학전 시기를 거쳐 어린 시절, 10대, 성인에 이르기까지 아이의 영적, 정서적, 사회적 필요들을 충족시키도록 도와줄 것입니다.

그리고 아이는 훨씬 더 교회와 관련하여 개인적인 성취를 찾으려고 할 것이며, 우리의 육아 임무는 헤아릴 수 없을 정도로 쉬워질 것입니다.

3세 된 어린아이가 어느 일요일 아침 그녀의 가족이 교회 주차장에 도착했을 때, 이런 말을 했습니다.

"나는 예수님을 배우러 교회에 간다!"

그 발음은 정확하지 않았지만 교회에 대한 개념과 구세주에 대한 배움의 기대는 이미 아이의 감수성이 강한 마음 안에 뿌리 박혀 있었습니다.

당신이 자녀에게 주 예수 그리스도의 교회를 통하여 하나님의 사랑을 가르치기 위해 노력할 때, 이런 개념들과 활동들이 도움이 되기를 바랍니다.

갓난아기

 ### 하나님만을 위한 날

일요일 아침에 다음과 같은 교회에 대한 재미난 말로 잠에서 깬 아기를 맞으십시오.

"린지, 오늘이 무슨 날인지 아니? 오늘은 교회 가는 날이란다. 하나님만을 위한 날이야!"

이 노래를 "세 마리의 눈 먼 쥐들"의 노랫가락에 맞춰 아기에게 불러 주십시오.

오늘이 바로 그날이야.
오늘이 바로 그날이야.
교회에 가는 날이야.
교회에 가는 날이야.
일요일 아침이야.
일요일 아침이야.
감사해요, 하나님.
감사해요, 하나님.

일요일을 방해하지 마세요

토요일에 주일 아침 예배에 참석할 준비를 하십시오. 기저귀 가방을 챙겨 놓고 아기 옷과 당신 옷을 꺼내 놓으십시오. 아침 식단이 준비되어 있는지, 양말과 신발이 제자리에 있는지, 자동차

에 연료가 충분히 들어있는지 점검하십시오. 별로 중요하지 않은 것들은 주일날 아침으로 미루십시오. 될 수 있으면 당신 자신의 것들을 간소하게 준비하고 교회에 갈 준비가 갖추어지면 방해받을 각오를 하십시오.

그리고 당신이 교회에 가는 것을 막는 사탄의 모든 방해를 제거해 주시도록 하나님께 간구하십시오. 아기가 일요일을 하나님께 영광 돌리는 멋있는 날로 마음 속에 기억할 수 있게 해 주십시오(일부 어른들은 그들의 어린 시절 일요일을 짜증내고 소란 피우는 불유쾌한 모습으로 기억합니다).

어떤 사고들, 폭우, 그리고 곤란한 상황들을 예상하십시오. 하지만 그것들로 인해 포기하지 말고, 먼 장래를 생각하십시오. 당신은 아기가 평생을 주일날 하나님께 예배하며 찬송하는 습관을 갖도록 아기에게 가르치고 있는 중입니다. 당신의 아기가 어른이 되어 하나님을 사랑하고 섬기는 모습을 상상해 보십시오. 아마 어린아기의 생활에 교회에 가는 습관을 형성시켜 주려는 당신의 모든 노력은 가치 있게 될 것입니다.

Introduce 내가 울면 먹을 것을 주세요

주일날 영아실에 아기를 맡길 경우를 대비해 여분의 젖병이나 물병, 또는 주스병을 꼭 챙기십시오. 아기들은 어른들처럼, 항상 똑같은 시간에 배고프지 않습니다. 또한 똑같은 양을 먹지 않습니다. 아침에 잘 먹였다고 하여 아기가 다시, 곧 배고프지 않을 것이라 확신하지 마십시오. 아기들은 참지를 못합니다.

예배는 생각했던 것보다 더 길어질 수도 있습니다. 그리고 어디에 있든 아기는 배가 부르면 만족감을 느낍니다. 만일 당신이 수유하는 엄마라면 영아부 교사들에게 당신이 예배드리는 자리나 주일학교 교실을 알려 주십시오.

Introduce 영아부 교사를 대접하세요

만일 아기가 교회 영아실에 적응하는 데 어려움을 겪고 있는 것처럼 보이면, 영아부 교사를 당신 집에 초대하십시오. 보통 아기가 재미있게 잘 노는 시간으로 정해 영아부 교사에게 아기를 돌보아 주는 것에 대한 감사 표시로 점심 식사를 대접해도 좋을 것 같습니다(보육일에 참여하는 사람들은 대부분 칭찬보다는 불평을 더 많이 듣습니다).

아기와 선생님이 친해질 수 있는 시간을 가질 수 있게 해 주십시오. 그때 당신이 가까이에 함께 있어 아기를 안심시키십시오. 당신의 손님께 새로운 또는 아기가 좋아하는 장난감을 주어 아기와 함께 놀 수 있게 해 주십시오.

 안심 베개

갓난아기의 또다른 소지품으로 작은 베개를 교회에 가지고 가십시오. 영아부 교사에게 아기가 옆으로 누워 잘 때, 아기의 등 뒤에 그것을 받쳐 주도록 요청하십시오. 특히 아기가 집에서는 더

작은 침대에서 잠을 잔다면, 담요를 둘둘 말아 아기의 양 옆에 놓아 주어 아기가 집에서 잠잘 때처럼 안심하고 잠잘 수 있게 해 주십시오.

 편안하게 옷 입혀 주세요

영아실에서 아기에게 옷을 얼마나 따뜻하게 입혀야 할지를 아는 것은 어렵습니다. 특히 아기가 바닥이나 침대에서 대부분의 시간을 누워 보낼 때는 더욱 그렇습니다.

어떤 부모들은 더울 정도로 너무 따뜻하게 입히는 반면 어떤 부모들은 아기가 타일이나 리놀륨(마루에 까는 장판) 바닥에서 놀기에 추울 것 같이 옷을 입힙니다. 아기에게 쉽게 입힐 수 있거나 벗길 수 있는 옷을 여벌로 준비해 가십시오.

아기를 안고 영아실로 들어가면, 방 온도를 빨리 분별하여 육아 일을 하고 있는 사람에게 아기에게 옷을 더 입혀야 할지, 벗겨야 할지를 제시하여 주십시오.

아기가 뜻밖의 화를 당할 경우를 대비하여 양말을 포함한 다른 옷가지들을 어떻게 해 주어야 할지 꼭 말해 주십시오.

 사진 친구

부모님이 집에서 기르는 애완 동물, 또는 아기에게 친숙한 광경의 클로즈업 사진을 확대하십시오. 또는 부모님이 나란히 찍혀 있는 사진을 사용하십시오.

사진 모퉁이들을 둥그렇게 마물러 가벼운 마분지에 붙이고 투명한 접착 테이프로 싸십시오. 영아부 교사에게 그 사진을 아기의 요람 측면에 놓아 주도록 부탁하십시오. 그러면 사진은 아기가 볼 수 있도록 똑바로 세워지게 될 것입니다.

 ## 토요일날의 예행 연습

토요일에 다음날 아침 교회에 가지고 갈 아기의 물품들을 아기 요람 안에 놓으십시오. 기저귀 가방, 담요, 사진이나 친숙한 장난감 등. 주일에 영아부 교사에게 그것들을 놓도록 부탁할 자리를 찾아 그 물품들을 아기 침대에 놓으십시오.

한두 가지의 물품들만 사용하여 간략하게 지시하십시오. 영아부 교사는 일요일 아침 예배 시간이 되면 바쁠 것입니다.

 ## 뮤직 박스

갓난아기를 위한 작은 뮤직 박스나 카세트를 구입하십시오.

당신이 좋아하는 가락을 선택하고 집에서 아기에게 그 소리를 자주 들려주십시오. 원한다면, 뮤직 박스 대신 기독교적인 자장가 테이프를 카세트로 들려주어도 좋습니다.

주일마다 그 뮤직 박스나 카세트를 교회에 가지고 가십시오.

그리고 영아부 교사에게 그 뮤직 박스를 아기 침대 안이나 그 근처에 놓을 수 있는지를 물어 보십시오.

부드럽게 연주되는 음악은 당신의 아기에게 친숙한 소리를 들려주게 될 것이며, 다른 아기들 또한 그 음악을 즐기게 될 것입니다.

걸음마하는 아이

 ## 매주일 교회가기

교회는 특별한 성경 공부를 하기 위해 아이를 데리고 가는 장소로 더할 나위 없이 좋습니다. 당신이 매일 성경 이야기를 통하여 영적인 교육을 하고 있을지라도 말입니다. 교회 가는 것이 너무나 자연스러워져 교회에 가지 않는 것이 이상하게 여겨질 수 있습니다.

만일 당신의 어린아이가 교회에 다니게 된다면 당신의 육아 의무는 앞으로 아이의 모든 발달 단계에서 대단히 쉬워질 것입니다. 아이가 교회에서 갖는 경험들과 사귀는 친구들은 생활의 중요한 부분이 될 것입니다. 아이는 영적인 지식과 은혜 가운데서 성장하게 될 것입니다.

게다가 아이가 교회에서 표현하는 반감들이 어떤 것이든 아이와 함께 있는 다른 아이들이 돌발적이라면 아이는 덜 빈번하게, 덜 감정적으로, 일시적일 것입니다. 당신은 드문드문 교회에 다니는 습관을 벗어나 시종 일관하게 교회에 다니는 습관을 들여 아이에게 친절을 베푸십시오.

 ## 우리 교회

당신 교회 건물의 사진을 찍어, 원한다면 확대

하십시오. 그리고 종이 하트에 붙이십시오. 아이가 보고 즐길 수 있도록 냉장고 문에 아이의 눈 높이로 붙이십시오.

사진에 자석을 붙여 아이가 그것을 이리저리 움직일 수 있게 해 주십시오. 그리고 아이가 원할 때마다 그것을 원래의 자리에 되돌려 놓으십시오.

Introduce 교회가 있어요

당신 교회 건물의 사진을 찍어 모퉁이들을 둥그렇게 마무른 다음 두꺼운 마분지에 붙이십시오. 그리고 사진 전체를 투명한 접착 테이프로 싸십시오. 아이에게 그 사진을 보여 주며 교회의 사진이라고 말해 주십시오. 그 다음 아이가 당신을 지켜 보고 있을 때, 담요나 천 기저귀 밑에 그것을 감추십시오. 이렇게 말하십시오.

"교회가 어디에 있지? 교회가 어디에 있니?"

만일 아이가 그 사진을 찾으려고 하지 않으면, 담요를 젖히고 말하십시오.

"여기에 있구나! 우리는 ○○교회를 사랑해!"

아이가 관심을 보이면 몇 번 그 놀이를 되풀이하십시오. 아울러 다음 일요일 교회에 거의 도착하면 이런 말을 하십시오.

"저기 멋있는 ○○교회가 있구나! ○○교회를 사랑해!"

Introduce 단거리 여행 시도

영아실이 비어 있는 평일 날, 아기나 걸음마하는 아이를 데리고 그곳을 구경할 수 있도록 허가를 청하십시오. 아이와 거기서 함께 방을 구경하며 거기에서 보이는 것들을 명랑하게 아이에게 말해 주십시오. 아이가 아주 잘 놀 것 같으면 침대나, 당신 무릎이나, 당신이 앉아 있는 바닥 옆에 앉히십시오.

그리고 아이에게 말하십시오.

"이 곳은 교회에 있는 네 방이란다. 네가 놀 수 있도록 다시 곧 데리고 올게!"

아이가 여전히 재미있게 놀며, 더 머물기를 원해도 아이를 데리고 나오십시오. 이런 단거리 여행을 다른 2-3명의 부모님들과 계획하여 당신의 아이가 다른 아이들과 친해질 수 있게 해도 좋습니다.

Introduce 내 주머니에 친구를 넣으세요

아이가 매주 교회에 가지고 갈 튼튼하고 안전한 곰인형을 고르십시오. 어느 날 아침에 아이가 교회 가려고 하지 않으면 이처럼 얘기해 보십시오.

"하지만 봉고는 정말로 네 반에 가고 싶어한단다(곰 인형을 위아래로 껑충껑충 뛰게 만드십시오). 봉고는 다른 아이들(될 수 있으면 몇 사람을 구체적으로 명명하십시오)과 함께 다른 장난감(특별히 아이의 흥미를 불러일으키는 장난감을 명명하십시오)을 갖고 놀며 간식을 먹고 싶어해. 특히 예수님에 대해서 배우고 싶어한단다. 네가 봉고를 데려가지 않으면 어떻게 가겠니?"

교회에 갈 준비가 된 곰 인형 또한 데리고 가십시오. 이런 접근법이 교회에 가기 싫어하는 아이의 마음을 바꾸지 못할지도 모릅니다. 하지만 시도해 볼 만한 가치는 있지 않습니까?

내 가방은 내가 챙길께요

토요일 저녁 잠자기 바로 전, 아이가 내일 아침 교회에 가져갈 자신의 기저귀 가방을 챙길 수 있도록 도와주십시오.

아이가 기저귀 가방에 붙여 있거나 적혀 있는 자신의 이름에 주의를 기울일 수 있게 해 주십시오. 교회에 있는 아이의 특별한 방과 가지고 놀 장난감들 그리고 아이를 사랑해 줄 선생님들에 대해 이야기해 주십시오. 아이가 아침에 잠에서 깨면, 옷을 잘 차려 입고 교회에 갈 것이라고 아이에게 말해 주십시오.

첫 번째로 와서 나를 안아주세요

걸음마하는 아이가 예배 후, 자신을 데리러 당신이 돌아올 것이라는 확신을 가질 수 있도록 매 주일마다 영아실에 가장 먼저 돌아오는 부모들 중 한 사람이 되도록 노력하십시오. 아이는 자기와 함께 있는 아이들이 모두 그들의 부모와 함께 집으로 가 방에 아무도 보이지 않게 되는 때를 제외하고는 당신과 잠시 떨어져 있는 것에 별로 신경을 쓰지 않을 것입니다.

저기 우리 교회가 있다!

멈추지 않고 교회로 직행해 가거나, 교회 인쇄물을 정리하거나, 어떤 다른 간단한 용무를 보기 위해 아이를 데리고 교회에 들르는 특별한 경우를 자주 만드십시오. 가끔 교회에 들르면서 아이는 주일마다 오는 그곳에 안전감과 친밀감을 느끼게 될 것입니다.

교회로 운전해 갈 때, 또는 교회 주차장에서

빠져나올 때, "저것이 브라이언의 교회구나!" 라고 말하며 손뼉을 쳐 보십시오. 그러면 아이도 곧 당신처럼 감격하게 될 것입니다.

Introduce "교회를 사랑해요"

앨범, 값비싸지 않은 사진첩을 사용하여 이 활동을 하십시오. 또는 몇 장의 사각 펠트 천을 다 같이 중심부를 박아 사진첩을 만드십시오. 교회 건물 안에 아이에게 친숙한 장소들을 찍은 사진들을 사진첩에 넣으십시오.

교회 건물로 들어가는 입구나 주차장에서 보이는 풍경이나 선생님 가까이에 있는 장난감 캐비닛이나 아이가 자주 보는 색 유리창 등을 찍으십시오. 한 주 동안 아이와 함께 앉아 그 앨범을 보십시오.

Introduce "즐거운 예배 시간" 앨범

어느 주일날 아침, 교회에 카메라를 가지고 가 아이의 선생님께 아이들이 놀고 있는 사진을 몇 장 찍을 수 있게 해 달라고 부탁하십시오. 사진을 찍을 순간들을 몇 가지 제안해 보면 이렇습니다. 아이가 장난감을 갖고 친구들과 함께 놀고 있을 때, 아이가 간식을 먹거나 성경 이야기들을 듣고 있을 때, 또는 선생님께서 아이를 안고 있거나 꼭 안아주고 있을 때 등. 만일 아이가 그

방에서 당신에게 잘 반응하지 않으면 다른 사람이 사진을 찍게 하는 것이 더 좋습니다

아이가 원할 때마다 만질 수 있고 볼 수 있는 "즐거운 예배 시간" 앨범에 그 사진들을 끼우십시오. 아이에게 예배 중에 갖는 즐거운 경험들에 대해서 얘기해 주십시오.

그 사진들을 다른 부모들과 영아부 교사들이 이용할 수 있게 해 주십시오. 그들은 장차 교회의 식구들이 될 가정들을 방문할 때나, 취학전 아이들을 돌보아 줄 사람들을 모집할 때, 그 사진들을 이용하고 싶어할지도 모릅니다.

Introduce 정다운 목소리

아이를 교회로 초대하며 교회에 나오면 무엇을 하게 될 것인지를 말해 주는 아이의 영아부 선생님들의 간단한 인사말을 테이프에 녹음하십시오. 그 테이프를 한 주 내내 아이에게 들려주십시오. 특히 교회에 가기 전날 들려주십시오.

Introduce 우리 선생님들 사진

아이를 돌보아 주는 선생님들의 사진을 찍을 때, 각 선생님마다 클로즈업된 독사진을 찍으십시오. 그리고 오랫동안 보관할 수 있도록 투명 접착 테이프를 씌워 만든 색판지 책에 그 사진들을 끼우십시오. 아이에게 그를 돌보아 주시고 사

랑해 주시는 그 선생님들에 관해 이야기해 주십
시오. "하나님, 교회 선생님들로 인해 감사드립
니다." 라고 말하십시오.

Introduce 주일에 대한 좋은 기분

아이에게 주일날 아침을 결코 세속적이지 않은
시간으로 만들어 주기 위해 최선을 다할 때조차
도, 자주 그렇게 되버리곤 합니다. 우리는 교회에
서 집으로 돌아오면 아이에게 유익한 시간을 마련
해 줌으로써 아침 시간을 어느 정도 보충할 수 있
으며, 주일을 사랑스런 날로 만들 수 있습니다.

식사를 마친 후, 앉아서 아이를 팔에 안고 잠시
함께 놀아 주십시오. 그리고 서서히 주일은 정말
멋진 날이라는 것에 대해 말해 주십시오. 하나님
에 대해 배우러 교회에 갈 수 있다는 것은 정말로
굉장한 일이라고 말해 주십시오. 그리고 지금 자
녀와 함께 있는 것이 너무 좋다고 말해 주십시오.

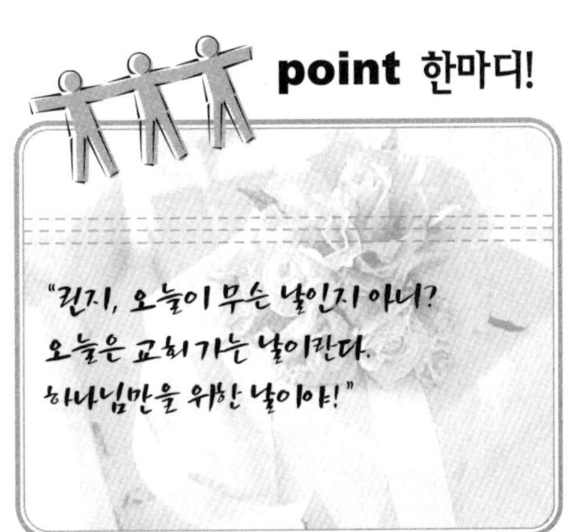

3-4세의 아이들

Introduce 나는 교회를 좋아해요. 왜냐하면…

차를 타고 있을 때, 진료 시간을 기다릴 때, 또
는 아이를 잠재울 때, 이런 간단한 놀이를 해 보
십시오.

이처럼 말하면서 놀이를 시작하십시오.

"나는 교회를 좋아해. 왜냐하면…."

그런 다음 그 문장을 완성하십시오. 아이는 그
말을 똑같이 되풀이하며 자기 스스로 문장을 완
성할 것입니다. 놀이를 더 재미있게 하려면 아주
상세히 대답하십시오. "나는 테일러 아주머니를
좋아해." 라고 간단하게 말하는 대신 "나는 테일
러 아주머니의 미소를 좋아해." 또는 "나는 파란
색 옷을 입은 테일러 아주머니의 모습을 좋아해."
라고 말하십시오. 가능한 또다른 대답으로 "나는
목사님께서 등을 구부리시며 '안녕' 이라고 말씀
하시는 것을 좋아해!" 가 될 수 있습니다.

Introduce 일요일에 운전하기

아이 옆에 있는 소파나 의자에 앉으십시오. 아
이에게 교회로 차를 운전하고 있는 흉내를 내려
고 한다고 말하십시오. 그리고 아이에게 함께 가

고 싶다고 말하십시오.

핸들을 돌리고, 액셀러레이터와 브레이크를 밀어 움직이는 흉내를 내십시오. 그리고 교회로 가는 도중에 지나치는 장소들이나 사물들에 대해 말하십시오. 아이와 함께 매주 차를 운전하며 교회로 갈 때, 보게 될 사람들에 대해 얘기해도 좋습니다.

이 놀이를 훨씬 더 재미있게 하려면, 아이와 함께 들어갈 수 있을 만큼 큰 상자를 자동차로 사용하십시오. 또는 기차를 만드는 줄로 몇 개의 상자들을 나란히 연결하여 사용하십시오.

아이가 다리를 낄 수 있도록 상자 밑바닥에 구멍을 뚫고 그것들을 자동차 바퀴라고 이름 지으십시오. 상자 각 면에 직사각형 구멍을 뚫어 아이가 교회로 "운전"해 갈 때, 잡을 수 있는 손잡

이로 삼으십시오. 자동차에 여러 가지 다른 세부 사항을 마음껏 첨가시키십시오.

Introduce 내 "새 동네" 책

최근에 새로운 동네로 이사했다면, 자주 보게 될 사람들과 장소들로 이루어진 사진 책을 만들어 아이가 새로운 환경에 적응하도록 도와주십시오. 당신 집 사진, 식료품 가게 사진, 의사 진료실 사진, 도서관 사진, 그리고 특히 당신의 새 교회 사진을 첨가시키십시오.

아이 책의 교회편에 이미 새 교회 예배에 참석했다면 예배 중에 만난 호감이 가는 사람 한두 명의 사진을 첨가시키십시오.

그 사진 책을 하트 모양으로 된 색판지로 만들어 하나님께서 당신의 가정에 주신 새 집과 교회에 대한 사랑을 표현하셔도 좋습니다.

Introduce 우리는 목사님을 사랑해요

교회의 목사님과 선생님들에 대한 사랑을 아이에게 자주 표현하십시오. 아이는 당신의 긍정적인 말들을 들음으로써 교회 지도자들에 대해 굉장히 감탄하게 될 것이며, 그들의 지도자의 지위에 대해 깊은 존경심을 발전시키게 될 것입니다.

너무나 과장되게 표현하여 참말이 아닌 것처럼 보이게 할 필요는 없습니다. 그 사람들은 교회에

서 서로 사랑하고 도와주며, 하나님을 기쁘시게 해 드리고 싶어한다고 설명해 주십시오. 하지만 완전하신 유일한 분은 주 예수님뿐이라는 것을 설명해 주십시오.

교회 목사님과 선생님들이 서로 도왔던 일들을 아이에게 차근차근 말해 주십시오. 성도들이 당신의 가정을 도왔던 경우들도 꼭 첨가시키십시오. 당신은 아이가 일찍부터 하나님의 일에 순종적인 태도를 발전시키도록 돕게 될 것입니다. 그리하여 만일 하나님께서 당신의 아이를 언젠가 성직에 부르신다면, 아이는 기꺼이 순종하게 될 것입니다.

Introduce 교회에 초대해 주세요

아이와 함께 대화 놀이에 사용할 비싸지 않은 장난감 전화를 2개 구입하십시오. 대화하는 중에 아이에게 당신을 교회에 초대해 주도록 부탁하십시오. 아이가 그렇게 하면, 대화를 촉진시킬 수 있는 다음과 같은 질문들을 하십시오. "교회에 어떻게 가지?" 또는 "교회에서 뭘 할까?"

Introduce 교회에 갈 준비를 합시다

교회 놀이는 오랜 세월을 걸쳐 아이들에게 사랑받아 온 활동입니다. 성경 시대의 아이들 또한 성전 놀이를 했을지도 모릅니다.

아이에게 다음과 같은 몇 가지의 소품들을 제공하십시오. 상자 설교단, 성경, 찬송가, 줄지어 놓거나 둥글게 둘러놓은 의자들, 그리고 놀이가 진행될 때 음악을 제공하기 위해 종이에 그려 소파 위에 올려 놓은 피아노나 키보드 등, 더 어린 아이들은 실제 예배 시간에 무엇을 하는지 모를 수도 있습니다. 하지만 당신이 어떻게 예배드리는지 보여 주면 아이들은 아주 잘 따라하게 될 것입니다.

Introduce 교제 시간

교회에 다니는 다른 가족들을 초대할 때, 또는 이따금 그들과 함께 아이스크림이나 피자를 먹으러 외출할 때, 아이와 함께 하십시오.

아이에게 "이분들은 교회에 다니시는 엄마 친구분들이시란다." 라고 말해 주십시오.

함께 교제를 나누는 것은 교회 생활의 중요한 부분입니다. 그리고 어린아이에게는 더욱 그렇습니다(요일 1 : 3 참조).

겨울의 교회 모습

납작한 하얀 스티로폼 위에 아이에게 겨울의 교회 모습을 만들게 하십시오. 만일 아이가 정성 들여 그 놀이를 한다면, 아주 많은 순간들을 떠올릴 수 있을 것입니다.

기독교서점에서 비싸지 않은 교회 모양의 저금통을 구입하거나 작은 상자에 문과 색유리를 그리고 마분지의 뾰족탑이나 십자가를 꼭대기에 붙여 교회를 만드십시오.

스티로폼 위에 그 교회 건물을 올려놓고 아이가 장식용 푸른 나뭇가지나 겨울 나무를 표현할 막대기들을 꽂게 해 주십시오. 나무에 솜을 조금 붙이거나 떨어뜨려 한 겨울의 눈내린 장면을 표현하십시오.

교회에 다니는 사람들로 작은 장난감 인형들을 사용하십시오. 그들은 예배를 빼먹지 않으려고 장난감 자동차를 타거나 걸어서 교회에 가고 있습니다. 교회 안으로 사람들이 들어갈 수 있도록 교회 건물을 들어올려 주십시오.

상자 교회

큰 빈 상자로 장난감 교회를 만드십시오. 교회처럼 보이도록 색칠을 하거나 그림들을 붙이십시오. 상자 끝에 접혀 있는 2개를 모아 붙여 뾰족한 지붕을 만들어 꼭대기에 마분지 십자가를 붙이십시오. 분필로 표시해 놓은 검은 종이로 주차장을 만들고 아이에게 장난감 자동차들을 거기에 주차시키게 하십시오.

또는 탁자에 낡은 시트나 천을 덮어 교회 건물이라 가정해도 좋습니다(아이에게 탁자에 시트를 덮기 전에 시트 뒤에 색유리를 그리게 하십시오).

아이와 함께 교회 안에 들어가 예배드리는 흉내를 내십시오. 찬송가를 부르고, 이미 테이프에 녹음해 둔 성경 이야기를 들으십시오.

 ## 교회를 세우자!

아이와 함께 식료품 봉지에 구겨진 신문지를 헐렁하게 채우고 봉지를 봉해 큰 토막들을 만드십시오. 또는 아이에게 기둥으로 사용할 종이 타월에 끼여 있는 원통과 함께 여러 가지 크기의 정사각형 상자들과 원통형의 상자들을 제공하십시오. 아이에게 성경 시대에 솔로몬 왕이 했던 것처럼 그것들을 쌓아 올려 교회 건물을 만들게 하십시오. 토막들과 상자들을 함께 붙이거나 쌓기만 하여 그것들을 다시 이용하셔도 좋습니다.

 ## 이것을 하고 있어요

"뽕나무 숲"의 가락에 맞춰 "나는 교회에 갈 준비를 하고 있는 중이에요."의 노래를 몸짓을 섞어가며 불러 보십시오. 다음과 같은 가사들을 첨가시키십시오. "나는 머리를 빗고 있는 중이에요." (하나님께 기도하는 중이에요, 활짝 웃고 있는 중이에요, 성경책을 챙기고 있는 중이에요 등등)

"주일 아침마다"로 각 절을 마치십시오.

 ## 내가 교회에서 그린 그림

아이가 주일학교 영아실에서 그린 최초의 미술 작품들로 스크랩북을 만드십시오. 아이가 예배에 참석할 만한 나이가 되면, 성도석에 앉아 스케치한 미술품을 첨가시키십시오. 이와 같은 순간에 가장 멋진 예술 작품들이 만들어 질지도 모릅니다. 그리고 언젠가 귀중한 보물들이 될 것입니다.

아이의 스크랩북이 더욱 영적인 기록이 되기를 원한다면, 아이의 영적 지식이 자랄 때, 주목할 만한 성경 구절들과 경험들과 관찰들을 포함시키십시오.

 ## 교회에 처음 간 날

아이의 인형이 교회에 처음으로 간 것처럼 가정하십시오. 아이에게 예배 중에 어떻게 해야 하는지를 인형에게 설명해 주도록 요구하십시오. 무엇을 배우고 행할 것인지, 어떻게 행동하고 들어야 하는지, 그리고 특히 무엇을 즐기는지 얘기하게 하십시오.

아이에게 교회에 가는 것은 하나님을 기쁘시게 하는 것이라고 친구(인형)에게 꼭 얘기해 주도록 말하십시오.

 ## 교회에 가기 위해 정장하기

여행 가방이나 상자 안에 의류 몇 점을 넣으십시오. 이를테면 코트, 모자, 벙어리 장갑, 신발이나 장화 등. 여러 종류의 지퍼(혹, 단추 등)가 달린 옷들을 첨가시켜 보십시오. 아이가 옷을 차려입게 하고 교회에 갈 준비를 하고 있는 흉내를 내게 하십시오. 아이가 놀고 있을 때, 아이가 교회에서 가장 재미있어 하는 어떤 활동들에 대해서 얘기해 주십시오.

교회 영창과 노래

우리는 노래하고 싶어!
우리는 기도하고 싶어!
우리는 교회에 갈꺼야.
오늘 같이 특별한 날에!

교회는 멋있어!
교회는 재미있어!
우리는 교회에 갈꺼야.
그것이 당연하니까!

"잠자고 있나요?"의 노랫가락에 맞춰 :

교회에 갈 준비를 하고 있나요?
교회에 갈 준비를 하고 있나요?
교회에 갈까?
교회에 갈까?
오늘은 특별한 아침이에요!
오늘은 특별한 아침이에요!
감사해요, 하나님.
감사해요, 하나님.

"감사합니다" 라고 말하는 짧은 편지

종이를 오려내 꽃이나, 눈송이나, 하트나, 나뭇잎 모양이나, 그 계절에 어울리는 것이면 어느 것이든 만드십시오. 아이에게 그 모양들을 하얀 종이에 붙이게 하십시오.

각 모양의 중심에 "우리가 너희를 위하여 기도할 때마다 하나님 곧 우리 주 예수 그리스도의 아버지께 감사하노라"(골 1 : 3)와 같은 적절한 성경 구절을 붙이십시오. 또는 "하나님께서 하시는 모든 훌륭한 일들로 인해 하나님께 감사드립니다."와 같은 문장을 붙이십시오.

그 종이를 둘둘 말아 아이가 다음 주일에 교회 목사님이나 선생님께 선사할 수 있게 하십시오.

 ## 예배드리러 가는 꼬마 예수

예수님께서 어머니와 요셉과 함께 성전에 가신 이야기를 아이에게 말해 주십시오. 예수님 가족은 우리가 교회에 가는 것이 하나님을 기쁘시게 하는 것처럼 그들이 가는 것이 하나님을 기쁘시게 했기 때문에 예배드리러 예수님을 데리고 가셨다고 아이에게 설명하십시오. 예수님께서는 교회를 사랑하신다고 아이에게 강조하여 말하십시오(엡 5 : 25 참조).

성전에서 가르치는 자들과 예수님께서 대화하실 때, 그 사람들이 그런 어린 나이에 알고 있는 모든 것에 깜짝 놀랐다고 말해 주십시오.

꼬마 예수인 당신의 아이와 함께 그 이야기를 행동으로 꾸며 보십시오. 실내복이나 큰 셔츠를 입고 손수건이나 스카프를 둘둘 말아 헤어 밴드를 만드십시오. 두루말이 성경은 종이를 둘둘 말아 만드십시오. 그리고 마분지에서 발모양을 오려 샌들을 만드십시오. 성전으로 걸어가거나 당나귀를 타고 가는 흉내를 내십시오.

 ## 교회에 선물 가져다 주기

교회 사무실을 방문하여 당신과 당신 아이가 교회에 보탬이 되도록 기증할 것이 있는지를 알아 보십시오. 가격의 범위를 제안하십시오. 아마 당신은 다음과 같은 것들을 생각하고 있을지도 모릅니다. 놀이감, 새로운 호치키스나 종이 구멍 뚫는 펀치, 필통, 또는 사무실에 놓을 화분 등 벽에 걸어야만 하는 기념 명판이나 그림은 기증하지 마십시오. 이런 종류의 선물은 어수선하게 누군가 그것을 걸어 둘 자리를 찾는 수고를 하게 합니다.

그리고 아이의 도움을 빌어 그 선물을 포장하고 당신 가정의 대표로서 아이가 교회에 그것을 전달할 수 있게 해 주십시오. 교회의 한 지체인 것이 기쁘고 감사하기 때문에 교회에 선물을 기증하고 있다는 것을 아이가 알고 있는지 확인해 보십시오.

 ## 냉장고에 있는 생각나게 하는 것들

냉장고 문에 "교회를 사랑해요."를 생각나게 하는 눈에 보이는 것들을 한 두개 붙여 놓으십시오.

· 에베소서 5 : 25 "그리스도께서 교회를 사랑하시고"에서 영감을 받은 그림 : 아이에게 직사각형의 종이 왼쪽에 예수님의 그림을 붙이게 하십시오. 그 다음 하트를 그리고 "사랑" 이라는 낱말을 적을 수 있도록 도와주십시오. 그리고 교회를 그리거나 교회 모양으로 도려내 그 시각 문장을 완성하십시오. 아이가

"그리스도께서 교회를 사랑하시고"의 성경 말씀을 이해하고 있는지 확인해 보십시오.

·교회 게시판이나 사진에서 얻은 당신 교회의 그림을 첨가시켜 교회 그림들을 오려낸 종이를 붙여 만든 그림 콜라주 : 아이가 그 종이들을 붙이고 있을 때, 아이에게 당신 교회에 관해 이야기하며 당신이 교회에 가고 싶어하는 이유를 말해 주십시오.

Introduce 내가 기뻐하였도다

시편 122 : 1을 아이에게 가르쳐 주십시오. 아이가 배울 때, 아이에게 종이와 연필을 주십시오. 어떤 아이의 얼굴을 그려 종이를 가득 채우도록 아이에게 요구하십시오. 필요하다면 아이가 그림을 그릴 수 있도록 차근차근 지도해 주십시오. 어린아이의 그림은 결점 투성이일 것입니다. 하지만 그것을 일일이 고쳐 주려하지 마십시오. 아이가 그 그림에 만족하고 있으면 그 상태로 두십시오.

그리고 앞으로 몇 년이 지나면 인물 그림을 훨씬 더 잘 그릴 것이라고 격려해 주십시오.

아이에게 크게 웃고 있는 얼굴을 그리도록 말해 주십시오. 그릴 수 있을 만큼 크고 행복하게 말입니다. 그리고 이렇게 말하십시오.

"그림 속에 저 사람이 왜 저렇게 웃고 있는지 아니? 그 사람은 교회에 가고 있는 중이야!"

아이에게 그 성경 구절을 다시 말해 주십시오.

Introduce 내가 교회에서 본 것들

당신의 아이가 교회에서 볼 수 있는 것들을 3가지 명명하십시오. 아이에게 당신이 말한 순서대로 그것들을 따라 말하도록 요구하십시오. 그것들은 색 유리창, 문, 피아노가 될 수도 있습니다.

만일 3가지를 되풀이하는 것이 쉽다면 아이에게 다른 2-3가지 물품들을 첨가시켜 당신에게 다시 말하게 하십시오. 이 놀이는 교회가 우리 생활에 정말 중요한 부분이라는 것을 부지중에 생각나게 할 뿐만 아니라 훌륭한 듣기 연습이 됩니다.

Introduce 교회 청소하는 날

만일 사람들이 자진해서 청소할 수 있는 교회라면 아이와 함께 이런 사랑의 수고에 참여해 보십시오.

교회 건물이나 소유지 일대에 있는 쓰레기들을 치우고, 벽을 닦고, 잡초를 뽑고, 꽃들을 심는 일을 아이와 함께 하십시오. 일할 때, 아이에게 요시야 왕과 교회를 청소한 하나님의 백성(왕하 22~23장)에 대한 이야기나 성전에서 엘리 제사장을 돕는 사무엘의 이야기(삼상 2 : 11, 18-19)를 말해 주십시오.

 펑 튀어나오는 교회 친구

밑바닥에 빨대 구멍이 있는 종이 컵으로 펑 튀어나오는 장난감을 만들어 보십시오. 빨대의 한쪽 끝에 당신이나 아이가 둥근 종이에 그린 작은 얼굴을 붙이십시오. 어른 얼굴이든 아이 얼굴이든 상관이 없습니다.

얼굴을 붙이지 않은 빨대 끝을 컵 오른편 위쪽에서 꽂아 얼굴이 감추어질 때까지 잡아 빼십시오. 아이가 지켜볼 때, 그 얼굴이 펑 튀어나오게 하여 아이와 함께 이런 알아맞히기 놀이를 하십시오.

"안녕하세요? 저는 교회에서 성경말씀으로 설교하는 사람이에요. 저는 누굴까요?"

"저는 교회에서 당신에게 성경 이야기를 들려주는 사람이에요. 저는 누굴까요?"

"교회 가는 것을 잊지 마세요!" 라는 말로 인형의 말을 마치십시오.

우리 선생님이에요

아이와 함께 앉아 사진이 들어간 교회 요람을 아이에게 보여 주십시오. 아이가 잘 알고 있는 사람들의 사진들을 상세히 살펴보십시오. 특히 목사님, 아이의 주일학교 선생님, 또한 교회의 다른 교역자들을 주목하십시오. 그리고 이렇게 말하십시오.

"하나님, 교회에서 우리들을 섬기는 사람들로 인해 감사드립니다."

5-7세의 아이들

Introduce **일주일**

이런 동시를 아이와 함께 몸짓으로 표현해 보십시오.

월요일은 손뼉치는 날! (손뼉을 두 번 치십시오)
화요일은 걷는 날! (제자리에서 걸으십시오).
수요일은 깡충깡충 뛰는 날!
(깡충깡충 두 번 뛰십시오).
목요일은 얘기하는 날! (재잘거리며 말하세요).
금요일은 웃음보를 터트리는 날! (하, 하, 하!).
그리고 토요일은 기쁨으로 충만한 날!
(손뼉을 치십시오).
하지만 일요일은 최고로 좋은 날!
왜냐하면 교회에 가는 날이니까!
야호! 신난다 (펄쩍 뛰십시오).

텐트 교회

교회 건물이 세워지기 전, 오랜 옛날에 하나님

의 백성들은 텐트를 장막이라 부르며 예배를 드리기 위해 그들이 가는 곳마다 그것을 가지고 다녔다는 것을 아이에게 설명해 주십시오(출애굽기 참조). 그리고 집 근처에 교회가 있어서 정말 기쁘다고 말하십시오.

탁자나 의자들 등받이 사이에 시트를 씌워 아이에게 텐트 교회를 만들어 주십시오.

Introduce 구제하는 교회

같은 지역에 사는 가난한 사람들을 돕기 위해 교회에서 벌이는 나눠 주기 운동에 아이를 참여시키십시오. 아이가 나눠 주는 기쁨 속에서 특별한 경험을 할 수 있도록 선교 헌금하는 기회들을 활용하십시오. 아이가 나누어 주는 것과 관련시켜, 사도행전 11 : 26-30의 서로 나누어 가졌던 교회의 이야기를 쉽게 풀어서 차근차근 아이에게 말해 주십시오.

1년 동안 내내 바나바와 사울(바울)은 교회에서 만났습니다. 그리고 많은 사람들을 가르쳤습니다. 그 제자들은 안디옥에서 처음으로 그리스도인이라 일컬음을 받았습니다.

이때 선지자들이 예루살렘에서 안디옥에 이르렀습니다. 그 중에 아가보라는 사람이 일어나 성령으로 천하 온 땅에 심한 흉년이 들 것이라 예언했습니다. 제자들은 각각 그 힘대로 유대에 사는 형제들에게 도움이 되는 것을 주기로 결정했습니다. 그들은 이것을 실행했습니다. 그리고 바나바와 사울(바울)이 장로들에게 그들의 구조품을 보냈습니다.

Introduce 사랑 주머니

색판지로 큰 하트를 만들어 그 앞에 종이 주머니를 붙이십시오(왼쪽 윗부분이 입구가 되도록 편지 봉투를 붙여도 좋습니다). 붙인 주머니가 마르면 소형의 가족 사진, 장난감 사진, 애완 동물 사진 그리고 아이가 좋아하는 장소들의 사진

을 그 안에 집어 넣으십시오. 교회 사진들을 집어 넣었는지 확인해 보십시오. 아이에게 좋아하는 것들과 사람들 사진을 주머니에서 한번에 한 개씩 꺼내서 보도록 요구하십시오.

 ## 교회는 사람이에요!

종이 위에 교회의 윤곽을 대충 그리십시오. 또는 아이에게 그리게 하십시오. 아이가 교회 요람에서 얼굴 그림들을 오려내어 교회 밑그림 속에 붙이도록 도와주고 사진들을 나란히 붙여 군중을 이루게 하십시오. 교회 사람들의 실제 사진을 갖고 있다면 훨씬 더 효과적일 것입니다.

아이에게 맨 앞줄에 있는 얼굴에 몸과 팔, 다리, 발을 그리도록 요구하십시오. 교회가 예쁜 건물 — 애정이 깊은 상냥한 사람들보다 훨씬 더 크다는 사실을 말해 주십시오.

 ## 나도 헌금할 수 있어요!

아이가 교회 헌금이나 특별 선교 헌금을 위해 돈을 버는 일을 생각하도록 도와주십시오. 어린 아이들에게는 돈을 버는 일과 돈을 헌금하는 일 사이의 시간이 오래지 않아야만 합니다.

번갈아 하는 "예수님을 위한 돈" 놀이로써, 낮은 탁자나 걸상 위에 얕은 물 접시를 올려 놓고 아이에게 접시 안에 동전들을 떨어뜨리게 하십시오. 처음에는 아이에게 떨어뜨릴 100원짜리 동전 하나를 주십시오. 그 다음엔 접시에 떨어뜨려 100원짜리 동전을 덮어 가리기를 시도할 수 있도록 아이에게 50원짜리나 10원짜리 동전들을 제공하십시오. 튀는 물을 흡수할 수 있도록 접시 밑에 꼭 타월을 깔아 놓으십시오.

아이는 몇 번이고 놀고 싶지만 그 놀이를 끝내면, 그 돈을 교회에 헌금하는 날까지 특별한 상자나 봉투에 보관하십시오. 아이에게 하나님을 사랑했기 때문에 가지고 있는 돈 모두를 헌금했던 성경의 과부 이야기를 말해 주십시오.

 ## 교회에 가는 것은 정말 기분 좋아!

아이에게 각설탕에 엿을 붙여 작은 교회 건물을 만들게 하고 각빙들 사이에 "시멘트"로 초콜릿 설탕 소스를 스푼으로 펴 바르게 하십시오.

먹을 수 있는 교회를 만드는 또다른 멋진 생각은 작은 상자의 각 면에 엿이나 땅콩 버터를 바르고 크래커나 쿠키를 붙이는 것입니다. 지붕은 반으로 자른 둥근 쿠키들을 부분적으로 겹쳐 놓아 만들고 뾰족탑으로 작은 깔때기를 뒤집어 놓고, 가는 끝부분에 종이 십자가를 꽂으십시오.

아이와 함께 식용의 건물을 짓고 있는 동안 실제로 존재하고 있는 당신 교회에 대해 긍정적으로 말하기에 정말 좋은 시간이 될 것입니다.

Introduce 교회 꾸러미

예배에 아이가 얌전히 경청하는 것을 익히는 동안 교회에 가지고 갈 꾸러미를 만드십시오.

다음과 같은 것들을 보관할 몇 종류의 천 가방이나 상자로 꾸러미를 만드십시오. 색칠하는 그림책, 소리를 내지 않는 장난감, 작은 서판 그리고 까꿍 그림들을 그릴 백지 봉투들(헌금 봉투에 아이가 그림을 그리지 않게 함으로써 당신은 교회 재정을 절약하게 될 것입니다), 글씨를 쓰고 그림을 그릴 물건들, 그리고 가끔 스티커나 박하사탕이 들어 있는 놀랄 만한 꾸러미 등.

Introduce 나는 ○○을 생각하고 있어요

아이와 함께 "나는 ○○을 생각하고 있어요."와 같은 생각하고 알아맞히는 놀이를 해 보십시오.

· 교회에서 우리가 앉을 수 있는 어떤 것.
· 교회에서 음악 소리를 내는 어떤 것.
· 교회에서 정말로 아름다운 어떤 것.
· 교회에서 배우는 특별히 놀라운 어떤 사람.
· 작고 멋있는 그리고 예수님을 사랑하는
  우리 교회에 나오는 어떤 사람!

Introduce 교회로 가는 길을 찾아요

아이에게 눈 가리개를 해 주어 집이나 마당 여기저기를 거치면서 교회로 지정해 놓은 장소를 찾게 하십시오. 아이가 길을 찾아오면, 당신의 가정이 주일마다 실제 교회에 다니는 것이 얼마나 쉬운지를 말해 주십시오.

다른 나라에서는 때때로 교회에 가는 것이 고생스럽다고 아이에게 말해 주십시오. 러시아와 중국에서는 모든 가정이 자주 좋지 않은 날씨에도 불구하고 그들의 교회에 가기 위해 수 Km를 걸어야만 합니다. 아이에게 교회는 사람들이 하나님을 사랑하기 때문에 다니는 정말 중요한 장소라는 것을 꼭 상기시켜 주십시오.

Introduce 교회 신발들을 찾아라

가족들의 신발과 양말을 각각 한 켤레씩 방 중앙에 쌓아 놓으십시오. 그 다음 그곳에서 조금 떨어져 가족들과 함께 앉으십시오.

찬송 테이프나 레코드를 켜십시오. 당신이 음악을 끄면, 모든 놀이자는 쌓아 놓은 더미로 급히 가서 자신들의 양말과 신발을 찾은 후, 그것들을 착용하게 하십시오. 찾은 사람은 그것들을 신거나 손에 들고, 큰소리로 외칩니다.

"나는 교회에 갈 준비가 됐다!"

아이가 즐거워 하면 놀이를 되풀이하십시오.

 교회 종을 울려라

집 안에 흔들리지 않는 튼튼한 전기 비품이나 밖의 큰 나뭇가지에 종을 매달아 놓으십시오. 아이에게 그 종은 교회 종탑에 있는 것으로 종을 울려 사람들에게 교회에 갈 시간을 알리는 흉내를 내려고 한다고 말해 주십시오.

고무공이나 공모양으로 둘둘 말은 양말로 종을 쳐보십시오. 그리고 정말로 사람들을 실제 교회에 초청하고 싶다고 아이에게 말하십시오. 당신 교회에 초청할 몇 사람을 생각하고 실행하여 아이가 지켜볼 때, 정말로 그들을 교회로 초청하십시오.

 교회 만들기

아이가 다음과 같은 물품으로 교회 건물을 그릴 수 있게 해 주십시오.

· 이쑤시개 – 종이에 교회 윤곽을 그리고 이쑤시개나 작은 막대기를 그 선에 풀로 붙이십시오.

· 나뭇가지 – 교회의 윤곽을 그리고 아이와 함께 모은 나뭇가지를 적당한 크기로 잘라 교회 안을 가득 채우십시오. 아이에게 그것들을 종이에 나란히 수평으로 붙여 통나무 교회를 만들도록 제시해 주십시오.

· 팝콘, 콩 또는 조약돌 – 교회의 윤곽을 그려 그 안을 전부 풀칠하십시오. 그런 다음 튀긴 팝콘이나 작은 조약돌 또는 콩을 붙여 돌 교회를 만들어 보십시오.

다음에 적혀 있는 방법들로 색유리 창문을 만들 수 있습니다.

· 색소 물에 담갔다가 즉시 꺼내 말린 **채색된** 팝콘을 붙이십시오.

· 티슈 조각들을 종이에 붙이십시오.
· 색소로 채색된 자갈이나 소금이나 모래를
  흰풀로 붙이십시오.
· 크레용 부스러기를 두 장의 파라핀 종이
  사이에 뿌리고 낮은 온도에서 다림질하여
  모양을 만드십시오.
· 하얀 종이에 크레용으로 그림을 그려 구깃구깃
  뭉쳤다 쭉 펴 파란색 템페라 물감을 얇게
  한겹 칠하십시오.

색유리 종이들을 창문 공간으로 잘라 놓은 교회 그림 뒷면에 테이프나 풀로 붙이면 색유리 효과가 나타날 것입니다.

아이가 이런 공작 활동들을 즐기고 있을 때, 여러 종류의 교회 건물들에 대해 천천히 얘기해 주십시오.

교회 건물이 크건 작건, 아름답건 평범하건, 교회 건물과 관계없이 사람들은 그들의 교회를 사랑하며 하나님께 예배드리기 위해 교회 다닌다는 것을 강조하여 말해 주십시오.

우리 교회에 나는 있어야 할 사람이에요

교회 안에서 사람들이 서로 사랑하고 도와주는 방법에 대해 아이에게 말해 주십시오. 방문하거나 카드를 보내거나 전화를 걸어 주거나 기도해 주어야할 필요가 있는 사람들을 생각해 보십시오. 그리고 그것을 구체적으로 실행할 때, 당신의 어린아이를 참여시키십시오.

나중에 그 사람의 웃는 얼굴이나 포옹이나 감사하는 말들, 또는 하나님을 기쁘시게 해서 당신 마음 속에 생긴 유쾌한 기분에 대해 회상해 보십시오.

예배에 그것이 어떻게 사용되나요?

예배 중에 사용하는 물건들을 방 중앙에 놓으십시오. 가령 성경, 찬송가, 크레용, 헌금 봉투(또는 헌금 접시를 담는 바구니), 장난감 악기, 주보, 그리고 마이크(당신 교회에서 사용한다면) 등. 그리고 아이의 맞은편 방구석에 앉으십시오.

"땅!" 하는 신호와 함께 당신과 아이는 방 중앙으로 돌진하여 물건을 잡고, 제자리로 돌아와야 합니다. 그런 다음 각 물건이 예배에 어떻게 사용되는지 시범을 보이거나 설명해야 합니다. 물건들을 모두 집을 때까지 그 놀이를 되풀이하십시오.

교회 노래

"델의 농부"의 노랫가락에 맞춰 :

우리는 오늘 교회에 갈 거예요
그래서 양치질하고 머리빗고 있어요.
우리는 가장 특별한 곳으로
예수님 배우러 갈거예요.

"런던 다리"의 노랫가락에 맞춰 :

오늘 교회에 갈꺼야.
노래하러 기도하러.
하나님의 귀한 말씀 읽을꺼야.
매일 들어도 정말 멋진 말씀.

교회 시짓기 놀이

당신이 동시를 말하면 아이가 빠진 부분에 운
이 맞는 시어를 끼워 넣는 놀이입니다.

나는 교회에 다닙니다.
나는 장난감(toy)과 운이 맞습니다.
나는 누구일까요?
나는 소년(boy) 입니다.

나는 교회에 다닙니다.
나는 진주(pearl)와 운이 맞습니다.
나는 누구일까요?
나는 소녀(girl) 입니다.

나는 예배 중에 설교합니다.
나는 선생님(teacher)과 운이 맞습니다.
나는 누구일까요?
나는 설교자(preacher) 입니다.

하나님의 집 문지기들

교회를 관리하는 일에 열심히 봉사하는 사람들
에게 특별한 감사를 표현하십시오. 그들의 역할
은 정말로 중요하며, 그들의 봉사는 인정받을 가
치가 있습니다.

아이가 교회를 관리하는 사람들에게 항상 인사
하도록 격려하십시오. 청소하거나 세탁하고 있는
사람의 그림을 아이에게 그리게 하십시오. 그 그
림을 둘둘 말아 예쁜 색깔의 리본으로 묶고 스펀
지나 유리창 닦는 세제를 포장한 꾸러미에 붙이
십시오. 아이에게 훌륭히 일을 잘하시는 관리하
는 사람에게 그것을 선물하도록 요구하십시오!

교회에 간 소년 예수

아이에게 예수님께서 소년이셨을 때, 예루살렘
성전에 방문한 이야기를 들려주십시오. 당신이 아
이를 데리고 가듯 마리아와 요셉은 예수님을 교회
에 데리고 가셨다는 것을 언급하여 주십시오.

뚜껑에 아이 주먹만한 크기의 구멍이 있는 상
자 하나를 준비하십시오. 상자 안에 아이가 예배

중에 볼 수 있거나 사용할 수 있는 물건들을 몇 가지 넣으십시오. 가령 작은 성경책, 연필, 동전, 가위, 헌금 봉투 또는 장난감들.

상자 속에 있는 물건을 보지 않고 만져 보아 그것이 무엇인지 알아맞히도록 아이에게 요구하십시오. 그리고 예배에 어떻게 사용되는지 말해 주십시오. 성경을 펴 누가복음 4 : 16의 교회에 가신 예수님에 대한 말씀을 쉽게 풀어서 읽어 주십시오. 아이에게 예수님께서 교회 가는 것을 중요하게 여기셨던 것처럼 당신도 중요하게 여긴다고 말해 주십시오.

Introduce 교회는 사랑을 뜻합니다

교회 가는 날은 아이들에게 더욱 사랑과 관심과 애정을 쏟아 주어 특별한 시간으로 만들어 주십시오. 아이에게 마음껏 미소를 띠고, 껴안아 주며, 귀여워해 주고, 정말 사소한 착한 행동에도 칭찬해 주십시오. 아이들이 물건을 떨어뜨리거나 사고를 치거나 이상한 말투로 말을 하거나 해도 하나님의 도움을 힘입어 될 수 있으면 그것들을 언급하지 않도록 하십시오.

특히 아이가 대예배에 참석하는 것을 적응하고 있는 중이라면 그곳을 안아 주고 쓰다듬어 주며, 미소지어 주는 사랑이 깃들인 장소가 되게 하십시오.

어떤 사람들은 교회에 대한 많은 불유쾌한 기억들, 이를테면 찡그린 험악한 표정이나 "집에 갈 때까지 기다려!" 라는 표정 또는 무관심을 기억하고 있습니다. 하지만 어떤 사람들은 주일마다 자신들에게 온정을 베풀며 관심을 가져 주는 가족에 대해 친밀함을 느꼈던 기분 좋은 기억들을 갖고 있습니다.

아이의 마음에 "우리 가족들은 나를 사랑하고 나와 함께 예배드리는 것을 정말 기뻐하셔!" 라는 무언의 메시지를 새겨 주어 정말 귀중한 추억을 가질 수 있게 해 주십시오.

Introduce 인형 쇼

상자나 의자 뒤에서 하는 짧은 인형극을 보여 주어 아이를 즐겁게 해 주십시오. 막대기나 양말로 만든 인형, 또는 봉제 인형을 등장 인물로 사용하십시오.

인형들이 오늘 해야만 하는 중요한 어떤 일에 대해 이야기하게 하십시오(한 인형은 어디에 갈 것인지를 알고 있지만 다른 인형은 모르고 있습니다). "알고 있는" 그 인형이 대화를 시작합니다.

인형 1 : 우리는 오늘 중요한 어떤 곳에 갈꺼야.
인형 2 : 의사 선생님께 진찰받으러 가는 날이니?
인형 1 : 아니 그것보다 훨씬 더 중요한 날이야!

인형 2 : 생일 파티에 가는 날이니?

인형 1 : 아니, 그것보다 훨씬 더 특별한 날이야.

인형 2 : 쇼핑하는 날이니?

인형 1 : 아니, 훨씬 더 좋은 날이야!

인형 2 : 알았다. 교회 가는 날이구나!

　　교회에 가자!

　　(두 인형은 나란히 전진합니다.)

실제 살아 있는 몸

성경 말씀에 교회는 사람의 몸과 같아서 눈, 귀, 손, 발가락(사람들)과 같은 모든 부분이 함께 기능하며 각 부분(또는 사람)은 매우 특별하고 중요하다는 것을 아이에게 설명해 주십시오.

큰 종이에 아이의 윤곽을 그려서 쉽게 설명해 주십시오. 아이가 종이에 쭉 펴고 누워 있을 때, 아이의 윤곽을 그리십시오. 반드시 손가락과 발가락을 그리십시오.

그리고 아이에게 얼굴과 옷 등 몸을 색칠하게 하십시오. 아이가 색칠할 때, 아이는 예수님이 머리이신 교회 몸의 정말 중요한 부분이라는 것을 말해 주십시오.

버스에 탑시다

구두 상자 버스를 만들어 보십시오. 구두 상자의 각 면에 노란 종이를 붙이고 바퀴를 붙일 자리에 둥근 모양들을 오려 붙이십시오. 그리고 교회 이름을 전하는 어떤 표시를 붙이거나 그냥 교회 버스라고 붙이십시오.

아이가 풀로 붙이는 일을 직접 할 수 있게 해 주십시오.

그리고 버스에 창문과 문을 그려 마무리하도록 요구하십시오. 상자 윗면에 직사각형의 입구를 그냥 두고 요람에 있는 사람들의 사진을 오려 버스 바닥에 배열하십시오. 아이에게 교회로 운전하며 교회에 데려갈 사람들을 태워주도록 지시하십시오.

교회에 친구를 데려가세요

아이가 주일학교와 교회에 친구를 초대하여 데리고 가는 습관을 기를 수 있도록 도와주십시오.

그렇게 하는 것은 당신에게 수고가 되겠지만 아이에게 예수님을 다른 사람들에게 전하는 것을 가르칠 때, 도움이 될 것입니다.

아이가 너비 8Cm, 길이 12Cm 크기의 종이로 초청장을 만들도록 도와주십시오. 종이를 접어 만들어도 좋습니다. 다음과 같은 메시지를 적으십시오.

저는 일요일마다 교회에 다닌답니다.
당신이 아직 교회에 다니지 않는다면
다음주 일요일 저와 함께
교회에 가 보면 어떻겠습니까?
꼭 연락해 주세요.
우리집 전화번호는 __________
주소는 __________________ 예요.
감사합니다!

○ ○ ○

이웃에 아이들이 있는 가정이나 당신이 주고 싶은 가정에 그 초대장들을 돌리십시오.

Introduce 저는 당신을 위해서 기도하고 있어요

우리가 다른 사람들을 위해서 기도하는 것은 정말 의미 있는 일이라는 것을 아이에게 말해 주십시오. 당신이 특별히 감사하고 있거나 기도가 필요한 교회 성도의 이름을 아이에게 언급해 주십시오.

먼저 이 사람을 위해서 어떻게 기도해야 할지를 아이에게 말해 주십시오. 하지만 너무 많이 지도하지 마십시오. 그렇지 않으면 아이는 정말로 마음에서 우러나오는 기도를 하지 않을 것입니다. 아이가 그 사람을 위해 하나님께 기도할 때, 자기 자신의 생각과 말로 기도할 수 있게 하십시오.

Introduce 나는 교회에 갈 거예요 그리고 ○○할 거예요

교회에 가는 도중에 아이와 함께 이 놀이를 해 보십시오. 다음과 같은 말로 놀이를 시작하십시오.

"나는 교회에 갈 거예요. 그리고 ○○할 거예요."

그리고 아이가 수행하게 될 행동으로 문장을 마치십시오. 아이와 번갈아 가며 문장을 만드십시오. 여기에 가능한 몇 가지 끝마치는 말들이 있습니다.

· 아침 먹기
· 양치질하기

· 성경책을 손에 들기
· 미소짓기
· 선생님께 "안녕" 이라고 인사하기
· 친구들에게 나누어 주기
· 현관으로 걸어가기
· 아름다운 음악 듣기
· 웃는 얼굴들을 보기
· 예수님에 대해서 배우기

Introduce 교회 친구를 선택하기

모자에 교회 사람들의 이름이나 직함을 붙이십시오. 가령 목사님, 선생님들, 찬양 사역자, 유치원 원장, 버스 운전사, 관리인들 등.

아이에게 직함을 선택하여 그 사람이 우리 교회에서 어떤 역할을 하며, 무슨 일을 하고 있는지 설명하도록 요구하십시오. 아이는 매일 밤 잠자기 전에 또는 놀이로 직함 하나를 선택할 수 있습니다.

모자에서 모든 직함을 떼어 아이에게 돌려주십시오. 그리고 매일 밤 그것들 중에서 하나를 선택하여 잠자기 전에 그 사람을 위해 기도하게 하십시오.

point 한마디!

아이에게 교회는 사람들이 하나님을 사랑하기 때문에 다니는 정말 중요한 장소라는 것을 꼭 상기시켜 주십시오.

자녀에게 기도와 찬송을 통하여 하나님 가르치기

내가 여호와께서 우리에게 베푸신 모든 자비와 그 찬송을 말하며…

- 이사야 63 : 7

정말로 어린아이들을 둔 부모들은 기도에 관한 두 가지의 기본적인 의무들을 가지고 있습니다. 그것은 아이를 위해 기도하는 것과 아이와 함께 기도하는 것입니다. 아이에게 사랑이 깊은 부모 옆에서 기도를 듣고 말하는 것보다 더욱 설득력 있는 학문 경험은 없습니다. 정말 친한 누군가와 유쾌한 대화를 나누는 것처럼 쉽고, 짧게, 개인적으로 진실하게 기도하십시오. 하나님께 열정적으로 기도하는 것은 중요합니다. 하지만 감정을 지나치게 내세우거나 미사여구를 너무 많이 사용하게 되면 아이를 당황하게 할 수 있습니다.

어린아이와 함께 기도할 때에는 대부분 찬송과 감사에 중점을 두십시오. 예수님께서 예루살렘에 입성하실 때, 사람들이 찬송했던 것만큼 오늘 어린아이들에게 쉽게 다가올 것입니다. 기도할 때 또한 아이가 개인적으로 갖고 있는 소망들을 간결하게 구하십시오.

아이들과 함께 날마다 기도하는 것만큼 우리 자신의 믿음을 강화시켜주는 것은 그밖에 달리 없을 것입니다. 아이들은 잃어버린 장난감과 병든 병아리, 또한 상처난 무릎에 관해서 우리에게 기도를 요청할 것입니다. 그리고 다음과 같은 질문들을 들을 것을 예상하십시오. "하나님께서는 왜 오늘밤 데이지에게 강아지들을 보내 주시지 않으실까요?" 또한 "내가 할아버지를 위해서 기도했을 때, 왜 건강이 좋아지시지 않았어요?" 아이 특유의 믿음의 진보가 시작되었습니다. 그리고 우리들의 믿음은 끊임없이 도전받게 될 것입니다.

아이가 어려 믿음이 성장할 때, 쏟아 놓는 질문들을 충족시켜 주는 것은 정말로 멋진 일입니다. 성경적이면서 쉬운 대답이면 일반적으로 충분합니다.

"하나님께서는 우리가 믿을 때, 나쁘게 보이는 모든 것을 좋게 변화시키신단다", "하나님께서는 우리가 아는 것보다 더 잘 아신단다", "우리가 아플 때, 하나님께서도 아파하신단다", "하나님께서는 때때로 '안 돼' 라고 말씀하신단다" 또는 "하나님께서는 가끔 '기다려' 라고 말씀하신단다." 아이의 기본적인 믿음은 기도에 관한 이런 아주 어릴적 경험들 위에 세워지게 될 것입니다. 만일 아이가 어릴 때, 그런 질문들에 대답해 주지 않는다면, 후에 그것들을 환멸하게 될지도 모릅니다.

하나님께서는 우리가 도전을 받을 때마다 충족시켜 줄 수 있도록 우리에게 능력을 주실 것입니다. 우리가 간구할 때, 지혜를 주시겠다고 약속하셨습니다. 당신이 어린아이를 위해 기도할 때, 또한 아이와 함께 기도할 때, 하나님께서 동기를 주시고 능력을 주시기를 기도합니다.

갓난아기

목욕 시간, 기도하는 시간

아기를 목욕시킬 때, 아기의 신체 각 부분에 대해 감사하는 기도를 하십시오.

"주님, 레이첼의 사랑스러운 얼굴로 인해 감사드립니다. 볼 수 있는 반짝이는 두 눈으로 인해 감사합니다. 지금 단단하게 쥐고 있는 손가락들, 곧 걷게 될 발, 둥근 배로 인해 감사드립니다."

엄마들과 아빠들은 아기의 육체적 필요를 충족시켜 주는 동시에 하나님 아버지께 감사를 드리는 정말로 개인적인 예배의 시간을 보낼 수 있습니다.

Introduce 잠자는 천사를 위한 기도

살금살금 다가가서 잠자고 있는 아기를 살펴볼 때, 아기 침대 옆에서 무릎을 꿇고 아기를 위해 기도하십시오. 아기가 취학전 이런 진지한 기도 시간들을 자주 가지십시오.

이 아기를 선물로 주신 하나님을 찬송하십시오. 아기의 안전, 건강, 그리고 정서적이고 영적인 성장을 위해서 기도하십시오.

유년 시절 동안 아기를 외상으로부터 지켜 주시고 보호해 주실 것을 기도하십시오. 또한 아기가 장차 하나님과 이웃을 섬기는 사람이 되도록 기도하십시오. 아기를 위해 기도할 때마다, 정말로 하나님께 속해 있는 이 귀중한 작은 보석을 하나님께서 당신에게 위탁하셨다는 것을 인정하며 하나님께 돌려 드리십시오.

Introduce 기도를 적으십시오

아기가 처음 걸음마를 하거나 말을 처음으로 하거나 학교에 처음 가거나 하는 특별한 경우에 아기를 위한 기도를 적으십시오. 또는 특별히 어떤 일을 성취한 날이라든지, 생일날이라든지, 경축일 등을 선택하셔도 좋습니다. 아기의 현재 필요들과 장래에 아기에게 바라는 꿈들을 기록하십시오. 아기 책이나 기도 책으로 사용할 작은 노트를 구입하여 기도를 적고 아기의 유년 시절과 십대를 통해 내내 아기를 위한 기도들을 적으십시오. 그리고 진정으로 그것들을 위해 기도하십시오.

Introduce 이번 여행을 축복해 주세요

아이가 갓난아기일 때부터 여행이나 휴가를 떠나기 전에는 기족들이 다함께 모여 기도하는 전통을 만드십시오.

Introduce 엄마, 기도해 주세요

아기가 아프거나 상처를 입었을 때, 아기를 위로하며 큰소리로 아기를 위해 기도하십시오. 아기에게 하나님 아버지께 기도하는 당신의 부드러운 목소리를 들려 주십시오. 아기가 당신의 말들을 이해할 수 없을지라도 말입니다.

Introduce 나는 우리 아기를 축복할거예요

아기가 태어나면, 아기의 삶을 축복하는 기도를 시작하십시오. 밤에 아기가 침대에 누워 있을 때, 아기를 끌어안거나 어루만져 주며 축복하는 기도를 하십시오.

아기가 기분 좋게 편안히 안심하고 잠잘 수 있도록 기도하십시오. 밤에 헤어질 때, "안녕"(Goodnight) 이라는 말은 옛날 중세 시대에 축복하는 말에서 유래합니다.

아기를 교회 영아실이나 유치원에 데려다 줄 때, 이렇게 짧게 축복하는 기도를 할 수 있습니다.

"앤디가 오늘 주님을 아주 가깝게 느낄 수 있게 해 주세요. 하나님!"

아기를 축복하는 기도를 할 때에는 될 수 있으면 자주 아기와 육체적인 접촉을 가지십시오. 그러면 아기는 하나님께 뿐만 아니라 가정 안에서도 자신이 사랑받고 있다는 것을 확신하게 될 것입니다.

Introduce 하나님, 따뜻한 우유를 주셔서 감사합니다

아기가 아주 어릴 때부터 아기의 생활의 일부분으로써 식기도를 시작하십시오. 아기에게 수유할 때 또는 병에 든 따뜻한 우유를 먹일 때, 천천히 이렇게 말하십시오.

"하나님, 우리 아기에게 따뜻한 우유를 주셔서 감사합니다."

Introduce 두드릴 수 있도록 머리를 주셔서 감사합니다

아기와 함께 이런 재미있는 쉬운 놀이를 해 보십시오.

하나님,
머리를 두드리게 하시고
(천천히 아기의 머리를 두드리십시오.)
눈으로 보게 하시고
(천천히 아기의 눈을 만지십시오.)
코로 냄새 맡게 하시고
(아기의 코를 똑똑 두드리십시오.)
입으로 음식을 씹게 하시고
(아기의 입을 만지십시오.)
턱을 움직이게 하시고
(아기의 턱을 만지십시오.)
배를 간질, 간질이게 해 주셔서 감사드립니다
(아주 천천히 잠깐 아기의 배를 간지르십시오).

Introduce 기도를 노래하세요

아기 앞에서 하나님께 기도를 말하는 대신 노래로 불러 보십시오. 박자를 맞추려고 할 필요는 없습니다. 아기들은 보통 조용하고 부드러운 음악에 긍정적으로 반응합니다. 옛날부터 아기를 달래고 안심시키기 위해 자장가를 사용해 왔고 그 효과는 긍정적이었습니다. 우리가 아기를 꼭 안고 아기를 위해 기도로 노래를 불러 주면 아기는 안전감과 수용감을 증가시키게 될 것입니다.

 자녀에게 하나님 가르치기

 "감사합니다" 모빌

당신이 고마워하는 친밀한 사람들이나 동물들 또는 장난감들의 사진을 아기가 볼 수 있는 곳에 걸어 놓으십시오. 그 사진들을 리본에 수직으로 붙여 옷걸이에 걸어 놓으십시오(아기가 만질 수 없는 곳에 두십시오). 그리고 천장의 전기 비품이나 못, 또는 문 손잡이에 매달아 놓으십시오.

만일 그 모빌이 자유 자재로 변할 수 있는 곳에 매달려 있다면 끈에 달려 있는 사진들의 움직임을 어린아기는 재미있어 할 것입니다. 가끔 아기가 더욱 재미를 느낄 수 있도록 사진들 가까이로 아기를 데리고 가십시오. 그리고 아기가 즐거워할 때, 사진 속에 있는 각 사람들을 축복하는 기도나 감사하는 기도를 짧게 드리십시오.

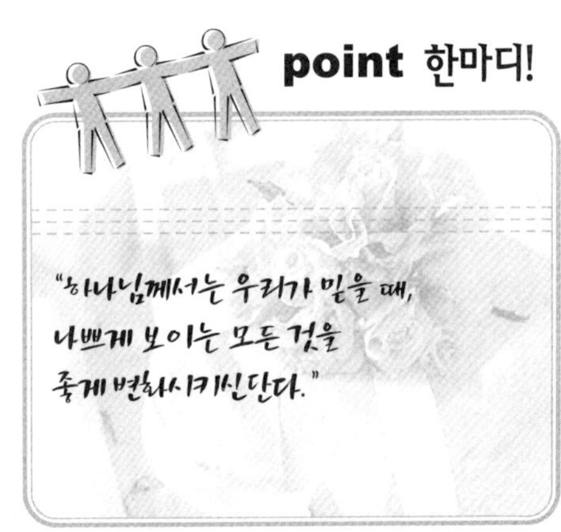

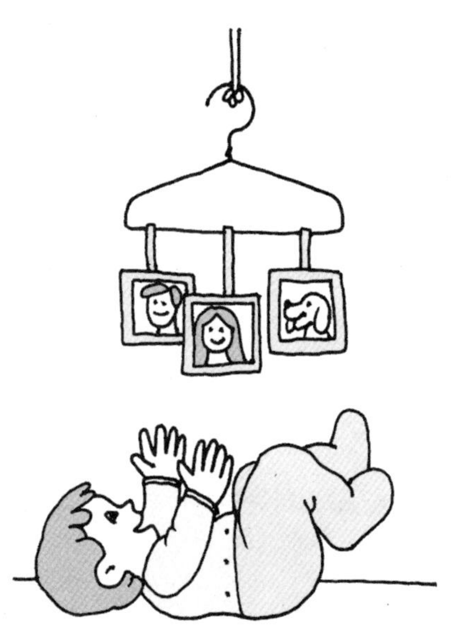

걸음마하는 아이

 ## 기도를 녹음하십시오

가족들과 절친한 친구들(그들의 목소리는 아이에게 친숙합니다)에게 카세트 테이프를 주어 당신의 아이를 위한 기도나 축복의 말을 녹음해 줄 것을 부탁하십시오.

각 사람들에게 자신의 기도를 녹음하기 전에 바로 전의 메시지 다음에 잠시 중단하였다가 할 것을 일러 주십시오.

정말로 마음에서 우러나오는 축복의 말들을 하게 하십시오. 아기에게 조용한 시간이나 밤에 잠자기 전에 매일 기도 하나를 들려 주십시오.

 ## 기도를 선택하세요

구두 상자를 포장지와 동물이나 아이들의 큰 사진으로 꾸미십시오. 또는 걸음마장이에게 크레용으로 각 면마다 자국을 내게 하십시오. 윗면을 젖히거나 또는 아이의 손을 넣을 만큼 큰 구멍을 만드십시오.

매일 아이가 이해할 수 있는 구체적인 기도문을 상자 속에 넣으십시오. 가능하다면 아이가 말뜻을 더 잘 이해하도록 도울 수 있는 적절한 사진에 기도문을 붙이십시오. 아이에게 상자에 손을 넣어 종이를 꺼내게 하십시오. 그리고 그 종이를 당신이 건네받아 기도문을 말해 주십시오. 이 활동을 아이가 식사하기 전에 식기도로 사용하거나 당신이 선택한 시간이면 아무때나 사용하십시오.

 ## 기도 화랑

아이의 방문이나 벽, 또는 냉장고 문에 사진들로 기도 화랑이나 전시장을 만들어 보십시오. 당신이 기도해 주고 싶은 사람 — 가족들, 친구들, 사회 봉사자들, 또는 아이에게 친숙하다면 교회 목사님과 교역자 등 몇 사람들의 사진을 붙이십시오. 또는 아이에게 사진을 선택하게 해도 좋습니다.

사회 봉사자들의 사진은 교사 용품 상점에서 구입할 수 있습니다. 더욱 좋은 방법은 당신이 아이의 의사 선생님이나 주일학교 선생님 또는 목사님이나 친구들의 사진을 원한다면 그들에게 사진을 청하는 이유를 설명하며 부탁하는 것입니다.

사람들은 누군가가 자신들을 위해서 기도해 준다는 제안을 거의 거절하지 않을 것입니다.

더군다나 당신의 간단한 요청은 누군가의 생활에 예수님을 증거하는 아주 좋은 기회가 될 수도 있습니다.

 병원에서의 기도

진찰 시간을 기다리고 있는 동안 아이와 함께 대기실에서 기도하십시오. 만일 아이가 무서워하지 않는다면, 의사 선생님에 대한 감사하는 기도를 짤막하게 드리고, 아이의 검사 결과가 좋게 나올 수 있기를 간구하십시오.

그러나 만일 아이가 무서워한다면 아이의 마음이 안정되고 아이가 바로 그곳에 예수님께서 함께 계신다는 것을 깨달을 수 있도록 기도하십시오. 그리고 기도는 간단하게 하십시오. 아이가 당신이 자신을 위해서 기도하고 있다는 것을 안다면, 중요한 인상이 아이의 마음 속에 간직될 것입니다.

만일 아이가 의사 선생님의 치료를 무서워할 것 같으면, 의사 선생님께 잠깐 기도하거나 아이의 귀에 귓속말로 기도해 주어도 될지 물어 보십시오.

의사가 당신을 광신자라고 생각할지라도 아이를 위해 하나님의 은혜를 구하는 기도를 하는 것은 중요합니다.

만일 당신이 하나님께 기도할 때, 침착하고 간절하게 확신하며 기도한다면, 의사와 간호사들은 아마도 당신의 어버이로서의 관심을 고맙게 여기게 될 것입니다. 아이가 곧 무서운 일이 일어날 것이라고 예상할 만한 방식으로 기도하

지 마십시오. 하나님의 임재와 도우심에 초점을 맞추십시오.

 기도를 잡아채세요

아이가 예쁜 돌을 발견했을 때, 맛있는 어떤 것을 맛보았을 때, 개똥벌레의 번득임을 목격했을 때, 또는 해질 때에 핑크빛 하늘을 보았을 때, 감사 기도하는 시간을 취하십시오.

"존에게 잘 볼 수 있는 눈을 주셔서 감사합니다. 존이 주님이 만드신 아름다운 하늘을 보았습니다."

아이와 함께 하는 생활 가운데 정말 마음 속에서 우러나오는 기도를 하십시오. 그러면 아이도 성장하면서 그렇게 할 것입니다.

 내 두 손은 찬양할 수 있어요

"우리 두 손으로 하나님을 찬송할 수 있는 방법을 살펴보자!"라고 아이에게 말해 보십시오.

· 손뼉 치며 이런 동시를 말하십시오.

손뼉 치자, 손뼉 치자!
이것은 내가 두 손으로
오늘 하나님을 찬송하는
방법이라네.

·손을 흔들며 이런 동시를 말하십시오.

흔드세요, 흔들어요.
손을 흔드세요.
손을 흔드는 것도
하나님을 찬송하는 거예요.

이것은 습관이에요

아침 식사하기 전이나 후에 이런 기도를 노래하십시오.

"뽕나무 숲"의 노랫가락에 맞춰 :

나는 이렇게 기도해요.
기도해요.
기도해요.
나는 이렇게 기도해요.
매일 아침마다.

기도 사슬

걸음마하는 아이들은 특히 가족과 함께 기도하는 것을 좋아합니다. 비록 당신과 아이뿐이라 할지라도 아이를 위해 기도할 때, 아이의 두 손을 잡아 주십시오. 기도를 정말로 쉽고 간결하게 하십시오.

찬송 꾸러미

새로운 신발이나 옷을 살 때, 하나님께서 우리의 생활에 필요한 모든 것의 참 근원이시라는 사실을 아이가 깨닫도록 도와주십시오. 아이가 당신의 감사하는 태도를 본받게 될 것입니다. 그리고 머지않아, 아이 스스로 하나님과 자신에게 친절하고 상냥한 사람들에게 감사하고 찬송하는 태도를 갖게 될 것입니다.

악기로 하나님을 찬양하세요

녹음해 놓은 찬송을 들려주든가, 반주 없이 찬양을 부르든가, 또는 피아노를 연주하며 찬송을 부르십시오. 아이에게 다음과 같은 가정 음악대 악기들을 제공하십시오. 냄비 뚜껑 심벌즈, 종이통 트럼펫, 2개의 종이 접시를 모아 스테이플로 박고 테두리에 종을 달아 만든 탬버린, 2개의 스

푼으로 냄비를 두드리는 드럼 또는 속이 빈 원통의 포테이토 칩 용기 안에 말린 콩 몇 개가 들어 있는 것(아이가 당신의 감독 없이는 말린 콩을 담은 악기를 사용하지 못하게 하십시오) 등.

아이가 자신의 악기를 연주하며 하나님을 찬송하도록 격려하십시오. 그리고 당신이 더 활기찬 찬양을 연주해 주어 이리저리 행진할 수 있게 해 주십시오.

3-4세의 아이들

친구들을 위해서 기도합시다

책상다리를 하고 아이와 마룻바닥에 마주보고 앉으십시오. 또는 몇 명의 아이들이 함께 있다면 둥그렇게 둘러앉으십시오. 그리고 이렇게 말하십시오.

"오늘은 우리 친구들을 위해서 기도하자. 내가 처음 시작하면, 다음에 네가 기도하는 거야."

다음과 같이 한 문장으로 기도하십시오.

"하나님, 데이빗으로 인해 감사합니다!"

다음 번에는 아이가 또다른 친구를 위해서 기도해야 합니다. 친구들의 이름을 다 부를 때까지 아이와 번갈아 가며 기도하십시오. 이런 기도로 기도 사슬을 마치십시오.

"그 중에서도 우리의 가장 **훌륭한** 친구 예수님으로 인해 감사드립니다. 아멘!"

기도 시계

당신이 선택한 시간 옆에 있는 시계의 문자판에 아이에게 "p"라는 작은 문자를 잘라낸 것을 붙이게 하거나, 기도하고 있는 아이의 작은 그림을 붙이게 하십시오. 또는 기도할 시간이라는 것을 생각나게 해 주는 것으로써 당신이 선택한 신

호면 무엇이든 붙이게 하십시오.

때때로 아이가 시계를 보도록 격려하고 시침이 지정된 시간을 가르칠 때, 알려 주십시오.

기도 시간이 되면 무엇을 하고 있든 중이든 반드시 멈추고 아이와 함께 기도하십시오.

Introduce 크고 부드러운 찬송

아이가 듣고 즐길 수 있도록 찬송 레코드나 카세트를 켜십시오. 찬송가는 주로 기독교서점에서 구입할 수 있습니다. 아이가 음악을 즐기고 있을 때, 아이에게 음악이 큰소리로 날 때와 작은 소리로 날 때, 잘 귀 기울여 듣도록 요구하십시오. 음악이 요란하거나 빠르게 되면 아이에게 손뼉 치도록 요구하십시오. 그러나 음악이 조용하고 느리면 입술에 손가락을 갖다대고 "쉬!" 라고 말하도록 지시하십시오.

아이는 찬송가가 빠르거나 느리거나, 크거나, 조용하거나 하다는 것을 깨닫기 시작할 것입니다.

Introduce 눈을 뜨고, 눈을 감고

아이와 함께 이런 간단한 놀이를 해 보십시오. 아이에게 눈을 크게 뜨고 주위를 둘러보도록 요구하십시오. 그리고 본 것을 당신에게 말하게 하십시오. 그 다음 아이에게 눈을 감도록 명령하고 이렇게 물어 보십시오.

"이제는 뭐가 보이니?"

아이에게 우리는 기도할 때, 하나님에 대해 생각하고 하나님께 말하기 더 쉽도록 눈을 감는다고 말해 주십시오. 우리가 주위를 둘러볼 때, 우리는 보는 것에 대해 생각하지 않을 수 없다고 아이에게 설명해 주십시오. 그래서 우리는 집에서나 교회에서 기도할 때, 대개 눈을 감고 기도합니다. 그러나 때때로 우리는 눈을 크게 뜨고 하나님께 감사하는 것들을 명명합니다.

Introduce 기도 영창, 동시, 노래

아이에게 몸짓으로 나타내는 이런 동시를 가르쳐 주십시오.

꼬마는 걸을 수 있습니다
(방 주위로 걸어다니십시오).
꼬마는 말할 수 있습니다
(얘기를 몸짓, 손짓으로 나타내십시오).
꼬마는 껑충껑충 뛸 수 있습니다
(그렇게 하십시오).
꼬마는 멈출 수 있습니다
(그렇게 하십시오).
꼬마는 기도할 수 있습니다
(두 손을 모으고 눈을 감으십시오).
그리고 매일 하나님께 얘기할 수 있습니다.

(그 순간이 적당하다고 여겨지면
짧게 기도하십시오).

"잠자고 있나요?"의 노랫가락에 맞춰 :

기도하고 있나요?
기도하고 있나요?
저도요.
저도요.
하나님께서는 우리 기도를 들으실 거예요.
하나님께서는 우리 기도를 들으실 거예요.
감사해요, 하나님.
감사해요, 하나님.

"오, 조심해"의 노랫가락에 맞춰 :

나는 무엇을 해야 할지 모를 때,
기도할 거예요!
나는 무엇을 해야할지 모를 때,
기도할 거예요!
비록 나는 정말 정말 작지만 내가 부를 때,
하나님께서는 들으실 거예요.
나는 무엇을 해야 할지 모를 때,
기도할 거예요!

Introduce 기도 보자기

깨끗한 하얀 시트나 비싸지 않은 식탁보에 아
이의 손가락을 편 손바닥을 대고 윤곽을 그리십
시오. 마치 기도하고 있는 것처럼 나란히 놓으십
시오. 시트 전체에 아이 손의 윤곽을 방수 마커
로 그리십시오. 아이 손의 윤곽마다 기도할 누군
가의 이름을 적으십시오. 또는 그 이름 밑에 그
사람을 간단하게 그리십시오.

Introduce 감사 사슬

아이가 집 출입구에 걸어둘 종이 사슬을 만들
도록 도와주십시오. 아이에게 감사를 표현하는
일정한 생각들을 요청하여 그것들을 색판지에 적
어서 그 색판지 조각들로 사슬을 만드십시오. 풀

이나 스테이플(아이들은 스테이플을 좋아합니다)
로 그 사슬의 고리들을 나란히 연결하여 색깔있
는 감사 사슬을 만드십시오.

Introduce 기도 장갑

아이의 장갑 손가락마다, 기도하고 싶은 사람
들의 이름을 적으십시오. 또는 다음 사람들의 범
주를 손가락에 붙이십시오. 가족들, 교회 사람들,
이웃들, 아픈 사람들, 선교사들, 아이에게 손가락
하나를 들어올리도록 요구하십시오. 그런 다음
아이와 함께 그 사람을 위해서 기도하십시오.

Introduce 징계 후의 기도

아이의 잘못된 행동을 꾸짖고 난 후, 아이를
무릎 위에 앉히거나 곁에 데리고 앉아 벌준 이유
를 자상하게 설명해 주며 아이에 대한 깊은 사랑
을 말로 표현하십시오. 아이가 하나님의 용서를
느낄 수 있도록 간략하게 기도하십시오. 그리고
하나님의 능력으로 아이가 바르게 행동하도록 도
와주실 것을 기도하십시오.

아이가 정말로 예수님께서 자신을 사랑하시며,
당신 또한 자신을 사랑한다는 것을 알게 되도록
기도하십시오.

아이를 꼭 껴안고 뽀뽀해 주고 미소지어 주며
기도 시간을 마치십시오. 그리고 잘못한 일이 전

혀 일어나지 않았었던 것처럼 아이와 함께 잠시
놀아 주십시오. 아이는 당신의 행동을 통해 자신
이 완전히 용서받았다는 것을 확신하게 될 것입
니다.

Introduce 기도 정원

당신이 기도 정원으로 지정해 놓은 마당 한 부
분에 아이와 함께 꽃들을 심으십시오. 구멍을 팔
자리가 없는 정말 작은 마당일지라도, 몇 개의
화분에 꽃들을 심어 층계나 현관에 그것들을 배
열하여 아름답게 장식할 수 있습니다. 기도 정원
을 돌보기 쉽도록 작게 만드십시오. 그리고 아이
가 그 꽃들을 돌보는 일을 돕게 하십시오.

아이와 함께 정원으로 기도하러 갈 때, 통나무
들을 배치하거나 담요를 가지고 가서 앉을 자리
를 마련하십시오.

Introduce 감사 바구니

바구니 안에 도토리, 나뭇잎, 눈송이 또는 종
이로 만든 꽃 모양들을 담으십시오. 각 모양에
당신의 아이가 감사할 수 있는 것들이나 사람들
또는 사건들을 기록하십시오. 아이에게 매일 종
이 한 장을 선택하여, 자신의 말로 짧게 감사 기
도를 드린 다음 그 종이를 냉장고 문이나 방문에
감사하다는 것을 생각나게 하는 것으로써 붙여

놓게 하십시오.

이런 감사 바구니는 감사절 또는 연중 아무 때
나 사용할 수 있습니다.

내 입으로 말하기를 빕니다

식사 전에 식기도로 기도 성구들을 사용함으로
써, 아이에게 그것들을 가르치십시오. 가족들이
식사 전에 번갈아 가며 성구들을 인용하고 서로
잘 암송한 것에 대해 축하하게 하십시오.

여기에 몇 가지 성구들을 제시하겠습니다.

시 136 : 1 여호와께 감사하라 그는 선하시며
　　　　　 그 인자하심이 영원함이로다

시 147 : 1 할렐루야
　　　　　 우리 하나님께 찬양함이 선함이여
　　　　　 찬송함이 아름답고 마땅하도다

막 11 : 22 …하나님을 믿으라

골 1 : 3 　우리가 너희를 위하여
　　　　　 기도할 때마다 하나님 곧 우리
　　　　　 주 예수 그리스도의 아버지께 감사하노라

호흡이 있는 것은
다 찬양하여라

새가 노래하고 있거나 지저귀고 있을 때, 개
가 뚜렷한 이유 없이 짖어대고 있을 때, 또는 다

람쥐들이 밖에서 재잘거리고 있을 때, 아이에게
그것들이 하나님의 선하심을 찬양하고 있을지도
모른다고 말해 주십시오. 그리고 이렇게 말하십
시오.

"새는 오늘처럼 아름답고 화창한 날을 주셔서
감사합니다. 하나님! 이라고 노래하고 있을지도
몰라." 또는 "다람쥐는 도토리를 주신 하나님께
감사하고 찬송하며 지껄이고 있을거야." 라고 말
하십시오.

아이가 하나님을 찬송할 방법들을 생각하도록
격려해 주십시오. 그리고 이 장에 제시되어 있는
찬송들이나 동시들을 당신과 함께 노래하거나 말
할 것을 제안하십시오.

 ## 인형 찬양

꼭두각시 인형이나 봉제 인형을 사용하여 찬양 테이프나 당신과 아이가 함께 부르는 노래를 따라 부르게 하십시오.

아이가 꼭두각시 인형을 떠받쳐 들고 당신이 하나님을 찬양할 때, 따라 부르도록 만들게 하십시오.

 ## 손뼉을 치세요

하나님의 훌륭한 창조물들 가운데 어떤 것에 주의를 환기시키십시오. 가령 멋진 일몰, 빛나는 보름달, 풀잎 위의 반짝이는 이슬 또는 매끄러운 꽃잎 등. 그리고 아이가 다음과 같이 말하도록 이끄십시오.

"감사합니다. 하나님, 저것은 정말 아름다워요!"

손뼉치며 하나님의 놀라운 솜씨에 대해 찬양하십시오.

 ## 회전 기도 (Prayer-Go-Round)

다함께 식기도할 때, 가족마다 하나님께 한 가지씩 간구하거나 하나님께서 주신 은혜들을 한 가지씩 감사 드리는 시간을 포함시켜도 좋습니다. 이런 기도 모임에 아이를 포함시키면 아이가 가족에 속해 있다는 것과 자신의 기도도 당신의 기도와 똑같이 중요하다는 것을 깨닫도록 도와줄 것입니다.

 ## 기도 퍼즐

가족 사진, 친구 사진, 절친한 이웃 사람 사진, 그리고 당신 교회의 목사님 사진을 몇 개 확대하여 마분지에 붙이십시오. 그 사진들을 각각 3-4 조각의 퍼즐 모양으로 자르십시오. 얼굴 생김새들을 주의 깊게 자르십시오.

각 퍼즐을 각기 딴 봉투에 담아 매일 아이에게 하나를 고르게 하십시오. 그리고 그 퍼즐을 꺼내 구성하게 하십시오. 사진이 완성되면, 아이와 함께 그 사람을 위해 기도하십시오.

 ## 나는 그네 타면서 노래해요

집이나 운동장에서, 아이에게 그네를 태워 줄 때, 하나님께 찬송하도록 아이를 격려하십시오. 하늘, 구름, 나무, 따뜻한 햇빛 또는 산들바람에 대해 말하며 그것들을 즐길 수 있도록 우리에게 주신 선하신 하나님을 찬양하십시오.

당신은 아이와 함께 그네를 타며 친숙한 찬송을 당신 자신의 말로 바꾸거나 작곡하여 불러 아이를 기쁘게 해줌으로써 아이에게 찬송하는 방법을 보여 줄 필요가 있을지도 모릅니다. 자진해서 당신의 믿음을 노래로 나눈다는 것은 크리스천으로서의 대담함을 가져야 할지도 모릅니다.

 ## 우리는 ○○○으로 인해 하나님께 감사드려요

모든 아이는 자신의 부모가 그림 그리는 것을 지켜 보기를 좋아합니다. 아이의 눈에 화가로 비쳐지는 기분을 즐기며 이런 쉬운 활동을 통해 아이가 하나님의 선하심에 감사하는 것을 배우도록 도와주십시오.

당신도 아이도 하나님께 감사하는 것들을 당신이 그릴 때, 아이가 구경하게 하십시오. 당신은 애완 동물, 장난감, 신발, 귀, 눈, 손, 미소짓는 얼굴을 그리고 싶을 지도 모릅니다.

5-7세의 아이들

 ## 하나님과의 대화

아이가 더 자라면, 당신은 기도에 대해 아이와 함께 정말 특별한 대화를 나눌 수 있습니다. 비록 하나님께서는 거룩하시고 전지 전능하시지만, 우리가 가장 좋은 친구로 삼기만 하면 우리는 하나님께 얘기할 수 있다고 말함으로써 당신은 대화를 시작할 수 있습니다. 이렇게 말해 보십시오.

"예수님께서 우리에게 말씀하셨단다. 하나님께서는 네가 하나님께 구하기도 전에 네게 필요한 것을 알고 계신다고 말야(마 6 : 8 참조). 하지만 우리는 하나님께 구해야만 한단다. 나는 하나님께 어떤 것을 말할꺼야. 그 다음에 네가 하고 싶으면 네가 하나님께 말해도 좋아."

이와 같은 말로 시작하십시오.

"사랑하는 주님, 우리에게 밝게 빛나는 아름다운 날을 주셔서 감사합니다. 저 털투성이의 쐐기 벌레가 보도 저편으로 기어가는 것을 구경하는 것은 너무나 재미있어요."

그런 후, 아이에게 하나님께 말하고 싶은 것을 생각해 두었는지 물어 보십시오. 아이가 하고 싶은 말을 다할 때까지 계속 서로 주고 받으십시오. 그리고 아멘이라고 말한 후, 아이를 꼭 껴안고 뽀뽀해 주며 말하십시오.

"나는 너를 사랑해!"

Introduce **왕 앞에서 무릎을 꿇으세요**

아이에게 우리의 진짜 왕은 예수님이시며, 우리가 예수님께 말할 때, 머리를 숙이는 것은 정말 바른 것이라고 설명해 주십시오.

아이에게 예수님의 특징들을 몇 가지 묘사해 주십시오. 인자하신 얼굴, 멋진 황금 옷, 아름다운 보석으로 된 왕관 등. 예수님께서 집에서 가장 훌륭한 의자에 앉아 계시다고 생각하며, 예수님 앞에서 당신과 함께 무릎 꿇도록 아이에게 요구하십시오.

그리고 짧게 기도하십시오.

"주 예수님께서는 우리의 진짜 왕이십니다. 우리는 예수님을 사랑하고 경배한다는 것을 예수님께 보이기 위해 예수님 앞에 머리숙입니다. 예수님의 이름으로 기도합니다. 아멘!"

또다른 시간에 무릎 꿇고 기도할 때, 아이에게 당신이 당신의 왕 앞에서 머리 숙이고 있다는 것을 상기시켜 주십시오.

Introduce **나는 어디에서나 기도할 수 있어요!**

어느 때, 어느 장소에서나 기도할 수 있다는 것을 아이에게 보여 주기 원한다면, 아이와 함께 이런 알아맞히기 놀이를 해 보십시오.

이렇게 말하십시오.

"나는 밤에 누워 있을 때, 기도할 수 있는 장소를 생각해요. 그 장소는 어디일까요?"

아이가 잘 알아맞히면, 이들과 같은 다른 질문들을 하십시오.

"나는 구름들을 올려다 보고 있을 동안 누워서 기도할 수 있는 장소를 생각해요. 그 장소는 어디일까요?"

"나는 배가 고파 식사할 준비를 할 때, 기도할 수 있는 장소를 생각해요. 그 장소는 어디일까요?"

놀이를 끝마치며, 어느 곳에서든 심지어 지금 있는 곳에서도 기도할 수 있다는 것을 감사하는 짧은 기도를 드리십시오.

Introduce **다니엘은 기도했습니다**

아이에게 다니엘 6장에 나온 "다니엘과 사자굴"에 관한 이야기를 들려주십시오. 당신과 아이가 혀 누르는 기구나 아이스크림 막대에 얼굴을 붙여 만든 인형으로 그 이야기를 연극해 보십시오. 사자 인형은 종이 봉지에 실이나 술 장식이 있는 종이 갈기를 붙여 만드십시오.

기도하는 것은 다니엘에게 정말 중요하였고, 또한 우리에게도 정말 중요하다고 이야기해 주십시오.

Introduce 기도 영창과 노래

내가 아플 때 예수님께서는 나를 도와주셔.
내가 슬플 때 예수님께서는 나를 도와주셔.
내가 기도할 때 예수님께서는 나를 도와주셔.
예수님께서는 나에게 가장 좋은 친구야!

"델의 농부"의 노랫가락에 맞춰 :

저는 하나님께 기도하고 있어요.
하나님께서는 제가 기도하는 것을 듣고 계셔요.
하나님께서는 저에게 가장 좋은 것으로 응답하셔요.
그래서 저는 오늘도 기도할 거예요.

(다음에 적혀 있는 기도로 노래를 마치십시오.)
나는 아침에 하나님께 말할 거예요.
나는 한낮에 하나님께 말할 거예요.
나는 잠자기 전에 하나님께 말할 거예요.
나는 정말로 곧 하나님께 말할 거예요!

Introduce 놀이하기 전에 기도하세요

아이와 함께 놀 친구가 오기 전에 짧게 기도하는 유쾌한 습관을 만드십시오. 또는 친구가 도착하면, 그들의 놀이를 축복하는 기도를 하십시오 (이런 어떤 것도 적당하게 여겨지지 않는다면, 아이의 친구가 집에 갈 준비를 하고 있을 때, 즐거운 시간을 보낸 것에 대한 감사 기도를 아이들과 함께 드리십시오).

당신 아이의 친구와 그의 가족에 대해 하나님께 감사하십시오. 그리고 그들이 함께 놀 때, 하나님을 기쁘시게 할 수 있도록 기도하십시오.

Introduce 주님의 기도

예수님의 제자들이 기도하는 방법을 알고 싶어해서 예수님께서 누가복음 11 : 2-4에 있는 기도를 그들에게 가르쳐 주셨다는 것을 아이에게 말해 주십시오. 그 기도의 뜻을 당신 자신의 말

로 간략하게 설명해 주십시오.

매일 주기도문 전체를 한두 번 반복함으로써 아이에게 알기 쉽게 가르쳐 주십시오. 당신이 그 구절들을 말할 때마다 아이에게 함께 말하도록 요구하십시오.

아이가 그 구절들을 정말 빨리 익히는 것에 대해 당신은 놀라게 될 것입니다. 만일 아이가 반항한다면 바로 그때 그것을 배워야 한다고 고집 부리지 마십시오. 아이에게 적절한 시간이 있을 것입니다. 만일 아이가 암기하려고 노력한 것에 대해 적당한 상을 주고 싶다면 그렇게 하십시오.

Introduce 기도 하이킹

종이 식료품 봉지에 아이가 팔을 끼울 수 있도록 실 고리들을 양 옆에 붙어 등짐을 만드십시오. 등짐에 낡은 침대 시트, 기도 제목들을 적은 종이 그리고 성경이나 성경 이야기 책을 넣으십시오.

집 뒷마당이나 근처 공원, 또는 다른 어떤 장소를 선택하여 "하이킹"을 하십시오. 시트를 펼쳐 놓고 아이와 함께 조용히 성경 이야기를 읽으며 기도하는 시간을 가지십시오.

Introduce 긴급 중보 기도

아이와 함께 사이렌 소리를 듣거나 응급차를 볼 때, 꼭 다음과 같이 말하십시오.

"어떤 사람이 도움이 필요하구나. 우리는 그 사람이 무엇이 필요한지 모르지만 하나님께서는 아신단다. 지금 바로 그 사람을 위해서 기도하자."

두 눈을 뜨고 곤궁에 처해 있는 알지 못하는 그 사람을 위한 중보 기도를 간단하게 드리십시오.

Introduce 생일 기도

아이의 생일 축하의 한 부분으로써 다음과 같은 방식들로 기도하십시오.

1. 생일 파티 전날 밤에 아이를 당신 가족의 일부로 주신 하나님께 감사하는 기도를 드리십시오.

2. 생일 케이크와 아이스크림을 먹기 전에 감사 기도를 드리십시오.

3. 아이의 친구들이 파티가 끝나 집으로 돌아가기 전에 그들을 축복하는 기도를 드리십시오.

4. 가족들이 둥그렇게 원을 만든 중앙에 당신의 특별한 사랑과 기도의 대상인 생일맞은 아이를 두고 기도하십시오.

5. 아이가 의미 있는 선물들 가운데 하나로 간직할 수 있도록 특별한 생일 기도를 적으십시오.

Introduce 찬양 파티

하나님께서는 우리의 찬양을 받으실 만한 분이

 자녀에게 하나님 가르치기

라는 이유만으로 축하 파티를 여십시오. 색깔 있는 풍선들을 불어 아이에게 그것 위에 예수님의 이름을 적어 케이크에 장식하는 것을 돕게 하십시오. 또는 주일학교 인쇄물에서 예수님 그림을 오려 아무런 장식이 없는 하얀 케이크 위에 그것을 올려 놓아 장식하십시오.

아이에게 케이크에 다음과 같은 말을 적어 정말로 훌륭하게 장식하도록 격려하십시오.

"사랑하는 하나님께 찬송 드립니다."

이런 생각은 특히 크리스마스에 사용하기 적합합니다.

Introduce 가족들을 위한 기도 나무

색판지로 나무를 만들어 또다른 종이에 붙이십시오. 가족들의 얼굴과 거의 같은 크기의 둥근 사진들을 아이에게 주어 나무가지에 붙이게 하십시오. 원한다면 아이의 사진과 애완 동물의 사진들을 포함시키십시오.

매일 아이에게 물어보십시오.

"오늘은 누구를 위해서 기도하고 싶니?"

매일 아이가 선택한 사람을 식사 때, 그리고 잠잘 때, 당신의 기도 대상으로 삼으십시오. 하나님께서 주신 훌륭한 가족에 대해 감사하는 것을 생각나게 하는 것으로써 잠시 동안 "가족 나무"를 냉장고 문에 붙여 두십시오.

Introduce 기도를 노래하세요

식사 시간이나 밤에 아이가 잠자리에 들기 전에 찬송가, 아이의 노래 책, 잘 듣는 테이프, 또는 당신 자신이 만들어서 기도 노래를 불러주십시오.

가락이나 가사를 만드는 것에 대해 걱정하지 마십시오. 그 어떤 것도 아이에게 또는 하나님께 중요치 않습니다.

Introduce 아픈 사람들을 위한 기도

아이에게 종이 위에 병원 그림을 그리도록 요구하십시오. 정면에 병원에서 제공하는 봉사를 강조하는 적십자를 만들게 하십시오. 예수님의 십자가가 자비와 사랑을 상징하는 것처럼 적십자가 병원에서 발생하는 의학적 도움과 친절을 뜻한다는 것을 설명해 주셔도 좋습니다.

아이에게 몇 개의 창문들과 출입문을 그리도록 요구하십시오. 그 다음 각 문들의 가장자리를 3군데 오려 열린 문과 창문처럼 보이도록 그것들을 뒤쪽으로 접으십시오. 병원 그림을 색판지에 붙여 보강하십시오.

아이에게 창문과 현관문 뒤에 아픈 이웃이나 가족이나 교회 사람이나 지역 사람의 이름을 테이프로 붙이도록 요구하십시오. 만일 아이가 그 사람들을 잘 모르고 있다면, 아이에게 그들의 필요들을 짧게 설명하여 주십시오.

병원 그림의 창문들과 출입문들을 한번에 하나씩 열어 아이와 함께 그 사람의 필요들을 언급하며 기도하십시오.

Introduce 기도 꽃다발

꽃병이나 물 컵에 다양한 색깔의 꽃들을 몇 개 꽂으십시오. 각 꽃의 색깔로 아이가 알고 있는 사람의 기도 제목이나 누군가가 갖고 있는 구체적인 필요들을 나타내십시오.

예를 들면, 어떤 색깔의 꽃은 당신이 사랑하는 사람이 안전한 여행을 하도록, 또다른 꽃은 그 사람이 떠나 있는 동안 멋진 시간을 보낼 수 있도록, 세 번째 꽃은 그 사람이 멀리 있는 동안 잘 지내도록 하는 기도를 표현할 수 있습니다.

당신이 아이와 함께 그 사람을 위해 기도할 때, 정말로 일반적으로 "마리 아줌마와 함께 하시기를" 이라고 간구하던 기도가 훨씬 더 구체적이고 뜻있는 기도로 변하게 될 것입니다. 기도를 하고 난 후, 그 꽃에 리본을 둘러 꽃다발을 만들어 당신이 기도했던 사람에게 그것의 의미를 설명해 주며 전해 주십시오.

Introduce 기도 비법

아이와 함께 쿠키를 만들고 있거나 케이크 재료들을 잘 혼합하고 있을 때, 아이에게 말하십시오.

"이런 재료들을 섞고 있을 때, 나는 우리가 기도 시 무엇을 해야 할지 생각한난다. 우리는 기

도할 때 감사하고(밀가루를 그릇에 부으십시오) 찬양하며(설탕을 넣으십시오) 이야기하고(어떤 액체를 조금 첨가하십시오) 간구하며(또다른 재료를 첨가하십시오) 그리고 순종함으로 기도를 끝마친단다(마지막 재료를 첨가하십시오) 그것이 우리가 기도하는 방법이란다!"

 ## 기도 카드

반으로 접은 파랑이나 검정색 판지의 바탕을 배경으로 하여 아이의 손바닥을 마치 기도하고 있는 것처럼 나란히 놓으십시오. 아이에게 당신이 프레온 가스를 쓰지 않는 분무기 통에 물로 희석한 하얀 템페라 물감을 담아 손 둘레에 뿌릴 때, 움직이지 말고(그렇게 하는 것은 쉽지 않습니다.) 잘 잡고 있도록 요구하십시오. 윤곽이 마르면 손자국을 따라 매직으로 선을 그리십시오. 그 윤곽이 포개진 손처럼 보이도록 자세하게 그리십시오.

하얀 종이에 이런 메시지를 적어 카드 안에 붙이십시오.

"이것들은 제 손입니다. 당신을 위해 기도하기 위해 두 손이 포개어져 있습니다."

아이에게 카드에 서명하여 기도가 필요한 사람에게 그것을 가져다 주도록 요구하십시오. 그 사람을 위해서 아이와 함께 꼭 기도하십시오.

 ## 천사 찬양대

"그의 모든 사자(천사)여 찬양하며 모든 군대여 찬양할지어다"(시 148 : 2)

원뿔꼴 모양으로 만든 종이를 테이프나 풀로 붙여 천사 찬양단을 만드십시오. 반드시 가는 끝부분에 구멍을 남겨 두십시오. 각 원뿔꼴에 붙일 작은 종이 원을 오려 아이에게 입을 벌리고 있는 천사의 얼굴을 그리게 하십시오.

각 얼굴의 뒷면에 풀이나 테이프로 막대기를 붙여 원뿔꼴의 가는 끝부분의 구멍에 각 막대기의 반대쪽 끝을 집어 넣으십시오. 천사들의 등에 종이 날개들을 붙이십시오.

그리고 천사들이 하나님을 찬양한다는 것을 생각하게 하는 것으로써 그것들을 선반 위에 나란히 올려 놓으십시오.

 ## 찬양 목록

찬양 목록을 만들 때, 아이가 도울 수 있게 해 주십시오. 그리고 그것을 냉장고 문이나 침대 머리판과 같이 눈에 띄는 곳에 보관하십시오. 아이와 함께 기도할 때, 그 목록들을 언급하십시오.

당신의 찬양 목록은 당신이 하나님께 청원했던 것들의 답변이 될 수도 있습니다. 또는 다음과 같이 하나님을 찬양하는 각기 다른 이유들의 목록이 될 수 있습니다.

· 그분은 사랑이십니다.

· 그분은 위대하고 전지 전능하십니다.

· 그분은 우리가 간구하기도 전에 우리의
  필요를 알고 계십니다.

· 그분은 우리를 위해 돌아가셨습니다.

· 그분은 우리가 잘못할 때 우리를 용서하여
  주십니다.

찬송함으로 그의 궁정에 들어가

시편 100 : 4의 말씀을 표현하는 문을 그림으로 그리십시오. **"감사함으로 그 문에 들어가며 찬송함으로 그 궁정에 들어가서…"** 아이에게 건물의 하부 중심에 아치형의 문을 그리도록 요구하십시오. 그리고 왼쪽 옆면을 남겨 두고 나머지 세면을 잘라 열고 닫는 돌쩌귀 문으로 만드십시오.

그 그림을 또다른 종이에 붙이고 열린 문 뒤편에 아이 자신의 모습을 그리도록 아이에게 요구하십시오. 아이에게 마치 하나님을 찬양하고 있는 것처럼 자신의 입을 O 모양으로 그리도록 말해 주십시오. 아이에게 우리가 찬양하고 감사할 때, 하나님과 가까워진다는 성경 말씀을 알려 주십시오.

아이에게 거의 매일 잠자는 시간에 시편 100편을 한번 읽어 주거나 인용해 주어 그것을 전부 암송하도록 도와주십시오. 시편을 한두 번 들려주고 난 후, 아이가 따라하도록 요구하십시오.

당신은 아이가 시편 그 말씀을 전부 정말로 빨리 암송할 수 있다는 것에 놀라게 될 것입니다. 아이가 성공하면 많이 칭찬해 주십시오. 하지만 아이가 배우는 것을 싫어하면 가르치려고 고집부리지 마십시오. 반드시 아이가 이 성경 말씀이 하나님의 선하심에 대한 찬송과 감사인지를 이해하고 있는지 확인하십시오!

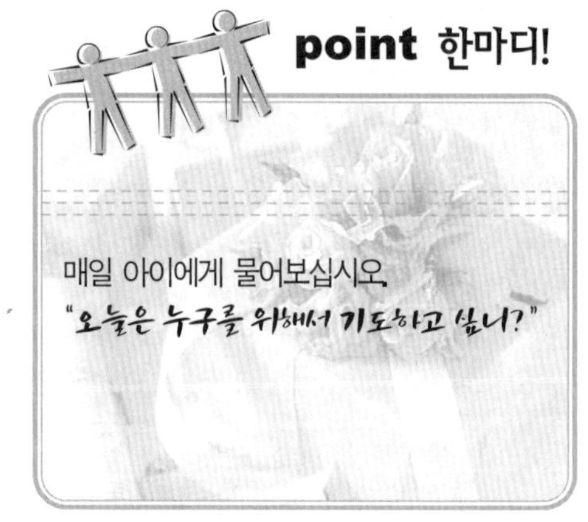

삶에 소망과 기쁨을 회복시킬 책!

가정폭력 어떻게 할 것인가?

가정을 폭력으로 부터 자유케 하라!

예로부터 가정에서 남편에 의해 매맞는 아내와 아이들은 종종 있었다. 본서는 가정에서 일어나는 육체적 폭력, 성폭력, 감정적 폭력과 학대의 문제를 다루면서 성경에서 그 실례와 치유의 방법을 찾고 있다. 사회적으로 심각한 문제로 확대되고 있는 시점에서 본서는 기독교적 세계관을 바탕으로 해결책을 제시해 줄 것이다.

아버지의 목소리

시대가 변해 가도 오직! 변함 없는 …

원폭 피해로 아내를 잃고 자신도 원자병에 백혈병까지 겹친 상태로 인해 험한 세상에 남겨질 어린 두 자녀에게 꿈과 희망을 갖고 하나님 앞에 신실한 사람이 되라는 아버지의 간절한 목소리다. 시대적으로 가정이 붕괴되는 요즘, 부모와 자녀간의 사랑을 다시금 생각케 하며 성경 안에서 올바른 자녀 양육을 일러준다.

좋은 아빠가 되기

"좋은 아빠는 가르치지 않는다"

가정에서 영향력 있는 리더로서의 아버지가 되고 좋은 아빠가 되기 위한 6가지 원칙을 제시하고 있는 본서는 하나님께서 원하시고 아내, 자녀들이 필요로 하는 남편이나 아버지가 되는데 더 이상 혼자가 아니라는 사실과 또한 가정과의 조화됨이 없는 일과 목회와 사역은 더 이상 존립 근거가 없다고 모든 남자들에게 알려 주고 있다.

결혼, 이혼, 그리고 재혼

이혼은 신뢰의 붕괴요, 비전의 상실이다!

바나 리서치 그룹의 연구 보고에 의하면… "네 명의 미국인 성인들 가운데 한사람이 최소한 한 번은 이혼했다"고 한다. 그 중 중생한 기독교인들 가운데 27%가 현재 이혼 신청 중이거나 이미 이혼을 했으며 중생지 아니한 성인들의 이혼율은 그에 비해 24%이다. 우리 사회도 이혼율로 가정 해체가 가속화 되고 있는데 본서는 우리의 가정을 살리는 귀한 책이다.

인생의 꿈과 비전을 심어줄 책!

콜린 파월 뉴욕 할렘에서 태어나 세계적인 정치가로 성장!

데이비드 로빈슨 평범한 공부벌레 소년이 세계적인 농구 선수로 성공!

조니 에릭슨 타다 16살에 목이 부러지는 비극을 뚫고 마침내 눈부신 승리!

벤 카슨 흑인 빈민가 출신의 열등생이 세계적인 의사로 성공!

현대인들에게 지금 가장 절실한 것이 무엇일까 생각해 보면 아마도 "꿈"의 회복일 것이다. 특히 본서를 통해 자라나는 우리의 자녀들은 현시대를 같이 호흡하고 있는 오늘의 영웅들을 책 속에서 만남으로써 그들이 결코 놓치지 않았던 꿈의 인도자인 하나님을 발견할 수 있을 것이다. 그리고 그들의 인생의 기준이었던 믿음과 정직, 성실 그리고 최선이라는 삶의 원칙을 전수 받을 것이다.

- **입술의 열매 1, 2** 꿈이 많은 사람 지음/각권 값 6,500원
- **순종의 열매 1, 2** 꿈이 많은 사람 지음/각권 값 7,000원
- **겸손의 열매 1** 꿈이 많은 사람 지음/값 6,000원

(겸손의 열매 2 **2002년 12월 발행**)

뿌린 대로 거두는 법칙을 아십니까? 진정으로 하나님께 복 받기를 원하십니까? 가장 낮은 자의 모습을 아십니까? 지금! 입술과 순종, 그리고 겸손의 열매를 심으십시오! 열매로 그 사람을 알 수 있습니다. 본서는 이런 우리들의 모습을 다시 한번 생각하게 하고 살아 숨쉬는 저자의 글을 통해 참다운 신앙의 회복을 가져다줄 것입니다.

저자 **캐시 레이머**는 이전에 유치원과 초등학교에서 아이들을 가르쳤던 교사였으며, 그녀의 남편
이자 제이침례교회의 목사인 제임스 레이머 그리고 세 자녀와 함께 미주리주 스프링 필드에서 살고
있다. 캐시는 제이침례교회의 유치원과 여성 사역을 감당하고 있으며, 또한 바스켓과 무지개라고 불
렸던 가정용 수공예 사업을 잘 경영하기도 했다.

역자 **나순규**는 대전침례신학대학교를 졸업하고 대전침례신학대학원에서 수학했으며, 규장문화사
편집국장을 거쳐 "내가사랑하는책" 발행인과 임마누엘선교미디어의 대표를 역임하고, 현재는 한사랑
선교회 파송으로 미국 내 아시안 선교사로 열심히 사역하고 있다.

비전북은 줄과촛 도서출판 와 하늘사다리 가 연합하여 설립한 출판사로서
오직 믿음으로만 살았던 개혁 신앙을 계승 발전시키고
다시 오실 주님의 길을 예비하는 마음으로 21세기에도 역동적인 신앙을 세우는데
꿈과 비전을 품고 예배와 삶의 일치를 이루는 출판 공동체입니다.

자녀에게 하나님을 알려 주는 첫걸음

저자 : 캐시 레이머
그림 : 벤 마한 / 역자 : 나 순 규
발행처 : **비전북출판사** 전화 : (02)966-3090 / 팩스 : (02)3293-6620
공급처 : **비전북** 전화 : (031)907-3927 / 팩스 : (080)403-1004

값 11,000원